北京文学月刊社 选编

2016

北京文学
年度短篇小说集

光明日报出版社

文化读物正处在一个让人欢喜又让人忧的时代。

一方面，互联网时代和文化的多元，让读者置身于琳琅满目、应有尽有的文化大超市中；另一方面，当代社会生存压力日渐加大，生活节奏日益加快，八小时之外的有限时间，读者面临阅读选择的困难。如何在浩如烟海的网络信息和汗牛充栋的纸质图书中寻找到有价值的读物，以节省为数不多的业余时间，已成为读者面临的共同课题。

创刊于1950年的《北京文学》，迄今已走过了一个多甲子的光辉历程。50年代，《北京文学》因发表新编历史剧《海瑞罢官》而引发了全社会的广泛关注。"文革"之后，《北京文学》佳作迭出：汪曾祺的《受戒》和《大淖纪事》，张洁的《爱是不能忘记的》和《从森林来的孩子》、邓友梅的《那五》、陈建功的《丹凤眼》和《飘逝的花头巾》、余华的《现实一种》、刘震云的《单位》、刘恒的《伏羲伏羲》和《贫嘴张大民的幸福生活》等等，均成为广受传播的文学名篇。新世纪以来，《北京文学》锐意改革，本着刊物为读者办、编辑为读者着想的宗旨，贴近生活，关注时代，直面现实，体味人生，不断推出文学的精品力作，作品被转载率和被关注度一直在全国文学期刊中名列前茅，受到了社会各界尤其是广大读者的广泛欢迎。

为了让广大读者在有限的时间里阅读到《北京文学》每年发表的精品力作，领略《北京文学》的神韵与作品精华，我们决定编辑出版《北京文学》年度作品精选系列图书。

这套年度作品精选共四册，荟萃了 2016 年度《北京文学》发表的中篇小说、短篇小说、报告文学和散文随笔精品。作者阵容强大，既有名声显赫的众多著名作家，也有一批锐气逼人的文学新秀；作品风格各异，题材多样，内容精彩纷呈，一定程度反映了《北京文学》"中国文学的精品阵地，社会焦点的文学视窗"的刊物特征，相信是广大读者值得一读的年度优秀文学选本。

　　以后，我们每年都将编辑出版类似的优秀作品年选。期待广大读者的关注、阅读，同时也期待广大读者的建设性批评与建议。

北京文学月刊社

2017 年 4 月

目录
contents

目录 ╱
　╱contents

追索灵魂

赵大年

——人到底有没有灵魂？小说通过生命学博士和外科主治医师郝明忠的特殊试验，揭开了灵魂的真相。

一

他躺在床上，悄悄割腕，让血静静地流。他知道成年人有 8000CC 血液，从腕动脉流到血尽人亡，最后的几分钟，可能发生"灵魂出窍"的奇迹。

窗帘挡着光线，房门紧闭，病房里很幽静，只有思想波动不安。他研究过一些民间传说：人在弥留之际"回光返照"，会把一生中最重要的记忆梳理一遍，临死还要"魂归故里"，看望亲友和家乡，然后才会飞往天堂或者落入地狱。

"莫非我也会这样游历一番？"

"八年抗战，逃难路上，我的两个小哥哥都死于猩红热，学中医的父母束手无策，留下极大悲痛。听说援华美军有新药盘尼西林可以救命，黑市天价要金条，也让人望洋兴叹。四万万同胞，被战乱、饥荒、瘟疫夺去的生命太多了。送我去美国寄居姨母家，半工半读学西医，学成回国治病救人，这是父母的心愿。"

内科医师、生命学博士李永生，温文尔雅，心气很高，西装革履，回到北京的医院工作，遇见高中同学、外科医师郝明忠，二人有过几次推心置腹的交谈。

"文化大革命"乍起，大字报铺天盖地，有的揭发郝明忠，"夸口在志愿军的战俘营里给美、英、法伤兵治疗，还说过'医生面前只有病人，没有敌人'，严重丧失阶级立场！"由于郝明忠是贫农家庭出身，根红苗正，没人动他。

批判李永生的论文《死亡定义》的调子更高，"研究死亡有什么用？你是个白吃饭的'死亡博士'！你反对死亡标准——'心脏停跳，停止呼吸，瞳孔放大'——这是苏联专家确定的，反苏就是反革命！你上夜班拉护士喝咖啡，你老婆偷食堂的大葱，你也偷过总务科三节烟筒，必须揭开你伪君子的画皮！"

不久就出现了李永生博士割腕这一幕：

他躲进外科单间病房，躺在病床上，左臂耷拉在床外，让血流进痰盂，以免污染被褥，给医院添麻烦。无论如何这也是圣洁的地方，他爱恋着医学，爱惜这治病救人的"方舟"。

血静静地流。"幸亏妻子不看大字报，否则'偷大葱'的恶言恶语又会伤害一颗人心。"想着想着，他感到一身轻松，伤口不疼了，有点儿冷，有点儿渴，有点儿眩晕，其实非常舒服，好像漂浮在水面，睡在云雾里……他听见一阵忙乱的脚步声……又听见有人争吵：

"你签不签字呀？"

"签什么？"

"死亡鉴定书。"

"不。"

"他心脏停跳，没有呼吸，瞳孔放大——人已经死啦！"

"不急。"

此后出现奇迹，"死人"李永生还能感觉到，有人拉起白被单蒙在他的脸上。他甚至听到了妻子的哭声——这悲惨的哭声使他顿然醒悟，"我还活着！"

他用力喊叫："可托生死的朋友，不要着急动手！"可惜喊不出声。

他想，"灵魂怎么还没有出窍？生命不是那么容易消失的。我一定要证明：'心脏停跳，没有呼吸，瞳孔放大'，不是死亡——还有可能挽救一条人命！"

二

　　拒绝签署"死亡鉴定书"的外科主治医师郝明忠和两位同事,冒着风险,在"假死半小时"的最后几分钟,按计划把李永生抢救过来了,并不太难,主要靠输血、起搏和吸氧,但要抓紧时间,好在这里是北京著名的大医院,设备齐全。

　　医院里乱哄哄,职工分成两派,只顾打派仗,领导干部"靠边站",没人追究洋博士"自杀未遂"还是"科学实验"。

　　李永生的妻子何倩也不知情,她在医务科上班,跑来抱着丈夫的"尸体"痛哭,郝明忠却板着脸看表。她给郝明忠下跪,求他动手抢救,又被挡在了急救室门外。待到抢救成功,郝明忠才给她看了一张李永生亲笔写的"生死文书":

　　"为证明医学论文《死亡定义》和'追索灵魂'之课题研究,特请同窗好友郝明忠医师主持'假死一刻钟'抢救实验。如发生意外,实验失败,由志愿者李永生承担全部法律责任,不涉及家人和参与实验的同志。"

　　何倩啼笑皆非,"就算是科学实验,这人命关天的大事也不该瞒着我呀!"

　　郝明忠说,"都是他的主意,保密,你要知道了,还让他割腕吗?"

　　"唉!"何倩叹气,"他这个人哪,固执得很,要干什么,谁也拦不住。"

　　"回家别跟他吵。给他补补身子,红枣、枸杞、胡萝卜、鸡汤。"

　　"你倒向着他,净说好吃的,我家公婆也会点这几样药膳。"

　　李永生祖上是太医院的御医,父亲也是著名中医大夫,他看见贴在家门口的大字报写着"死亡博士",就给回家调养的儿子讲了个历史故事:

　　"诸葛亮的哥哥诸葛瑾是东吴的谋士,长脸庞,孙权想羞辱他,叫人当众牵来一头驴,驴脸上贴张纸条,写上'诸葛瑾'三个字,众人哈哈大笑。诸葛瑾的小儿子夺过笔来,在纸条上添了'之驴'两个字,就变成了'诸葛瑾之驴'。众人夸这孩子真聪明,孙权只好把这头驴赏给了诸葛瑾。"

　　李永生点头,"我也给大字报添一个'不'字,让它变成'不死亡博士'。"

父亲说，"你出国多年，没见过群众的大字报——先扣个'反革命'大帽子，具体内容却是偷烟筒，偷大葱。我倒觉得，这是对你的一种保护——你想啊，三节烟筒、一根大葱，就凭这，能把你打成反革命吗？"

李永生苦笑。父亲又说，"你的优点和缺点加在一起就是三个字：太认真。假死现象古已有之，中医的说法甚多。追索灵魂，也用不着自己去黄泉路上走一趟呀！在医院工作，遇见'死而复生'的病人，就向他打听嘛。永生啊，你已经冒过一次风险了，就要好好活着，天生我材必有用！"

李永生的回答却是，"新飞机，要有试飞员；新疫苗，也要有临床试验的志愿者，都是自愿承担风险。我也是自愿研究死亡的奥秘。"

父亲并不争论，说道，"生、老、病、死，是人生四大痛苦，你研究死亡，很好，咱家几代人悬壶济世，应对生、老、病痛，就缺一个'死亡博士'了。"

这个学者之家，"西医治人的病，中医治患病的人"，很需要互相学习。

何倩与李永生结婚才几个月，并不理解"追索灵魂"的意义。夜晚，坐在四合院的老槐树下悄悄问他，"你研究死亡，为了保护生命，这我懂，生与死是生命的起点和终点。可是，这跟灵魂有什么关系呢？"

"问得好。要是有现成的答案，我们就不研究生命与灵魂的奥秘了。"

妻子不满意。丈夫就给她讲了两个小故事：

"鬼城酆都从前有一位姑娘外号'豆花西施'——四川话'豆花'就是豆腐脑。夜深了，只有她这一家夜宵店亮着灯。前来吃豆花的人不多，那时候都用铜钱，'豆花西施'收了钱，就放进水盆里，看它沉不沉底儿。只有一个小媳妇的钱漂在水面上。每天夜晚，小媳妇都提个瓦罐来买豆花，自己不吃，拿回家。"

何倩害怕了，紧靠着丈夫说，"她是个鬼魂儿，用的是纸钱吧？"

"是呀，'豆花西施'认为这个鬼魂有孝心，买豆花拿回家给没牙的老人吃，所以给纸钱也收。后来小媳妇连纸钱也没有了，流着眼泪鞠躬乞讨。'豆花西施'告诉了父亲。店老板悄悄跟着小媳妇，一直跟到荒郊野外的乱坟岗子，有一座新坟，她就不见了。店老板报了官，又领着官府的人挖开新坟，听见婴儿啼哭，打开棺材一看，那个小媳妇搂着个白白胖胖的光屁股儿子，手里还拿着盛豆花的瓦罐。人们赶紧把孩子抱出来，小媳妇嘴角一动，像是微笑，手里的瓦罐也掉了。这天夜里小媳妇给'豆花西施'托了一个梦：'我是刘财主的小妾，怀了孕，被他不生育的大老婆毒死了，还假惺惺地给我烧一点纸钱。可是我儿子命不该死，阎王爷让他出生，准许我留在阳间把他养活。谢谢你这个好心姑娘，收纸钱也卖给我豆花，救了我儿子一命！'"

何情很感动，又说，"你还没讲完哪，官府惩办那个下毒的大老婆了吗？"

"这只是个鬼故事，怎么结尾？谁都可以往下编。我再给你讲个真故事吧：

"墨西哥大地震，伤亡几十万人。坍塌的楼房里，一位母亲被大梁压住身子不能动，受了重伤，一阵阵昏迷。她吃奶的儿子个儿小，没压着，还在身边哭。儿子哭累了，就睡一会儿，饿醒了又哭。这哭声像针一样刺痛母亲的心，一次次把她从昏迷中唤醒，又像绳索拴住母亲的魂儿，不让她死去。母亲咬破手指，伸进儿子嘴里，让他吸吮。儿子就把母亲的血液当奶吃。就这样过了三天三夜，救援人员挖开瓦砾，抱起大声啼哭的婴儿，这哭声又一次把已经死去的母亲唤醒，露出笑容，她的灵魂才随风飘走。"

何情哭了，"伟大的母爱……伟大的灵魂！我懂一点儿了，你研究死亡，追索灵魂，都是生命学的一部分。"

李永生的论文《死亡定义》是有针对性的。当时，大多数国家（包括我国）认定死亡的标志就是"心脏停跳，停止呼吸，瞳孔放大"。但这并不严谨，譬如溺水身亡，煤气中毒，虽然出现这三条征状，若抢救及时，人还可以活过来，所以这是"假死"。医院已有规定：患者临床诊断死亡之后，主治医师要在"死亡鉴定书"上签字，遗体还要送"太平间"存放几天，而不准立即火化或埋葬。

这个道理古人也是懂得的，死者可以装殓，但要停灵七天，暴病身亡的还要报官，由仵作（法医）验尸之后才可以埋葬。因为民间早就有"诈尸""还阳"的传说。李永生认为此类传说不是空穴来风，很可能源自"假死"。

三

人有灵魂吗？人死之后"灵魂出窍"是怎么回事？李永生的美国博导詹姆斯教授说，他采访过几十位"死而复生"的成年人，询问他们在"假死时段"还知道（听到、看到、想到、感觉到）什么？

最有趣的回答是：

"在诺曼底海滩阵亡的丈夫，回到家里来看我。"

"上帝让我找到了生活在天堂的父母。"

"我回到了故乡，老屋、小溪、马车，跟从前一样。"

有位海军上校一口咬定，"我飘浮在病房窗口，看见我的身体躺在病床上，妻子抚摸着它痛哭，我也舍不得离开，还是被风吹到窗外！"

这些回答，按中国传统的说法就是"灵魂出窍"和"魂归故里"，可是詹姆斯教授还不能肯定其发生的原因。

詹姆斯教授带领的外国研究生只有几个人，既是他的学生又是助手，共同研究"灵魂学"——生命学的一个分支，其实用性课题，要厘清生命与死亡的界限；深层次的、社会性课题，就要依据不同国家的文化，探索生命与灵魂的奥秘了。

李永生研读生命学，必然涉及中国人所说的鬼魂，也不能用一句"封建迷信"就抹杀广为流传的鬼故事——宇宙间的奥秘太多了，我们对于自然界，即使对于人体自身，也是知之甚少——李永生是带着这些课题毕业和回国继续研究的。

此时"文革"搞得很热闹，造反派夺权，保皇派反扑，红卫兵"破四旧"，打人、抄家、摔花盆、砸鱼缸，造成的最小损失是北京人培育几百年的多种菊花、金鱼消灭殆尽。就算学校可以停课闹革命，北京城的供电、供水、粮店、菜店、公交车可不能停啊！医院也不能关门呀，于是出现了个"逍遥派"——郝明忠、李永生、何倩和更多的医护人员，不参与打派仗，默默地坚守工作岗位，肩负起自己的天职，救死扶伤。

这天,李永生拿着《脑死亡》的论文稿,来到郝明忠家里出席一次"民间"学术研讨会。清茶一壶,何倩恭敬地给大家斟茶。李永生给"逍遥派"的医生们解读《脑死亡》的核心部分。为了叙述方便,他把"假死"的过程放大:

"所谓'假死',就是出现了死亡征状,其实人还活着——心脏停跳,心脏并没有死亡,还可以人工起搏嘛!呼吸停止了,没有新鲜氧气吸入人体,但是血液里还存有一部分溶解的氧气,并非立即断绝了一切血氧供给。瞳孔扩大,眼球并没有死亡,若及时供血供氧,还可以恢复视力。

"'假死'刚开始的时候,人体还有自我保护的功能,就是生命活力的延续——虽然它在迅速减弱,一般只能延续15分钟——这段时间又可以细分为三个小阶段。第一阶段,人体本能地节约血氧,收缩供给范围,放弃四肢,保护内脏。此时手脚发凉,四肢失去知觉。第二阶段,放弃内脏,保护头脑。我的体会是一切病痛都消失了,好像轻松地漂浮在水面,但是头脑清醒,听得见郝大夫跟人争吵,拒绝在'死亡鉴定书'上签字。第三阶段,残存的血氧连大脑也保不住了,但是'脑死亡'也不是一秒钟的事,同样有个过程。此时,我还能听到妻子痛哭。这哭声让我顿然醒悟:我还活着!

"'脑死亡'的最后几分钟,我没有亲身体验,但可推断。此时大脑整体缺氧,什么知觉都没有了。但是大脑还有若干'兴奋灶'能得到最后的一丁点儿血氧保护,而这些'兴奋灶'正是人生中印象最深刻的'记忆点'——自己的父母、配偶、子女、兄弟姐妹,家乡的景物——人在结束生命之前,还能见到他们,这就是'魂归故里'的原因。"

四

郝明忠家里的研讨会,几位医生取得共识:只有脑死亡——脑电波消失,才是真正的死亡。如果确立了这条标准,医院也好,国内也好,外国也好,就会树立"假死一刻钟"的观念,还有相应的规定——在"假死时间"必须抢救患者,谁也无权提前宣布一个人的死亡。

医生们很激动:"救人一命,胜造七级浮屠!"

"'假死一刻钟'的观念不但科学，而且经过实践，咱们医院就抢救过心脏病猝死的人。"

"北京市哪年冬天不救活几十个煤气中毒的，夏天不救活几十个游泳溺水的呀？"

李永生说，"我就是你们在'假死一刻钟'救活的。"

"郝大夫当时有权也有责任在'死亡鉴定书'签字，把您送进太平间。因为没有'脑死亡'和'假死一刻钟'的规定。同志，现在也还没有这个规定呀！"

郝明忠说，"对，现在仍然是老旧的死亡标准，必须修改。这篇《脑死亡》的论文应该尽快公开发表。"

"可是医学杂志停刊了，论文没处发表。"

郝明忠说，"李永生同志——在改变死亡标准的学术问题上，咱们都是志同道合的同志。你把《脑死亡》的论文稿写成中文、英文两份，放在我家里，我是贫农家庭出身，自幼参军，我儿子是中学红卫兵，在外面耀武扬威，仗着他老子的成分是革命军人，所以没人敢到我这儿来抄家。咱们等时机，找机会，譬如哪位可靠的亲戚朋友或者病人，能够去香港或出国，就托他把论文带出去，在香港发表，在国外发表。"

李永生说，"好！我再写两封信，也带出去寄给詹姆斯教授和同学，请他们帮助在外国发表《脑死亡》。"

何倩说，"论文稿两份不够用，我来多誊写几份，一稿多投！"

"为了避免麻烦，也可以用笔名发表。"

"不怕！"李永生笑道，"这是学术论文，谁都可以批评。为了保护生命，我还要写《灵魂出窍》的论文呢。"

五

北京的红卫兵，以其中学生的智慧，把长安街改名为"东方红大街"，协和医院改名为"反帝医院"，友谊医院改名为"反修医院"，同仁医院改名为"工农兵医院",强令病人挂号要交代出身成分,医护人员要"政治挂帅",不为资产阶级服务。

因此种种,到医院看病的人数减少,李永生反而有时间研究"灵魂学"了。又因为没有经费外出采访,他就和家人——两代四口的医学世家,共同分析讨论,也能理清思路——

什么是灵魂?按民间说法,灵魂大概有两种。

一种是鬼魂,传说几千年了。

父亲说,"你们看见过墙角、树上贴的招魂字条吗?'天苍苍,地茫茫,我家有个哭夜郎,过路君子念三遍,一觉睡到大天亮。'"

母亲说,"听见过村妇喊魂吗?'二娃子,回来呀!二娃子,回来呀!'"

何倩负责做记录,一家人七嘴八舌争着说:

"书里也写,《聊斋志异》里的鬼魂还很善良呢。"

"戏里也演,《人鬼情未了》。"

"民歌也唱,'小白菜呀,心里黄,两三岁上,没了娘,我想亲娘在梦中,亲娘想我一阵风。'"

"鬼魂还可以再投胎,京剧《苏三起解》里的苏三就唱道,'哪一位君子南京转,与我那三郎把话传,就说苏三把命丧,来生犬马当报还!'"

"样样说得煞有介事,只是得不到科学的证实。"

李永生说,"得不到科学证实的鬼魂、鬼故事,你只能说目前还不能证实它的存在;但要否定它的存在,同样需要拿出科学证据。"

另一种灵魂就是精神,传说同样久远。

李永生早有思考,举出一大串例子:

"孔夫子的'仁爱'精神,就是儒教的灵魂,国际红十字总会在瑞士建立人道主义的'世界百位名人名言馆',第一位就是孔子,他的格言是'己所不欲,勿施于人'。"

"诸葛亮'鞠躬尽瘁,死而后已'的精神,是汉丞相的灵魂,也是中国历代官员的楷模。"

"关云长重'忠义'的精神，是这位五虎上将的灵魂，深受国人崇敬，尊他为关公、关帝，遍布城乡的红庙（关帝庙），比孔夫子的白庙还多。"

"岳飞'精忠报国'的精神，成为岳家军的军魂，这才有了'撼山易，撼岳家军难'的威名。"

"'人生自古谁无死，留取丹心照汗青'，文天祥宁死不屈的精神正是他高贵的灵魂。"

何倩爱读《红楼梦》，说道，"曹雪芹通过贾宝玉和林黛玉的爱情悲剧，表达对女孩子的同情，对封建礼教的叛逆思想，就是《红楼梦》的灵魂。"

"优秀的文学作品，追求真善美的思想，也是作者的灵魂，所以把他们誉为灵魂的工程师。"

"也有出卖灵魂的，汉奸、叛徒是行尸走肉，死活都没有灵魂。"

"如此说来，鬼魂虚无缥缈，人的精神和思想倒是可以感受到的真实存在。"父亲说，"'人生三不朽：立德、立功、立言。'圣贤也会死去，他们的精神和思想长存。"

李永生认定灵魂就是精神。

晚饭后，他整理何倩的记录，觉得这次家庭会议有个缺口——大家仅仅同意"鬼魂虚无缥缈，没有科学依据"，那么，鬼故事凭什么广泛流传呢？

他想，"我们需要科学地否定鬼魂。即使有了科学的证据，证明鬼魂是不存在的，似乎也还要解答许多鬼故事产生和流传的原因。"

他把自己的思路，再一次介绍给郝明忠等"逍遥派"同志：

"人类与其他生物的重要区别，就是有思想感情，而饥荒穷困、奴役压迫、战争灾难、冤假错案、生离死别，都会伤害人的感情，因而就希望有另外一个美好的世界，人死之后，灵魂可望升入天堂、乐园、君子国、清平世界。

"进不了天堂，也希望人生还有来世。这辈子家境贫寒，遭遇苦难，但愿下辈子投胎富贵人家，过上好日子。

"若是今生遭受不白之冤，即使下地狱，也希望有公正的判官明察秋毫，平反昭雪，严惩恶鬼，善有善报，恶有恶报。"

他向同志们请教："这样的'鬼故事'，大概就是感情的愿望，感情的发泄，感情的寄托吧？"

同志们颇感兴趣，"没错儿，'鬼故事'讲的也还都是人生嘛，人们的愿望，虚拟出了天堂、地狱。"

"灵魂就是精神——这是'李永生灵魂学'立论的基点，非同凡响！"

"从社会学角度研究鬼故事，有可能抓住了鬼魂传说的根源。"

"灵魂是生命的精华，你是追寻灵魂的博士。"

六

粉碎"四人帮"，结束"文化大革命"，举国欢庆，进入改革开放新时期。

学术论文《脑死亡》公开发表，老旧的死亡标准也改为"脑死亡"。这当然不是李永生、郝明忠几个人的功绩，而是生命科学的整体发展。

李永生出席了全国科学大会。他"追索灵魂"的课题也争得了少许经费，可以去外地考察了。这次何倩立了一功，她负责医院的科研组织工作，在分配经费的会上，"僧多粥少"，出现争论：

"实用性的课题靠前，纯研究性的靠后，像研究灵魂这样的冷门课题就下次再安排经费吧。"

何倩力争，"咱们是泱泱大国呀，一部小说《红楼梦》，都有上千位红学家研究两百年了，难道就养不起一位研究灵魂的博士吗？"

郝明忠附和，"课题是'追索灵魂'，钱少，就给一笔差旅费吧，也好让洋博士去湖南、贵州实地调查'赶尸'和苗女'放蛊'呀！"

回到家里，何倩告诉丈夫，"这笔差旅费来之不易，你要省着花。"

李永生忙点头，"这些年可把我憋坏啦。咱们医院行动迟缓，外单位的学者早跑出去了。搞科研离不开实地考察。长城专家罗哲文就去踏勘南长城了。"

"南长城？在哪儿？"

"在湘西。我也要去湘西。小时候逃难，在湘西的大山沟里过夜，父亲就讲过'赶尸'的鬼故事,可把我吓坏啦,今天我一定要回去调查个水落石出。"

谈到湘西,两位老人情不自禁地参加进来。

父亲说,"湘西是个美丽又神秘的地方。湖南四条大江,三条发源于湘西武陵山脉苗族、土家族聚居区,笔直的千仞高山拔地而起,今天的说法是绮丽壮观,还有'张家界归来不看山'的美誉。抗日战争时期,北大、清华、南开的部分教职员工,就是经过湘西的大山,徒步走到云南去创办西南联合大学的。路上多次遇到土匪抢劫,当年的说法是'穷山恶水出土匪'。"

母亲说,"民风强悍,但是也流传着沈从文式的温情故事,读过《边城》吗?翠翠姑娘多么可爱,临江吊脚楼里的米酒多么香醇。黄永玉笔下骑虎的《女鬼》多么大胆。永生啊,你也要大胆走进深山,才能问明白'赶尸'的真相。"

李永生心领神会,"我明白二老的意思,调查鬼故事,也是社会调查。"

七

你知道南长城吗?东起秦皇岛,西至嘉峪关的万里长城是防御北方游猎民族的北长城。华夏中州进入农耕时代,从春秋战国到明朝,陆续修建一千八百多年。清朝康熙皇帝视察长城时有过豪言壮语:我们(满蒙民族)凭借文功武力,也可以(跨越长城)入主中原,统一全国,"今后永不修建长城"!

但他没想到,不过百年,乾隆时期为防匪患,就在湘西与贵州、四川交界处修建了一道不连贯的南长城。长城专家罗哲文实地考察,证实了南长城的存在。譬如凤凰城西 30 公里处就有一座黄丝桥城堡,巍峨的城楼、城门,坚固的石头城墙,是屯兵之所。出了城门,不远就是贵州地界了。沈从文描写的《边城》在北面邻近四川省,也有城堡和屯兵住所。

李永生实地考察后认为,因匪患而建的南长城,与商人"赶尸"有关。

他询问几位老者,对"赶尸"的说法大同小异:湘西人到贵州经商,销售土特产品,有的还从四川贩运盐巴到贵州,山路崎岖难行,常有伤亡。而遗体运回家乡更困难，就有术士作法，拘留死者的鬼魂，不让它去阴间报到，再把遗体藏入山洞，也不腐烂。等凑够了三五个，术士便"赶着"他们走回家——死者一律穿黑衣，戴斗笠，夜晚走山路，白天藏进树林或山洞，若住店，就藏于门后。直到通过了南长城的关口，进入湘西地界，他们的家人才会把死者接走。

洋博士李永生虽然不信鬼神，但是"术士拘留鬼魂""死人自己走回家"，这些明显的怪事还需要科学的论证来拆穿。

他继续采访，真诚请教，一位老银匠解开了谜团。

"你知道湘西的特产吗？"

"木材、桐油、苗绣、腊肉……"

"对呀，还有土银和银匠！"

老银匠骄傲地告诉他，土银就是成色不太高的本地白银，产量大，清朝的大龙银币就是土银铸造的。尤其是苗女喜爱土银装饰品，头饰、耳环、项圈、银锁、胸花、镯子几十种，盛装苗女一人就要戴银十几斤！因此湘西拥有手艺高明的银匠和银匠世家——祖孙三辈，老少在家，青壮年去贵州开办手工作坊，那边的苗女同样喜爱戴银。

"我阿爸在贵州松桃苗族县城开作坊 12 年，没死，也被术士'赶尸'走200 里山路，穿过边城，回到湘西吉首县，再派我到松桃去接班开作坊。"

李永生大感兴趣，"怎么，怎么？老人家您说仔细点儿！"

老银匠笑了，"那是民国时候的故事。我阿爸跟几个乡亲在贵州打造银器赚了钱，叶落归根，换儿子去接班。可是土匪猖獗，他们身上又带着钱，耍手艺十几年的血汗钱，两三百银元，被抢了怎么办？只好采取老办法，请术士'赶尸'，穿黑衣夜晚走山路，阴森可怕，山民躲避，连土匪也怕沾染晦气，所以一路平安。待到我的儿子换班时，解放大军已经剿灭了土匪，'赶尸'的术士也失业了。"

八

抗日战争时期，李永生一家从北平辗转逃难到四川，曾经在贵州独山县农村住过一年多。黔南是苗族、侗族聚居区。李永生小小年纪也记得当地农民吃盐非常仔细——灶台的大锅上方，横梁上用麻绳拴着一块盐巴，煮菜粥的时候，阿婆把盐巴放下来，在锅里涮一下，又赶紧吊起。村里还有不少粗脖子的病人。后来他才知道，海盐根本运不进来，人们吃的是四川的井盐，盐卤熬成块儿，叫盐巴。马帮驮运盐巴走山路也很困难，越稀少越金贵。粗脖子病就是缺碘造成的甲状腺肥大，盐中含碘，盐少碘也少。独山有一种特产叫"盐酸"，是用青菜、辣椒和醪糟腌制的，酸辣甜，根本不放盐，偏要叫"盐酸"，可见人们多么需要盐啊。

李永生博士这次来黔南，就是他认为苗女"放蛊"与盐商有关。他还是老办法，请几位阿婆讲她们的阿婆的故事。

苗家女儿从前有一种保护自身的绝招"养蛊"——无论上山、下田，遇见蛇、蝎、蜈蚣、蟾蜍、蚂蟥，就活捉了拿回家，放进一个瓦罐里，用石板盖住，让它们互相吃咬，总有一个最厉害的能活下来。天长日久，这家伙"五毒俱全"，身上冒着蓝光，就成精了，古人把它叫作"蛊"。

李博士相信这是一个真实的故事，因为汉字"蛊"拆开，就是"虫"装在器"皿"里，而且这种虫可以"蛊惑人心"，可见此事有来头，必须认真听讲。

养成精灵的"蛊"，继续吃咬放进瓦罐里的毒虫，自身的毒性越来越大。但它也有灵性，就是从来不伤害喂养自己的苗家女儿，而且顺从女主人的意愿——谁若欺负苗家女，就可以往他身上"放蛊"，轻者癫狂，重者死亡。回心转意者也可挽救，"解药"就在苗家女儿的手上。

阿婆的阿婆，年轻时很少见到外乡人，也很少了解大山沟外边的世界。来到苗寨和沟口小镇的商人，主要是四川贩运盐巴的马帮客，收购药材、毛皮、苗绣的汉人，开小作坊打造首饰的湘西银匠。这些人都是青壮年，没有一副好身板，怎敢走进大山里来？他们跋山涉水几百里，入境之后都要住下来，开作坊的银匠要住十年八载，汉商、马帮客也要住一两个月——各自寻找苗家当据点，人吃、马喂、卸货、做买卖。

大山里的买卖并不好做。古人形容这穷乡僻壤的"夜郎国"："天无三日晴，地无三尺平，人无三分银"。多少有点儿钱的花钱买盐巴，没钱的就以物易物，灵芝、猴头、天麻、田七、虫草、狐皮、鹿角、穿山甲，皆可换盐巴。但要协商、砍价，请房东说合，也有赊账买盐的，请房东作保。客商常来常往，一年好几趟，人熟好办事，苗家据点就成了他的根据地。苗家女儿成了他的帮手，若情投意合，最好结为夫妻。若是出现负心汉，一去不回怎么办？那就给他"放蛊"。

还真有阿婆的阿婆给丈夫"放蛊"的事儿。

丈夫说，"四川的军阀刘湘打刘文辉，刘文辉打邓锡侯，邓锡侯打杨森，杨森打刘湘，打得团团转！路上不安全，这趟马帮到自贡市驮盐巴，800里路呀，半年怕也回不来。"

苗女抱着娃儿哭，"我要你石榴开花就到家！"

丈夫掐指一算，"只有 4 个月，回不来！"

"你千万别忘了石榴开花！"

夜晚，苗女把"蛊"精身上的蓝光抓了一把，悄悄抹在熟睡的丈夫胸口，口念咒语，"石榴开花就到家！"

丈夫惊醒，看见胸口有一抹蓝光，知道妻子"放蛊"了，蓝光拘住他的魂儿，好比孙猴戴了紧箍，只能听从观世音菩萨的调遣。

后来李永生博士证实，民间所说的"鬼火"，是动物尸骨上的磷光。最厉害的"蛊"精往往是蜈蚣，它身上就有蓝色的磷光，如同萤火虫的尾部，都是可发光的物质，无毒，真的可以"抹到丈夫胸口"，夜里还能看到一点蓝光。

被拘了魂儿的丈夫回到四川，不敢忘记 4 个月的期限，连自己的老家也没工夫看一眼，就直接赶到自贡市，驮了盐巴，参加一个新马帮，提前赶回贵州。

路上没有遇见军阀打仗，正在暗自庆幸，忽然看见山上的石榴树开花了，顿觉胸口疼痛，只好脱离马帮，昼夜兼程，单蹦个儿地赶回苗寨。

只见妻子背篓里装着娃儿，正站在红花盛开的石榴树下迎接。

"疼死我了！快拿解药。"

"解药就在我手上！"

妻子温存的双手抚摩着丈夫胸口，真是"妙手回春""药到病除"。

丈夫叫着，"不疼啦！"

妻子笑着，"你还是有良心的，我没嫁错人。"

这样的故事，在阿婆的阿婆们身上发生过多次。李永生博士的结论是：苗女可敬。大山沟里不乏心理学家。

九

就在李永生一个个攻破鬼故事的同时，郝明忠主持的外科部在移植手术方面也接连获得成功。

起初是北京郊区一位农民操作铡草机时不慎铡掉了 4 根手指头，幸亏有了高速公路，两个小时就送到了城里的大医院。郝明忠他们用了 4 个小时，把手指全部接活，一时传为美谈。家属感激，全村夸赞。医生们也很惊讶：

"长达 6 个小时，被铡掉的 4 根手指一个也没坏死，可能吗？"

"村里也有能人，把手指头放在卖冰棍儿的铁桶里冷冻着送来的。"

"这么说，4 个小时的手术也很高明呀！"

此后，郝明忠他们克服了"配对""排异"等等困难，多种器官（包括骨髓、干细胞）移植成功。

一天，有个男孩被楼上掉下来的花盆砸伤头部，送到医院已经"脑死亡"。家长愿意捐献器官。男孩的眼球、心脏、肾脏、肝脏，拯救了 5 位重症患者。

郝明忠严肃地告诉李永生，"这个男孩没有死亡，他的眼睛还看着这个世界，他的心、肝与接受救助的人们共生！"

郝大夫认为，这些事实动摇了"脑死亡"的理论——男孩的大脑确实死了，但是他的内脏还活着，移植到别人身上还可以长久活下去！

郝大夫追问，"博士同志，你说的死亡过程，依次是四肢、内脏、大脑；现在掉过来，一开始就是脑死亡，其他部位还活着，又该怎么说呢？你的理论是否出现了一个分支——人体分别死亡？"

李永生想，没错，有些国家已经试验性地建立"器官银行"或"器官库"，把"脑死亡"者健康的心、肝、肾、胰、脾脏、眼球、皮肤、骨髓冷冻"储蓄"起来，为自己家族成员日后患病时移植，或者有偿转让给他人。总之，理论追不上现实——人的一部分死了，另外的一些部分还活着，怎么解释？

此时湖北省传来另一种生命奇迹的消息：考古工作者在汉墓中发现一罐保存完好的古代莲子，就用它作种植试验，结果是生根、发芽、出茎、展叶、开花、结莲蓬！小小莲子两千年不死，这顽强的生命力给予生命学家李永生巨大的想象空间。

十

新世纪伊始，河北省张村的故事又勾住了李永生的"灵魂"。往事富有戏剧性者可谓故事，而张村的故事并非往事，它正在发生、发展，是好友郝明忠院长回乡探亲听说的怪事，乡亲们议论纷纷，新闻媒体不敢报道，公安局也不愿介入，原因是"法律还没有这一条"。

郝院长派车，当天就把李博士送到张村。还是老办法，请几位老人讲故事，不灵啦；这事儿得找年轻人打听。

13年前，王村养殖孔雀的专业户王满仓出车祸死亡的当天，他的媳妇刘巧英在医院生了个男孩叫王保根，张村的媳妇也生了个男孩取名张文元。

张文元是"神童"，记性特强，他的父母都是中学教师，就对这宝贝儿子进行早期智力开发：5岁背诵唐诗三百首，11岁电脑玩得滴溜转，13岁考上大学。入学报到的头一天晚上，忽然记起了自己上辈子的亲人，就独自跑到10里以外的王村，找小学同学王保根的母亲刘巧英，说"我是保根他爹王满仓转世的替身！"吓得刘巧英母子满院子跑，狗叫孔雀飞。

"一个13岁的孩子，得了魔怔，说胡话，也算不上私闯民宅。"这是民警的说法，所以公安局不好管。新闻媒体原本打算介绍"神童"的文稿，也因为他没有入学报到，撤了。

张文元被父母送进医院，刚住两天又跑到王村。他知道没人相信他的鬼话，所以要正儿八经地拿出证据来，让你不信也得信。

他用王满仓的口吻当众对刘巧英说，"翻盖咱家这座老屋的时候你还没过门，老屋的房柁上有一块一斤六两重的雄黄，是'镇宅之宝'，我又把它藏在了新房的大梁上，连你也没告诉。爹娘过世之后就只有我知道。今天搭把梯子我上去拿给你们看！"

事实震惊了所有的目击者，果然有一块雄黄。当众一称，果然一斤六两！

张文元又说，"这是古董，宝贝，少说也值20万。你把它卖了贴补家用吧。"

刘巧英瞪大了惶恐的眼睛，一句话也说不出来。张文元拉住她的手，"到里屋去，我还要对你说几句只有咱俩才知道的私房话。"

刘巧英顺从地跟他走进里间屋。过了一小会儿，屋里突然传出她呼天抢地的哭声，"满仓你走得那么早啊……你太狠心呀……你知道我们孤儿寡母怎么熬过来的吗？我的老天爷呀，满仓你上辈子得罪谁啦？"

故事大概如此。李永生博士来了之后，"神童"张文元还住在王村"自己的"家里，切拌饲料，喂养孔雀，教"儿子"王保根做算术题，很负责任。刘巧英的情绪平稳了一些，她当然不敢承认这个孩子就是自己丈夫的"替身"，但是也不急于把他撵走，好像等待什么未知的"天意"。

李博士拜访了"神童"的父母，两位教师满脸无奈，父亲说，"我不能报案。民不举，官不究。现在也没有谁会伤害我儿子。他大概是得了精神方面的怪病，13岁就送进精神病院关起来，我舍不得。"

母亲的说法有道理，"都怪我们的智力早期开发，鼓励他、逼着他13岁就学完了中学课程，把孩子的头脑和生理都搞紊乱了。应该带他到海边去玩玩，换换环境，晚一年再上大学……也很早呀。"

李博士又访问了几个人，包括王村的目击者。关键的疑点是那块一斤六两重的雄黄，还有王满仓生前与妻子的私房话，"神童"张文元是怎么知道的？

十一

李永生找到王村刘巧英家看望"神童"。张文元正在院子里喂孔雀，赶紧洗手，倒茶，很有礼貌，却是小孩子说大人话：

"谢谢啦，爸爸说您是北京来的医学博士。可惜我没病。您大概要问我怎么知道这房梁上藏着一块雄黄？那是我上辈子亲手藏的呀。我要是说，我王满仓被汽车撞死以后，鬼魂来到阴曹地府，只喝了一小口迷魂汤，所以再投胎以后还记得这块'镇宅之宝'的雄黄，您一定不会相信。其实我也不信鬼神，数理化我都考 100 分，我只相信科学。我跟您说实话，上辈子的事情，是我突然回忆起来的，很不完整，是一些零星的片段。我住到这里来，也是想恢复更多的记忆，不知能否做到。也许，我大学毕业以后，会研究记忆的奥秘。"

李永生十分惊讶，"神童"果然高智商。一时难以判断他有没有精神病。

民间的智慧也不可低估。就在当教师的父母、医院、公安、媒体、洋博士都束手无策，难以应对张文元"魔怔"的时候，他的远房四奶奶张老太挺身而出，"好办！这事儿包在我身上，一准儿让张村王村都满意。"

没人阻拦。张老太当过媒婆，十里八乡的老夫妻至今还感谢"媒妁之言"呢。她巧舌如簧，能"把死人说活"——几年前，北京有位张厂长的儿子游泳淹死了，父亲无比痛惜，舍不得火化，连夜把儿子运回老家张村，要安葬在家族的坟圈子里。无巧不成书，此时王村有个姑娘农药中毒身亡，张老太居然两边说合，给这一对命中有缘的子女结了"阴亲"，同穴合葬。媒婆得到双份"礼钱"。张厂长被开除党籍，撤销职务，也没影响张老太的声望。

这次，张老太以家族四奶奶的身份，张村王村跑个来回，就让双方达成口头协议：张文元到秦皇岛姥姥家玩半年，换换心情，然后还要上大学。刘巧英今年 32 岁，卖掉雄黄，多养孔雀，等王满仓的"替身"大学毕业后再"复婚"也不迟。只要两相情愿，就算招个"倒插门"的小女婿，也碍不着谁呀！

"就这么办吧。"既然张文元肯去姥姥家,他的父母也只好走一步看一步了。

李永生博士的"灵魂学"还要继续研究下去。他看不出"神童"张文元有精神分裂症，也不相信这个 13 岁的孩子故意撒谎搞恶作剧。那么，从未见过面的死者王满仓的思想（信息），是怎样进入张文元的大脑，被他"突然回忆起来"的呢？

十二

有学者说，20 世纪的科技成果，超过了人类有史以来发明创造的总和。新世纪之初，科技发展的速度更快，已不能用"日新月异""一日千里""眼花缭乱"来形容了。李永生恨不得取消自己的博士头衔，"博士者，博学之士也，就算我从前是博士，今天也不够格了。"说这话，就因为他也玩电脑，又感慨"数字化革命，快要把我甩到孩子们的后面了"。

"对呀，神童张文元从小就爱玩电脑，玩得滴溜转！莫非是电脑……"

李永生坐在赶往秦皇岛的快车上，想起美国的"测谎器"——你要是说假话，脑电波就会出现异常——显示你"口是心非"，但它还不能知道你的真实思想。现在又发明了"读心器"，没见过，但可理解，读心就是读脑，它可以把你的秘密思想"读出来"，如果再记录到你身体以外的芯片上，可不就是"灵魂出窍"了吗？按照我的研究结论，精神和思想就是灵魂，如果再把记录了思想的芯片，植入另一个人的头脑，可不就是民间传说的"鬼魂附体"吗？

他很兴奋，总算想通了这种"信息转移"的科学通道——记录了死者王满仓"上辈子"秘密思想的芯片，若是植入"替身"张文元的头脑，他就可以知道王家的雄黄藏在哪里，王满仓、刘巧英小夫妻的私房话是什么！

来到张文元的姥姥家，"神童"正在玩电脑，未经询问，就主动说，"李博士您果然来啦，我正要给您发 E-MAIL 请教呢！"

李永生一惊，"怎么，你知道我要来？"

张文元一笑，"知道。我可以查阅医院并不加密的信息。王满仓的遗言，就是通过互联网，从贵医院的病历库得到的。但是我还有些疑问要向您请教。"

这次"医患对话"诚恳而直爽，很快厘清了谜团：

13年前，进城送孔雀的王满仓因车祸受重伤，就近送到李永生工作的医院，抢救无效，死前"回光返照"，断断续续说了些"秘密"和"私房话"留给妻子。因为没有家属在场（刘巧英正住院临盆），医生只好把这些"临终遗言"写进了病历。此后，王满仓留下的"信息"有三个"拐点"：一，王村赶来料理后事的干部忙于打车祸官司，医院也没人向他传达死者遗言；二，病历数字化，存入电脑；三，"神童"玩电脑，无意中得知了王家的"秘密"和"私房话"。

张文元说，"死者遗言我记住了，就打听王满仓是谁，还猜想他的家属是否把雄黄卖了？他的妻子是否已经改嫁，生活得怎样，反而弄得我昼夜不安。"

李永生听出了一些门道，鼓励他"说下去，说下去"。

"当我得知王满仓就是小学同学王保根死去的父亲，而且刘巧英拒不改嫁，拼命干活儿，顽强地支撑着这个养殖孔雀的专业户，孤儿寡母十分艰难，我就想去帮助他们。正赶上高考，父母轮班陪着我，也很紧张。就在这时候，走火入魔，突然觉得我就是王满仓的'替身'，不去大学报到，也要先把雄黄的秘密告诉刘巧英，帮助他们，尽到'前世丈夫'的责任！"

李博士拍着桌子跳起来，"对啦！现在的谈话已经进入医学范畴——你的好奇心、善良的同情心、父母的关心，再加上高考的紧张，纠缠在一起，超越了一个13岁儿童的心理承受能力，于是出现了幻象、幻想、幻觉——科学可以解释发生在'神童'身上的故事了，这不是'鬼魂附体'！"

十三

李永生启动电脑，刚写下《灵魂学》的前言，思路又被"霍金的警告"打断。

现在是网络时代，地球变小了，霍金不会说话，他的警告却从网络传遍全球，引起许多科学家的争论，也给李永生的研究课题带来挑战。

霍金2014年说：人类研制的"智能机器人将消灭人类"，因为"它升级比人的进化快"。

霍金在全身瘫痪 50 年的时间里，凭借其顽强的灵魂——精神力量，成为造福人类的物理学家、宇宙学家。李永生为了说明"精神就是灵魂"的理论，曾经以霍金为典型，向医科大学的同学们介绍这种"伟大的生命力"——

霍金 20 岁从牛津大学毕业，21 岁罹患肌肉萎缩硬化的卢伽雷病，23 岁获剑桥大学博士学位，在全身瘫痪的情况下仍担任剑桥大学教授。他被安放在轮椅里，保有听力、视力、思维能力和超群的想象力，却不能说话，只有面部少许肌肉和眼皮、眉毛能活动。助手研制出特殊传感器，以识别他面部和眉眼的细微表情，"翻译"成英文字母输入电脑，最初组成一个词要 90 秒钟，渐渐地"熟能生巧"，加快速度，霍金教授就是这样表达思想，给学生授课，著书立说。他通过互联网获取信息，缜密思考，天马行空，写出了《时空的大型结构》《超时空和超引力》《时间简史》《黑洞与婴儿宇宙》等影响世界的理论专著。

他赖以生活、工作的轮椅、传感器与电脑的组合，其实就是一个朝夕相处的智能机器人，然而，他却告诫人们，这玩意儿将毁灭人类。

李永生想：这种危险是存在的。智能机器人的电脑储存大量数据，又对外界信息具备筛选、识别、应对的能力。譬如无人驾驶汽车可以上街，自动选择道路，不撞车，不违反交通规则。无人驾驶飞机会追踪和击毙恐怖分子头目。导弹可以自动调整方向打击移动目标。但这一切必须在操作人员的掌控之中。

如果科学家们把智能机器人的功能一再升级，让他具有"自主性"，譬如与主人对话、下棋、打牌，它可就要跟你"平起平坐"了。美国电脑"深蓝"战胜了国际象棋冠军，因为它筛选最佳方案的速度比人脑快得多。差距悬殊呀，中国超级计算机运算一秒钟得出的数据，若用人脑笔算，或者打算盘、拉计算尺、手摇计算器，需要连续工作 100 年。当前的情况就是智能机器人不断升级，比人聪明能干。机器人市场十分活跃，工业机器人、医务机器人、玩具机器人、服务机器人，层出不穷，买卖兴旺，我国处于领先地位。必须画一条红线：智能机器人不能跟人一样有感情、有思想、有精神——不能有李永生博士所说的灵魂。

但是，美国加州大学的科学家，研制了类似人脑运行方式的"存储式电脑"，模拟人脑的神经元。如果"读心器"把人的思想感情"读"出来，再输入机器人的"存储式电脑"，这家伙就有了灵魂！它就会自主学习，独立思考，产生好恶，自行其是。最近德国车间里的机器人就把一个工人抓起来，活活地摔死了。

现代武器的"精确打击"，包括随时修正核导弹飞行路线的大量数据，都是由电脑测算和控制的，只不过"攻击命令"由人下达，由人用手按下"发射"的电钮。如果某个环节的电脑有了"主见"，不听人的命令，自动发射了核导弹，后果不堪设想。

可是有些科学家，偏偏要研制有"主见"的智能机器士兵，派上战场"自主"作战——它们能识别敌我、使用武器、判断情况、转换攻防；而且不怕死、不知疲倦、不吃不喝，减少后勤，伤兵医疗（换件修复）比活人快，成本比活人低，尤其是可以减少战争伤亡，符合人道主义。美国军事家预言这种"超人类士兵"将引起第三次战争革命（第一次是发明了火药，第二次是核武器）。

真是这样吗？你的"超人类士兵"就不杀死对方的活人士兵吗？2015年，霍金教授联络全球一千多位科学家发表公告：禁止研制杀人机器人！

李永生深感内疚，来找郝明忠，"咱们的信息不灵通，人家的公告都发表了，咱们还没开展这方面的研究——禁止杀人机器人，也是为了保护生命呀！"

郝明忠说，"你追踪灵魂，上天堂，下地狱，现在又追到机器人头上了。"

"如果机器人有了灵魂，自我升级换代，3D打印'超人'，反客为主，它们可就真的会成为统治人类、毁灭人类的机器魔鬼了。"

"这是生命学的最新版本。你否定古老传说中的鬼魂，为了科学地保护生命，现在又要支持霍金的警告，从理论上画出红线——阻止机器人变成新的魔鬼。"

十四

郝明忠顾问领导的外科部，已成为国内器官移植的先进单位，刚从广东空运来一颗活体心脏，移植成功，挽救了濒死的心脏病人。李永生"人体分别死亡"的理论指导着活体移植。再就是智能机器人做手术，比外科医生还稳健、精确、迅速。有些大手术也不必开胸、剖腹了，只需"微创"——切开两个小口，把机械手伸进去，医生从透视器的荧屏看着它操作就行。

郝明忠表彰大家："咱们这里什么器官都能移植，除非头颅。"

话音未落，网上就传来挑战性的消息：英国医生"已做好了换头手术的一切准备，请全球医院协助征求志愿者：1. 高位截瘫，头脑健全的患者；2. 脑死亡，身体健全的死者。"

郝明忠的外科部，曾经把一位"脑死亡"的男孩内脏移植给 5 位重症患者，却从来没想过，也可以给这个男孩健全的身体移植一颗健全的头颅。

"不是不敢想，而是不能这样做！"

"张三的身体、李四的脑袋，这个人到底是谁呢？"

"谁的脑袋，就是谁。"

"这是李永生的理论——精神和思想就是灵魂，灵魂跟着脑袋搬家。"

"这会带来伦理道德上的大难题。"

医生们争论得很激烈。虽然是万里之外的英国医生要做换头手术，但是医学无国界，一石激起千重浪，问题照样摆在了郝明忠他们面前。

郝顾问来向李博士请教，"假如英国同行真的实行换头手术，不论成功与否，咱们医院也不能永久拒绝研究它吧？"

李永生说，"科学无禁区。你从外科学的角度，我从生命学的角度，先考虑研究课题的任务书吧。我也要告诉你一个新消息，是否一并考虑？"

美国一位富翁身患绝症，就拿出一笔钱建立医疗基金，聘请律师与一家私立医院订立合同：把活着的富翁冷冻贮藏起来，等待医学进步，直到有办法治疗这种绝症的时候，再把他复苏、治愈。至于等待多久，10 年、20 年，还是 100 年，合同都有效。到时候也许他的亲友都过世了，还可以结交新朋友嘛!

白发苍苍的郝明忠顾问说，"这也属于生命学范畴，可以一并研究。不过，你我都是超龄服役的老人了，眼大肚子小，吃不了就兜着走!"

李永生博士耄耋之年，依然西装革履，温文尔雅，心气很高，侃侃而谈："我的两个小哥哥在抗战时期夭折了，那时是四万万同胞，平均寿命不到 50 岁。现在是十三亿五千万，平均寿命 76 岁。伟大的奇迹呀! 国泰民安，温饱有余，医学进步，生命之树常绿。"

作者简介

赵大年，男，电影编剧，小说家。满族，1931 年生于北京，毕业于天津市扶轮中学。1949 年参军，复员后长期从事农机科技工作。1980 年至今任专业作家，北京作家协会副主席，影视创作委员会主任。中国作家协会会员，中国电影艺术家协会会员，中国少数民族作家学会副会长。著有小说《大撤退》《女战俘的遭遇》《公主的女儿》《尚未污染的山林》等。多部作品获全国和报刊文学奖，被译成英、法、日、韩文在国外出版、发表。

献给克里斯蒂的一支歌

黄咏梅

一个地道的中国人，却有一个外国名字；一个本该市井的年龄，却有着和现实最坚韧的冲撞，我们想不通的生活，想不通的人生，其实蕴含着巨大的疑惑，怎么才是对的？怎样才是好的？

克里斯蒂对我唯一的一次拜访，是个礼拜六的下午。她的穿着跟平时上班风格不一样。裙子是裸色的，上边嵌着星星般的碎花。那本《圣诞忆旧》就压在那些碎花上边。那时候我们并不熟悉，我刚进公司不到三个月，而克里斯蒂已经在公司换了四个部门，第四个正好就是我在的那个部门。"萨宾娜，周末有空去你家玩？我租的房子也在环市东路上呢。"说实在的，对于她的来访，我一点心理准备都没有，就好像我还没适应"萨宾娜"这个英文名一样。

是这样的，我们公司是一家外企，整个公司不见得有几个外国人，但每个人都必须要有自己的英文名，类似工号或者代码。我们得像背单词那样记自己的同事，没有一段时间是记不过来的。这里最资深的那个保洁阿姨，在讲大老板坏话的时候，也会说："杰姆很风流的，换女朋友比我们换卫生间的擦手纸还勤。"这个保洁阿姨最爱讲老板们的八卦，据说她曾经被大老板当众逮到将只用了一半的擦手纸换下来带走。别看公司里大家都穿着正装，一本正经，彼此都保持着一定的距离，其实各种小道消息、八卦传播得很快。在茶水间遇到几个人，挤眉弄眼地问我："萨宾娜，克里斯蒂去你家谈心啦？"我都还没能背出他们的英文名，他们居然能知道礼拜六我家发生了什么事情。

克里斯蒂的来访并没什么目的，只是对同事中感觉气味相近的人作一次

"投石问路"。她坐在我家那张沙发上，喝着我给她泡的铁观音，不时拈起一粒碟子上的葡萄干或者脆杏仁来吃。她给我带来的礼物，就是那本《圣诞忆旧》。她一多半都在讲这本书怎么怎么好，哪里打动了她。我没看过这本书，她的介绍也很凌乱，很没重点。一会儿讲这个离异家庭长大的作者卡波特跟父亲的关系，一会儿又讲卡波特身边一直相伴的那个独身老女人。看起来她真的很喜欢这本书。"你一定要看看这本书，里边那个叫苏克的女人，带着这个小男孩，圣诞节用辛苦攒起来的钱买材料，做各种口味的蛋糕，给左邻右舍一家一家地送，还突发奇想给总统寄了一个，她难道指望总统能解决她的独身问题吗……"说到这里，克里斯蒂哑然，晃晃脑袋，似乎想起了书里那些有趣的描写。"这个苏克，很 Sweet 的。"她几乎是笑着补充了这句话。我礼貌地报以一笑，并看向她。没想到，她的眼里竟然闪着泪光，我觉得有点尴尬。毕竟，我们那时在公司还没说过几次话。那一次看到我办公桌上那个切·格瓦拉头像的小铜笔架，她就停在我那格办公桌前，拿那笔架看了又看，说她家有一只切·格瓦拉头像的 CD 架，看手法很像是同一个人做的。接着她就说，要来我家玩会儿。

显然，她是想跟我走近的。她打算离开我家之前，礼貌地问我："以后有需要我帮的尽管说啊。"她环顾了一下房间四周。这间不到 50 平方米的单身公寓，我只租下了一年，并没打算长住的，所以弄得很简陋，东西堆堆塞塞也没个章法。

"啊，想起来了，现在就有需要你帮我的。"我走进卧室，从壁橱里抱出一床棉被芯。"烦死了，这个世界上我最讨厌的事就是一个人套被子……"我一直抱怨个不停。从上大学到毕业工作，我还算是个蛮独立的人，找工作、租房子、搬家……这些都是我一手做完。可是，套被子这件事着实让我烦心，两只手对付八只角，大半个身子从被套口里钻进去，对齐前边四只，又游回来对齐后边四只，人钻出来，一扯，前边那四只又跑偏了，不得不又钻进去……如此往返几轮，勉强使得四角两两相对，最后拎起两边，高高站在床上，一阵狂抖乱颤，此时人已经披头散发，或者说怒发冲冠了。

克里斯蒂不需要我插手，她说要示范个标准动作给我看。只见她把长裙卷上大腿，在右侧打了只蝴蝶结。实际上她是虚张声势了。她轻盈地将被子在床上展开后，叠成春卷状。她坐在床沿边，跷起二郎腿。她的腿型很匀称，直而且白。除了偏瘦，她其实应该算是个美女的。她慢条斯理地将那整条"春卷"像酿肉一样，一点点塞进被套，手跟进被套里摸索几下，人再站起来，两手各捏着一侧，朝天空一抖，被子作一次优美的波浪运动，跌落到床上的时候，芯和套已是骨肉不分离。最后，她沿着床四周巡视一圈，四角各拉扯了一下。完活儿。

我像看一场表演，眼睛都没眨一下。

"以后你也会的，慢慢来。"克里斯蒂从容地解开那只蝴蝶结，长裙纷扬撒开，很仙的样子。

这就是我跟克里斯蒂的不同之处，当然，也是克里斯蒂跟很多人的不同之处。我是这种人——从小开始，喜欢吃西瓜就发誓要嫁个卖西瓜的，喜欢吃麦当劳又发誓说要嫁个开麦当劳的。为了摆脱一个人套被子这件烦心事，我已加快了找男朋友的进度。实际上，没多久我就谈恋爱了，并且我们很快住到了一起。套被子这种事自然就解决了。

克里斯蒂没再到过我家。

在我们这种外企，人和人之间本来就不容易走近，看起来我们共用一台电梯，其实我们每个人就是一台独立的电梯，升职、加薪、跳槽、"炒鱿鱼"，这些，是每个人的楼层。"叮"，门开那么一下，15秒后，关上。能者居其上，能上者捞大世界。在办公室里，我们除了完成手头的工作外，也会扎堆研究研究"能"这门学问。按照公司的升职定律，一般在三个以上部门待过的人，存在很大的上升可能性。比方说，那个复旦大学毕业的丽莎，五年内，从销售部跳到公关部，接着跳到人力资源部。据说，年底的迎新年派对，就要宣布她当副总了。这个消息今天早上从庄森嘴里走出来，简直就像开香槟的那一声"嘭"，很快，言论像泡沫一样止不住，流窜在我们这个单元层里。

"丽莎？82年生的，比我还小三岁，凭什么？"亚力克愤愤不平，扯松了他的领带。

"早预料到啦,只有蠢人才想不到,她每换一个部门都升半级,钢琴家的手都没她那么快。"庄森不到四十岁,却过早地出现了中年胖,这种体型在公司被判决为"失觉型",迟钝、难爬、濒临放弃。相比那些弹跳力强的精干型人才,"失觉型"唯一的优势就在于,他们跟公司的转椅结下了深厚的友谊,他们能熬,就算熬得胖胖的也不会离开椅子半寸。

"切,滚床单嘛,爱滚就会赢。"满脸雀斑的翠茜出了名的心理阴暗,在她看来,一切的成功都是交易,女人用身体埋单,男人则用金钱。

整个午休时间,他们都在研讨关于"滚床单"的学问,顺带还议论了公司其他几个以此"著名"的女人。我只有听的份。

在这期间,我看到克里斯蒂端着一杯冒着热气的咖啡,轻轻地从我们的圈子走过。那股香浓的咖啡味,过了很久才散去。

"美貌在公司就是升职器,杰姆那么好色,什么类型都不拘的。"接着他们又议论起了那几个红人的美貌特质。听上去,理论翠茜都研究得很透了,就是没有实践的能力。"唉,说到底,很多能力是天生的……"翠茜摆摆手,一副怀才不遇的委屈。大家都没接话,眼看这个话题就乏味了。

"唉,也不绝对的吧,资历不是也很重要嘛。"我想把这个令翠茜伤感的话题引开,这是我的优点。满一年见习期的时候,部门鉴定是这样评价我的:具有良好的工作素质和团队合作精神,性格开朗,善解人意。我对我的男朋友炫耀说,你看看我的人品!他很不以为然。他早就说过,我是个利己主义者。不过,他喜欢我,就在前边加了个时髦的形容词——精致的利己主义者。为了消除我的愤怒,他又说,我也一样,我们都是,精致的利己主义者。没有什么不好的,只要不是个损人利己主义者。我和男朋友相处得很好。

果然,翠茜不伤感了,现在,她把伤感投放在了克里斯蒂的身上。一谈资历这个话题,就必然会谈到那个老员工克里斯蒂。

据说,克里斯蒂已经四十多岁了,每换一个部门,列入电话通讯表格里,她的名字总出现在倒数的末几位。可是,从没见她有任何不满情绪。

"她不在意这些职位啊薪水啊什么的，反正她一人吃饱，全家不饿。"我真是这么想的。

"怎么可能不在意？她又不是上帝！"胖子庄森似乎在说自己。

"嗯，我想，是价值观吧。她看重的东西不是这些。"不知道为什么，那次克里斯蒂的拜访，一直留在我心里，她的膝盖上摆着书，眼含泪光坐在我的沙发上，这个镜头是那么文艺。在我眼前，这么特殊的镜头从此再没出现过。在某些无所事事的礼拜六，我也曾冒出过是否要对克里斯蒂进行回访的念头，我也可以轻松地走到她的办公桌前说，克里斯蒂，这个礼拜六我去你家玩玩？我还没看过你那只切·格瓦拉CD架呢……可是，这些计划经常会被一次次"消消看"游戏的方阵冲散。

年末的迎新晚会，主题是"bling bling"。大老板杰姆给员工群发邮件说，今年公司取得了好业绩，跟诸位的努力是分不开的，在我的眼里，你们都是一颗颗闪亮的宝石。希望在新的一年里，继续散发你们的魔法光芒，照亮自己，同时照亮他人。公关部的同事敏感地在他的邮件中摄到了"bling"这个词，于是，晚会上我们都被要求穿得像一颗颗闪亮的宝石。我那件黑色小礼裙，胸口上是一只用珠片拼缀成的大蝴蝶，灯光一照，他们都说，萨宾娜，我想变成那只蝴蝶。那只大蝴蝶趴在我足够辽阔的胸口，胖乎乎的。克里斯蒂对那些闪亮的材质发生了兴趣，用手捏了捏珠片，说："哇，起码得用一千片吧？"我打量一下她，差点没笑出声来。她还穿着最常见的那件白衬衫裙，腰上系了根细棕色皮带，但她确实很"bling"，因为她头上戴了一只会发光的发箍，上边的皇冠一闪一闪，就像圣诞树上的彩灯。

"克里斯蒂，这玩意儿会唱歌吧？"我还是没忍住，笑了。

克里斯蒂很惊讶，问我怎么猜到的。实际上，这种发箍，我在环市东路的夜市摊上，看到过很多回，那个小贩总在示范给扯着大人裤子不愿意离开的小女孩看，拨一下发箍后边的小开关，皇冠就跳啊跳地闪烁，再拨一下，音乐就响起来，是那种熟悉的洒水车的音乐。克里斯蒂让我转到后边去，看藏在头发里的那个小开关。她就是在那里买的，本来10块钱一个，她说服小贩，20块钱，买下了这个，还外加一个老毛的肖像图，开关一拨，眼珠子会转动。

"是的是的，我见到过的，还会讲那句：中华人民共和国成立了。"

克里斯蒂频频点头。她告诉我，在世贸会期间，要50块一幅呢，那些"鬼"最喜欢买了。克里斯蒂还想说点什么，会场响起了掌声。只见舞台上，杰姆这只"鬼"挺着沉重的大肚子走向了话筒。

庄森的情报很准，丽莎果然被宣布就职副总。她穿着一袭华贵的超短旗袍登台，银光四射。整个晚会上，就她一个人穿旗袍了。我想翠茜肯定又会说："看吧看吧，我没说错吧，全世界都知道杰姆是个旗袍控的，说不定这旗袍是杰姆送的呢。"

丽莎上台发言，胸口都要碰到话筒了。她先说了一堆感激的话，说到后边，竟然哽咽了，不断向大家说抱歉。就在众人等着她整理好情绪说下去的时候，忽然，一阵嘹亮的音乐响起，仿佛一辆洒水车撞进了人群。我和大家一起朝声音的方向看去，只见克里斯蒂正扯起头发，用手摸索她的后脑——那只开关大概失控了，音乐响个不停。此时，不知谁带头笑出了声。我竟没想到去帮克里斯蒂搞定那该死的开关。

克里斯蒂在众人的目送之下，穿过人群，朝安全出口方向走去。

洒水车开远了，逐渐消失，等到完全听不到的时候，刚开始还星星点点"bling bling"般的笑声，变成了一阵集体大笑的高潮。我也笑了，杰姆在台上也笑了。只有那个刚才还哽咽着的丽莎，不知该摆出什么样的表情。

本次新年晚会最为bling的，不是那个哽咽的大胸脯丽莎，当然也不是趴在我胸口的那只大蝴蝶，正如大家所传来传去笑话的，是那辆洒水车。翠茜笑得气都要背过去了，她说现在只要一听到街上的洒水车，就会想到克里斯蒂的发箍。最让翠茜拍手称快的是，她看到丽莎站在台上，比克里斯蒂显得还尴尬。

"嗨，克里斯蒂，你是故意的吧？"翠茜打趣地问。

克里斯蒂刚进办公室那扇玻璃门，面无表情地走向自己的座位。我们注意到，她的短发下，伸出了两根白线，一根沿着她的肩膀垂挂下来，一根从她扁平的胸口横穿，最终都归入右边的那只口袋里。

那口袋里边到底有没有一支歌曲在播放？我们不得而知。

后来，我在下班路上遇到克里斯蒂。她换了双平跟鞋，走得慢悠悠的，被裹挟在方向一致的人流当中。她的短发下，也挂着两根白线。我赶上她，拍拍她的肩膀，她整个身子神经质地抖了一下，就差要喊出声来了。她摘下耳机后，才向我笑笑，好像戴上耳机之后，她谁也不认识似的。

从我们上班的地方到华侨新村，不到两站路，我们并肩一起走。

"这样走路不安全。"我指了指她的耳朵，"这条路上，很多小偷，抢包或者用刀割手袋，我就亲眼看到过。"

克里斯蒂歪歪嘴角，这笑容让我觉得刚才的话很多余。

"那感觉很好的，你的耳朵被音乐塞住，你眼里看到的东西，成了电影画面，就好比，嗯，你在给这个世界配音。你看，酒店门口那两个人在吵架，你可以认为他们是彼此热情地抢着付账呢……"克里斯蒂热情地笑了起来。

我早就说过，克里斯蒂应该去搞艺术，或者当作家，最起码应该去报纸杂志写写专栏什么的。她总是那么文艺。

好不容易将话题转到公司，我们才算有了些共同语言。在嘈杂的人群里，我们聊得像挤牙膏。我们从那个新年晚会聊到那个被洒水车冲乱了的丽莎。

"凭什么呀，她那么年轻就当上副总了。"我愤愤不平地说，还传达了那些关于"滚床单"的议论，期待引起克里斯蒂的一丝共鸣。

"这跟年龄没关系，想要得到什么，努力达到就是了。关键是要想清楚。"她还是那么平静。如果不是那个赶路的男人，手表撞到了她的手臂，她的眉都不会皱一下。

"想清楚就可以了吗？总还得想想别的什么吧？比方说，呃，道德感……"我对丽莎的升职一直义愤填膺，甚至还有——羡慕嫉妒恨。克里斯蒂的反应让我有点心虚。

032

"嘿，道德感……"克里斯蒂像跟一个老友打了声招呼。

快拐进华侨新村的时候，人群在天桥的东西两侧得以分流，我们走的是东边。人少了，华侨新村的阔叶榕一棵接一棵地迎面而来。克里斯蒂伸出了左手，眼睛并不去看那些树，那一棵棵树都准确地拍到了她的手。

"萨宾娜，我在这里一晃就快 10 年了，简直有点，可怕。"克里斯蒂轻轻叹了口气。

"克里斯蒂，你就没想过跳槽？"我的意思是，克里斯蒂在公司真的没前途。

"跳去哪里？我是个没 File 的人，去哪里都一样。"

我停下了脚步，睁大眼睛，看着她。

克里斯蒂也停下来。看着我，耸耸肩，好像感到对我隐瞒这些有点抱歉。"这不是个秘密。我跳槽来公司，就没带 File。"

公司里总是有些不知道什么时候约定俗成的说法，有的东西，我们会直接用英语称呼，似乎它们的西方制式，在中国是无法转换的。例如把录用书称为"Offer"，把命令称为"Order"，个人档案呢，就直接称"File"。克里斯蒂嘴里吐出这个单词，那么轻描淡写，好像 File 是只小猫咪。

我的脑子开始转个不停，脚不知道什么时候开始跟着克里斯蒂迈开了。我们又沉默地走了一小段。我想得更多的是，克里斯蒂来公司前，发生了什么？一个不要档案的人，等于前边的那些人生，白过了。

"那是为什么？"

"萨宾娜，你今年多大？"克里斯蒂没头没脑地问我。

"25。"

"真是个小朋友，有些事发生的时候，你还没出生。"克里斯蒂摇摇头笑了。她又忽然挽起我的手臂，拉着我大踏步朝前走，就像要甩掉身后某个咳嗽鬼。

在一个十字路口说过"明天见"后，很快我又转回身。从她的背后看去，短发底下又垂下两根白线了，好在，这条小路很安静，周围只有几个拎超市袋子的女人在走着。隔着大约十来米的样子，我仿佛能听到她耳机里传来一阵音乐。

我悄悄地问过庄森，他是我们公认的"资讯台"。庄森的"情报"也不多，只知道克里斯蒂跳槽来公司的前一份工作，是政府的某个文化部门。

"公务员？"我吓了一跳。克里斯蒂哪一点像公务员？她充其量像个懒散的小职员罢了。

"就是因为不像才跳槽的嘛。"庄森不喜欢我一惊一乍的样子，总爱摆出个老资格来压我。

"不知道她怎么想的，公务员好难考的哟。"我撇撇嘴。

"嗯，公务员也不见得那么好，没上升空间的公务员，没地位也没实惠，还不如到公司，像我一样。"庄森习惯地又开始"审人度己"了。

我猜当年克里斯蒂一定没想清楚，头脑发热，什么都不要，一跳了之。

比起克里斯蒂的档案问题，我更多地纠结于她那个公务员的职务，事实上，我还为此跟我的男朋友吵了一次。

那天，男朋友下班回家。那件生日时我下血本给他买的HUGO西装还没来得及脱下，我们就吵了起来。我先是跟他说起克里斯蒂的事，然后说到我的一个念头——我现在要不要去考公务员？事关于己，男朋友马上从一个聆听者变成了一个辩论者。他从公务员的现状开始谈，谈到假设我现在是个公务员，要经历怎样的奋斗历程，他讲的关键在于——你知道，公务员的职数不是争取来的，是等来的，你怎么知道你就能等到？

男朋友是清华大学毕业的理科生，口才却不比文科生差，我自然辩不过。可是，我的脑子并不是一时发热。除了因为公司太辛苦，经常需要加班加点完成项目之外，更重要的是，我还有一个失败的秘密——当年同宿舍的8个女生，有5个都考上了公务员，我作为落榜者，才找到现在这家公司。一种莫名其妙的耻辱感让我到现在还不愿意去参加同学聚会。他压根儿不知道我的这个秘密，这家伙一毕业就毫不犹豫地进了现在这家很有实力的评估公司，哪里能体会到我的纠结？

我没有退步，念头依旧执着，大有你管不着我的姿态。

说不动我，男朋友转而开始讲考公务员之难。你知道吗，现在每年"国考"近150万人，这是什么概念？比考清华北大难多了，你想考还未必能考上呢！

这番话让我变成了一个泼妇，不管三七二十一，就是要考，就是要考。我这个样子，他并非少见，多半是在我想要买一件东西，意见不一致的时候，我会使出这招，每每令他屈服。

可是这次他没屈服。他扯下那件裁剪得体的西装，挂到衣橱里去了。他的腿很长，就像韩国电视剧里的那些哥哥。这是我喜欢他的一个重要因素。我看着他的背影，气有那么一点消，想从后背抱抱他。事实上，考公务员只是克里斯蒂带来的一个念头而已啦。

他换了家居服从卧室出来，斜靠在沙发上，长腿搁在茶几上。

我趁势坐在他的长腿上。

"最近公司很累？"他把我抱到怀里，放低声音。

我习惯地开始撒娇。发了公司一大通牢骚之后，我讲到那个坐"直升机"的丽莎，我竟然难以控制地愤怒，也不知道眼泪从哪里来的。同时，我对自己有那么一点惊诧，潜意识里，我原来竟如此在意丽莎的升职，甚至还感到了——委屈。

"你都不知道，她们多半都是靠滚床单！"我在"滚床单"这三个字加重了语气。

"那有什么用？升职有什么光荣可言？谁爱滚就让她滚呗。"男朋友抚摸着我胖乎乎的胸部，试图平息我的愤慨。

"月薪翻倍啊！这太不公平了，难道，难道我也得去滚床单？"话一脱口，我就有点后悔了。

果然，我的身子马上受到了重重的一颠，整个人被扔到了沙发上，额头磕到扶手上，带来一阵疼痛。我就势把脑袋埋在座垫里，屁股向上翘着。

我这个滑稽的姿势不知道维持了多久，就像维持一个事故现场。

身后竟然一点动静都没有。我把眼睛从座垫抬起，那人不知什么时候离开了。我一跃而起，冲到门边，边穿鞋子边吼："好啊，我现在就去滚床单，现在就去滚……"我气得发抖，摔门的声音如此巨大，我还觉得力气不够用。

在小区的一棵棕榈树下，我被半拖半抱着回了家。这不是第一次了，吵架的结果几乎没什么区别，但是每一次吵架，都达成了不一样的目的，这大概就是恋人之间的升级机会。

我们在吵架的余怒中，做了一次满足的爱。男朋友光着身子跑下床，再钻回被子里的时候，手上多了一张银行卡。他说，这里已经储够30万了，我们商量一下，买日系，还是德系车？

我们早就说好了，先买车，再按揭房子。同居时买车；按房嘛，就意味着要结婚了。

一切都在按我们的规划上升。我们共同的理想是，5年后，过上有车有房的精致生活。

第二天清晨，我们用亮晶晶的骨瓷杯子喝咖啡，又用亮晶晶的刀叉吃过煎鸡蛋和烤面包后，穿得体体面面地吻别。男朋友说，买日系还是德系，你想清楚了哦。我报以甜蜜蜜一笑，就像昨天的吵架从没有发生过。

仔细想想，对于目前这份工作，我没有什么可抱怨的。正如男朋友说的，好好干，在业内干出点成绩，即使大老板看不到，猎头总是会看到的。的确，隔三岔五，我们就会听到，公司某某主管又被猎头挖走啦。我铁下心来，打算在这里把自己干成一个资深"猎物"。这样，每天，启动公司电脑，第一时间看到大老板杰姆咧着嘴，竖起大拇指的形象，我不再觉得他是个色鬼。杰姆的形象在屏幕上只停留了几秒钟，比电梯停留的时间还短暂，然后，电脑自动登录到公司的办公平台。总会有一只只小信封在屏幕的右下角跳动，群发的或者指定发送的，这些"Order"就是我一天的任务，我只要一件一件地干掉就是了。

我习惯性地打开一只信封，屏幕上只有一行字。我还没来得及抬起头找对面的翠茜，就听到翠茜先嚷了起来："发生什么事啦？丽莎要下来巡楼？"

整个部门就开始叽叽喳喳了。

自从升上副总之后，我们就很少能看到丽莎性感的身影，就算在电梯也很难邂逅她，仿佛她真的坐到了"直升机"上。我们只会在难得一次的巡楼中看到她。上一次丽莎巡楼，是因为公司楼下的绿化小区里，出现了一个变态。他躲在隐秘的灌木丛里，看到年轻的女员工路过，冷不防会发出猥琐的呻吟。丽莎亲自到每个部门，温馨提示，女员工路过的时候要注意安全，尤其是加班独自晚归的女员工，最好由保安陪护出去。

丽莎迈进我们部门的那一刻，庄森、亚力克以及蜗居在各个角落的男员工都离开了转椅，朝过道涌过来。这情状，丽莎是很自然接受的，从她自信的步态看来，若干年的女性成长历程，就是从这种夹道一路走来。

丽莎这次并没有停在过道上，而是径直走向过道尽头，步态摇曳。最后，她在克里斯蒂那张靠窗的位置，站住了。她微笑着瞄了眼正在装订文件的克里斯蒂，然后，才转过身面对大家。她先是慰问大家的辛苦工作，那老成持重的神态，颇有几分似杰姆，尽管一个中国人学老外的神情，看起来总有点出洋相，好在丽莎的确是个大美女。我一直在琢磨她戴的美瞳。

丽莎开始讲此行的重点。她把手撑在克里斯蒂办公桌的围隔上，说，大家可能也听说了，明天下午，环市东路会有一场游行，市民自发的保钓请愿，目的地就是我们楼下。公司希望大家不要参与，更不要闹事。

说实在的，我压根儿就没将这几天报纸网络上闹得沸沸扬扬的保卫钓鱼台游行跟丽莎的巡楼联系在一起，似乎这两种行为之间半毛钱关系都没有。杰姆是个英国人。

丽莎宣布完后，又回答了几个男员工的问题。

"当然，这是自发行为，公司也不能强行限制，但是，杰姆不喜欢，很不喜欢。"

不知道为什么，我很不喜欢丽莎这种语气。我在心里暗自回了一句："杰姆算个屁啊，马屁精。"

丽莎又在簇拥之下走出去了。

办公室又出现一阵叽叽喳喳。

如果说，明天的游行跟我们公司能扯上点什么关系，多半因为，我们公司位于使馆区。在我们这座写字楼的背后，绿树掩映着几处小矮洋楼，都是各国的使馆楼。每天午饭后一个小时的休息时间，我们会三三两两结伴到后边的小花园里散步，运气好的时候，还能蹭到免费顺畅的 WIFI。由于前边有高楼遮挡，环市东路主干道上沸腾的车马声，一点也流不进来。这种特殊的幽静，的确给人带来些戒备森严的感觉。当然，另外还有一层关系，就是庄森说的："杰姆肯定不喜欢啊，他周末经常跟那些鬼去打高尔夫，如果公司有人参与，他会觉得尴尬。"庄森指指他身后的窗子，楼下那几幢红的黄的矮洋楼，像一只只文件夹子，各自夹住了一小片绿地。

下班的时候，我跟克里斯蒂搭同一台电梯。走出公司大楼，觉得门口格外空旷。多走几步便看见，在离马路几十米的地方，已经拉起了一排蓝色的防护栏。保安正示意大家绕侧边的小道离开。

实地的情景让我有几分亢奋，还有些许紧张。我跟着克里斯蒂，绕小道走上了环市东路。

由于大道被封，路上的人更拥挤了，克里斯蒂和我挨得很近。换上她那双舒适的平跟鞋，她只跟我的眼睛齐平。她不仅矮小，还很干瘦，白衬衫塞到 A 字裙里，像个没发育好的女孩。这让我想起她喜欢的那本《圣诞忆旧》。她送给我之后，我把它当睡前读物，零零碎碎读完了。说实在的，我并没有多喜欢这本书，不过，里边她喜欢的那个老女人苏克，大概形象跟她差不多。

人多，我们都没心思说话，只顾看眼下的路。走了一阵，冷不防我的右耳被塞进了一个东西，我还没回过神，就听到了那东西传来的音乐。我侧过脸去看克里斯蒂，她朝我眨了眨眼睛，恶作剧般笑笑，同时，用左手挽起了我的胳膊。她那么矮小，挽着我倒像个妹妹。

白线连着的另一只耳塞在克里斯蒂的左耳里。我们共享着她口袋里那只播放器。

"一首曲子反复听多了，那音乐会不时在你的耳朵里响起来。即使你没在播放，就算你很久都没听它了，但是，在某些时刻，紧张、快乐、悲伤……

总之，就是某些时刻，它会自己冒出来，或者，你也会不自觉地哼出来。"我记得克里斯蒂上次对我说过这样的话。可是，我现在实在记不起那是一首什么歌。我们一起听的时候，是多么熟悉，可我始终想不起它的名字。我们经常会有这样的时候，话到嘴边却忘言，或者说，指着某样东西，明明认识却硬是叫不上名字。这种时候，我们能做的就是着急地、不断地重复，哎呀，哎呀，那个，那个……这种时候，我们最需要的就是，有旁的人，来那么一句提醒。可是，这首曲子注定无人能提示。我和克里斯蒂再没有这样一起走过。

我不确定，那次听过之后，我是否还遇到过这首歌；即使遇到了，我也不能确定。

第二天下午，比预报的时间提前了半个小时，3点不到，就听到亚力克在东边的窗口喊："来了，来了！"于是，我们扔下手上的工作，都挤到东侧的那几扇窗口看。

我们的办公室在12楼，窗户是那种密闭的落地双层玻璃，声音基本听不见。好在前边无遮挡，视野开阔，可以看到环市东路一整条游行队伍。

现在，环市东路整条主干道都封闭了，禁止车辆通行，整条大道上，密密匝匝的人潮，一点一点朝我们这边泛过来。拉着横幅的走在最前边，拿着扩音器的走在两侧。

"可惜听不见。他们在喊什么？"翠茜把耳朵都贴到窗户上了，"这就是丽莎说的闹事？他们很有纪律嘛。"

队伍走到那些蓝色的防护栏前才停下来。护栏的内侧，早就等着一大群穿制服的警察，盾牌一只只对应地排放在他们跟前。

那个穿着红T恤的男人大概是领队，因为，他挥挥手中的旗子，后边的人就一点一点地停下来了。绵延在环市东路的队伍，花了很长时间才停顿下来。

听不到窗外的声音，我们像看一场哑剧。太安静了，更没有我们设想的那种骚乱、激动。看了一会儿，翠茜没兴趣了，回到座位上。我给自己冲了一杯咖啡，边喝边看。

"庄森，你估计有多少人？"

"一万以上。"

"我看有三万。"

"夸张了吧？"

"打赌？"

"怎么赌？又没有准确数字。"

"明天看报纸新闻嘛。"

"报纸新闻？那也能信？"

亚力克跟庄森在争论。

"嘿，嘿，那是谁？"庄森猛地大叫了一声。

我顺着庄森的手指看下去，只见一个女人，从我们大楼的门口方向走了出来，一直朝防护栏走去。白衬衫，黑 A 字裙。

"克里斯蒂！"不知何时重返窗口的翠茜尖声喊了出来。

虽然看不到她的脸，但我们一致确定那就是克里斯蒂。

的确，她已经不在办公室了。我不知道她是什么时候走下去的。印象中，她刚才还站在玻璃前。

她一直走向队伍。她走得不快，像我下班时遇到的那样，好像踩着节奏去的。我不确定她有没有塞上耳机，有没有一首曲子在她的耳边响起，在这种紧张的时刻。

这期间，她跟阻拦她的一个警察说了些什么，警察就让她过去了。她走到那个红 T 恤的男子前边，犹豫了一下，手一伸，男子看了看她，也伸出了手。

"他们在握手吗？"

距离太远，我们实在看不清楚。

很快，克里斯蒂又朝我们大楼的门口方向折返，消失在我们视线内。

"搞什么啊？"翠茜仿佛被吓住了。

一会儿，我们大楼那两个值班的保安也出来了，他们各自扛着一箱东西，克里斯蒂跟在后边。在几个警察的护送之下，那两箱东西最后放到了护栏跟前。克里斯蒂蹲下去，将箱子里的东西取出来，一次又一次地，递给挨近护栏的队伍。

这下我们看清楚了，克里斯蒂在给他们发矿泉水。

"天哪，15 楼不会也在看吧？"翠茜竟然担心起来。

天晓得，15 楼那个大老板杰姆是否像只蜘蛛一样趴在窗前看？丽莎也看到了吗？

"即使看到了，也不一定能认出谁吧？"亚力克呆呆地看着窗下。

因为克里斯蒂，这场游行跟我们开始有了关系。我们没有离开窗边，眼睛只盯着下边那个小人。那个小人，最后被队伍中几个人从护栏的内侧拎了起来。她被放进了队伍里。

我们一直站在窗边，谁也没有离开过，直到再也找不见克里斯蒂。

不久之后，我们在公司也看不到克里斯蒂了。面对她空荡荡的桌子，以及她没有带走的那颗仙人球，我觉得有些愧疚。她是唯一到我家拜访过的同事。共事那么久，我竟然没有回访过她。

丽莎说，克里斯蒂是辞职，不是跳槽，因为没有一个人知道她去了哪家公司，跟着哪个老板。

我想，克里斯蒂大概又是没想清楚，脑子一热就跳了。

在某些时刻，克里斯蒂会忽然从我脑子里冒出来。下班的路上，在华侨新村那些阔叶榕树下，看见一个瘦小的女人，像散步一样缓慢，我的心就会加快跳动几下，确定那不是她，才松一口气。

我的男朋友果然实现了他的五年规划，我们共同按揭了一套公寓。那意思是，在这个城市里，我们共同享有固定资产。像大多数男人和女人一样，我们要结婚了。

结婚这样的事情，现在人们已经不再觉得有多重大。事实上，有很多跟自己无关的事情，现在人们都并不觉得有多重大。通常是，某一天回到办公室，保洁阿姨奉命在我们每人桌上放一包喜糖。然后我们被告知，某某结婚了，不摆酒。我们会把挑剩的那些糖送给保洁阿姨。可是，在我的心里，结婚依旧很重大。自从在网上预约了民政局登记以来，那个日子一直让我紧张。有几个晚上，睡到半夜我会中途醒来，摸黑到厨房拿牛奶喝。冰箱门被拉开的那一瞬间，我的眼前"哗然"一片光明。随即，我听到耳边传来了熟悉的曲调："5111，5271，513，531，623 1……"是那首俗气的婚礼进行曲。我这么一讲，那曲调现在肯定在你的耳朵里响起来了。没错，就像克里斯蒂说的那样，在某些时刻，你的耳朵里会忽然冒出一些旋律，一句或者两句。

那旋律让我觉得，我拉开的，是一扇教堂的门。

作者简介

黄咏梅，女，生于上世纪70年代。文学硕士。2002年开始小说创作。在《人民文学》《花城》《钟山》《收获》《十月》等杂志发表小说近百万字。多篇被《小说月报》《小说选刊》等转载并收入选本。出版小说《一本正经》《把梦想喂肥》《隐身登录》《少爷威威》。曾获"《十月》文学奖"《钟山》文学奖"等。

女友

王琼丽

谢慧娟和易红是闺蜜。人到中年，谢慧娟遭遇了一场飞蛾扑火般的爱恋，外遇了。易红是传统女性，对谢慧娟抛夫舍女之举无法理解。两人的友谊如"温水煮青蛙"般开始变质。此中是非，期待读者评说。

一

外遇是显摆的资本，不分男女。只不过表达方式不同罢了，男人属豪放派，生怕别人不晓得，恨不得拿起喇叭对全世界大声宣告，身边这个年轻又美丽的小妞是我的女人，当然，这时候做妻子的最好天生耳聋。女人则是婉约派，生怕别人晓得了，名声是女人行走江湖的盔甲，没了名声的女人，一辈子打不赢胜仗。谢慧娟知道这个道理，但完全没有人晓得，又有些锦衣夜行的委屈，所以女友成了最好的对象。比如这会儿的易红。

易红是典型的黄皮肤，中等身材中等样貌，衬得旁边的谢慧娟洛阳牡丹似的，白，且丰腴，加上有了新鲜爱情的滋润，胭脂红的脸上能掐出水来，偶尔就了啜一口咖啡后抬头的姿势，看一眼对坐的欧阳，一双碧波荡漾的眼睛里开出一朵一朵粉红的桃花来。易红觉得不自在，倒是欧阳，到底是混江湖的，做人比谢慧娟周到，一边忙着跟谢慧娟目光谈情，一边同易红聊房地产。

欧阳是荆州人，好在三十多年前跟荆门是一家，何况中国当下的地产形势大一统，住房过剩、价格虚高、老板跑路等等都是老百姓极度关注的事情，连步行街上的乞丐，也会一边搓着身上的污泥一边探讨房产走势。再说易红的老公从事的是土木建筑管理，欧阳跟她谈地产，是讨好的意思。易红又是一阵不舒服，她瞟一眼谢慧娟，知道自己适合让外人知道的、不适合让外人知道的，欧阳皆已了然于胸。对谢慧娟来说，欧阳怎么是外人呢？

欧阳具体叫什么名字，谢慧娟说了几次，易红总是不记得，女友的情人跟自己有什么关系呢？实在没有记住的必要。郑少波起初就不大乐意她跟谢慧娟走得近，准确地说，是谢慧娟跟易红走得近。郑少波说，看谢慧娟眼睛，就不是一个好女人，你少跟她来往。易红当时觉得匪夷所思，郑少波天天跟石头瓦块钢筋水泥打交道，怎么就能从女人的眼睛看出一个人的德行来呢？白多黑少的女人风流还是白少黑多的女人风流？你娶我是不是从我眼睛里看出我是一个好女人了？郑少波哭笑不得，骂，蟪蛄不知春秋。易红不恼，一个男人骂妻子情路简单历事少，是一种变相的夸奖。

谢慧娟不大跟易红联系了，易红也知趣，恋爱中卿卿我我的男女世界狭小，再大的空间也装不下第三个人，即便是空山闻鸟鸣，也要嫌烦的。接到她老公曹黎明打来的寻妻电话，才知道谢慧娟失踪了。一个将近四十岁的女人，跟情人玩私奔，无异于老牛冲进瓷器店，能落个什么好？中年男女的爱情，就是一把茅草火，来势汹汹，去时匆匆。都是经过人事的，怎么说也不至于跟年少时一样天雷地火。易红以为，谢慧娟跟欧阳，云遮月掩，过一阵子就好了。现在真的是好了，看谢慧娟怎么结局。

易红绝不是幸灾乐祸，而是恨铁不成钢的意思。当初她跟谢慧娟说了多次，不要见欧阳千万不要见欧阳，柏拉图一下就好，干吗非得真刀真枪，都是两条腿的男人，脱了衣服关了灯，有什么区别呢？再说，也不卫生。谢慧娟大笑，说，对呀，脱了衣服关了灯到底有什么不同呢？不试一试怎么知道呢？你看男人们倾家荡产也要采野花的，此中必定有玄机。谢慧娟心向往之，任性是女人的权利，对于漂亮女人来说，更是如此。谢慧娟说，我都三十八了，再不爱一次，就来不及了。人家洪晃都说了，一个女人一辈子睡十个男人才够本，我才一个，别说我自己不甘心，到时候死了，阎王老爷都要笑话的。

易红掩了嘴闷笑，这句话是有出处的。谢慧娟刚刚跟欧阳找到了感觉时，讲给易红听，易红碎碎念，说女人是张白纸，一辈子只能给自己的老公写写画画，若是别的男人胡乱涂鸦，留下的是一辈子的印记和疙瘩。再说半辈子都过来了，何必到老了，反而打了鸡血似的横生枝节，顺着大路走下去有什么不好？敞亮、踏实、名正言顺。谢慧娟嗤之以鼻，说，还名正言顺呢，你怎么不说明媒正娶呢？老封建。都什么年代了，男人有句口头禅你晓得吧？一辈子只日一个 X，阎王老爷都不依。天下乌鸦一般黑，你别指望你们家郑少波身上能长出白毛来。再说，凭什么我们就该为一只黑乌鸦守一辈子？

不管谢慧娟有多少条理由，三十八岁的女人，新中国成立前，都是做奶奶的人了；要是在青楼，要么早从了良，要么做了老鸨，怎么着也不该以身涉险。偏偏谢慧娟摆出时刻准备扑翅而飞的姿势，管它生，管它死，管它高楼起，管它楼塌了。恰好欧阳对谢慧娟的追求如击鼓传花，一下子穿透谢慧娟丰腴的身体，穿透她干涸的灵魂，幻化成一块千年的通灵宝玉，照亮她未来的人生之路。

最好的爱情，是慢橹摇船捉醉鱼。急性子的谢慧娟，等不得。

二

曹黎明电话里跟易红讲话，是吵架的语气，好像是易红做了皮条客，跟人合伙拐走了他老婆。易红原谅他的口不择言，但原本替谢慧娟瞒他的那点内疚，轻了三分。谁都没有替他看管老婆的责任，再说，一个戴了绿帽子的男人，见了人就气急败坏，是可怜之人的可恨之处，易红并不打算奉送多少同情给他。

易红想了又想，到底还是没有跟谢慧娟联系，人家两口子三口子的事，插手的人越多事情越复杂。谢慧娟的电话倒是来了，没开口就嘤嘤咛咛哭，易红以为欧阳对她不好，想，正好回来跟曹黎明重起炉灶。易红准备了一大段话，还没说出来，谢慧娟止了哭，说她爹跳了门口的堰塘，送到镇上医院抢救去了。本来年纪就大了，身体又不好，这一折腾，不晓得活不活得成。

幸亏跳的不是汉江，易红心算了一下，只要越过屋后的大堤，过了防浪林就是汉江，统共不过两百米。显然谢慧娟的爹自杀的心不那么决绝，最终的目的，还是配合曹黎明把谢慧娟逼回来。

易红以为谢慧娟回镇上去了，没想到谢慧娟说，曹黎明在那里伺候着呢，他惹的含糊，他收拾。

谢慧娟的意思，易红懂得。如果没有曹黎明之前的出轨，就没有谢慧娟后来的出墙，谢慧娟这是师夷长技以制夷，或者说，以其人之道还治其人之身。

曹黎明跟岳丈的阴谋破产了，但一生二，二生三，三生万物，世间万物总是相关联的，没等曹黎明收拾好岳丈这边的烂摊子，女儿曹茉莉离家出走了。虽然母女俩都是离家出走，但性质截然不同，谢慧娟是有目标有依靠奔着重生的希望和光明去的，而曹茉莉呢？一个十二岁的女孩子，奔谁去？人贩子？地痞流氓强奸犯？她这是奔死去的。曹黎明的这个电话，分明是尖刀剜肉，谢慧娟电话里厉声喊："曹黎明，你给我找，找不到女儿我死给你看！"曹黎明咬牙切齿，"谢慧娟，你回来吧，咱们一起找，找不到茉莉，咱们一起去死！"

曹黎明的每一个字，像闪着寒光的飞镖，奔着谢慧娟的命门而来。谢慧娟不得不暂时搁置一下新的爱情，回到荆门来。就算没有曹黎明的飞镖，谢慧娟也是要回家的，跟女儿一比，爱情算个屁，女儿才是她的心肝、她的宝贝、她的生命。

易红和郑少波也加入了寻找曹茉莉的大军，一路穿街越巷一路讲，夜里做的事情白天是不好讲的，何况郑少波一向反对她跟谢慧娟过从甚密，易红只好借了夜色的掩护说出来。她以为郑少波又要说些"跟着好人学好人，跟着巫婆学拜神"之类的话来教训她，没想到郑少波问，你确定那个男的姓欧阳，而且是做地产的？易红说是。郑少波陪易红穿过创业胡同，走进竹皮河边的树荫里，桂花香扑鼻而来。易红有些伤感，马上就是中秋节了，谢慧娟一家子鸡飞狗跳的，可怎么结局啊！郑少波说，老婆你不要着急，茉莉很乖的，不可能大晚上的在街上晃，我们这样转一转，对曹黎明他们不过是个形式上的安慰。

郑少波跟曹黎明的友谊，是易红和谢慧娟友谊的衍生物，能做到这个样子，已经不错了。

　　两年前，易红跟郑少波在车沟巷过早时遇上了曹黎明和谢慧娟，一个镇子上的，彼此原本就熟悉，只是没有太多私人往来。老乡见老乡，两眼泪汪汪，谢慧娟刚进城，人生地不熟，对朋友的渴望格外迫切，见了他们亲热得不行，挖根挖底地问这问那，交换了电话号码才分手。易红没在意，好多老乡跟她亲亲热热交换过号码，换了也就换了，大家都有从不联系的默契。没想到，晚上谢慧娟跟老公一起提了两条米卷来认门，易红一下子感动得不得了。这玩意儿是家乡小江湖的特产，大米做成，成本不高但做工极其烦琐，在城市里买不到也做不出来，最关键的工具——手推磨，别说城市，连小江湖也少见了。过早时，易红随口一提，说出来好多年了，想咱小江湖米卷，想咱小江湖酥饼，做梦都流口水。没想到谢慧娟就放心上了。

　　郑少波跟谢慧娟的老公曹黎明就着香蒜煎米卷喝了酒，两口子也就有了不请自来的特权。但大多数时候是谢慧娟一个人来，因为郑少波应酬多，曹黎明扑了两次空，此后没有郑少波电话相约，绝不做谢慧娟的跟班。

　　郑少波说，你跟谢慧娟讲一讲，趁着这样的台阶，离开那个欧阳。他离婚不是为了谢慧娟，是另一个女孩子，美院毕业的，据说家境不好，但相貌气质都属上乘，欧阳宁可净身出户也要离婚。事实上，他老婆是个厉害角色，又一手管着公司的财务，欧阳最终不仅净身出户，还得担负银行将近7000万的贷款。别看他开着奔驰，荒货半价，真出手，能值几个钱？一个空壳公司，没有半分钱的周转资金，欧阳到处找人贷高息，那女孩子看见势头不对，走了。谢慧娟是欧阳挽回面子的稻草，好歹比他年轻许多，生得也美，虽然无法跟搞艺术的女孩子比。

　　荆州荆门是分了家的弟兄，血脉相连的亲人是要互相走动互通信息的，房地产行业圈子里的同行自然也大多认识。郑少波在外头听人讲了这事，不以为意。建筑商前几年都赚了个盆满钵满，许多泥瓦匠、木匠都摇身一变成了土豪。人都贱，兜里有钱了就作骚，休老婆包二奶一点都不稀奇，他没想到欧阳饥不择食的对象是谢慧娟。

　　城市的灯火闪烁，月光透过树叶落在地上，一地的斑驳陆离，易红有些恍惚。萨特说，他人即地狱。易红觉得，对于一个已婚女人来说，迟来的爱情才是地狱。若是情商高又在结婚前经了些事的女人还好，不过是学了京戏里的小旦，玩一玩甩水袖的把戏，嗔一声，转身轻移莲步，回头拎了袖口掩了樱桃红唇含羞带笑，是欲拒还迎的艺术手法，既守了贞，又过了瘾，更是女人徐娘半老魅力不减的铁证。这样的铁证，是中年女人的十全大补丸，它不仅让女人有了自信的光辉，也有了在丈夫面前邀宠撒娇的底气。谢慧娟显然没有这样的段位，她属飞蛾的，趋光，见了欧阳不要命地往上扑腾。安娜·卡列尼娜趋光，包法利夫人也趋光，那光是夜里的灯光，永远无法跟白日里的太阳光一样，提供动植物们生存所需的养料，她们只好死掉。

所以说，有分寸的女人是值得尊敬的，也比较容易得到幸福。

三

曹茉莉第二天一早自动现身，谢慧娟见了头发蓬乱面容憔悴的女儿，双腿一软，坐在了客厅的地板上。已经是秋天了，大理石地板拔凉拔凉的，谢慧娟顾不得屁股遭罪，也顾不得满脸泪水，乞讨似的问曹茉莉，宝宝，宝宝，你昨晚去哪儿了？有没有人欺负你？

曹茉莉不理她，冷着一张脸径直从她身边走过，背了书包，又打开冰箱拿了一盒牛奶两个蛋糕，走到谢慧娟跟前停下，说，我昨晚在楼顶坐了一夜，如果你再丢下我，我就跳下去了，我要让你后悔一辈子。说完，也不管谢慧娟什么反应，跟曹黎明说声爸爸再见，顶着一脑壳稻草上学去了。

谢慧娟愣怔在曹茉莉的凶狠和决绝里，半天缓不过神来。女儿一向乖巧，她曾幻想过与欧阳共同营造一个溜光水滑的未来，然后接了女儿去。母亲的好，总归是要与女儿共享的。曹茉莉原本是谢慧娟的贴心小棉袄，事事向着她，母女俩常常一个鼻孔出气，笑曹黎明一个眼睛大一个眼睛小，笑曹黎明吃饭吧唧响一辈子都改不了农民儿子的本色。谢慧娟若是跟曹黎明吵架，曹茉莉绝对跟他翻白眼，显然，她出走的这几天，曹茉莉轻易被曹黎明策反了。女儿已与她形同陌路，大声大气同自己的母亲讲话，凶她，恨她，要挟她。

曹黎明去洗手间拿了木梳往外奔，恰好碰到一早赶过来的郑少波和易红。郑少波接收到易红眼睛里的语言，马上自告奋勇地与曹黎明组队去追曹茉莉。

易红进门之后，把谢慧娟拉到沙发上。谢慧娟血泪控诉女儿的背叛，绝口不提未来的打算。易红只好主动开口，谢慧娟一听，连眼泪都忘记了流，赶紧翻自己的钱包，银行卡在，基金在，股票在，我的天，好险！易红在一边看得目瞪口呆，下了岗的曹黎明，张罗了一家小粮店，不管多高的楼，只要人家一个电话就扛了大袋小袋的米面爬上爬下，整天衣服头发一层白灰，挣下这点银子，全被老婆捎带着私奔了，人财两失，难怪他急得不行。

易红说，慧娟，好在曹黎明一无所知，等他再求你，你就体体面面地回来，不为别的，为茉莉，啊？谢慧娟脸上红一阵白一阵，大张旗鼓地跟人奔了，不管以什么方式回来，都不是什么光彩的事。但是要她跟一个男人共了十多年患难，拼了命地逃出去，然后跟另一个男人去共更大的患难，刚出狼窝又进虎口，她宁愿去死。

中年人的爱情，常常靠不住。

曾经以为的姹紫嫣红，原来只有断井颓垣。事情太蹊跷，谢慧娟到底还是有些不信的，怀疑包括曹茉莉的楼顶之夜都是曹黎明做的局，可又怕她一走，茉莉万一真的跳楼，她也活不得。将信将疑里，在家过了几天，跟曹茉莉说去荆州拿行李，回来就再也不走了。曹黎明也十分配合，随后跟过去，算是接妻子回家，给足了谢慧娟面子。其实谢慧娟压根儿就没去欧阳那儿，一衣一物，都有欧阳的气息，拿回家，曹黎明只会来气。

四

若不是一场秋雨，易红还不会察觉谢慧娟已经很久没有跟她联系了。一场秋雨一场凉，易红想去金虾巷定做一套秋款长裙。金虾巷的裁缝手艺好，将易红不胖不瘦的身子总能穿出水蛇腰的效果来，何况买的衣服大多贵而不惠。水蛇腰有些夸张，易红这个人走路和她说话做人一样，总是中规中矩的，即便真的生了一副好细腰，也是要被糟蹋掉的。郑少波有一次说，那叫凸凹有致。管它叫什么呢，因为郑少波喜欢，易红就总是喊谢慧娟一起去定做新衣。在这一点上，易红倒是无形中照顾了谢慧娟的自尊，谢慧娟虽说有些喜欢打扮，但也不至于是那种败家的主儿。

易红打电话约了谢慧娟，谢慧娟笑说，落草的凤凰不如鸡，我现在给曹黎明看店呢。曹黎明以前请了一个初中刚毕业的远房侄女给他看店，他负责外送。娶了漂亮老婆的男人，自然是要辛苦一些的，床上也好床下也好，总归是要让她觉得满足和幸福，免得禁不住外头的诱惑节外生枝。以曹黎明的能耐，顾头不顾尾，谢慧娟出墙是迟早的事。

男人不能比的，一比就比出麻烦来。曹黎明忙得灰头土脑自顾不暇，偏偏清清爽爽周周正正的欧阳凑上来，卖乖讨好百般奉承，两个男人，立马就见了高下。

曹黎明要谢慧娟看店，易红觉得是老实人的大智慧，一则有点事干，女人不能太闲，太闲容易生事端；女人不能太娇养，容易惯出各种臭毛病。最关键的是，坐在弥漫着米面灰尘里的老板娘，搭了地气沾了灰，与男店主才是匹配的，才知道糖打哪儿甜，盐打哪儿咸。

谢慧娟客客气气地说，"不好意思啊，咱们改天约，等哪天晚上关了店门咱们去逛夜市，我请你吃乔记的饺子。"易红说，"咱们之间有啥的，你好好看店，免得曹黎明不满意。"易红说完，恨不得抽自己一耳光，曹黎明一向怕老婆，疼老婆，把老婆当菩萨一样供着。这时节，谢慧娟都纡尊降贵与曹黎明开起了夫妻店，这时他凭什么就不满意了？谢慧娟一定听得出，易红是在提醒她，经过了欧阳那事，等于脸上盖了不贞的印章，不仅身价陡降，而且应该低下身子好好巴结巴结自己那个老实的男人了，不然曹黎明一生气，后果很严重。好在易红反应得快，赶紧及时自救，说，"曹黎明做生意怎么越做越小气了，辞了小丫头也该赶紧另请人啊，把你困在店里算哪一出？真是越老越不会疼人了，哪天见了，我替你骂他。"说了，还是觉得有些不对，直恨自己嘴巴不争气。

谢慧娟说，"对不起啊，易红，有人来买米了，不能跟你多聊了。"易红说，"慧娟，你多保重，实在做不来，还是叫曹黎明请人吧。"谢慧娟客客气气地回话，"谢谢你易红，害你为我操心，给你添麻烦了。"易红只好挂了电话，挂了也好，说得越多错得越多。

挂了电话，易红摇头，谢慧娟对不起的人是曹黎明。听她说话的口气，像刚刚走出监狱的刑满释放人员，见了谁都点头哈腰，理不直气不壮的模样，实在没有这个必要。

富贵牡丹成了平民油菜花，依着易红知热知冷的性子和闺蜜的身份，是要时时给忙碌中的谢慧娟去电话的，不至于嘘寒问暖，起码要关心关心她习不习惯新的生活，守店子累不累？但易红实在怕了跟谢慧娟讲话，她没有与一个出轨女友对话的经验，口气略重一点，好似优越感十足的贞洁烈女对失足妇女的颐指气使。如果过于小心翼翼，又有时时介怀、提醒的嫌疑。易红最终放弃了这种纠结，把一切交给时间，时间对任何创伤都是一味神奇的药，于无形中治愈各种不快和疼痛。

五

屋子里开着暖气，正在享受全身按摩的易红，每个毛孔都透出轻松和愉悦，邻床跟易红同来的张太太已经响起了微微的鼾声，易红也有些昏昏欲睡。迷糊中仿佛听到门外经过的脚步声里，有谢慧娟娇俏脆生的笑，立刻清醒过来的易红哑然失笑，有所思才有所梦，看来自己该去看看谢慧娟了。

从美容院出来，易红响应张太太的号召，去百货大厦看看化妆品，易红一向很省，一直用欧莱雅、羽西之类的大众品牌，她并不知道张太太的品位和出手，但她一向好说话，张太太说啥也就是啥了。易红陪张太太低头选粉饼，女人到了中年，大多靠粉饼来帮忙支撑门面，易红也是，这一点倒是可以帮张太太做参谋。

专柜小姐在给张太太试粉饼的当口，易红再次听到了谢慧娟熟悉的声音，她有些怀疑自己幻听，但还是下意识地朝声音的来处看去，居然是谢慧娟，真的是谢慧娟！谢慧娟身边的女人比她年纪大一点，是个慈眉善目一团和气的胖女人，两人很快都挑了香奈儿 5 号，付款准备离开。谢慧娟抬头就接住了易红的目光，刹那间的吃惊后，很快给了易红一张笑脸，冲易红招手说，跟朋友逛街啊？一面递了笑脸给闻声抬头的张太太，拉了身边的胖女人走过来，热情地跟易红和张太太作介绍，又说，逛累了，一起去喝杯茶吧。张太太看着易红，毕竟是易红的熟人，只好等易红表态。易红说，你们先去，我跟张太太还要去看一看新开张的馅饼店。易红倒也没有说假话，两人确实说好了去尝馅饼。这几天报纸上广告做得凶，说是全国连锁店，味道绝美，易红希望与家乡的酥饼有异曲同工之妙，可以慰藉一下思乡的肠胃。谢慧娟说，那我们改天再约。谢慧娟的回话似乎有些巴不得易红回绝的渴望。

张太太请易红喝了咖啡，人与人之间的友谊，最初都是从吃喝上头培养起来的，看来张太太深谙此道。终于挨到分手，易红立马开车去了城南深圳大道，曹黎明的米店开在那里。易红开着车，缓缓从米店面前驶过，恰好没有什么生意，曹黎明的那个远房侄女坐在柜台后，专注的目光越过成堆的大米，停留在对面墙上的电视机画面上。

驶过米店的易红，最终还是决定问个究竟，掉转车头回到米店。女孩子还在看电视，看来曹黎明的生意有些冷清，不知曹黎明得卖掉多少袋大米才能赚回谢慧娟那瓶香奈儿，他愿意的，怪谁呢？看到有人进门，小姑娘赶紧站了起来，等看清楚是易红，立即展露笑颜喊一声易阿姨。这孩子倒是做生意的料，易红陪谢慧娟来参观过两次米店，她倒是记得了。

易红说，你婶婶呢？小姑娘说，叔叔从来不让婶婶来店里的，说脏。易阿姨，您知道的呀。易红想不起来该说什么了，尽管后知后觉，她到底还是知道，谢慧娟的客气，是有计划有预谋的疏离。

一向不拘小节的谢慧娟跟易红第一次客客气气，是在她回归后的第二天。郑少波郑重其事地在酒店包了个小间，特地与易红给谢慧娟在一场说走就走的旅行之后接风洗尘。要在以往，不管郑少波说什么，谢慧娟都是有办法接话的，席间总听两人斗嘴的声音；但是这回不，谢慧娟脸上没了飞霞，没了生气，败露出暮春残红的委顿来。易红看着有些心疼，一只手在底下捅了捅郑少波的后腰，谢慧娟没有看见她的动作，或者假装没看见，拉着曹黎明站起来说，易红，少波，我们敬你们一杯酒，感谢你们帮了我们的大忙。这话本来该男人曹黎明说，但曹黎明一向老实，做人又有些木讷，谢慧娟替了他主动发起敬酒，也是情理之中。现在想来，谢慧娟那个时候就存了心，与易红的客气是真客气。

女人和女人之间，是不能客气的，一客气，就生分了，就有了距离，要想拉近距离，或者回到原来无话不说的状态，最好的办法是易红拿出自己的隐私来交换。易红自然是没有故事的人，但郑少波有，尽管易红从来不说，但该知道的她都知道。只是，如果两个人的友谊，要靠丈夫的隐私和自己的脸面来交换，代价未免太大，又不愁没有朋友的，旧的不去新的不来。更何况易红这样好性格好人品的女人，张太太可不就是最好的佐证。

易红的晚饭，吃得有些心不在焉，她有些期待谢慧娟的电话和短信，米店的小姑娘必定要跟她汇报白日里自己的米店之行。等到 10 点，等到易红睡眼蒙眬，座机没有响，手机也没有响，家里很静，静得易红听到自己的一颗心失望的声音。

女人的友谊，是一根细细的红线，隐私是把锋利的剪刀，轻轻一碰，就两头随风了。易红想，跟张太太走得近了，也要跟她说秘密，她听还是不听呢？

作者简介

　　王琼丽，女，中国散文学会会员，湖北省作家协会会员，第三、四届湖北省青年作家高研班学员，专栏撰稿人。在《上海文学》《福建文学》等刊物发表文学作品一百余万字。现居湖北荆门。

手机人

贝西西

没有手机的时代，人们离开手机照样活得开开心心。自从有了手机，情况完全改变。这篇小说中的主人公手机丢了，他魂不守舍；手机失而复得，他又担心私密的东西让人窃去。手机对他来说到底是福是祸？

他一摸口袋，惊出一身冷汗，手机不见了，那个小小的长方形，顺溜的长方形，让他心安的长方形现在不见了。他站在一个街头的红绿灯下，脸色煞白，脑子里闪电一般频频闪过他这一天曾到过的地方，停过的地方，有可能把手机落下的地方。但他什么也想不起来，一点印象都没有，手机可能忘在什么地方呢？……

他就站在街头，像某种哑剧里的演员似的把自己身上从里到外全摸了一遍，又把手里拎的包哗啦向下全部倒出来，一一查看，没有，确实没有。

街上人来人往，他头发蓬乱着，茫然而无措，孩子在陌生的城市迷了路大约也是这样吧。他无比沮丧……又慌忙地蹲下去将地上的东西捡起来，扔进包里，一路小跑，跑到一个报刊亭旁，借用公用电话，电话拨过去，却是忙音。这下，他彻底绝望了，他除了能记住父母亲家里的电话号码，隐约记得女友的电话号码，其余什么也记不住。

有人曾形容这款手机摸在手里的感觉，如同摸着女人光滑的肌肤一样，正是因为这个隐讳而充满暗示的比喻，他才买了这款手机。不出所料，这款手机给了他无穷的安全感，这种触在手里冰冰的凉凉的，又渐渐开始迅速同他体温融合的感觉，让他充满了安慰。这种低调的舒服和直达心底最深处的触感让他不禁叹服，现代的高科技对人类欲望最细微的掌控已到了何种地步。而且这种手机极其好用，触摸屏乖巧得如同一个聪明无比的仆人，让他干什么就干什么，绝不会有闪失，准确而迅速。他一天有一多半的时间和这个手机相伴，连上厕所都拿着，临睡前还要看一下微博，看看又有谁关注了他，又有谁让他觉得有意思。手机让一个寂寞的人生活似乎变得丰盈了。嗯，在牛肉面馆里，拍一张，他吃了一个牛肉面的套餐，有一大碗牛肉面，有一小碟泡菜，还有一个卤蛋，一瓶芬达汽水。和女朋友去吃石锅鱼，也要拍一张，晒一下，所有的人会觉得这个人的生活是非常丰富的。其实只有他自己知道，他一天忙得连理发的时间都没有，生活紧凑单调得如同白开水。

现在，他确认手机丢了，这个他用了一年半的手机确实丢了。他无比沮丧，就像是被抽掉筋一样，浑身软塌塌的。他想起关于哪吒的那个传说，说哪吒打死了龙王的三太子，然后抽其筋，拆其骨。他现在大约就是那条被称为三太子的龙吧，被抽了筋似的，这种感觉太难受了。

太阳快要下山了，此时正是晚秋，他一个人慢慢往回走，夕阳的余晖正好照在他的后背上，如芒刺一般，使他烦躁无比。某一瞬间他也平静了一会儿，是呵，重新买一个不就行了，买一个更新的，更先进的，手机的翻新可谓日新月异，可不知为什么他仍是陷在深深的沮丧中。

现在他要等 208 路公交车回家，这趟车正好在他所租住的小区门口停，是这个月刚刚调整的一趟区间车。以往他要先坐另一路车坐 3 站，然后穿过一个地下通道才能坐上 208 路，去往公司上班。他站在公交车站牌下，太阳照在他后背上，刚刚是如针芒一般，现在完全像是如烧红的针刺一般，有细密的汗珠从他的额头渗出来，顺着头发往下淌。他从口袋里掏出餐巾纸，是那天吃石锅鱼时餐厅送的，擦汗，餐巾纸的质量不好，一接触到他的汗液，立刻成絮状，在他的脖子上沾着，让人心生懊恼。他一生气，索性将剩下的餐巾纸全扔进了垃圾箱。一个妇女奇怪地看看他，向旁边挪一挪，离他有点距离。

208 路车来了，他上了车。今天下午他给一个客户送资料，早走了半个多小时。现在离下班高峰还有一段时间，车上有空位。他坐到一个座位上，又开始细细回忆，他能把手机落到哪里……

车上的人渐渐多了起来，车厢里的空气随之也紧张起来，人们默默呼出的二氧化碳使车里的温度迅速升高起来。司机在用车上的广播提醒人们注意看好自己的贵重物品。一般情况下，如果司机告诉大家这个，那么车上肯定是上来贼了。他突然一想，是不是早上出门时让贼把他的手机偷去了呢？转念他又想，不对，他在车上时，手里是一直捏着手机的，他在公交车上只要捏着手机，车上的人再多他也不会心情烦躁，这个小小的长方形将他带到另外一个世界，脱离了这个如鱼罐头似的车厢，闻不到这纷杂的气味。在那个世界里，他可以随心所欲去看他想看的东西，知道他想要知道的，在那里是他选择世界，而不是世界选择他。而现在他只能搓着两只手，手掌里空落落的。

车过了这个十字路口就到他居住的那个小区了，他要先去小区门口那里的营业厅补办一张卡，然后还要通知自己的女朋友和父母，他的手机丢了，以免他们觉得他出了什么事。下了车，他径直往营业厅而去，但腿却沉重得如同灌了铅一样。

从营业厅出来他走进小区，穿过小区那几幢高层和一个花园，上了自己住的这幢楼。这套房子在这个小区里最老的一幢楼上，他住在最高的一层，7层，只有50平方米，而且朝北，只有一个小客厅在太阳下山时可见到阳光。但好处是，出了门，一拐弯再上几级台阶，便可上到楼顶。冬天时在上面晒太阳，非常美好。若是夏日的傍晚，拉把躺椅往楼顶一躺，吃两口冰镇的西瓜，晚风习习，也会觉得生活还是非常美好的。

打开房门，一股味道迎面而来，这是什么？哦，是了，他想起来了，是昨晚他泡的碗面没有收拾，方便面酱料包混合着啤酒的味道充斥着房间。刚刚在小区外，他已经给父母和女朋友打过电话了，声明自己手机已经丢了。他和女朋友已经认识有两年了，但她在一个高速路的管理局工作，在邻近一个城市的高速路上上班，他们一两个星期才能见一面。女朋友会来他这里，那是他比较舒服的几天。他想象着，有一天，女朋友能搬来和他一起住，这样他就不用总是过单身汉的生活了。

他有点饿了，拉开冰箱的门，发现冰箱里只有一个半凉馒头和一个卷心菜，那个卷心菜还是上次女朋友来买菜做饭剩下的，有快半个月了，如今散发出一种让人生疑的灰色。不过冷藏室里倒是还有几瓶啤酒，还有一包豆干。他开了一瓶啤酒，将那包豆干打开。刚刚坐下，突然轰隆一声，冰箱骤然响了起来。他已经习以为常了，这台冰箱是房东的，年岁不小了，是那种老式的，淡淡的豆绿颜色，总是会突然地就轰隆一声，但过一会儿也就慢慢好了。奇怪的是这冰箱老成这样，但却照样制冷，也还能用。他记得女友第一次来这里时，午夜时，正当他和女友欢爱时，这冰箱便在客厅里轰隆大叫，吓得女友差点晕过去。后来习惯了，他们称这冰箱为"冰老师"。"冰老师教育大家不能干坏事"，他们这样开玩笑。每当他想女朋友时，便会在电话里说，冰老师想你了。或者冰老师昨晚又叫唤了。

他烧一壶开水，然后又吃泡面，本来还打算下午去吃小区门口的酸菜鱼的，但手机一丢，他没心情了，想着想着又有点烦躁了。走到阳台上，那里放了好几箱泡面，以前他还会煮一煮，那样应该更美味一点。现在他连煮都懒得煮了，红烧牛肉还是老坛酸菜呢？老坛酸菜吧。看着方便面在碗里膨胀开，盖上盖子，咕咚咚灌下去半瓶冰啤酒，刚刚夕阳照在背上那如芒刺身的感觉才去了一点。吃完面，他将碗扔到洗碗池里，打开电视，电视没接有线，只能看到一个台，而且还不清晰。电视后面的墙上有一大片水迹，他便久久盯着看，看那水迹像什么。电视里正在播新闻，女播音员义正词严地说着什么。他盯着那片水迹看得久了，发现那个片水迹就像一个人的脸，而且越来越像。过了一会儿，他又摇摇头，觉得自己无聊，房子里网线是有的，可是他的笔记本电脑让女朋友带走了，他只有看着新闻里的女播音员发呆了。他在阳台上站了一会儿，又在这小小的客厅里走了两圈，突然想，往常这样的时候他都在干吗呢，怎么突然发现他的生活这么空白呢？哦，是了，往常这时候，他在看手机，在玩微博，或者在网上打游戏。他的微友也很多，都是他以前的同学和朋友，他们常常在网上约架，约了去某个论坛讨伐某个人，或者约了一起在电脑上打游戏，但他们都已经有两三年没见面了。

奇怪，明明是晚秋了，为什么他还是这么热，喘不过气似的。他点上一支烟，关上门，然后出门，从那个拐弯上楼梯，就来到了楼顶。此时，天已微黑了，这楼是这个小区里最老的楼了，前面几幢都是高层，有二十几层高吧，树立在那里，让他仰望。远处灯火一片，他一个人站在楼顶上抽烟，在他的身后是几户人家的太阳能热水器的水箱，反射着银白的光。

他住在这小区里两年了，自从来到这个城市，他就一直住在这里，可是他竟然在这里没有几个朋友。小区里有很多人脸很熟，有时见了面，会笑一笑，但却从未说过话，他甚至不知道那几个人住在哪号楼，是干什么的。

起风了，烟在他的手里明明灭灭地闪烁着，这种烟好奇怪，燃得非常快，甚至能够听到嗞嗞啦啦的声音，让人产生一种莫名焦虑。他将烟头踩灭，看着那烟头在拖鞋下变得干瘪，像个憨厚的叹号。突然，不知是什么勾起了他心里的一丝悸动，这个憨厚的烟头使他想起了什么。接着，一种念头如同某种兽类似的从他的脖颈后面一跃而起，迅速地占据了他的头脑，并燃烧至他的整个身体。一瞬间，他的眼睛便亮了，接着脸也微微地发烫了。是的，有一次他躺在沙发上，也是将一个烟头摁灭了，当时他看着那个烟头也觉得像一个憨厚的叹号，接着他一抬头便看到女朋友在洗手间里洗澡的影影绰绰的影子。那天是午夜，他与女朋友刚刚欢爱过后，就在沙发上，女朋友长得并不好看，很淡，像一株青草似的，但身材却好，匀称而美好。他看着玻璃门里那影影绰绰的倒影，突然拿起手机来，哗一下打开门，女友转过头，头发湿着，身上一丝不挂，看他，一种惊奇的表情，他拿着手机，对着她美好的身体拍了一张。那张照片真的拍得太清晰了，旁边洗脸池上还放着用过的没来得及扔掉的安全套，沉甸甸的安全套。他啪——拍了一张，然后乐呵呵地就跑，女朋友跑出来追他，要他删掉，他很快乐，道："再追，再追会拍更多的。"那时，他刚刚买了这款手机不久，正是新奇之时，而且这款手机的摄影功能一直被商家标榜，绝对的高分辨率。那天他还小小地野了一下，有朋友从夜总会拿来的一种药丸，淡黄色的，说吃了后会让人快乐无比。他给女友和自己都吃了一颗，开始女友不肯，但后来经不住他百般劝说，终于吃了一颗。那天他们真的很好，而且他发现那天女友的身体都变成立体了似的，完全不像平时那样拘谨，是绽开的、蓬勃的、饱满的。他想，一定要将女友今天这样的身体记住，不一样的身体，不一样的欢爱。这张照片，女友后来要他一定删掉，他扛不过，便删了，女友看着他删掉了才放心。但他很鬼，他的手机有一种恢复功能，粉碎掉的文件都可以再找回来，后来他偷偷将那张照片还原了，放在一个不常用的空间里，没事了便自己拉出来看看，特别是女友不在的夜晚，他看着总会浮想联翩。

他打一个冷战，照片，这张照片他都忘记了，只有这么一张，他都快要忘记这个极端隐秘的细节了，此时这个憨厚的烟头将一切的一切都勾了起来。在这漆黑的天台上，他突然心惊肉跳起来了，他想起网上的很多"门"，怎么办，怎么办？手机现在到底在一个什么样的人手里，他会不会把这张照片发到网上去，会不会用这张照片来要挟他或者女朋友？要是被周围的人都知道了怎么办？他这时真正紧张起来，连大腿内侧的肌肉都微微抖动起来。他从小就是这样，一紧张，大腿内侧的肌肉便会轻微痉挛。从确认手机丢了后，他已经打过六次电话了，手机均是关机。到这个时候，他才真正开始有一种如临大敌的感觉。他像某种兽类似的在这个漆黑的天台上打转……像一个被囚禁的动物一样，黑的夜空像是针对他一个人一样压过来，让他喘不过气。他设想，明天，他便会接到一个勒索电话……还有女友怨恨的眼神……这一切一旦展开，他不可遏止地想象下去……

怎么办，怎么办？他蹲下去，希望想得更清楚一些，但是他发现他的脑子已经不听使唤了，太阳穴也在嘭嘭地跳，完全没有办法冷静地思考了。过了几分钟，他安慰自己，没事的，没事的，谁捡了那手机没事干会把照片到处乱发呢？哪里有那么高的概率呢？怎么会偏偏让他给遇到了呢？再说了，他和女朋友又不是什么名人，又没什么社会效应，这样一想，他平静了一点。但不等这平静安抚他整个身体，他转念又想，林子大了什么鸟都有啊，谁能保证是一个什么样的人偷了或者捡了他的手机呢？网上 的那些"门"不都是以一种谁也想不到的方式被传播出去的吗？这样一想，焦虑便又开始攻击他的身体，一波一波的，他甚至感到了淡淡的恶心，想吐。他开始后悔不该用这么高级的手机，这款手机本来也是与他的生活不那样相配的。

他缓缓站起来，看向远方。在这一瞬间，远处灯火点点，唯有他一人站在这漆黑的楼顶孤立无援，万念俱灰。他看看楼下，真想从这里跳下去。可是跳下去就解决问题了吗？跳下去了手机也还是找不回来。就这么一会儿，他便大汗淋漓，心慌气短。他站起来，拖着步子向楼下走去，一走进拐角的楼梯，连一点灯光都看不见了，楼顶那扇门在他身后啪一声关上，他什么也看不见了，连自己的手都看不见。

他回到家里，把刚刚剩下的啤酒又灌进自己的胃里，尚有一丝凉意的冰啤酒使他稍微安静了点。他坐到沙发上，电视还在咔咔地响着，孤独而热闹地演着一个什么相亲节目。他突然想到这款手机具有卫星追踪功能，可是，手机不开机，也还是追踪不到的啊？此时，他躺在沙发上，如同被打入了无人地狱一般。

他在这种万念俱灰的状态下睡了过去。他从小就是这样，一旦过度地无望或者伤心，便会睡过去，好像这样可以让他躲避一会儿这纷杂的世界。这种时候他往往还睡得沉，但在潜意识里他能感到自己的心往下沉，一直沉，没有边似的。过了很久，他醒来了，一摸脖梗，一层黏腻腻的汗，不知他在睡梦中出了多少汗。已经是凌晨了，他起身关了电视，把身体从沙发挪到床上，住床上一躺，又回到了现实中来。他强迫自己睡觉，明天起来再解决问题，总归天又没塌下来。他翻个身，下意识地搓了搓两只手指，是了，他每晚醒来时，手机就在身边，他总要搓一下，看看时间。

他又迷迷糊糊地睡着了。这一次睡着后，就有连续不断的梦，零落的，不完整的，像是幻灯片一样在他的脑海里闪过。他来自一个小地方，那个县城里有一个地方叫后山，后山上有石雕，那些石雕都是一些未完成品，缺了翅膀的鸟类，没有面容的人，还有一个又一个的人手。不知为什么这个夜晚，这些石雕全在他的梦里出现了，他好像也变成了小时候的样子，在这些石雕里转来转去。再接着女友的一滴眼泪、父亲的侧脸，还有公交车上一个妇女鄙夷的神情，都像是闪回的镜头一样在他的梦里出现……再接着，他发现自己被一群看不见面目的人追赶，他在前面跑，那些人在后面追。到处是大楼，跑着跑着，就被一幢高楼挡住了去路，他便拐来拐去从一个小巷子里再穿过去。一会儿，又是一堵墙，后面的一群人呐喊着，挥舞着手臂，还有人在里面轻松地笑着，甚至有人一边跑一边嗑着瓜子，瓜子皮从她的嘴里飞出来……正当他无路可走时，好像那墙又自动裂开了一条缝，他从那条缝里逃出去了。接着在这个城市里跑，又过了一会儿，他开始往高处跑，那是一幢多高的楼啊，怎么都看不到顶。他往上跑，后面的人喧哗着跟上来，楼梯被踩得咚咚作响，接着是转起来没完的旋转楼梯，他在前面跑，向下望去，下面的人螺旋式上升着，他只看到灰色的影子像虫子似的上升……关于这种奔跑的梦，他小时候也经常做。那时母亲告诉他，是因为他要长身体，长个子，所以才做那样的梦。而且小时的梦里，如果有人追他，追他的人他都是认识的，看得清那些人的脸，而现在他被一大群完全看不清脸面的人追赶着。他继续向上跑，终于，他看到一束白光，到楼顶了，他跑到楼顶来了。我跑到楼顶来了！他也在梦中惊叹，为什么会跑到楼顶来，跑到楼顶还能往哪里跑？现在他就站在一幢高耸入云的大楼上，白亮的阳光在头顶。接着，他听到数不清的脚步声，再接着他便看到人越来越多，一层又一层地在楼顶上汇集，黑压压一片。他定睛看去，离得这么近，他仍旧看不清这些人的脸，全是模糊的，全是你在街上可以碰到的任何一个人的脸孔一样。说是一群人，又仿佛是一个人，同样的意图，同样的行动。他一个人与一群人对峙着，人群一步一步向他逼近，这种缓慢缩近的距离使他感到无比恐惧。他转过身向外望去，是一片片云海，一会儿云海变成了灰色的，并且不停地运动，变幻出种种非常诡异的图案和颜色来，深深浅浅的灰色仿佛一个个漩涡一样。人群继续向他逼近，他甚至能够听到人群一起呼吸的声音，他们呼吸的频率都是一样的，一呼一吸，再一呼一吸，整个人群的体积仿佛也随着这呼吸的变化而变化……他一步一步向后退，人群一步一步向前走，那片诡异的灰色的云在等待着他，他不知道等待他的是什么……他一脚踏出去。接着，他醒了……

他睁开眼睛，首先看到的是天花板上的一片水渍，这房子是老房子了，到处都有灰灰黄黄的弄不清是什么的水迹，天花板上这水迹使他联想到了梦里那灰色的云，是的，他掉进了灰色的云里。他习惯性地摸后脑，这一次他没有出汗，但发现自己全身冰凉，嗓子像是被冰冻住了一样，又冷又干。他爬起来，给自己倒杯水，喝一口，温热的水顺着喉腔下到胃腔，使他回到现实。

他又开始搓两只手指，搓一下，他想到了，手机丢了，两只手指搓动的感觉是多么美妙啊，他每搓动一次，手机的触摸屏上就会出现他想要的东西，展现给他需要的画面。他无奈地端起水杯把剩下的水一饮而尽。

天已微微发亮了，蒙蒙的光从窗帘的缝隙处透进来。他走到客厅，看看表，已经5点多了，对面楼上有几只鸽子停停落落，那是一个退休老头养的，每天不到6点就开始咕咕叫个不停。他曾不止一次地想，什么时候可以把这几只肥美的鸽子炖了吃。对面老头仿佛深谙他的想法，每次见了他的面，都恶狠狠地瞪他一眼，使他悚然。可是今天，在这晨光里，他看着那几只鸽子在对面阳台上袅袅婷婷地走着，微微点着头，倒也生出几分可爱来。他刚这样想，对门阳台的门打开了，那个老头走了出来，向他这边看来，虽然老头看不到他，但他还是觉得那老头是在瞪他，那眼光直愣愣地穿过窗帘而来。他向后一退，一步步退到沙发跟前，坐下。

坐进沙发，他的两只手指又下意识地一搓，是了，这也是他每天吃完饭坐到沙发上的习惯动作。现在手里没有什么可搓了，他只有将手插到了沙发垫子的缝里。就是这个动作，又使他想起了什么，他将手抽出来，再插到沙发缝里，是什么呢？突然他一下从沙发上跳了起来，他想起来了，昨天早上他在一个高级会所里和一个客户谈业务，那个客户当时问了一个让他很尴尬的问题，对了，是问他们公司现在负责的这一档节目，是不是因为他们的女老板和电视台某领导的关系才得以保全，如果没有这个关系，他们很难在公司负责的这档节目上投广告的，因为他们要求这个节目必须有长期稳定性，才有可以投放更多的广告。这是一个比较难回答的问题，涉及他们老板私人生活。可是如果不回答，他便很可能失去这个客户；如果回答，他又不知如何措辞。当时他手里正捏着手机，一紧张便松开了，将手插进沙发缝里……对了，手机有可能掉进那个沙发里啦！一想到这里，他兴奋得团团转，恨不能马上飞到那个会馆里去看看。这一刻他的心情是如此愉悦，好像重获希望一般，他的大脑又开始迅速运转了，身体的细胞也都重新活跃了起来，甚至这一刻激昂的心情有点像和女友欢爱时一样。他马上开始洗脸，刷牙，穿衣，看一看表，现在才6点20，没事，他要早早上那里去等着，免得让别的人捡去了，他像是在失望的汪洋中看到了一根稻草，一定要抓住这最后的希望。

一溜小跑下了楼，楼梯被他充满希望的脚步踩得响彻整个楼道，有谁家的狗也刚刚起来吧，警觉地吠叫了两声。在小区门口等车时，他在旁边买了一套煎饼果子，咯吱咯吱地咬着，等着208路来，坐6站还要倒地铁，才能到那个商务会馆。他记起来了，那个会馆叫一品名尊。

坐在208路车上，他好像从来没有感觉到车这样慢，而且大清早的第一趟车，车上根本没有几个人，他坐在那里，如同第一天上学的小学生似的，等待着他要下车的站点。他还喝了一杯豆浆，喝得急，一路打着嗝。

下了208他直奔地铁站，一品名尊在这个城市的南部，而他的公司在这个城市的中心地段，他现在要在一品名尊还未迎客之前就赶到那里。地铁里的人也不是很多，因为离上班高峰还有半个多小时。他坐在地铁里，有阴凉的风吹来，他感到非常惬意。现在，一品名尊仿佛在一个无比亲近的地方召唤着他，或者说是一品名尊里那个靠第三个窗户前的浅绿沙发在召唤着他。

很快，他就从地铁里出来了，此时街上的人才刚刚开始多起来。他急匆匆向那个地方走去，过了一个十字，一拐弯，呵呵，他已经看到一品名尊的门面了。他推门进去，此时，只有一个阿姨在那里打扫卫生，他一进去，直冲二楼，打扫卫生的问他，你是干什么的啊？他看一眼，道："我找东西，找东西。"上了二楼，走到第三个窗户下的那个浅绿沙发跟前，他紧张极了，将手伸进去找，每摸一下他的心跳就加速，他摸遍了整个沙发，没有！他懊恼极了……甚至不死心地将旁边两个沙发也摸了一遍，可是除了摸出一张餐巾纸和一颗不知从哪里掉下来的装饰物外，什么也没摸到。

他一步一挨地下了楼，那打扫卫生的阿姨听他说是找手机时，便对他说："你别急着走啊，待会儿等服务员来了，你问问看……这里的作风还可以，一般捡到东西都会归还客人的……好像听说昨天有人捡了个什么东西吧……"他一听，又重新燃起希望，坐下来等这里的人上班。

有人来上班了，他第一个迎上去，说明了自己的来意。那人看看他说："你再等一会儿，因为我们这里上班都比较晚，下班也晚，要等到 10 点后，大堂经理和服务员来了以后再问问。"他只好又坐下等，临近 10 点时，传说中的大堂经理终于来了，这是一个女孩子，微胖，圆润的脸，穿着西服裙，露出圆润的小腿。她听完他的话，微微笑了，道："好像我们这里昨天是捡到手机了，还不止一个，是两个呢，哪里捡的我不知道，然后领班锁在自己柜子里了。"

他又开始等那个领班，当太阳照在当空时，这个人终于出现在他的面前。这是一个小伙子，个头比他高，偏瘦，缩着肩，而且从眼角处看人。他冲这个小伙子说明来意，形容了自己手机的型号和长相。小伙子听了后，微微思索了一下，道："哦，是了，那该是你的手机了，我带您上去取吧。"他一听这话，心总算放了下来，感到这个地方是如此可爱。他跟着那个小伙子走上二楼的一个小房间里，小伙子用钥匙打开一个柜子的抽屉，然后拿出那部手机。是的，是他的手机，和他的手机一起的还有一部白色的手机。手机一放到他的手里，立刻觉得好像是身体的一部分还原了似的，无比通畅。这不是一部手机啊，这是他的当下，他的现实，他与这个世界沟通的一切方式啊。

小伙子让他在一个失物招领的本子上签字，记下了他的身份证号，然后他就可以走了。走出一品名尊的门，他感觉这个世界像是一个新的世界一样，像是被水洗了一遍似的，也像是一个失而复得的世界。

他轻快地向地铁走去，现在地铁里的人已经多起来了，他手里捏着手机，但手机没电了，不过，能捏着手机他就感觉踏实了。很快，坐了十几分钟的地铁来到了他上班的公司，已经是快中午了。他径直往他常去的那家牛肉面馆而去，特意叫了一份豪华的牛肉面套餐，要48元，但为了小小庆祝一下他找回了手机，他很豪爽地点了从来认为不划算的这个套餐。

回到公司，有同事向他打招呼，说，昨天下午打电话找不着你。他道：手机丢了，不过，又找回来啦！他特别欢快地补充了一句。接着，大家都各忙各的了。今天是个好日子，他想，手机找回来了，还有，今天是周末，女友要回来了……

傍晚，他回到了小区，专门在小区门口买了新鲜水果。走上七楼的时候，他已经闻到女友在做饭的味道了，其实女友做饭并不好，但她让这个七楼的老房子有了活力，有了人气。一进门，他便看到饭已经摆在桌上了，不过是西红柿鸡蛋面，还有从外面买的熟食，女友正盘腿坐在沙发上吃一盒冰激凌。

一看到他回来，女友道："你的手机我打了N多遍，也没打通，看来是真丢了。重新买一个吧……"他乐呵呵地走过去，捏了捏女友的下巴，然后道："找回来啦，运气好……"女友听了他找到手机的过程，也觉得他运气好，于是洗手吃饭。这顿饭吃得非常酣畅淋漓，所有食物被他们一扫而净，女友买的鸭脖子连骨头渣都被他嚼了。

美好的晚饭过后，不等女友洗澡他便急不可待地摸索过去，啤酒瓶被他一路哐啷啷碰得东倒西歪……女友打他，道："还没洗，还没洗……"他说："完了再洗……"这场欢爱持久而猛烈。当两人精疲力竭地躺在床上时，他摸了摸女友的头发说："宝贝，真好，你的身体真好……"说到这里，他又想起了他曾经拍的女友的那张照片，那张女友以为删除了的照片，他觉得他该把那张照片删了。

他突然又想，有人看过他手机里的东西吗？这样一想，他突然一冷，不对呀，昨天他在公交车上看手机时，电池的电格显示还有多半格电的，如果手机一直关机，为什么手机拿到他手里一点电也没有了，连开机都不能了？他转过头望去……现在，手机就在墙根那里充电，一闪一闪，亮出一种诡异的蓝光来。

他的心一沉，想起那个小伙子给他拿手机时，那个抽屉里有一根黑色的数据线，那根数据线很熟悉……就是他的这款手机连接电脑的数据线，接着他又想起那个小伙子从眼角看他的阴郁眼神，他的大腿内侧肌肉又抖动起来。女友感到了，说他："你呢，这么贪……累着了吧。"他眼前一黑……真是累了。

作者简介

贝西西，女，生于西安，陕西作协会员。入选陕西省"百名青年文学艺术家扶持计划"作家类，获首届《中国作家》"舟山群岛新区杯"短篇小说新人奖，陕西省第三届"柳青文学奖"短篇小说奖。鲁迅文学院陕西中青年作家研修班学员。1995 年起在报纸杂志上发表文章，至今已发表小说、散文、杂文、影视评论等两百多万字，其中较多见于《中国作家》《花城》《山花》《雨花》《长城》《延河》《小说月刊》《黄河文学》《牡丹》等刊物，著有长篇小说《安安的呐喊》。

我们聚会吧

范小青

老同学聚会在当代中国社会司空见惯，范小青在这篇小说中设计的老同学聚会却别出心裁：看似早已约定在中学校庆时的五年级（5）班老同学聚会，真真假假虚虚实实，最终在虚拟世界见面。

校庆的时候，许多年不见的同学重新又见面了。先是参加校庆大会，然后各年级各班级分头活动，那叫一个热闹，那叫一个激动，差不多就是失散多年的亲人团聚那样子。

我和大家的情况略有不同，我是转学来的，转来时上五年级，到了该上六年级的时候，学校停课了，大家散了，后来就不知道了。所以我在这所小学其实只上了一年学。

可一年的时间也是时间呀，一年的同学也是同学呀，一年的时间里同学之间可以发生很多事情呢，何况五年级同学已不同于小同学，我们已经开始长大了。

我至今还记得我们班上的头面人物，一个叫刘国庆，一个叫王小兰，一男一女，两个人物，用现在的话说，那是两个魔头，专找同学的茬儿；连老师也敢欺负，老师也拿他们没有办法，只好用了招安收买的办法，叫他们一个当班长，一个当副班长。

人物也好，魔头也好，他们倒没有欺生，没有和我过不去，不知道是因为我这个人向来低调，不惹事，还是他们另有心思，没工夫和我计较。

这一说就好多年过去了。我听说母校校庆有纪念活动，我就来了。可奇怪的是，我没有找到我当年所在的五年级（5）班的同学，我在大操场的人群中挤来挤去，想看看有没有熟悉的面孔。可是我又想，怎么会是熟悉的面孔呢？我和他们只同了一年学，本来记忆就不够深刻，何况已经过去几十年了，那本来就不深刻的记忆，恐怕早已经淡出了。至于那两个人物，我虽然记得清楚，但记忆中的他们，还都是小孩模样，谁知道后来他们都长成什么样子了。

所以我猜想可能他们都来了，但是我认不出他们，他们也一样认不出我。

好在大会之后还有小聚会，一旦回到自己的班级，总会勾起一些沉没了的回忆。我只要找到我们班的活动地点就行。

这也不难，母校考虑得十分周到，在操场的入口和出口处，都竖起了巨大的指示图，从指示图上，可以找到自己所在班组的活动场所在哪里。

那许许多多的班级，被写在一个又一个的小框框里，由许许多多的线条牵扯着，很像一棵大树无数的树枝上，结了很多的果子，虽然有些凌乱，但毕竟是同根生的。

一开始我还是有点奇怪，为什么标明的班级都要用小框框起来呢？后来很快就发现了，写在框框里，让寻找的人注意力更集中，更便于发现。

我沿着这些线索，逐一认真搜索，一个又一个的框框从我眼下滑过去，因为指示图的高大，我必须得仰着脖子。

奇怪的是，我找了又找，却没有找到我的班级，五年级（5）班。

我停下来揉了揉又酸又胀的脖子，再耐下心来，沿着各条线索重新再找一遍，又找一遍，直找得眼花缭乱，头晕目眩，始终没有看到我的班级。

我忍不住问旁边的一个校友，他看起来和我年纪也差不多，他也在寻找他的班级。我说，怎么没有五年级（5）班？他朝我笑了笑，说，五年级（5）班？你这个说法不准确的，应该先找到年份，每一年都有五年级（5）班，你是哪一年的五年级（5）班呢？你看看这里，还有1951年的呢，如果是1951年上五年级，那是几岁？看起来你还没那么老呢。

我被他说得有点难为情，但也醍醐灌顶了，我赶紧搜索我的那个年代，果然有啊，五年级从一班到四班都赫然在榜，但是偏偏没有我所在的五班。

旁边那个陌生而热情的校友指了指大图，对我说，这些框框，都是由各个班级的同学中的牵头人牵出来的，如果同学中没有牵头人和校方联系，校方哪里考虑得到那么多届那么多班那么多同学？一百年了呢，好多班级肯定是全班覆灭了。

我又听明白了，也就是说，如果我们的班级没有出现的指示图上，就说明我们班没有人站出来做牵头人，没有和校方联系上。

这是群龙无首。难怪我在人群中找不到我的同班同学，他们不知道散落在哪个角落呢。

那个校友已经找到了他的班级，他高高兴兴地准备走了，可是看到我仍然傻傻地站在图前，一筹莫展，他又好心了，告诉我说，校方为了方便同学联系，特地建了网站，你可以到网上去发帖子，寻找自己的同班同学。有好多人，都是这样联系上的，也有是老师出面的，像班主任之类。总之，毕竟是母校，无论多少年过去，大家还是有感情的。他意犹未尽，临走时还说，你还可以在那里边建一个吧，这样就更方便，只要是你班上的，看到了，有人会到吧里来的。

校庆这一天，我没有碰到我的五年级（5）班的同学，也许他们都在场，也许我们擦肩而过，但是我没有和他们接上头。我回去以后，按照那个校友的指点，我上了母校的网站，发了帖子，并且建了一个某某年五年级（5）班吧。

没等多久，我同学就来了。

第一个进来的同学网名叫"吧里横"，按照他的自我介绍，因为经常出入各种贴吧，不是楼主就是沙发，有瘾，不抢会难受，这一次在同学中也依然抢了沙发。

我问他真名是什么，他还跟我调皮，说叫"李猜"。

他大概知道我想不起来班上有"李猜"这个人，才又说，李猜就是叫你猜呗。然后他反过来问我叫什么。

我才停顿了片刻，他那边已经有反应了，不愧是"吧里横"，速度够快，他说，你应该回答我，你叫李一猜，就是你也猜。既然我让你猜，你也得让我猜猜是不是？

我不觉得这样有意思，你猜我我猜你，这是要哪样，同学之间还捉迷藏？我直接告诉了他我的名字，我叫周子恒。

他立刻"哈哈"起来，原来是你小子，你小子那时候就是个人物，专门欺负女同学。

我有点疑惑，他说的是我吗？我只在那个班里待了一年，我有那么霸道吗？

我又想，我还是别瞎怀疑了，好不容易联系上一个同学，可别因为已经很久远的那一丝丝一点点的不确切，把人家给吓跑了。我赶紧承认说，嘿嘿，那时候，就那样，嘿嘿——

就这样，隔三岔五，就有同学进来，过了不多久，在我五（5）班吧里，已经有十来个同学了。同学集中了，就自然会想起老师，我同学说（5）班班主任是俞老师，叫俞敏秀。

紧接着出现了令我们十分欣喜的事情，俞老师真的来了。我虽然暂时还没有想起我班主任到底是姓俞还是姓什么，但是看到我同学都欢欣鼓舞，我也就毫无疑问地跟着我同学一起认了班主任。

对了，说到这儿，我记得的那两个人物还没有出场，我在吧里把这个事情牵了出来，为了唤醒大家可能已经沉睡的记忆，为了调动大家对于刘国庆和王小兰的兴趣，我把我所记得的他们的事迹夸了张后写出来，简直就是一篇乡愁美文。

我同学看了我的回忆录，认为我写得很传神，写活了那两个人，并且因为这两个同学的活灵活现，让大家重新回到了小学五年级时的情景之中。当然在某些细节上，我同学也会出现分歧，比如我一个同学说，我记得王小兰，别人都扎两条小辫，就她披头散发，像个鬼。

我另一个同学就不同意，说，不对吧，你记错了吧？我记忆中的王小兰才不像鬼。

再比如关于刘国庆的身高，有同学记得他长得很高，也有同学说他是个矮个子。

虽然出现几个不同的版本，但都是鸡毛蒜皮的小问题，所以我必须说，这都正常，很正常。

难道不是吗？

我相信关于刘国庆和王小兰的回忆，以后还会继续下去，因为他们两个始终没有出现在吧里。

我五（5）班吧并不是专门为他们两个开设的，他们不出现，自有其他同学出现，现在同学已经聚了一些，班主任老师也来了，很快我们就互相加了微信，而且肯定是要建个群的。为了取个不同于一般的群名，大家都很费思量，想了许多个，结果越多越觉得没有合适的，越多越觉得显示不出个性特点。有人提议用母校所在的地名，有人提议用母校的一棵树的名字，有人提议就用班级名，更多的同学想出很多成语，比如"情深似海"，比如"情同手足"，比如"情投意合"等，虽然情意浓浓，但水平实在一般。

最后还是老师胜我们一筹，俞老师建议叫"野渡无人"。

我同学很崇拜老师，他们也许并不太清楚用"野渡无人"做群名到底是什么意思，几个意思，但他们都无条件地纷纷点赞。其实我心里明白，这个群名好像是我老师从我的名字中衍生出来的，我叫周子恒，和"舟自横"谐音，野渡无人舟自横。

虽然人数还不够多，但已经是一个像模像样的组织了。我觉得时机差不多了，可以向母校报到了，下次校庆的时候，在指示图上，也会有我们的一个小框框了。

母校网站的首页上有"联系我们"这个栏目，我发帖上去，说我们五年级（5）班找到组织了，向母校报个到。今后母校有什么活动，可以直接和联系人我联系，附上了我的邮箱和手机号。

接下来的事情，就是相约聚会了。我同学热情高涨，都说可以 AA 制，但我说我的经济条件还可以，何况我是牵头人，所以最后由我订了饭店，发了通知。

虽然相逢不相识，但毕竟有隔不断的同学之情，我们像真正的老同学一样热烈拥抱。都见上面了，也不穿马甲了，真姓大名都坦白出来了，果然有时代特色，建国、卫国、爱国、爱民、爱平之类，我问他们哪个是让我猜的"李猜"，就是"吧里横"，却没有人肯认，都说不是自己，我也没跟他们计较。

女生的名字则是另一种样子，普通，而且带个"小"字的特别多，小萍、小燕、小红、小什么。

那时候做家长才懒惰，哪像现在的家长，为孩子取个名，都要把最难认的字找出来。

据说有一个孩子叫壑廗。

还有一个叫赟蒽。

关我何事？

我还是关心我同学聚会吧。我同学纷纷回忆和诉说当年发生在班上的故事，一个同学想起了他把前排女同学的辫子绑在椅背上的事情，另一个同学又想起了用弹弓打了老师的脸，还有一个同学说她那时候已经知道暗恋，恋的就是班长刘国庆。

我同学嗓子都说哑了，眼眶也说红了，他们越来越投入，越来越像真的，我的眼睛却渐渐地模糊起来，心里也渐渐地疑虑起来。我在旁边细细观察，我一个同学的年纪似乎不太对，他比我们都年轻，脸上皱纹很少，难道他拉了皮？怪恐怖的。还有一个同学，他说他叫李小丽，能够吗，这不明明是个女生的名字吗？再一个更古怪，我注意到他一进门就很心虚，用慌乱的眼光对着每一个同学瞄来瞄去，不知道这又是几个意思。另一个女生也挺有意思，她端坐的姿势和她的眼神，不像是参加同学聚会，倒像是警察来查案，或者至少也是巡视组来巡视观察的。

就在我思想开小差的时候，不知道是谁起的头，我同学已经开始共同回忆当年发生的一个重大事件。

回忆总会有误差的，但是在刘国庆和王小兰打死俞老师的这个事情上，大家似乎都记得很清楚，差不多得出了完全一致的结论。

我同学一发而不可收了，我却成了旁观者，但毕竟旁观者清，我感觉他们记错事情了，这差错太大了！如果打死的是俞老师，俞老师怎么还会出现在我们群里，我们的群名"野渡无人"还是她给取的呢？

我小心提醒我同学，你们是不是记错了，被打死的是俞老师吗？

我同学异口同声地说，不会记错的，打死的就是俞老师。

我魂飞魄散了，赶紧躲到一边，用手机登上母校网站，向维护管理网站的老师求助。那老师说，这位同学，你怎么又来了，请你别开玩笑了，我只是兼职维护网站，维护网站也没有减少我的课时，我没有多余的时间和你们乱开玩笑。

我又奇了怪，向组织报到是乱开玩笑吗？

老师跟我说，你怎么不是乱开玩笑？我们学校，你的那个年级，根本就没有 5 班，总共招了 4 个班，哪来的五年级（5）班？

我晕了一会儿，慢慢清醒过来，不能够啊，难道我上的是一个不存在的班级？老师您可不带这么玩的。我理直气壮地说，老师，您一定是记错了，要不您再认真核查一遍，难道一个班级会平白无故地消失了吗？我怕这位老师又用什么话来堵我，赶紧又换了个思路以攻为守，我说，老师，如果真没有的话，那我是谁呢？我明明上的是五年级（5）班，5 班却不存在？

老师说，同学，我又看不见你，我怎么知道你是谁？反正你那个年级就是没有 5 班，这是历史的真实，这是铁的事实，谁也无法改变的。

我必须强词夺理，我说，老师，据我所知，我母校每一个年级招生都是 5 个班，为什么到我们那一年，就只招 4 个班呢？

老师有备而来，才不会被我问住，他回复我说，他早就去请教过学校的老校友，老校友告诉他，那一年闹饥荒，饿死了好多孩子，招不满 5 个班，所以只有 4 个班。你刚才说得不错，每一年都是招 5 个班，但是你们这个年级，恰好是我们学校这么多年唯一的例外。

我好像听到"嗖"的一声，难道是我的灵魂出窍了？难道我们五（5）班的同学都是饿死鬼吗？

我赶紧说，老师，不对的，不对的，我们都好好地活着，我们不是鬼。

我虽然看不见老师，但我知道老师真生气了，我赶紧抬出另一个老师来缓和气氛，我说，老师，您别着急，我们五（5）班，不仅有同学，还有老师，俞老师，她也和我们在一起，难不成老师还会骗人吗？

老师立刻反问我，你说俞老师？哪个俞老师？

我更加理直气壮，俞老师，俞敏秀老师，我们当年的班主任。

页面上立刻出现了一个惊悚的骷髅头，同学，你吓死本宝宝了，俞敏秀老师？俞敏秀老师早就去世了，是被同学打死的。

幸好我已经习惯了老师的一惊一乍，我沉着地追问，老师，你说俞老师早已经去世，那是什么时候，老师你查到了吗？

老师说，这事情还需要查吗，你自己想想，就知道那是什么时候。

谁打的？

据说一个叫刘国庆，一个叫王小兰。

我又赶紧问，那，这两个同学被枪毙了吗？

枪毙？开什么玩笑。据说那是很混乱的时候，很多小孩子一起围上去打一个老师，打死老师后，大家都散了回家吃晚饭，谁也没法追究。

现在我越来越镇定了，说，老师，关于刘国庆、王小兰打死俞老师的事情，你的说法和我同学的回忆是一致的，这说明什么？这说明我同学是存在的，我5班也是存在的。

老师简直像是百度百科，永远都可以对答如流，他很快回答我说，这也不一定，我曾经在微信圈里看到过类似的故事，就是小学生打死老师的故事，所以我们现在说的这件事情，也可能发生在别的学校。

我又立刻顶上去说，老师，你只要查一查学生名册，有没有刘国庆王小兰，就知道了。

老师说，同学，你这是存心为难我，你让我怎么查？连你们这个班都没有，哪来的学生名册——最后老师终于怕了我的纠缠，他干脆到学校档案室，找出了那一年的班级名册，拍成图片发给了我。

有图有真相，也还是击不垮我重回母校怀抱的坚定意志，我说，老师，如果你坚持说没有五（5）班，那我呢，我到底是哪个班的？

我老师毫不客气地说，如果你坚持你是 5 班的，那么我得出的结论就是：你并不存在。

我这才相信了吗？

我相信没有我们这个班吗？

我相信没有我这个人吗？

我回到同学聚会的场景中，我再一次细细看着他们的脸，我发现他们有破绽，却没有发现他们都是鬼。

我要毫不留情地揭穿他们，我上前大喝一声，嘻，你们别造了，根本就没有这个班，没有五（5）班，你们都是不存在的！坦白吧，你们到底是谁？

我预测我同学都吓尿了，都吓得坐地上了。

可是没有。

我同学都很淡定，他们是淡定哥淡定姐，他们还说了淡定的话，看庭前花开花落，望天空云卷云舒，等等。

我却是上蹿下跳，狂风暴雨，我说，你们别跟我开玩笑，小心我让你们笑不出来！

我同学都笑出来了。

然后，然后，出乎我的意料，他们竟然挨着个儿，一个一个的，真的开始坦白了。

一个同学先说，我叫李小丽。

我立刻说，你明明是个男生，怎么叫个女生的名字？

李小丽说，李小丽不是我的名字，是我太太的名字，我太太死了，学校不知道，前几天还给她发了校庆的请柬，我很想替她参加校庆，可那天有事没去成，我就到她母校的网站上看看，看到了你 5 班——

我急切打断他说，李小丽说过她是 5 班的吗？

李小丽说，没有，我不知道她是几班的，因为你 5 班正在谈论刘国庆王小兰，我记得在哪里知道过他们的名字，但他们不是我的同学，想来就是我太太的同学了。

我继续追问，你既然进来了，为什么要扮高冷，一言不发？

李小丽说，我是代表我太太进来的，我太太是个孤独的人，尤其不喜欢和熟人打交道，所以我只看看，不说话。这样，她就算死了，也会很安心的。

李小丽说过之后，纪爱民说了，我坦白，我是 4 班的。

我气急败坏说，你是 4 班的，那你明明知道没有 5 班是不是，你还冒充 5 班的进来捣乱？

纪爱民说，我不是来捣乱的，我是来寻找存在感的，我在四班混得不行，人家一个吃鸡塞了牙缝，另一个人便秘了，都被狂赞，可我的信息永远石沉大海，无人理睬，在那个 4 班，我根本就不存在。

我尖刻地说，那你就干脆找一个不存在的班。

纪爱民说，可是我找了不存在的班以后，我存在了呀，我现在是"野渡无人"里的群红，难道不是吗？我不是你们的灵魂人物吗？

他是。

接着有一个叫杨卫国的坦白说，我记性不好，我不记得我是哪个班的，那四个班我都去认过，可他们都说我不是他们班的，那只到 5 班来了，我不是来看热闹的，我是来认祖归宗的。

我嘲讽他说，结果认了个空。

杨卫国无所谓地说，认空就认空，反正我已经在这里了。

又一个女生说话了，她就是那个开始一直端坐着观察大家的同学，只是她现在完全改变了刚进来时的姿势，放低了姿态，她说，我承认我不是 5 班的，其实是不是 5 班我才不在乎，是几班我也不在乎。我在闺蜜群里，被闺蜜卖了；我在辣妈群里，被辣妈骗了；我进到同事群里，直接影响我升职了，所以我想到一个陌生的地方来看看。

这也可以算是一条逻辑。

可我不能服了他们这样的逻辑，虽然我同学个个振振有词，把一个明明不存在的事情造得那么有存在感。幸好我还有一个不知死活的老师呢，我得赶紧把她抛出来，我说，那俞老师呢，她早就被打死了，难怪她今天没来，但是她怎么会在我们群里呢，难道现在鬼也能入群了吗？

奇怪的事情发生了，那个脸上没有褶子的年轻的同学站了起来，沉沉稳稳地说，谁说我是鬼，谁说我死了，谁说我没来？

好像他就是俞老师似的。

冒充谁不好，要去冒充一个死人？

而且他都没有男扮女装？

我的年轻的同学把身份证拿了出来，说，我是路人甲，你们可以看看我的身份证。

其实他一开口，我就听出他的口音，不过并没等我戳穿他，他已经抢先说了，我从外地来。

真是闻所未闻，大开眼界，我说，你特地从外地赶来冒充俞老师？

我的年轻的同学说，我没有冒充，本来就没有俞老师，何来的冒充——接着他也和大家一样坦白了，他是输错了网址错误地进入了我母校网站，又误打误撞进入了五（5）班，发现我同学在吧里找俞老师，而且这个班上还有刘国庆和王小兰，他就直接用"俞老师"的名字进来了。

我追问他，你既然是路人甲，和我们完全无关，你进来干什么？

俞老师说，我认得刘国庆、王小兰和俞老师。

我气得大声叫嚷起来，你胡说，连5班都没有，怎么会有5班的同学和老师？你怎么会认得他们？

俞老师说，他们是我创造出来的，换句话说，就是我瞎编出来的。我是个作家，我写过一篇小说，小说题目就叫《五（5）班》，班上有刘国庆和王小兰，他们小时候打死了俞敏秀老师——我就知道，原来艺术和生活是完全重叠的。所以我当然要到你们这里来，你们这里的东西，就是小说嘛。

我同学兴奋起来，纷纷向俞老师请教胡编乱造的经验，我可着急了。

我怎能不着急，现在他们一个一个地露出了原形，只剩下我了。

我是谁呢，我怎么会出现在这个不存在的5班呢？

想到我，你们难道没有毛骨悚然么？

我是一个不存在的人？

我是一个鬼魂？

我是一个精神病患者？

我是一个穿越而来的古代人、未来人、外星人？

或者——

我是这个学校的学生？

我不是这个学校的学生？

我是五年级？

我不是五年级？

也或者——

我是刘国庆，我老婆叫王小兰？

我是刘国庆和王小兰的儿子？

我是俞敏秀老师的女儿？

我就是俞敏秀老师？

我问了自己无数个问题，可我发现我同学根本不关心我是谁。我忍不住责问他们，你们都知道自己是谁，你们难道不想知道我是谁吗？

我同学异口同声说，我们怎么会不知道你？你是群主嘛，"野渡无人"的群主。

我赶紧解释，我指的不是群里的我，而是真实的我、现实中的我，你们不想知道吗？即使你们不想知道，可我自己很想知道，你们不能帮助我把自己找出来吗？

我同学和我老师七嘴八舌：

你是谁不重要。

重要的是我们不知道你是谁。

更重要的是我们聚会了。

或者，我同学再进一步开导我，听说过一句话吧，不要和熟人打交道。

我说，我只听说过不要和陌生人说话。

我同学说，你那是旧社会的想法了。

总之吧，我同学我老师他们都不想知道我是谁，而且也不想让我知道我是谁。其实我很想知道我是谁，但是大家不这么认为，我也就从众了吧。

其实后来我也想通了，我到底是谁，确实不那么重要了，大家就不要追究了，我自己也不追究了。

重要的是我们聚会了。

更重要的是聚会成为我们班新的里程碑。

聚会以后，我们同学老师间的感情渐渐地深厚，互相间的了解也渐渐地深入。后来我们甚至越来越熟悉，越来越亲热，我们每天晚上睡觉前，都会狂聊一通，谁去上个厕所回来，至少又多了几百条。每天早晨大家都抢着升群旗，唱群歌，互祝早上好，互祝新一天好，在马桶上要坐一个小时，多人长了痔疮。

后来，我们真的成了像亲人一样的熟人了。

于是，再后来，就和许许多多的群一样，我们就渐渐地，疏远了；渐渐地，没有声音了。

过了不多久，"野渡无人"就真的无人了。

作者简介

范小青，女，江苏作协主席，中国作协全委会委员。1980 年开始发表文学作品，先后出版发表《裤裆巷风流记》《老岸》等长篇小说 11 部，并有文字被译成英、日文介绍到国外。创作《费家有女》《新江山美人》等电视连续剧百余集，创作字数达 1000 万字。短篇小说《城乡简史》获得第四届鲁迅文学奖。

欢笑夏侯

陈世旭

　　一个在校时只知傻笑的差生，时常成为同学和老师的嘲笑对象，高考落榜却得益于官人相助，在市某机关谋得一职，每天虽只是帮领导跑腿，多年之后却让众多过去嘲笑他的同学自惭形秽。是什么让他如此神通广大并让命运发生逆转？

一

　　夏侯阳光是开学好几天以后出现的。

　　我们学校是全省最牛的重点高中，中考录取分数线、高考升学率从来都是全省的制高点。每到中考招生，校领导那儿就明里暗里挤破了人头。有带着上至中央下至顶头上司的批条的，有带着大大小小的红包或银行卡的，有批条、红包、银行卡一样不少的。之前，主要次要的校领导栽了好几任。现在的校长在品行上也是全省最牛的，除了中考成绩，天王老子也不认，威武不能屈，富贵不能淫，整个一铁打金刚。

　　夏侯破了例。照他的中考成绩，家里如果不破大财，连一般高中也进不去。但他却进了我们学校。不久全校就知道了，是老省长危老硬把他塞进来的。

　　危老在省政府工作的时候，夏侯老爸——大家喊老夏——在机关当勤杂工，十几二十年间，每天都是最早到，最晚走，永远都是在闷头做事。机关里大大小小的干部走马灯似的来来去去，换了一拨又一拨，他从来没有麻烦过任何一个人。危老从省长的职位上离休后，有一次在机关大院的小树林遛弯，看见老夏在大树下拔石凳边上的杂草，走过去打招呼，受了惊吓的他猛一抬头，来不及抹去眼角的泪水。

危老回去就给当时的省长写了信，说，考虑再三，还是决定打扰您一次。他恳切地请求省长亲自过问一下一个普通工人儿子的升学问题。他与这位在省政府机关兢兢业业工作了多年的工人同志非亲非故，甚至喊不出对方的名字，更谈不上关心对方的生活。他为此很惭愧。

老夏前面生了两个女儿，赶着计划生育政策下来之前生了夏侯阳光，得了儿子，从此一心望子成龙。老夏上初中时全国学雷锋，给他留下了终生坚持不懈摘抄名人名言的习惯。有了儿女之后，他把那些名人名言用大字抄出来，贴满了家里的墙壁，每天让儿女们早晚背一遍，背熟了，再换一批。

在这些名人名言的熏陶下，儿女们读书都特认真，上课做笔记恨不得连老师的喷嚏也记下来，在家里手上永远抱着课本，每天趴在桌上做作业不到半夜绝不起身。可不知为什么，学习成绩就是上不去。大女儿好歹念完初中，死活不肯参加中考。二女儿干脆就没念完初中，半道退学了。轮到夏侯，宝全押在他身上。中考那天，家里专门给他炖了一只老母鸡，老夏头天悄悄跟人换了班，把一辆动不动就掉链子的单车仔细检修了一遍，早早地载着夏侯去赶考。夏侯上了考场，他就两只手抱着膝盖，一直在校门外的一个角落蹲着，低着头念念有词。他的父亲是水灾后进城要饭的农民，从小没有进过学堂，就指望儿子有一天能出人头地，为夏侯家争气。但他当年没有考上高中，在家待了两年，只好去劳动局登记，报名就业。面相、性格有遗传，过不了中考应该没有遗传！

但夏侯的中考就是没有过。复读了一年再考，还是没有过。

老夏上班，止不住背着人偷偷抹泪，却让危老撞上了。

危老是全省上下知道的人个个敬畏的老领导。"文革"中他的两个儿子一个自杀了，一个下乡插队，后来就一直在公社中学——后来是乡中学教书。不是县里不使用，是危老一直压着：你们要动他，事先必须请示我，这是纪律！每次儿子回家，危老就叮嘱：就你那水平，就在基层老实待着，爬得高，摔得重，不是什么好事。他唯一的孙女很争气，高考被省里的重点大学录取，她放弃了；第二年再考，如愿考进了全国名头最大的大学。危老自己一离休就交出了办公室，搬出了独栋庭院，让办公厅给他在省政府干部大院找了套单元房。请众秘书、医护、警卫、司机吃了一顿饭，感谢他们多年的辛苦，谅解他对他们的种种过失，告诉他们，我这里没你们什么事了，组织上已经同意他的请求，请他们回各自的主管单位另行分配工作。多年来他从不干政，散步遇到跟他一样退下来的老同志发牢骚，他立马脸色铁青。他们只好赶紧住口，从此见了他就远远避开。

对危老的信，省长不敢怠慢，立刻呈报给了书记，书记立刻就批给各位常委传阅，指出，这应该是一个特例。危老的信实质上提出了我们执政方向的命题。落实危老的要求，上升到了政治高度。我们校长再牛也只有执行的责任。

夏侯很对得起这个来之不易的学习机会。他每天最早到校，最晚回家，上课坐得端端正正，一动不动。但让人难以相信的是，他好像是个聋子，什么也没有听见。老师每次点名他发言，总不见回应。必须旁边的同学推他，他才好像是猛然惊醒，一下站起，然后就像棍子一样杵在那里。不管哪一课的老师，也不管提的什么问题，让他回答，他都一概张口结舌。

但夏侯比所有人都优异的地方是他的表情——笑，而且是欢笑，绝对是夏侯的标志。他那张娃娃脸永远是血色丰润，鼻头沁着细细的汗珠，头发里冒着热气，就像刚从桑拿房出来。明亮灿烂的笑容随时随地都挂在上面，黑白分明的眼睛微微眯着，血红的嘴唇里露出整整齐齐的小白牙。不论面对谁，也不论遭遇什么，都永远那样害羞似的笑着，亲切而真诚。凝神听课是那样，回答提问是那样，我老使阴招让他出丑是那样，像棍子一样杵在那里还是那样。课间，教室、楼道、操场，夏侯的帽子或书包，随时有可能被人抢走，然后在大家的手上传球似的抛来抛去。站在人堆中的夏侯，头像拨浪鼓一样转来转去，眼睁睁地看着自己的帽子被踩烂，书包里的东西被抛得散落一地，始终明亮而灿烂地笑着，手舞足蹈，乐不可支。仿佛他不是被游戏的对象，而是游戏中的一员，帽子或书包也不是自己的，是公共玩具。

我们班主任是教生物的,很为夏侯着急。常常把从不举手的夏侯喊起来：夏侯阳光同学,你看见我出的题没有？连问几遍,夏侯才结结巴巴回答:看、看见了。

看见了那就回答。班主任和颜悦色地走近他。

夏侯别过涨得通红的笑脸,去看周围的同学。

我跟夏侯同座。我轻轻提示：

选 C。

夏侯很警惕,之前我老骗他。迟疑了一会儿,他说：

选 A。

全班哄堂。

班主任出的不是选择题,而是一个填空题。

班主任让夏侯站着,自己回到讲台,说,今天的课先不讲了,给大家讲讲人的一种常见的生理现象——笑：

在人的各种表情中,笑,无疑是最受欢迎的一种。但也不尽然。有些笑是很不好接受的——这还不是指那些同贬义词连在一起的所谓阴笑、奸笑、贼笑、淫笑、狞笑之类——比如广播和电视里的有些广告的笑就很可怕：因为叫卖的常常是假冒伪劣产品,情节编得又很拙劣、很不自然,那些代言的明星笑得很夸张、很没有来由,使人浑身起鸡皮疙瘩。

笑都是有来由的。即使假笑,也有必须作假的理由。演员在演出中的笑大都是为笑而笑,但也有明确的目的性——一是将笑作为艺术,二是将笑作为商品。该笑的时候不笑,或者笑得不合情节的要求,就有可能被导演炒鱿鱼,拿不到表演酬金。

自古以来,无数哲学家和生物学家对笑作了多方面的探究。法国哲学家、物理学家、数学家、生理学家笛卡尔对笑作了一丝不苟的剖析：

"笑是这样发生的:血液从右心室经动脉血管流出,造成肺部突然膨胀,反复多次地迫使血液中的空气猛烈地从肺部呼出,由此产生一种响亮而含糊不清的噪音。同时,膨胀的肺部一边排出空气,一边运动了横膈膜、胸部和喉部的全体肌肉，并由此再使与之相连的脸部肌肉发生运动。就是这种脸部运动，再加上前述的响亮而含混的噪音，构成了人们所谓的笑。"这段话同学们课后可以在笛卡尔的《论情感》里找到。

显然是由于笑容受到欢迎的缘故，自古就有"卖笑"一说，现如今提倡"微笑"，更是成了一种时尚。服务行业甚至将"微笑"列入规范化管理的重要内容。对于看惯了盾牌似的冷脸的消费者，这无疑是一种福音。然而——我要强调的是然而——有些漂亮小姐俨然如同达·芬奇的《蒙娜丽莎》，不管你有没有心情，是不是需要由衷的关切，永远是一副一成不变的"永恒的微笑"，你受得了吗？

笑，一旦固态化了，其真实性就大可怀疑了。最起码，人家会以为你面部神经麻痹了，就僵死在那一种表情上。

当然啰，笑到底还是比哭好，笑相到底还是比凶相好。德国哲学家叔本华说过很多错误的话，也为我们奉献了这样一句精彩的格言："愉快随时带来益处。它好比幸福的现金支付，而其他都不过是一张支票。"只不过，我们对笑寄予了一种期望。期望所有的笑都能像雨果说的那样："当我们笑的时候，内心深处应该是仁慈的。"法国作家拉伯雷是创造笑的巨匠。在笑的历史上，拉伯雷历数百年而不衰，始终是无可置疑的楷模。因为他的笑纯真、朴实。当一种文明趋向于伪善的时候，拉伯雷的笑因其保持自然的风格而受到千古传颂。

的确，我很愿意像挪威作家韦塞尔那样恳求："请允许我自己选择唯一的一件好事，那就是永远和笑者在一起。"

但那笑者必须是真诚的而不是虚伪的，是智慧的而不是愚蠢的——而愚蠢的笑简称为"蠢笑"或"傻笑"，就是我们现在看到的夏侯的这种笑。

全班再次爆发哄笑，这一次连桌椅楼板也"咚咚"乱响。

在一片混乱的笑声中，夏侯的笑容没有任何变化，无声而明亮，平静而欢快。似乎在执拗地告诉班主任，他的笑不是蠢笑或傻笑，就是欢笑，发自内心的欢笑。

不知为什么，我们在忽然之间都相信了夏侯，相信了那样的笑不论是尴尬，是紧张，是窘迫，是委屈，都不是伪装。那样的笑是装不出来的。那差不多就是婴儿的笑，表明心地的纯洁无瑕。夏侯的心理世界就停止在婴儿时代，像中国古代哲人孟子说的"不失赤子之心"。

也许就是这笑容征服了大家。

时间一长，大家再不忍心拿夏侯开涮。再毒舌的老师，也不挖苦他了，像我这么贼的人也不给他使坏了。尤其每次家长会，他老爸每次都来，从来没有缺过席。每次都坐在最前面一排的一个角落里。轮到家长发言，他就头一个站起来，先向讲台上的老师90度弯腰，说：拜托！再向学生座位上的家长90度弯腰，说：拜托！然后声音颤抖地连说几声：千万千万拜托！完了就哆哆嗦嗦地坐下来，再没有话。大家开始还觉得好笑，很快就严肃了，这有什么可笑？辛酸还来不及呢，中国的父母有几个不是为儿女活着！

而且，除了学习成绩，夏侯的优点是特别明显的。最大的优点是嘴甜和勤快。他管男生一律喊"哥"，管女生一律喊"姐"；见到同学的家长，不管是不是与他相干，他都会凑上去喊"叔叔""阿姨"。他最乐意的事情是给人帮忙，而且是给所有人帮忙，不管其中是不是有人之前欺负过他。只要有人使唤，他立刻就满脸放光，浑身是劲，像是获了大奖——单是论功课，他什么奖也得不到，大家有需要，对他多少是一种补偿，证明自己还不是那么被人看不起。每天中午给班上不回家的同学买盒饭，一次拿不下就跑两次；大雨天一趟趟地把不想让裤腿和鞋子浸湿的同学背过积水的马路；每天卫生值日的同学有事或借口有事不想干了，他就踊跃替代打扫教室；篮、排、足三大球他一样不会，但每次他都从头到尾陪着，给大家看守扔在场边的衣服书包，买水递水，鼓掌喝彩。

头一个学期结束之前，心有愧疚的班主任提议让夏侯进班委，得到了全班的一致拥护，选他当了劳动委员。

让人惋惜的是，他的学习就是跟不上，怎么给他单独补习、吃小灶也不行。高三，进入高考备战，教室里一片死寂，偶尔有人咳一声，偶尔有一支笔掉地，都会让人心惊肉跳。教室的气氛压抑得像是一口活棺材。夏侯一如既往，一动不动地坐着，偶尔看一下周围。他的一贯的笑容，在不了解他的人看来，会以为是睥睨和嘲笑，但我们都清楚，那是无奈、茫然和寂寞。

因为一直同桌，我更清楚他心里的苦。他压根儿就不是大家在表面上看到的那么混沌未开，死心眼儿。测验和考试的时候，只要有可能，我就给他看我的答案，他从来没有拒绝过。他利用自己桌面上一个节疤脱落空出的小洞，把书本贴在底下偷看，只是每次他都不知道该抄哪一段、哪句话，或是哪个得数。

<h2 style="text-align:center">二</h2>

夏侯的高考结果可想而知。他老爸很绝望，差点自杀。我们校长出面，把夏侯弄进了一所私立职业技术学院。校长在大学当教授的一位老同学，兼任着这所学院的院长。学院的简称跟"妓院"完全相同，让许多报考的学生和家长忌讳。夏侯很顺利地毕业，很顺利地拿到了大专文凭。因为跟危老的那一段渊源，省市机关的后勤部门几乎没人不知道他和他爸。省政府办公厅给市政府办公厅打个电话，人家一见夏侯，马上就聘用了。

市政府有一个专门给一批副市级以上领导盖的"818院"，管理处特需要高等学历又有服务精神的青年人。因为是政府机构，工资有严格的限制，应聘试用的员工在没有考上公务员之前，收入跟厨房洗碗的农民工大妈差不多。连着几年，前来应聘的大学生问清了工作性质和收入待遇，有的扭头就走了，有的最多干几个月就跳槽了。但对夏侯来说，这是天赐良机！

再没有比这样的工作更适合夏侯的了。他不忌讳被人笑话"伺候人"，整天忙前忙后、跑上跑下，被人使唤得陀螺一样团团转，他只会快乐无比。他给人办事，从来不计较人家的语气，温和也罢，粗暴也罢，亲切也罢，鄙视也罢，讲理也罢，蛮横也罢，平易近人也罢，居高临下也罢，他都一样笑嘻嘻地接受。"妓院"毕业么，本来就是来"伺候人"的，他偶尔拿自己打趣。他觉得，能在这样一个有武装警卫、一般人不得擅入的大院里服务，即便是最普通的服务，也是一种莫大的荣幸。

夏侯很快就成了818院管理处、甚至是整个818院最受欢迎的人，人见人爱。他的脸上永远是大晴天，他的嘴里永远在哼抒情歌，这个跟他名字一样的阳光男孩，从外到里热得像团火，见谁亲谁，冷饭冷菜吃得，冷言冷语也听得。只要谁家有事，他忙起来就没日没夜——半夜起风，没关的窗户玻璃碎了；出门忘带钥匙，要着急开锁；老太太菜买得太多了，拿不回家；下水道突然堵了，卫生间屎尿横流；车在路上跟人撞了，赶不回去接幼儿园的孩子；手机掉抽水马桶了，要伸手去掏……这些不在他职责范围的事，只要找上他，他都干得特带劲，从来不厌烦，不抱怨，相反，屁颠屁颠地很享受。

夏侯是个念旧的人。他那儿很自然成了老同学的联络站，隔三岔五他就组织个饭局。本来大家说好了AA制，他很委屈地笑问：你们这点面子也不给我吗？大家说，不是不给你面子，你哪来的钱买单？你一个月那点工资还不够我们撮一顿的。他释然，说，哦，那你们尽管放心，等着掏钱的人有的是。大家起先还狐疑，想想也就作罢。夏侯是818院的人，水应该很深。没有秘密，那就不是他了。

我因为在外省读本科，毕业后接着读研，囊中羞涩，有几年没回家。这次回来，夏侯高兴得很，说是一定要最隆重地聚一次。可时间到了，人到齐了，独不见他人影。几个人连着给他打电话，他连声答应"就来就来"，可是等饭局完了，一帮人闹闹哄哄地涌进K厅包房，鬼哭狼嚎了好一阵，他才满头大汗地赶到，满脸堆笑，一个个地跟人弯腰、握手，一口一声"对不起"。"对不起"了一圈，忽然不见了，再出现的时候，领着几个服务生，抱来一堆零食、卤菜、大果盘、整箱的酒。然后，他一杯酒一杯酒地满上，把所有人敬了一遍，摇晃着身子，露出雪白的牙齿，醉眼蒙眬地说：对、对不起，我去机场接我们老板的小姨子了，没有陪、陪好哥哥姐姐，给各位赔不是，请包、包涵……

他还是老样子，一点没变，娃娃脸上挂着害羞的笑，永远长不大。几个走得近的同学中，有人总觉得他弱智：什么年代了，还有这么不要命的人，就算学历条件差点儿，也不至于做牛做马啊。

你们这是什么话,讲点良心好不好!有人当场驳斥,没有夏侯"做牛做马",又是在那样一个地方"做牛做马",我们能得到那么多方便吗?

这倒是真的,夏侯太大的忙帮不了——比如升官发财,或是去号子里捞人,但解决小难题则是分分钟的事——其实对我们这样的平民百姓,这些难题说是小并不小,没人帮你,那个坎你就是过不去——

报上发布了政府告示,祖父母如果是省城正式居民,其省城以外的未成年孙辈可以有一人把户口迁入祖父母家。一个师范学院毕业分到外县中学当老师的高中同学,欣喜若狂地带着那张报纸和刚满月的儿子的户口赶到父母所在地的派出所,问遍了所有人:有这事吗?所有人都回答:上面不都写着吗。又问:那我们能办吗?又答:你们自己应该知道。再问,就没人接腔了。

旁边有人指点,兄弟你连条烟也送不起吗?这年头有你这么干手沾芝麻的吗?

那同学在我们班上是出了名的二杆子,天王老子也不买账的,虽然到了底层,好歹也是人民教师,却教养不见长,倒是长了江湖气:卧槽,政府不是明明有法令了吗?

甩甩手扬长而去。

中午,在夏侯那里用餐,说起上午在派出所的遭遇,夏侯说,看把你气成这样。随手抓起拍在桌上的手机,拨了个号码。一会儿把手机拍回桌上,说:吃完饭,你先在我这儿的酒店睡个午觉,下午三点,你再去那个派出所,直接找他们所长给你办。

卧槽,神了!那同学后来跟大家说,那天他按时去了派出所,所长又是让座,又是泡茶,一再叨叨:您跟我们局长是朋友为什么也不说一声啊?临走,还从文件柜里抓出两条软中华,硬塞进我的烂包里!他在河里捞,我在他箩里捞!

知道了夏侯的神通,高中就出了名的几个赌鬼也有恃无恐。有天半夜他们鏖战正酣,忘乎所以,实在不堪其扰的邻居打了举报电话,一帮警察突然袭击,把桌上的赌资一扫而光。赌鬼中一个人冷冷地说:收好了,别急着瓜分,明天一分钱别少给我送回来。一个警校刚毕业的小警察哼了一鼻子：那你好好等着吧。

小警察打死也不肯信，那帮赌鬼还真是一分不少地等回了那笔钱。

扭转乾坤的自然是夏侯。几个赌鬼办了饭局感谢夏侯。夏侯难为情地笑着：莫、莫，是你们给我面子。

倒成了他该感谢那班赌鬼了。

有了夏侯，K 歌就没意思了。

老板的小姨子？你摸人家手没有？

没有摸手。

那是摸胸了。

没有摸胸。

那是摸哪儿了？你倒是说明白啊。

没有摸哪儿。

问题的出处明显是"领导吃饭你转桌，领导小蜜你乱摸"。但夏侯是直肠子，吃什么拉什么，根本没有幽默感。你怎么逗他，他都是正面回应。

别逗老实人，不好玩，言归正传，听夏侯的吧。

众人等不及了。每次聚会最大的热点就是听夏侯讲官场八卦。一帮人围定了他，众星捧月。每到这时候，夏侯就格外意气风发，本来就通红的脸更是艳若三春桃花。不远的几年前，他还是大家寻开心的对象，现在他是大家的中心。

夏侯最崇拜的官员是市委况书记，夏侯口口声声称作"我们老板"。

"我们老板"是有生活厚度的人，举重若轻，时不时会发些短信给包括夏侯在内的年轻人，诸如：

"群处守嘴，不惹祸；乱处守心，不出错；抬头做人，俯身做事；修好自己的心，立好自己的德；思想要丰富，心灵要纯净；让别人幸福，让自己优雅！"

"越是有故事的人越沉静简单，越是肤浅的人越浮躁不安；成功不仅是才华横溢，更是平和低调诚实让人信任。"

"不要总显示比别人聪明，敬人等于敬自己；树一个敌，等于立一堵墙。"

"能干事不是本事，不出事不是本事，能干事、干成事、不出事才是本事。"

"一等人有本事没脾气，二等人有本事有脾气，三等人有脾气没本事。"

"自然界里的一切都是相互依存的，一荣俱荣，一损俱损。在这个世界上，人与人之间无非就是一份缘、一份情、一份心、一份真。风轻云淡时，一句问候；细水长流中，一个惦记；郁闷困惑时，一丝安慰；穷困潦倒时，一些给予；孤独无助时，一臂之力；落魄失意时，不离不弃。"

还有不少，都是金玉良言。夏侯奉为人生圭臬，并且连同他激情点赞的"我们老板"的所有讲话和文章要点及时转发到微信的朋友圈，让大家共享。

每次八卦，"我们老板"都是"三突出"的形象——所有人物里突出正面人物；正面人物里突出英雄人物；英雄人物里突出一号英雄人物。

"我们老板"是从中央机关空降的，一开始许多人不鸟他。夏侯刚到大院管理处上班，遇上抗洪，"我们老板"让市委市政府机关凡能抽出的人都上第一线。那天，况姨——就是"我们老板"的夫人，让夏侯顺便带点东西给几天没回家的"我们老板"。夏侯坐快艇上了指挥船，正赶上"我们老板"在拿手机打电话，一船人静悄悄的，大气不敢出。

"请您放心，我现在就在第一线，人在堤在！"

"我们老板"站得笔直，脸色严峻，声音坚定而柔和。按级别，他不可能用这种方式跟对方通话的。这一下，谁都看出，"我们老板"是通天的。从那以后，再没人敢在下边对"我们老板"阴阳怪气地说长道短了。

朝里无人莫做官。我们说。

夏侯没想到他本来以为的惊人内幕会引出这样负面的结论，急了，说，"我们老板"的领导魄力也是超强的。

年中，一位国家领导到基层考察新农村建设，头天下午省里突然通知，原定的考察点临时改变，第二天上午要去我们市下面最偏远县山区的一个村子。那个村恰好是我们市里最落后的一个贫困村。

"我们老板"晚饭前就赶到了那个村子，现场办公。一个晚上，那个村子所在的县乡几百干部把村子清理得干干净净，墙面粉刷一新；牌坊屋头树上装灯结彩；从市里直接调拨，给家家配上了电话彩电冰箱洗衣机；集中附近乡村的牛羊鸡鸭，填满了全村子的牛栏羊圈水塘……

早上太阳出来，一个焕然一新的村庄神话般地闪闪发光。

这不是骗人吗？

有人困惑。

是政治。

夏侯笑着点拨。

你们老板就靠这"政治"升官？一定还有秘籍。别跟我们保密啊。

夏侯低下头，犹豫了好久，终于抬起头笑得很紧张地看了一眼包房的门：

我要是说了，你们一定给我保密。

那当然，弟兄们还能害你？

我们老板是有高人指点的。

夏侯吞吞吐吐，让他的笑看上去有些吃力。

夏侯说的"高人"叫"莫大师"，是个传奇人物。因为莫大师，夏侯见识了许多先前只能在电视电影里看到的气度不凡的高官，享誉世界的富豪，家喻户晓的明星，这些人一个个对莫大师恭敬得五体投地。也难怪，七十几岁的人了，平时住在深山老林的一个独院里修炼，汽车道蜿蜒通到山外的河边，河上特地架了一座汽车能过的木桥。桥头照电影里的样子挂着一排大红灯笼，数那些灯笼就知道平时有多少女人跟着他过日子。此外，还时常有从银幕银屏走下来的明星大美女找上门来，整天整夜跟他在床上修炼种种神功。

莫大师非佛非道，自成一家。早年在老家乡下跟人打赌，从远处遥控，让公社书记的老婆当街脱光了衣服。江湖上称作"仙人脱衣"。事后以流氓罪送去劳改。三年困难时期，连劳改农场的"政府"——就是管教人员都饿出了浮肿，他半夜出去拉尿，总是打着饱嗝喷着酒气回来。第二天，大家总是在屋角发现一堆吃剩的鸡鸭鱼肉骨头。跟踪了几天，发现他并没有走远，就蹲在屋角那儿"咯吱咯吱"大吃大喝。他背着身子，你也不知道那些香气扑鼻的酒菜是怎么来的。只好报告"政府"。

"政府"连夜审问，磨叽了好半天，他交代：你们保证，我坦白了你们不给我加罪——那些酒菜都是从附近城市的餐馆凭空搬运来的。

审他的"政府"拍案说：鬼信你的话！离劳改农场最近的县城也有好几十里呢。除非你当场表演，让我们亲眼看见。

莫大师说，"政府"桌上那只水杯可以借我一下吗？

"政府"说，可以。

莫大师伸手抓过那只杯子，问，这里是半杯凉白开，对吧？

"政府"说，不错。

莫大师又问，"政府"想喝点什么？酒，茶，还是糖水？

"政府"想了想，说，老三花吧。

"老三花"是劳改农场早年自酿的谷酒，因为粮食紧缺，酒厂已经有两年不酿酒了。

莫大师把抓在手上的杯子重新放回原处，说，请吧。

"政府"端起杯子，先前的那半杯凉白开一点没多，一点没少，只是凉白开已经不是凉白开，是度数极高、让喉咙火烧火燎的老三花了。整个过程也就是一两句话的工夫。

这是小意思。这样的小技只能在各种高级别的宴席上助领导的雅兴。

莫大师的绝技是通灵，草野生灵他一呼百应——铺满地毯的豪华宾馆，随手抓几张纸，用火点着，反扣在脸盆下面，过一会儿掀起脸盆，便有一群蛇四散窜出。那都是莫大师当场从山林召唤来的。

你亲眼见过？我们其实已经信了，只是习惯使然，忍不住质疑。

当然，我们老板带我去看过，夏侯说，每次有领导来市里视察，我们老板都会请莫大师来表演。回回满堂彩。我们老板跟莫大师交情很深，拜了莫大师为师。莫大师山里的房子、汽车道、桥，都是我们老板让当地政府修的。莫大师也给了我们老板特别的指点。这些年我们老板的运势很顺，步步登高，都跟莫大师的指点分不开。

怎么个指点，能举个具体的例子吗？我们追问。

大粒的汗珠从夏侯的额上滚下来。他终于鼓足勇气，说，你们千万千万别害我，这样绝密的事，传出去不是好玩的。反正出了这间房子我就不认账，谁传谁负责！

行行行，我们这帮屌丝谁也没有当官的命，晓得秘籍也用不上，决不会传的。一帮人信誓旦旦。

前年，夏侯压低声音，有位中央领导路过，在市里的宾馆睡了个午觉。我当时正在 818 院管理处上班，我们老板从那个宾馆给我打了个电话，让我过来盯着，中央领导离开后不准任何人进那个总统套房，一切必须保持原样。包括散乱的被子、床上的毛发皮屑、咳在地上的痰、喝剩的茶水、掀开了没冲水的马桶……都不准收拾，手指头碰一下也不行。房门必须紧闭，不让一丝气息透出来。干脆，你就端把椅子给我在那个门口坐着，不准任何人踏进那扇门一步。谁问你，你就说有特殊任务，什么也不准多说。什么时候见到我，什么时候你才可以离开。

这就是莫大师给我们老板许多指点的一个——在中央领导睡过的床上睡一夜，可以凭借中央领导留下的强大气场，大幅度提升发展能量。

当时我们老板还不是副省级。在那床上睡了一夜之后不到半年，就进省委常委了。

这类故事在社会上早已传得沸沸扬扬，现在听夏侯说出来还是不一样，夏侯毕竟是有现场经历的人，可信度高。一帮人听得入神，怔怔的，虽然半信半疑，心里还是怯怯的，似乎面对一种让人畏惧的不可知力量。这让夏侯有极大的成就感。接近权力让他觉得也拥有了权力，成了有分量的政治人物。他还是那样无邪地笑着，但那笑里多了内容。

三

读研毕业我就留在那个南方城市了。春节后回单位，正是春运高峰，火车站以及全市各个车票代售点人山人海，我唯一的选择就只有找夏侯搞票。

夏侯那天酒喝得有点高，但心里跟明镜似的，清清楚楚地记着临别时对我的许诺，没问题，我来办。

夏侯第二天就给我来了电话：一块儿吃个饭，顺便把车票给你。就我们两个，好好说会儿话，人多太吵。

约好的那天，夏侯在门卫那儿等着我。我扶着单车随他进大门的时候，心里有点发紧，毕竟是头一回来这种地方，侯门深似海，挺森严的。没想到那个农村来的小兵腼腆地对我点了点头，很意外。夏侯说，我们刚才正聊你，他崇拜死你了。他们山里有个在外面读研的回去，全村办酒席，县长都来贺喜。

饭前，夏侯领着我在这个外界说得近乎缥缈的神秘大院转了一圈。的确是个好去处——一个清波粼粼的大湖，卧在一大片林木葳蕤的丘陵中间，湖对面是群楼雨后春笋般拔地而起的城市新区，请欧洲园林专家设计的浓密树林掩蔽着整个大院，树林外来来往往的人很容易忽略掉树林后面的那个世界。一栋栋间距很大的欧式小楼，各自带着小花园，悄无声息。

"这里居住的是我们这个城市的心脏和大脑。"这是我进来时听我们主任说的第一句话，夏侯说，笑容里充满了自豪。

看来你很喜欢这里。我说，心里有种小人物的泛酸。

当然。夏侯沉浸在自豪里，你肯定看过美剧《纸牌屋》，里面有句台词我觉得特精彩：权力就像房产，越接近中心就越有价值。

我一下站住，睁大眼睛看他。他的笑依然带着稚气，他的髭须依然是毛茸茸的，但我就像忽然听到一个幼儿园孩子嘴里说出的是老于世故的政客的心得。

夏侯完全没有注意我的表情，那顿饭他一直在跟我讲这些年他对权力的感受。

权力是很威严的。

夏侯应聘后接受的第一个工作任务是为将上任的市委副书记准备房子家具。提拔前他是县委书记，那个县在他的任期内变化很大，从一个穷县进入了省内强县行列。他由此成为政治新星。市政府明年换届，他是市长候选人。

省委任命的正式文件还没有下发，副书记就来报到了，还带了满满一卡车行李。夏侯这里的准备工作还没有完成，只好在管理处库房清出一块堆放行李的地方，副书记则暂时住进市政府的接待宾馆。

放下行李，副书记就给省委老大家里打电话。他的这次调动，是老大点的名，现在人到了，头一件事自然是给老大请安。得知老大昨天从基层视察回来受了风寒，吃过早饭上医院了，就向管理处临时要了辆车，紧赶慢赶跑去探望。

管理处送他去医院的司机后来回忆，副书记上楼不一会儿就几乎是像逃窜一样下来了，脸色惨白得跟死人一样，五官变了形，魂魄都散了，很吓人。

当天，副书记就带着那满满一车行李，回了他来的那个县。不久，就传说他生病住院了，肝癌晚期。

市政府换届前，没上任的副书记——先前的市长候选人死了。

关于他的市委副书记任命的突然撤销，正式文件的说法是纪检部门发现了他在县委书记任上有受贿贪污行为。同时，群众对他之前上上下下跑官的不正当活动反映强烈。下边的议论则很邪乎，说他报到那天在高干病房省委老大的专用套间猛然撞上了不该看到的事，或是听到了不该听到的声音。回到县里一直到死，他嘴里翻来覆去叽里咕噜就三句话：怎么会那么兴奋？怎么会那么冲动？怎么会那么冒失？

这在一定程度上加强了关于老大私生活的流言蜚语。

他其实是吓死的。

典型的官迷，笑死人。夏侯"哧哧"笑起来。

会所的小餐室其实是个书房，极简朴，除了兼作餐桌的茶几、沙发，就是一整面墙的书架。没有恶俗的名人字画、插花盆景、仿古瓷之类。外面是一个探出湖岸的水榭。一大群色彩斑斓的鱼在下面欢快地游动，不时"哗哗"地溅起水花。

我们老板好像有点洁癖，特反感花哨摆谱。我甚至觉得，他也很不喜欢官场应酬，这地方弄好后他来过几次，就想一个人清静清静。他难得清静啊。

我对官场毫无兴趣，每次听人津津有味地谈论官场，我总是找理由起身离开，实在不得不陪坐便直犯恶心。我打断夏侯的话头：

说说你自己吧，怎么样，是不是又有新欢了？

在大学里，夏侯特有艳福，每个寒假和暑假，都会有一个不同的女生做他的驴友。高中同学发给我的手机邮件每言及此事，我几乎都能听到他们羡慕嫉妒恨的切齿声：真是想不到啊，倾头鸡单吃谷头米啊，咬人的狗不叫啊，之类。

夏侯笑而不答。

哪儿的？

就这院里。

同事？

不是。

直接交代吧，别卖关子。

夏侯甜蜜地咧着嘴：

记得那天我跟你们说去机场接人吗？就是她。

你老板的小姨子？

我恍然大悟：

那我得好好听听，你怎么上人家的。

不是我上她，是她上我。

夏侯有老板家的钥匙，老板家的杂务都由他监督打理。老板小姨子接来的第二天，一上班他就过去，看看有什么需要。

客厅里只有老板的小姨子：

你叫我姐什么？况姨？她是姨，我是什么？

小姨啊。

小姨？我有那么老吗？你看着我！她在京城读大四，来姐姐家度寒假。

夏侯不敢看她，血一下涌上来，脑袋轰轰作响。

过来……过来呀……再近点……怕我吃了你啊……

她真的就吃了。

我不会把你啃得只剩骨头的。

她一边啃，一边忙里偷闲。

够劲爆的，我说，但这不像是一场认真的风花雪月啊。

为什么一定要是认真的呢？是一场风花雪月就够了。

夏侯很可爱地龇着雪白的牙齿，有些害羞地笑着，只是没有了青涩。

他去年提上了管理处副主任。主任是市政府办公厅一个副主任兼的，管理处日常的当家其实就是夏侯。他对"我们老板"直接负责，办公厅那个副主任兼的主任也就是个摆设。

那个帮你上高中的老爷子还在吗？

我突然问。

夏侯完全没有思想准备，愕了一下，说：

你是说危老吧？死好几年了。我爸在时每年清明都让我去扫墓，后来我爸也走了，我也忙，这两年就顾不上了。

也顾不上给你爸扫墓？

夏侯坦然笑着：

当然也不完全是没时间。危老这个人，怎么说呢，太高大神圣了。他这辈子多数时候都是各个级别的一把手，离休前还有一段是省长、省委书记一肩挑。可儿子退休前想调回省城，也方便照顾他们二老，求他给组织部门打个招呼。他说什么也不肯：我危某一生没向任何人低过头，别指望我打这样的招呼。

训儿子也就罢了，有些事做得太绝，很伤人——省里组织老同志出访，他从不参加，说把出国考察当福利是不正之风。有一次去法国，他破例参加了。到巴黎的第二天，他跟同行的一个人打了声招呼，说巴黎他来过，请转告领队不用找他，就不管不顾地独自去了日程上没有安排的拉雪兹公墓，在欧仁·鲍狄埃的墓碑前坐了差不多一整天，天黑才回到宾馆。当晚就让改签机票，一个人提前回了国。这样的不随和，没人情，把一个团的人弄得很不爽。

我们老板有回参加完一个捐款仪式，仰在车后座上，忽然没头没脑地问：看过清代小说《二十年目睹之怪现状》吗？我没作声，我知道这样的问题不需要回答，这是他思考时的一个习惯。他接着就说，书里第十二回有句话："真是人心不古，诡变百出。"太深刻了！看看现在，"玩高尚"也成了时髦——玩慈善，玩助人，玩见义勇为，玩高风亮节……不过也不奇怪，马斯洛的第四层次——"尊重的需要"，说白了，就是精神享受。

　　这样别致的高论，我头一次听到。看着眉飞色舞的夏侯，我瞠目结舌。

　　夏侯没有注意到我的惊讶：

　　危老走了，还有危阿姨。两口子一个脾性。这院里那栋副书记没住成的小楼原来是分配给她的，不用花钱买，将来子女也可以继承。她不要。给我们老板上书说："……我和我已故丈夫一生从来没有向组织提过任何与个人利益有关的请求，如果这封信提出的请求算是的话，那这是唯一的一次——我的请求是向领导表明：我不需要新房子，请组织上另作考虑。好心人劝我迁就，都接受了嘛！但人家是人家，我是我。迁就就等于自甘堕落。同时，我郑重声明：也决不许任何亲属打我的旗号，来要这栋房子。我现在住的房子在我死后也交回公家。我们留给后代的遗产是极为丰厚和宝贵的，那就是我已故丈夫的精神品格。此外，我还有一点点存款，全部用于我的后事开销，尽量不给组织增加负担。"

　　这封信里的别扭和较劲谁看不出来？可她不了解我们老板的水平。我们老板当即就在信上批示："老一辈革命家的高风亮节给我以深刻的教育，为她的无私精神深深感动。相信对于我们广大干部，这封信也会是一份思想道德的好教材。"并且用市委红头文件转发到市委市政府以及下面各县区的所有部门和单位。

　　危阿姨后来又自费出了一本书，是危老生前剪报编辑的一本诗集。我们老板又让办公厅通知市委市政府以及下面各县区的所有部门和单位订购，必须做到人手一册，让危阿姨得到一笔相当可观的正当收入。没想到危阿姨不但不接受，还大发了一顿脾气，当面让我们老板下不来台。事后，我们老板不但不介意，反而是一开干部大会就拿这诗集说事，对危阿姨大加颂扬。喏，就是这本。

夏侯从那整面墙的书架上取出诗集，递给我。

我一页一页翻着，心一阵一阵发紧：

……

范园

武可安国文定邦，

千秋浩气立平冈。

范园存亡无足论，

山川大地共华章。

注："范园"，范仲淹祠。"华章"，《岳阳楼记》。

……

焦桐

手植焦桐五十年，

三人合抱已参天。

自是裕君人去后，

桐林漫漫阔无边。

注："焦桐"为焦裕禄手植，后人名之。

……

本质

质本洁来还洁去，

未肯逐流堕泥沟，

此去黄泉归旧部，

昂首挺胸自不羞。

……

作为当时在任的封疆大吏，如此的沉郁激昂，诗发表时如同电光火石，朝野震动，现在读来只能是历史的祭品了。

危阿姨为诗集写了一个后记：

诗集即将付梓，我痛彻骨髓。死者长已矣，生者常戚戚。但我永远不会忘记老危弥留时抓着我的手说的话：我俩老骨头，即使顶着崩塌的泰山，也要走到正路的尽头。

我抬起头，对面欢笑着的夏侯的明眸皓齿一片模糊。我突然站起来说了声"告辞"，就往外走。我不想让夏侯看见我失态。

四

夏侯出事是在他那个"我们老板"出事之后。我先是在电视下边的滚动栏看到那位市委书记被移送司法机关的消息，不久就收到老同学告知夏侯被捕的微信。

夏侯是那个案子突破的关键人物之一。单是经过他的手转给"况姨"的银行卡、支票上的数字就不是我这样的书生可以想象——尽管他当时并不知道那些密封件里装的是什么。他对领导忠心耿耿，做梦都不会觊觎领导的秘密，更不会想从中捞一把。最多就是让那些托他给"我们老板"传话的官员和企业老总报销他招待我们这些狐朋狗友饭局、K歌的费用。要不"我们老板"不会那么放心用他。

办案人员根本不信夏侯会那么干净。夏侯说，你们不信我也没有办法，反正我到死都只认我爸的话：在政府做工一定要记住两条，一不要多上级事；二不要沾冤枉钱。

夏侯交代的时候，脸上的笑容一如既往。让人觉得他嬉皮笑脸，狡猾。传出来的他交代时说的那些话，只有我们绝对相信，但法律无情。

我特地回了一趟老家。一帮老同学邀齐了去探监。

给夏侯判的刑很重。我们以为会见到一个萎靡不振的夏侯，没想到被警察领着出来的时候，他浑身上下收拾得干干净净，除了穿着囚服，除了隔着铁栅栏，除了有点老成，就像他最早被他老爸领着出现在我们班上一样，咧着嘴，露出雪白的牙齿，有一点害羞但绝对是灿烂地笑着。

一个女同学失声大哭起来，喊：

夏侯阳光，你个白痴，你只会傻笑啊？你不会哭啊？

铁栅栏后面一脸笑容的夏侯哽咽说：

我哪里笑了？我没有笑啊。

作者简介

陈世旭，男，汉族，1948 年生于江西南昌市。1979 年创作《小镇上的将军》获同年全国优秀短篇小说奖。先后出版小说集、散文集、长篇小说多部。短篇小说《惊涛》《马车》《镇长之死》分获 1984 年、1987～1988 年全国优秀小说奖以及首届鲁迅文学奖。现为江西省文联主席、省作协主席。

看电影的人

女真

> 机缘巧合，陈总和小白看了一场电影。之后，小白又把陈总送回了家，麻烦从此就开始了……现代社会的男女关系从来就不只是男女关系。不信，你就看看小说中这对男女吧。

酒喝得其实不算多。干红，三杯，兑了冰块、柠檬。倒退十年，65度白酒，今天这样的杯子，三杯也没问题。岁数大了，心还是三杯白酒的心，身体却连三杯红酒都扛不住了。

也许，真的是酒不醉人人自醉？

他自己开车来的。本来没想喝酒。

身边有个年轻女人，感觉就是不一样。

算是美女。大概两年前，一次小范围聚会，小白第一次出现。好像是哪个公司的文案？他没太听清。这种场合出现的女人，单位和职务可能都是随便一说的，不必较真。皮肤好，白，干净，对得起她的姓。老钱带来的。散席时，主动跟他要微信号，要加他。他说自己土，没有。那就手机号码。这回他不好再"没有"，说了常用的号，她马上打过来。他往来电话多，怕忘记，在她的号码上随手存了"小白"。不写全名字，不是有意遮掩什么，那时确实就只知道她叫小白，具体叫什么，他没往下问。

没想到她会隔三岔五给他发短信。养生常识，或者节日问候，平淡中有温馨，礼貌中有距离，谁看了都不会作其他联想的那种。

偶尔他也会给她回一个。一点反应没有，不礼貌。毕竟是老钱带来的女人。公司谋划上市，老钱很卖力气。

　　这个晚上，仍旧是小范围聚会。小白又出现了。临开席，老钱来电话：抱歉，急事，来不了啦。吃饭时他就和小白坐到了一起。这是他头一次挨着她吃饭。有隐隐约约的香水味。他对香水没研究，说不出子丑寅卯，平时哪个女人用了香水，他一般都要警惕些，有意保持距离。媳妇儿到更年期了，多疑。让她闻出身上有香水味，犯不上。本来很清白的。

　　三杯酒下肚，竟有点头晕。快散席的时候，他很绅士地问小白：你怎么走？我送你？我车在门口，喝酒不敢开了，现在就叫司机过来。

　　老钱没来，他得送一下老钱的女人，这是最基本的礼貌。在他心目中，小白就是老钱的女人。生意场上，谁和谁什么关系，不一定完全说得一清二楚，但大致的方向，应该有数。

　　小白说："不如我帮您把车开回去，然后我再打车走。"

　　"那多不好意思。"

　　"陈总不必客气。我这人缺点是酒精过敏，上不了台面，不能替老板挡酒；优点是可以经常给朋友代驾。能代个驾，我也算有功劳，不算混饭吃。我有驾照，没车，您就算豁出去让我练回车，让我过把车瘾。"

　　敢于自我解嘲的人，内心都比较强大。他喜欢和这样的人打交道。何况还是个女人。出酒店门口，他遥控解锁，然后把钥匙递给她："谢谢！"

　　没像平常一样坐到后面，坐了副驾驶。毕竟，小白不是一般的司机，是表示尊重吧。坐好了，趁小白调座位、调整后视镜的工夫，他随手系上了安全带。

　　后来的事实证明，安全带跟他的安全没有关系。

　　坐上副驾驶的那一刻，他不可能预知。

　　头虽然有些晕，回家的路线还明白。他把走法跟小白交代清楚，放心地把自己交给了她。街头数不清的店铺、招牌一晃而过，眼角余光欣赏着小白开车。这个女人，车开得优雅。不疾不徐，很少超别人车，也很少被别人超，稳稳当当占着中间的车道——有一种霸气。看她开车，跟她说闲话，心里提醒自己，下车时，给她叫一辆出租，把车钱直接给司机。给她钱，不好看。

但是，事情的发展跟他预想的不一样。不知道什么时候，车拐向了一个陌生的方向。等他反应过来，奥迪 A6 正行进在一条路灯稀疏、灯光昏暗的小街上，拐了两个弯，停在一处有栏杆阻挡的地方。他看小白把窗户摇下来，往外面窗口递出一张百元大钞，然后，有个穿制服的人引导她向栏杆里面开。一个很大的空场，已经有二三十辆车停在那里。这是什么地方？他的酒好像一下子醒了，声调有些高，身体也坐直了。

半明半暗中，他听见小白笑：陈总，我刚才听您说话，精神溜号走岔了一个路口，看到汽车影院的招牌，就把车开进来了，没征求您意见，对不起。我实在是对这种看电影方式太好奇了。您不喜欢，进去待一会儿咱就出来，让我瞧瞧新鲜呗。

他心里激灵一下。看电影？已经很多年没看电影了。最后一次跟媳妇儿进影院，还是看的《霸王别姬》，张国荣演的那个。曾经是挺爱看电影的一个人。小时候没有电视，能看电影那是老大的奢侈。矿山俱乐部每次演电影，没有票的机灵孩子常常贴在陌生的成人腿边，尽量把腿蜷着，装小孩，让自己个子显得越矮越好。碰到心善的收票员，也许就能网开一面，让他们混进去。子弟中学操场偶尔放露天电影，那可是盛大的节日啦，孩子们早早搬了小板凳去操场占位置。电影开场之前，疯跑，大汗淋漓。他记得有一次去晚了，没占到前面的位置，异想天开去了银幕后面。银幕后面却不止他一个人——好几对大哥哥大姐姐，亲亲密密地挤在大银幕后面，让他貌似专心在看电影，眼角余光却左一下、右一下游移。那天演的是《地道战》。在银幕后面看电影，所有的方向都跟他看惯的《地道战》相反，感觉怪异。那是他唯一一次从银幕后面看电影。上大学时，也曾经看过露天电影。媳妇儿那时候还是他女同学，记得他第一次拉她的手，就是在看露天电影的时候。放的是《庐山恋》。张瑜多清纯啊。因为那部电影，他省吃俭用一学期，又打了一个假期的工，攒下的钱请女同学去了一趟庐山。穷游，但滋味无穷。那是他大学期间最浪漫的事了。现在，每当媳妇儿抱怨他不陪她出门旅游，能够给他当挡箭牌的，还就是陪她上庐山这一码事。

因为小白说起了露天电影，他才注意到，几十辆车的前面，果然挂着一张大银幕。银幕上色彩绚丽，人影幢幢，比他小时候看的黑白电影好看多了。但不知道演的是什么。外景地一会儿罗马，一会儿上海，黄浦江、东方明珠，夜景灿烂。晃来晃去的面孔，都很年轻，穿得也很时尚，净大品牌。如果不说是在看电影，他一定以为是城市里街头 LED 大屏幕常播的那种品牌广告。小白告诉他是故事片，《小时代 3》。郭敬明导的，1 和 2 她都看过了，这段时间太忙，没来得及看 3，再不看可能就下线了。他在心里寻思了一会儿郭敬明是谁，反应过来，是他女儿喜欢的一个年轻人。女儿有他的书。他没读过。他小时候没怎么读过书，学校停课闹革命，家里只有毛选，还有一本爸妈藏在柜子里的《计划生育手册》。上大学以后，课本之外，他爱看金庸，《天龙八部》《鹿鼎记》。媳妇儿年轻时看琼瑶、三毛。现在的孩子普遍看什么他不知道，只知道女儿出国前粉一个年轻人，好像就叫郭敬明。

酒喝多了不回家，跟一个不算太熟的年轻女人看露天电影，还是他女儿粉过的《小时代》，有点荒唐。小白把车停在最后面，把发动机也关掉了，调了个广播频道，在车里就可以听到电影的声音。这种时刻，这种情境，让小白把车重新打着火，马上把车开走，好像也有些太不近情理。

他把安全带解了下来，把车座往后面仰了仰，让自己能抻开腿，更舒服些。看个电影而已。老夫聊发少年狂。看就看吧，他相信自己的定力。只看电影，绝不离开座位，不乱动作。很多年前，美国电影刚开始进来时，他看过一部成长片。在三好街买的碟，片名早已经忘记了，一部分内容还有印象。高中男生偷开老爸的车，跟女同学约会，去汽车影院看电影，然后在车里试着把自己从男孩变成男人。他记得电影拍得很含蓄，车震时，没给直接的镜头，只是给了个车的外景，能看到的是车在微微晃动，而作为背景的银幕上，《出水芙蓉》的泳装美女正在水中花样百出。现在，中国的汽车时代来了，汽车影院也来了，这倒是他没想到的。不知道悉尼有没有露天电影？女儿会跟男生一起坐在车里看电影吗？自从上高中，女儿不怎么跟他交流了。高考不理想，转身去悉尼留学，除了要学费、生活费，很少给他打电话。跟妈妈话还多些。

还是年轻啊。小白看电影很投入。脖子抻着往方向盘前面靠，显得更长。而且和脸一样白。眼睛瞪得挺大。随着情节的进展，不断变幻着表情。她的表情从汽车前玻璃反射过来，有点夸张，也有点变形。他脸侧对着大银幕的方向，看人影晃动，听那些人不停地说着什么，却一句也进不到心里。前年老钱拉他去过一个场合，当时有个留大胡子的导演也在场。老钱说那个导演挺有潜力，手里有一个本子，写抗联的。如果他感兴趣，可以投资、入股。拍影视剧赚钱，说不上哪部片子点子正，钱赚到不好意思。《泰囧》和赵薇的那个《致青春》，一开始谁会想到能挣那么多钱？老钱说得很诱人，但在拍电影这件事上，他丝毫没动心。他只作为普通观众看过不多的电影，对电影产业一点不了解。这么多年，如果说他在生意场上还有一点成功的经验，那就是，在充分了解一件事情之前，绝对不要听信别人的介绍。钱是你自己的，烂摊子最后只能你自己收拾。老钱这种人，说白了，就是一掮客，跟做大生意的比，可能一次赚得不多，却是稳赚不赔。靠的就是一张嘴和人脉。

电影还在继续，他却睡着了。

是小白把他喊醒的。他睁开眼，小白的脸正对着他的脸，贴得很近，吓他一跳，以为做梦。小白说：陈总，醒醒，咱们走吧？不好意思，耽误您时间了。我看您不感兴趣，后面还有《后会无期》，咱不看了。

他揉揉眼睛，让自己醒醒。后面还有电影？难道是放通宵？看一眼车上的时间显示，还好，刚刚 11 点。这个时间回家，正常，不算晚。他把车座归位，重新系上安全带，笑了一下：让你扫兴了吧？岁数大了，跟不上潮流了。

他们往外开时，还有车子进来。

看来，自己是老了。

路上的车流，已经稀疏了不少。

离他家还有一个路口，他让小白把车靠边停下来："别往前面开了，前面太僻静，打不到车。"

小白听话地把车靠了边，解下安全带之前，问他："陈总，您确定开回家去没问题吧？"

"没问题！这条胡同没警察。我刚才还睡了一觉，酒早醒了。太晚了，我就不送你回去了，给你叫辆车。"

看小白上了出租车，他长出一口气。出租车从视线里消失，他把车座和后视镜重新调整回原来的位置。凑到方向盘上闻了闻，还有靠背，好像没有香水味。让小白在这个路口下车，既是不想让她在媳妇儿面前出现，也是不想让她知道他家的具体位置。车库和客厅、卧室是连体的，半夜三更让一个美女开车送回家，媳妇儿肯定看见，属于没事找抽。媳妇儿虽然不年轻了，体形越来越臃肿，他却没想让她下岗。年轻女人花钱就可以买到；糟糠之妻，这辈子只一个。媳妇儿表现得却不太自信，经常说些怪话、酸话。也许还是更年期的缘故吧。也难怪她不自信，他的生意伙伴，一起发达的这帮子人，掐指一算，媳妇儿都换了，有的还不止一茬。差不多都是下一代。媳妇儿参加过几次这种带家属的聚会，以后发誓再不去了。她说感觉不好。那就不去，你随意。所以，再有聚会的场合，他的身边，多数空着，偶尔也有女人，具体是谁从不固定，他和这些不同的女人什么关系，别人不追问，只有他自己能说清楚吧。

锁好车库，他没进楼，到院子里透气。院子里搭了5米长的葡萄架，葡萄架下有一桌两椅，是他偶尔和媳妇儿一起喝茶的地方。他在藤椅上坐了一会儿，让自己清醒清醒。不知道为什么，他感觉刚才那个觉睡得不好。虽然时间很短。他习惯于睡整觉，一觉到天亮那种。这个晚上，睡眠要够呛了。进去也是睡不着。看了一眼二楼，媳妇儿的卧室已经没有灯光，看来韩剧已经演完了。葡萄叶很密，想透过叶子看星空是不可能的。葡萄串儿密密麻麻，秋天成熟了，他和媳妇儿吃不完，剩下的酿酒。去年酿的葡萄酒还有。自己家酿的酒，好像没进口干红有劲儿。

月亮格外大。他想起网上的一条消息，说今天的月亮是多少多少年来最大最圆的一次。这样的月亮，媳妇儿不在外面欣赏，早早关灯睡下了，可惜呀。媳妇儿的生活情趣，越来越没品位了。磨磨叽叽的破韩剧，她也能看进去，他是半集都忍受不了。

蹑手蹑脚进了一楼自己的卧室。万幸，这个晚上，他的睡眠还行。看电影时睡的那个短觉，对他影响不大。

一个星期之后，他收到了一条彩信。看电影、在汽车影院睡的那个觉，有了后果。

彩信是一张照片，应该是从车的前面拍的。奥迪车的四个圈儿非常清晰，居然能看清楚车牌号。照片上，一个长发女子侧着脸正在俯向他，他的脸露出来一多半，在更后面的位置，但能看出来是他。因为拍摄角度的缘故，给人的感觉，女子的脸和他的脸贴上了。他虽然睡着了，那也是非常浅的睡眠，如果有个女人的脸真贴上他，他不可能没感觉。他清楚自己的脸从来不曾和小白的脸贴在一起。他的眼睛闭着，那么，一定是他睡着那会儿拍的了。当然，眼睛闭着，也可以解释成陶醉。

如果想讹诈的话，只能说，照片拍得还算高明。

照片是一个陌生号码发过来的，他找了个座机回那个手机号。

您所拨打的号码是空号。

有点意思哈！

第一个值得怀疑的，自然是小白。如果去看露天电影确实是临时动意，那就只有他和小白知道他们在露天影院。或者小白背后还有人，小白只是出头露面的那个。现在回想，那天晚上的酒好像有问题。被下药了吗？他一直以为是自己酒量不行了，没往歪处想。小白挨着他，最有条件往酒里下东西。那天老钱临时不出现，也值得怀疑。老钱对他一直很巴结的。老钱这种人，左右逢源，挣的是辛苦钱。难道会是老钱吗？他跟老钱认识有三年了吧？至今合作还算愉快，虽然感觉这个人不大气，有些细节太过于计较，总的来说，还靠谱。公司正在谋划上市，他是想拿更大的好处吗？拿这种照片要挟他？

他在心里冷笑了一声。也许还不止一张照片，但真正在乎他跟别的女人在一起的，其实只有他媳妇儿，别人想拿这个说事，都是扯淡。他跟媳妇儿，经历过更大的事情，几张说明不了本质的黑黢黢的照片就想起作用吗？太轻视他们两口子的关系了。

汽车影院也不是没有可疑之处。停车场很大，容下四五十辆车没问题。他没下车，但注意到停车场四周是封闭的，只有通过收票处的那个栏杆，车才能进来，人也才能进来。小白不可能分身拍出那种带车牌号的照片。或者是她安排了人，或者是暗中还有别人在盯着他们。会是影院方面有人做了手脚吗？进影院的人，都是开着车的，也许年轻、猎奇的人居多，保不准有他和小白这种，或者关系更密切的也有可能。能开车来看电影的，至少不穷。影院方面的人最有条件安排偷拍。万一拍到有料的照片，敲上一笔，也许比放电影本身更挣钱。但是，作为一个生意人，他相信投资人的立足点恐怕还是放电影。作为一个新兴行业，汽车越来越多，汽车文化的发达是必然的，这个开影院的老板，一定是年轻的、有想法的人。他不相信一个真正的投资人会拍这种愚蠢的照片，让人一眼能看出来拍照片的地点，不是静等着招人怀疑吗？

或者，有人跟踪了他们，也开了车进停车场，假装看电影，然后拍照片讹诈？

无数种可能在他的脑海中翻腾，却不可能跟任何人去探讨。

又过了一个星期，没有人继续照片的事情。那个号码，仍旧是空号。没有人追问，不等于事情没有发生。既然发照片过来，还是想干点什么。就像那个相声里说的，楼上的一只靴子落地了，他不敢睡觉，在等着另一只落下来。到底想干什么，痛快点。他找人去调查过小白。小白真名白小白，25 岁，大学毕业，学影视传播的，未婚，某广告公司的文案。老家是黑龙江呼兰的。居然是老钱的远房亲戚。不是他的女人就好，但这些能说明什么呢？什么也说明不了。

又过了一个星期，晚上在家跟媳妇儿说话，不知怎么扯到公司上市的事。

媳妇儿忽然跟他嘀咕了一句，公司她是不是也应该持些股？按发行计划，公司一上市至少能募集 7 个亿。树大招风，你是不是应该把股权分散一下？

媳妇儿好像随口一说，只有上言没有下语，他却一下子警觉起来。这么多年，下海办公司，挣过钱，也走过麦城，有过波折，她可从来没干涉过公司的事情。即使她一股不持，按照法律，他所有的持股所得，即将让无数人羡慕的庞大财富，都应该算婚姻期间的共同财产。即使他变了心，想跟她离婚，理论上讲，他的股权有她一半。难道这个最浅显的道理她都不懂？非得要亲自持股，什么意思？那张神秘的照片，难道是她的手笔？

心里拔凉。亏得自己连小白的手都没摸一下。一直以为小白可能是老钱的女人，其实，她也可能是媳妇儿的眼线，媳妇儿拿她当试金石。不是吗？

但出去跟年轻女人看电影，收到说不清楚的暧昧照片，这种事情，如果媳妇儿不挑明了说，他不可能主动坦白。

等着吧，是脓包，总有一天会出头的。

这期间，他和小白、老钱又在一个聚会上见面。当着老钱的面，小白一句没提上一次代驾、看电影，好像他们之间从来没发生那样的事情。他仔细捕捉小白和老钱的表情、动作，没看出异样。这两个人，要么实在是高人，演技高超；要么是躺着中枪，也蒙在鼓里。

又过了几天，接到来自澳大利亚的电话。那时是中午，吃过午饭，他在办公室里间床上休息。电话打到座机上，他接了。是女儿。心里迅速算了一下时差，悉尼应该是下午 3 点多。不是周末，这个时间，正常的话应该在学校上课。小兔崽子，不好好学习啊。花那么多钱让你出去玩的吗？心里这么想着，跟女儿说话的态度还算温和。难得女儿主动打个电话过来。女儿问他：老爸，你怎么还不上微信呢？你上微信，我可以随时给你发照片，视频电话也方便得很。

他在电话里应付女儿，等着她往实质上说。无事不登三宝殿，女儿一定有事情求他。知女莫如父。果然，东拉西扯，十分钟之后，女儿开口："爸，我要买车，你给我打点钱呗。"

他想了一下，回她："你刚拿下驾照，能行吗？是不是坐公交更方便？你不怕你妈担心？怎么不跟你妈要？你的生活费我都放她手里了。"

"要了，她不同意，所以才找你。有车还是方便嘛，我看的还是二手车，也不贵，才两万刀。现在澳元汇率这么低，便宜，合人民币不到 10 万块钱。"

"我回家跟你妈商量商量。"

"还商量啥呀，这点小钱。人家同学开车出去旅游、看个电影什么的，我总坐蹭车，多不方便。"

他的心咯噔一下，有些疼。脓包是长在这儿吗？难道是女儿在暗中算计他这个老爸？现在只是要车，将来，她还想要什么？现在的孩子，不敢想啊。他记得女儿七八岁的时候，当着媳妇儿的面，问过他：爸，咱家的财产，我是唯一继承人不？那时候她刚看完一档法制节目，媳妇儿和他还笑——闺女天生有法律意识，有经济头脑，将来是做生意的料。没想到，她把心思用在敲诈、要挟老爸上了？心疼过后，身子有些发冷。不能惯她毛病。他告诉女儿："这件事情，还是等我跟你妈商量一下。你现在是学生，以学为主，有时间打打工，顺便了解一下社会。买车的事情，再说。好吧？"

那天下班前，他给媳妇儿打电话，告诉她，不要做晚饭了，他要请她出去看电影。媳妇儿在电话里问他看什么电影。他说：不知道，到那儿就知道了。

媳妇儿可能以为他在卖关子，不再问。

他开车回家，拉媳妇儿往汽车影院方向走。

自己家的事情，还是说开了好。

事实上，在汽车影院，他没来得及把曾经和小白一起来这里看电影，然后接到彩信的事情告诉媳妇儿。那天晚上，演的是美国大片《变形金刚 4》。媳妇儿刚在里面坐了不到 10 分钟，血压就上来了，头晕，坚持要走。

后来他后悔，应该在看电影之前就告诉她。他把事情说清楚，也许整个事情就清楚了。媳妇儿其实是一个非常智慧的人，没准儿她能比他更快找到事实的真相。那样，事情也许是另外一种结局。

真实的结局有两个——再没人跟他提彩信的事情；他的公司至今也没能

上市。

同城的另外一家公司，老乔的那个，捷足先登了。一下子募集了12个亿呀！

老乔一开始跟他一起做生意的。三年之后，两个人意见不合，老乔自己分出去另立门户。两个人，从合作伙伴，变成了竞争对手。他们经营的业务都差不多。小而言之，东北三省；大而言之，全中国。金属加工的市场蛋糕差不多就那么大，你多吃一口，我就可能少吃一口。这年头，做实业的，不缺钱的少，谁能不想上市募集一大笔钱？有了钱，公司才能不断扩大规模。这种不带利息的来自资本市场的钱，是他和老乔这样的公司，求之不得的。他知道老乔也一直在谋求上市，走在他前面，他没想到。

更让他没想到的是，老乔公司的保荐人，居然就是老钱。

两家同样规模、同样质地、同一地区的公司，有人比他先上市，对他和他的公司意味着什么，他心里清楚得很。心痛。吃止痛片、芬必得都没用。

他是个做事较真儿的人。摔倒了当然不光彩，为什么摔了，对他来说，同样重要。

他得知道自己为什么倒下。

老乔公司在主板市场成功上市的第二周，他约老钱到明湖春酒楼，喝酒，吃辽菜。他听出来老钱犹豫了，便隆重地又坚持了一下，再三强调真心要请老钱吃明湖春的名菜——金锅河豚酸菜。

他知道老钱酷爱酸菜的各种吃法。

老钱这回答应了。

但老钱竟然没带小白来。他亲自给小白打了电话邀请的，老钱也说他一定负责代为邀请，但事实上，小白就是没来。就像那次老钱临时没来一样，小白也是在快开席的时候，才给他发了短信，说临时有事，抱歉。后来，等老钱喝高了，他才知道，老钱也收到了短信，跟他的内容一模一样，连时间都一样。说明是群发的。

想让老钱喝高，其实不是难事。给他戴高帽，夸他，忽悠他，你一杯我一杯。每个人喝高的症状都不一样。老钱喝高的症状，就是哭。一边哭一边倾诉，酒后吐真言。他竟然也收到过彩信，也是和小白在一起。只不过，他们不是在看电影，而是在床上。人家打电话恫吓他：我们让你做什么，你就做什么！

老钱一边哭一边跟他说大哥对不起。老钱说，自己不想跟老婆离婚，也不可能跟小白结婚。他也想不明白他一时性起，就那么一次脑袋犯糊涂，跟小白去了一家很偏僻的酒店，怎么会被人偷拍。那么封闭的酒店房间，怎么会被拍到？除非事先安排好摄像！

那你还跟这个女人在一起？

老钱继续哭：跟不跟她在一起，我说了不算，她说了算。小白说她也接到过彩信，就是我跟她在床上的那张。这不明摆着是要挟我吗？我要是不听她的，她随时可能翻脸，把底牌亮给我老婆。我老婆那人，你见过的，性子烈，知道我跟一个没出五服的妹子这样，还不得跳楼？丢人呐！我还有什么脸面回老家呢？老家人是把妹子托付给我照顾的！

老钱呜呜哭得很累，趴在桌上睡着了。

刚上桌的金锅河豚酸菜，咕嘟嘟冒着热气。切得极细的酸菜，水草一样在锅里飘荡，一条四寸来长的河豚，仿佛在水里巡游。

这道菜，以喝汤为主。他喝了一碗，又一碗。狡猾的老钱，没准儿以为他会借着河豚给他下药呢。他在心里冷笑一声。老板是他朋友，告诉过他，这河豚已经是养殖的第四代，鲜味保存了，毒性近无，可以放心吃。味道果然鲜美。一直以为酸菜炖五花肉是最美味的汤菜，没想到还可以炖河豚。世界上的事情，你不知道的多了。连吃的都是。

在他把一锅汤快喝净的时候，老钱醒过来了。眼白通红，又嘬进嘴里一大口白酒：大哥，你放心，公司上市的事，我一定继续努力。也许兄弟我不适合公开出头露面了，但我一定找到一个合适的保荐，由他们出面做完这件事。或者咱将来去香港上市，不行就纽交所、纳斯达克！咱将来募集港币、美元！咱公司财务规范，去外面上市没问题。

他笑了一下，也嘬了一口白酒。纳斯达克要科技股，一个做金属加工的公司也想去那儿比画？那得多大的想象力？他有自知之明。老钱这种人的话，姑妄听之。他就是一个大忽悠，偶尔忽悠成一次，够他吃十年八年。老乔公司上市，一定让他赚大发了。

他说跟小白上床被拍的事情，可能是真的，也可能是两个人早就编好的。

谁知道老乔这家伙给了他们多大好处？

那天晚上，他也喝高了。一斤不掺假的茅台，被两个人消灭了。

他让司机先送老钱回家，然后再送自己。回家的路上，本来是想先去洗浴中心按个摩，醒醒酒。路过一个眼熟的路口，忽然灵机一动，喊住司机，让司机按他说的方向走。

司机把车开进了露天影院，停在最后排。电影仍旧在放，放的什么，他不知道。他坐在后排，呼呼大睡，睡得那个香啊。确实喝多了。他血压高，媳妇儿对他看得很严，浑身酒气回去，媳妇儿肯定不高兴，不如醒醒再走。中间醒来过一次，驾驶员位置上坐着一个人，恍惚中，他竟然以为那是小白。瞪大了眼睛细看，原来是跟了自己十几年的司机。自从那次收到彩信，他再也不自己开车了，总是让司机跟着。司机是媳妇儿的表弟，从前，他有些提防这个表弟，认为表弟是媳妇儿派来的眼线。经过小白这件事情，他豁然想到，如果司机真是媳妇儿来监视他的，其实是好事。那天晚上，如果酒后喊表弟来开车，也许后来的事情完全就是另外的样子了。天意啊！难道老天爷不让自己发财？

迷迷糊糊之中，他好像忽然想明白了那张照片到底是干什么用的。猜测的方向大体还是对的，小白和老钱一直有重大嫌疑。只不过，自己方向找准了，却没点到穴位上。如果他一下子明白了小白和老钱背后还有人，人家都在做什么关键性的大事，另外那只靴子早就扔下来了。老乔啊，声东击西，想各种办法让对手分心，明修栈道，暗度陈仓，美人计，啥招都使，你高啊！

现在的问题是，将来，那只靴子还会在另外的什么关键时刻落在他头顶吗？

不就是一张男人和女人在一起的照片吗？有什么了不起！

他痛苦地使劲想着，又睡着了。这次，他做了一个极好的梦：公司真的在纽交所上市了。敲槌子的，当然是他自己。西装革履、神采飞扬。他身后还站着一个女人。

长得居然很像小白。

作者简介

　　女真，本名张颖，女，毕业于北京大学中文系，中国作协会员，中国文艺评论家协会理事，编审，一级作家。写作小说、散文、评论等多种文体，发表文学作品300万字。曾获中国图书奖、《小说选刊》年度优秀作品奖、辽宁省优秀青年作家奖、辽宁文学奖等多种奖项，作品入选多种选刊、选本。现为辽宁省文艺理论研究室主任、《艺术广角》执行主编。辽宁省优秀专家。

亲家

马汉

> 萨萨被强奸了。萨萨是某官家女人柳淑惠的名贵狗，被草民瞎
> 子女人来娣的贱狗奥巴马强奸了。柳淑惠气坏了，给对方找了不少
> 麻烦，来娣被逼最后去市政府闹事弄得满城风雨，连累到柳淑惠的
> 丈夫宝根被调查，人间这场狗的风波到此该如何收场？

萨萨被强奸了。

这是柳淑惠亲口说的。她说这消息的时候，喘着气，流着汗，眼角还流着泪，以至于泪水和汗水和在一起，分不清哪是泪水哪是汗水，声音气急败坏地走了音，让人感觉这个人不是平时大家熟识的柳淑惠。真正一个不小心，我可怜的囡囡萨萨就被强奸了。我囡囡的处女身哟……她抹了一把脸上的水，拍了一巴掌。有水珠从手指缝飞溅起来，听她诉说的人往后仰过脸去躲避水弹。

不会吧不会吧，什么时候的事？众人以貌似疑惑的口吻在宽慰伤心的她，又似在引导她详细复述惨烈的一幕。

就刚刚呀，光天化日之下呀！啊呀呀，都怪我呀，要特地从老远赶来这里的皇后理发厅做头发！都搬出这断命的西河头好多年了，我就习惯到这皇后来做头发，现在的发廊做不像的，只有皇后还能做做头发呀。

站着听她诉说的人，除了一部分是路人停下脚步听热闹外，大部分都是这西河头的老街坊。虽然柳淑惠顶着一头发卷，像电影中的包租婆，他们似乎仍是认识柳淑惠的，知道她以前就住在这西河头219号的清水洋房中的。后来他们全家搬走了，搬到蠡湖边房产商新开发的花园洋房中去了。虽是搬

116

走，柳淑惠每月照例都要回到这西河头的皇后理发厅做一次头发。但这怎么能怪柳淑惠呢！谁叫皇后的头发做得那么地道呢，谁叫皇后在西河头呢！柳淑惠要回西河头，是因为皇后理发厅在西河头。谁会知道住了十多年，熟门熟路的西河头也有强奸的罪恶勾当呢！

本来上个礼拜天要来做头发，哪知道上个礼拜天家里来了几个客人，来打牌的都是我家宝根在市委、市政府的同事哟，来了这么重要的客人，我就要在家里忙着招待，所以上个礼拜天就没来呀。要是上个礼拜天来了，也许就不会遇到这倒霉的事了。柳淑惠继续叙说，现在似乎还原到本来大家熟悉的柳淑惠了。顺着她的口气，大家就能猜测到她下面应该说到哪些了，果然，她又说到皇后理发厅。

我还特地事先与许师傅电话联系过的，你们应该知道的，我做头发只在皇后做，在皇后只让许师傅做。你们也知道的，走东走西，我肯定要带着我的囡囡萨萨的。我在理发椅上坐下，许师傅给我卷发卷，听见身后小姑娘在笑，说，死不要脸的，搞上了搞上了。我开始没反应过来，后面又有小伙在说，哟，那个死不要脸的，骚煞了。又有人说，啊哟，贴上去了，哈呀呀，呀。许师傅正在给我卷发，我不能转头，听着听着，好像在听现场解说员在广播里说球赛，再一听，不对呀，根据现场解说员说的只言片语，拼凑起来——啊哟哟，我想起我的囡囡萨萨在理发厅外面的，就顾不得头发了，跳了起来，跑到门口，隔着大玻璃就看到我的萨萨被……

青天白日的，真还有这种事？有个过路人不分青红皂白听了几句，就觉得事态的严重，憋着劲似要打抱不平："报警啊赶紧报警！"

"报了哦。啊哟哟，萨萨哇，我的囡囡！"柳淑惠干号了几句，又换了个声调说，"市局分管刑事的副局长是我家宝根的小兄弟。"这是注释，注释与正文字体与字号应该有所区别，所以声调也就有所变化，空调家用电器都进入变频时代了，不允许柳淑惠在叙说中变调，是没有道理的。

这时一辆闪着警灯的警车驰过来，见这里站着一堆人，就减速停靠，车还没完全停稳，先钻出一位协警来，问："是你们报的警吧？"

众人便七嘴八舌地说，是这里，来吧来吧。

警车停稳了，警车中钻出一位腰佩手枪和戒具的警察来，问："怎么回事啊？"

头上卷满发卷、标志性很强的柳淑惠就抢上一步说，"啊呀，是钟局长那儿的警官吧，怎么称呼你啊？哦，张警官，听我说哦，是这样的。这里四邻八乡都知道，我每月要回这里的皇后理发厅做头发的，大家也都知道我和我的囡囡萨萨是寸步不离的。啊呀，哪里知道就一会儿，我那囡囡……"

张警官就问："受害人是你女儿？人呢？"

"萨萨！萨萨！"柳淑惠在人堆外寻找、叫唤，不见踪影，也不见回音，就又柔声细气地叫了几声。就见一只纯白色的罗秦犬从墙角跑过来。柳淑惠赶紧迎上去蹲下身抱起它来，"你们看看，吓坏了，一直躲着人，哪里还有脸见人啊！简直是法西斯，是摧残！她抱着罗秦犬梳理着雪白的毛，检查它的臀部，见白色的毛上沾着几丝猩红和稠腻的脏物，啊哟哟，我的囡囡处女身就这么被糟蹋了！"

"玩笑开大了吧？"张警官问，"你是在说这条狗？"

张警官啊，不说这条狗是多少钱买来的，说钱就俗了，就说感情，萨萨与我家的感情，不比人差的，就是我们家庭的成员，就是我女儿。被谁家哪条断命的草狗强奸了呀！

有人插言证实，那条草狗是瞎子来娣家的。

"哈哈，我的大姐呀，如果事情是这样的话，这事可无法受理呀！"张警官是位挺帅的小伙，乐呵起来，闪现着两个浅浅的酒窝。"这么告诉你吧，如果是哪条狗咬了你，倒是可以受理的，但这个嘛，呵呵呵……真没哪条法律管到狗的交配啊！"

"哪是交配啊，交配至少是双方你情我愿的，还得有双方家长同意呀，这是强奸啊！我家萨萨是名贵品种，你说怎么可能看得上那条杂种草狗呀！"柳淑惠喷着唾沫星子，耍起官太太脾气来了。"张警官，你先给萨萨取个样，保留强奸的证据，其他我会给你们钟局长说的。"

"就是钟局长他亲自来了，也不会受理呀，执法要有法律依据的啊。"张警官笑呵呵地说，"狗就是狗，是畜生，也不知道它们有没有强奸这个概念，不能以人的行为规范去要求它呀！这个事只能你与肇事狗的主人商量着办。"

肇事狗既是瞎子来娣的，柳淑惠倒是要去找她了，过去住在西河头时，对她并不薄，穿不了的鞋子、式样过时的外套，还有冰箱里过了保质期的食品，哪一样不掷给她家穿、吃的？街坊可以作证的，有过那么一两次，捧着这些东西往来娣家走，邻居们的嘴里叽叽喳喳地问，眼睛盯着柳淑惠手中。柳淑惠说得像挂在窗口的玻璃风铃一样，丁零当啷地从她薄薄的嘴唇里飘出来：把几件衣服去给瞎子来娣，让她家去穿穿。她一家日子过得不容易，能帮，就帮她家一把吧。邻居们的回答是柳淑惠预先能估计到的："啊哟哟，你真正的菩萨心肠啊。"柳淑惠的脸自然就笑成一朵绽放的秋菊。"哪里啊，反正放在家也不穿，我都没穿过几次。这件羊毛背心还是我家宝根随市长出访欧洲给我买回来的，95%的澳毛，稍微蛀了几个洞，一点看不出的。"

邻居们的目光长长短短如粉丝追明星时手执的荧光棒，柳淑惠想象着走在荧光棒夹出的道路上，这路一直通到瞎子来娣的家门口。柳淑惠是一个很有想象力的人，又是一个时常为自己的想象而感动的人。她就这样，不仅让人知道她怀着一副菩萨心肠，同时也让自己为自己怀着一副菩萨心肠而越想越要落泪。虽然，那时候西河头还没通管道煤气，她每月会唤瞎子来娣的儿子建伟为她家去煤气站换一两次煤气罐；虽然，她时不时会从来娣家门口的葱摊头顺手拿几棵葱，这都是为图个方便，钱是不值几个的，况且来娣还一直和她客气着，要她不要客气，摊上的葱姜尽管拿。柳淑惠想想自己这么一位官太太，不顾身份地与瞎子来娣这么有来有去，也只有自己会这样肯放下架子，换了别人是不会有这份善心的。不说别的，光是来娣家堆满的废纸板、空瓶罐散发出来的扑鼻异味就会让人却步。但是来娣不作兴这么回报她的，让她的杂种草狗强奸自己的宝贝萨萨，真是好心没好报。这个世道哟，难怪天气老是阴滋滋的，让人看什么都难舒心。

说起萨萨，她几次去来娣家，萨萨肯定都是跟着去，不可能不一起去呀，囡囡与柳淑惠形影不离，这是谁都知道的。那几次，瞎子来娣家的草狗见了萨萨就摇着尾巴，耷拉着舌头，要凑拢来，被柳淑惠强行把那杂种草狗驱走的。这么说来，那狗东西蓄谋已久，早就看上萨萨，图谋不轨之心早就有了？

听说肇事狗是瞎子来娣家的，好多人就特别来劲，因为他们都知道瞎子来娣在西河头是个人物。是人物，就是与众不同的，是有与众不同的故事的。来娣本不是盲人，她刚嫁到西河头时，眼睛大得晃来晃去的，让人担心那眼珠子会不会掉出来。结婚第二年她生了儿子建伟。有个清晨天才蒙蒙亮，来娣的丈夫就起来蹬着黄鱼车去奶站取了牛奶给订户送奶，竟猝死在半路上。在这之前，她丈夫无征无兆，一顿饭能吃两海碗，三四木箱玻璃瓶装的牛奶，撂起来他一端就走，壮得像头牛。接着，才九个多月大的建伟接连发高烧，去映山河儿童医院看了不知多少趟，医生也说不出名堂来。那个高烧发的，建伟不停地抽搐，眼珠子往脑壳里翻，吓得来娣使劲拧自己胳膊上的肉。这时候，她就去南禅寺求见了算命先生。

算命先生看了她的面相，如见了外星人一样微微一惊，说，你应该守寡不久吧？接着，算命先生沉吟半天，不吱声了。

来娣就催促，先生你尽管说好了，不碍事的。

算命先生以扇掩嘴说，你家儿男不保哇！

来娣当时就跪下来了，说，我家老公已死无法复生，求大恩大德的先生救我儿子，保我儿子呀！

算命先生收起折扇，闭目而言：你眼眶宽大，本是吉相，奈眼珠打转，眼白过多，成了四白眼，是大克之相哇！羊目四白，克夫克子呀！

给过酬金，来娣回到家中，抱着儿子在丈夫遗照前痛骂了老公半天。你这杀千刀的，我的羊四眼冲你俩，我不懂，你狗日的也不懂啊，怎么就不对我说呢？我瞎了眼不看你们爷儿俩不就成了吗！她听说河对岸工地上有人因误喝用甲醇做的假酒而瞎了眼睛，就找来一支藿香正气液的空瓶，托在厂里化验室工作的邻居要一点甲醇，说是要擦洗家具上不慎沾上的油漆。要到甲醇后，来娣把儿子抱在怀里喂饱了奶，仔细地把儿子从上到下看了不知多少遍，说，你这张臭卵卵头，让娘再看看你。然后把藿香正气液瓶里的甲醇倒进了自己的口腔。虽只小小一瓶，却是分析纯的，纯度较高。就这样，亮子来娣成了瞎子来娣。儿子建伟在医院几天挂液，退了烧，从此也就落下了智障的毛病。

瞎子来娣是西河头的人物，柳淑惠也曾算西河头的人物，这两个人物撞在一起，没好戏看才见鬼呢！一干人等跟着怀抱萨萨的柳淑惠来到瞎子来娣的家，准确点说是在家门口。来娣家局促而杂乱，又充满了异味，外人是踏不进去的。瞎子来娣的家门口摆放着一个小摊，也就是两张长凳架着一块木板，木板上排列着葱、姜。江南鱼米之乡，天天不是这家烹鱼，就是那家吃虾，鱼虾要靠葱姜去腥，瞎子来娣的摊头自然就成了邻居们隔三岔五要光顾的场所。姜还稍好保存，葱要碧绿生青的，就非得现买。街坊们图方便，都是到来娣这里来买。往往在灶前做菜的主妇烧热了油锅要煎鱼时，突然发现少了葱，就会对一旁正在玩耍的孩子说，快去瞎子来娣那里买点葱来。孩子拿着一元钱跑去，又擎着郁郁青青的一把葱跑回家来。锅里飘逸出的香气立马就有了新的内涵。

虽都是人物，但人物与人物之间也是有高低之别的，一个是城西高高的惠山，一个只是矮矮的土墩墩。和柳淑惠自然不能比拟，瞎子来娣不仅在生活中是卑微的，她的生意也是小得不能再小的，又是生活中不起眼却不可缺的。她的摊位旁靠墙还站有两只供过往电动车、自行车打气的气筒，是邻居、过往行人发现车胎瘪了后不得不来用的。卖葱姜租用气筒的收入是不足以养活母子俩的，来娣家收入的主要来源，是儿子建伟每天骑着三轮黄鱼车穿街走巷收购废旧报刊、废包装纸箱、饮料空瓶之类，然后将收集到的废品卖给废品回收公司。据说那条草狗，就是建伟在收集废品时，在一只废瓦楞纸箱里发现的。那天建伟像往常一样把收集到的废纸箱拆开踩平时，在一只沉甸甸的纸箱中发现那条才出生不久、奄奄一息的小狗。建伟就把那只纸箱连同小狗一起带回家饲养，给小狗喂了好长时间牛奶，保住了这条小命。从此建伟每天除了收集废品，还多了一项事，就是到饭店的泔水桶里去找些吃剩的肉制品回家给狗吃。小狗逐渐长大，融入他们的家庭生活。他们根本没觉得一条杂种草狗应有的卑贱，也没考虑一条杂种草狗是否配得上高大上的名字，怀着对这条狗的宠爱和希冀，给它取了一个伟大而洋气的名字：奥巴马。憨头建伟回来，每天第一桩事就是搂着迎面扑上来的奥巴马，在地上翻滚一番，相互轻轻地咬上几口，人与狗闪亮的口水粘连在一起。在这家，狗是建伟的宝贝，建伟是来娣的宝贝。

柳淑惠怀揣着萨萨，被七八个人簇拥着来到葱姜摊位前时，守坐在摊前破竹椅里的瞎子来娣正在听半导体收音机里的锡剧，梅派的《孟丽君》委婉悠柔。她突然拧低收音机，仰起头来，警觉地辨听着什么，似乎从好多脚步声聚拢在面前的细微声响中，或者是从面前陡然多出一堵人墙挡住了空气流动的这些异常中感觉到了什么。她稍微欠了一下身体，身下的破竹椅就吱嘎吱嘎发出一阵骚动。她睁开眼皮，努力翻腾着死白的眼睛扫着天光，她在判断降临到面前的是什么。

柳淑惠先开腔，"哟，你倒还安安稳稳坐得住的，你家的狗闯了祸，做了坏事，你不晓得？"

"唔，奥巴马做了啥见不得人的事？"瞎子来娣微低着头，侧耳细听。

"耍流氓，强奸我家萨萨！"柳淑惠火气十足地说。

"哦，我还以为它咬了谁，把屎拉在谁家的饭锅里哩。"来娣嘴角扯了一下，笑了。"奥巴马大了，要讨老婆喽。"

"啊！你们大家听听，听听！要咬了人才算干坏事？强奸，难道还不是坏事？"

"是你家狗告诉你，它不愿意，是奥巴马硬来的？如果是这样，我来打煞奥巴马。这事要两相情愿的，人家不愿意，怎么可以霸王硬上弓呢！"

"我家萨萨是条纯种的罗秦犬，花钱买的话就是花几万元都买不到的，每天给它买新鲜的鸡肝吃的，它怎么会乐意与你家在屎堆里拱来拱去的杂种草狗交配？"

"你不会就是你家的那条狗吧，你怎么会知道你家狗不愿意呢？草狗、洋狗，都是一条命，你说贵就贵，你说贱就贱？邻居街坊们，你们说是吧！

人有草民，狗有草狗，这个世界，狗还得和人一般有高低呀！"

围观的邻居大多是身处社会底层的工薪阶层，瞎子来娣的一番话，让他们从草狗的身上仿佛联想到了什么，就有人附和了几句。这个说，也真是的，洋狗土狗，都是狗，谁弄得清它们呀！那个又说，人心隔肚皮，这个人都弄不明白那个人的，人怎么可能晓得狗愿意不愿意？

这帮看热闹的邻居，本是站在柳淑惠一边，为一条杂种草狗竟然强奸了纯种洋狗而愤愤不平的，被瞎子来娣一番话，就产生了动摇，甚至有了倒戈的趋向。这让柳淑惠嘶的一声，吸了口冷气，有了悲叹世态炎凉的意思在里面。她有点气急败坏地说，"我家萨萨还是处女身，你家的狗破了它的身，你说我这心里是什么滋味！"边说就边在眼角挂上了亮晶晶的泪花。

眼泪是柔化心灵的溶剂。有看不得流泪的邻居，又体会着柳淑惠内心的苦楚，就帮她的腔和稀泥。"公狗母狗，男方女方，总归是女方吃亏，男方就主动认个错、赔个礼吧。"

瞎子来娣冷笑着说，"现在洋女人看上中国小伙子的事也不少，怎么就一定是我家奥巴马强奸你家小母狗呢？难保不是你家小母狗看上我家奥巴马，勾引奥巴马呢！我家奥巴马是正儿八经的处男。"

围观者中有人说，这也不是没有可能，过去只晓得开洋荤，现在老外到中国来开中国荤，喜欢吃中国菜、中国的口味，洋妞来中国改改口味尝尝中国男人的滋味也不错哇。言者眉飞色舞的，好似自己已是被洋妞品尝过了的一道剩菜一般。

行过云雨、咂巴着鱼水之欢余味的棕黄色草狗奥巴马在外转悠了一圈，如背着手围绕自家丰收的田地走了一圈的乡下老汉一样，它微张的嘴向后咧着，露出牙齿，目光柔和，鼻上蹙起皱纹，微笑着，踌躇满志地回来了。见家门口挤了一堆人，就从人腿缝中钻进了家里。

柳淑惠怀里的萨萨随即就骚动起来，扭动着躯体，尖细地叫着。

奥巴马听得动静，抬头看到它，摇着尾巴，鼻子发出"呼呼"的气息声。

它站立起来，跃跃欲试地要往萨萨身边靠。

哎哎，你们看哇，这个流氓还想来的。柳淑惠一跺脚，朝狗的方向踢了一脚。

奥巴马竖起浑身的毛，尾巴翘得笔直，先是发出低沉的喉音，接着向柳淑惠发出一声响于一声的吼叫。

大家看，这狗干了坏事还这么凶！想要吃人不成？柳淑惠问瞎子来娣，"我搬走几年，狗不认识我不说，你还听不出我是谁？"

瞎子来娣说，"我晓得你是谁，正因为是你，我才给你面子，没讲难听的话让你下不了台。住在西河头几十年了，都应该晓得我瞎子来娣是啥样的人！敬我的人，我的手臂上可为他跑火车；欺我的人，我撒一泡尿淹死他。"

"金乡邻，银亲眷，我对你家多少也有过点帮助，也了解你家的家底，要让你家拿出几千、上万的来赔我，不现实，我也不缺那个钱。柳淑惠摇着满是发卷的头说。但你家的草狗强奸了我家的萨萨，你总得让我落落气、顺顺心。如果萨萨没有怀孕也就罢了，就算我家倒了八辈子霉。我要问你，如果萨萨怀上了这杂种的种，要去流产、要吃苦头的，你要给我个说法的！"

"你想要个怎样说法？你想怎样？"

柳淑惠想了一会儿说，"我是讲道理的，一不要你赔钱，二也不要那条狗的命。如果萨萨怀上了，为了让这杂种受罚，也为它以后不再拈花惹草，就把它，把它阉割了！"

来娣拍拍摊板，板上的葱姜都跳了起来。"我倒要看看，谁敢动我家奥巴马一根狗毛！"她向着刚才狗叫的方向叫唤，"奥巴马，奥巴马！"奥巴马向主人身边讪讪靠拢，它似乎知晓主人的发怒是由它引起的，温顺地弯下身子，耸起双肩，垂下尾巴摇来摇去。来娣一把搂住奥巴马，"有种的来哇，拿刀捅来，我和奥巴马躲一躲，我就不是人！人血狗血要溅你狗日的一身！"

柳淑惠说，"天底下有公道的，不是我说了算，也不是你说了算，我们走着瞧！有主持公道的地方。"

"好哇，公道来呀！我天天坐在这里，等你的公道来压死我！"来娣又一巴掌拍得面前的摊板震天响，连奥巴马也吓得一哆嗦。

柳淑惠是受不得委屈的，被来娣这么凶巴巴地一吼，眼角又含着泪光了。

她白了瞎子一眼，抱着萨萨一扭屁股就转身走了。她说，"许师傅还等着我要把头发做完的，我才懒得理你这种人的。自有人来收拾你！"

这场针尖对麦芒的吵架暂告一段落。没几天，瞎子来娣的门前就开始走马灯似的不安顿了。

先是城管来，说她的葱姜摊是无证占道设摊。来娣说，放了十几年的摊发过证吗？这十几年里你们从不来查证，今天突然睡醒了，要查证了！我在家门，占什么道了？碍着谁了？日本人占着我们的钓鱼岛，你们去查过他们有没有证吗？你们不敢去碰日本鬼子，跑来欺负我一个瞎子大娘子。欺负一个瞎女人，你们生的儿子没屁眼！

城管想想这事勉强得很，人家一个瞎女人在自己家门口，又没碍着谁，围来的街坊又都帮着瞎女人说话，就不了了之走了。

又过两天，派出所的民警来了，说她家的狗没办狗户籍，是黑狗。来娣到底是每天听听广播的，她说，天上飞的鸟有户口吗？河里游的鱼有户口吗？狗要什么户口啊，人的户口都要改革了。贪官包养二奶，生私生子，你们不管，来管我瞎女人的一条狗。一条狗哪里惹着你们、碍着你们了？张艺谋不领结婚证，生的孩子倒不是黑孩子？你们倒给他们办户口了！我养条狗，坏人来了叫上几声，吓走小偷强盗，也是做治安工作呀！这狗至少也在协助你们工作，是协警啊，还没问你们要份协警的工资呢，怎么就是黑狗啦！

一位协警听了不舒服，说，你这话说得怎么这样难听呢！你指着和尚骂贼秃，说谁是狗哇！

民警按住了协警对瞎子来娣说，今天我们先是通知你，城市养狗必须注册登记，黑户的狗都得取缔。给你三天时间，希望你们自己动手解决这个问题。

恰好蹬着黄鱼车拉废品回家的建伟，听了这么说，就冲过来把狗搂得紧紧的，歪着脑袋对民警龇牙咧嘴地呜啦呜啦乱吼了一阵。

来娣仰脸对着天，翻着眼白说，憨头儿子不用怕，有你瞎子娘在，谁敢动你和狗，我睁亮眼睛瞪他走霉运，我搭上我的贱命陪着他的富贵命上西天。

第二天，葱姜摊没开张。

市政府的大门口来了一个奇异的组合。一个呆头呆脑的小伙蹬着黄鱼车，车上坐着一个瞎女人和一条狗。看情景，不是来卖艺的，也不是行乞的，更不是来当志愿者帮机关大院清运垃圾的。到了门口，女人脱掉了外套，露出里面的白布衫，上书墨黑大字：当官的狗是宝，百姓的狗是草。啊，这才看明白，又是上访的。为拆迁上访有之，为下岗上访有之，为欠薪上访有之，为狗上访倒是少有的。

保安立刻上前驱逐，吼道：睁开眼看看清，这里不是菜市场！走开走开！

"我上辈子挖了你家祖坟啦？哪有这样欺负人的！让我一个瞎子睁开眼看看清？啊，啊！来娣仰天露着只有眼白的瞎眼说，你们欺负我一个瞎子大娘子！你们有胆的过来，过来呀！告诉你们，等我睁开了眼看你们几眼，你们就等着倒血霉吧！"

保安这才看清，面前的真是位瞎子。就觉得刚才的言语不妥，于是心一虚，心一虚底气就不足，底气不足就少了攻防的势头，对来娣猛扫过来的几梭子子弹般的恶语，也就全无还手之力了。

来娣趁势在市政府大门口站稳了脚跟。一辆辆黑色的小轿车从大门口进进出出。来娣听人说过，官越大车牌号就越小。她就关照建伟，看见两位数车牌的小车进出就挥手叫喊。这样重复了几次，奥巴马好似也看出了门道，而且迅速上手，凡见挂有两位数车牌的小车出入，就条件反射似的汪汪叫唤。两人一狗，这么挥舞着手臂高声呼喊，人声狗吠一片嘈杂，引来了几个过往的行人看热闹。有人问起是宝的狗、是草的狗是怎么一回事？来娣就一五一十地从她家的狗奥巴马怎样聪明机灵进取好学、洁身自好意志坚定不近女色，后来局长老婆的狗，勾引了奥巴马，又反诬奥巴马强奸了局长家的狗。现在派出所要来杀狗，又不让他们摆摊卖葱，眼看一家人就要失了生计。

正诉说着，闻讯而来的民警赶到了现场，两个民警上来要把黄鱼车推走。建伟上半身伏在车龙头上，两手紧抓着车把不相让，嘴里呜哇呜哇地叫唤。奥巴马见此情景，就炸开浑身的毛狂吠开来，跃跃欲试地往民警身上扑。

来娣就拼命呼叫，"打人啦，警察打人啦！欺负我瞎子，欺负残疾人啊！"

126

"谁打人啦？谁打人啦？大家都看见的吧，我们只是推你们的车子，没碰你们一根汗毛。"这么一来，民警就收起手来，不敢去碰车了，说，"你们不可以在这里胡闹的，有什么可去信访局反映。"

来娣说，我一个瞎子，不认识信访局门朝南还是朝北的。我就要找市长，市长没管好他的手下，我就找市长。

后来，信访局来了一位处长，和来娣好言相劝半天，说他就是市长派来的，表示要认真听取她反映的问题，要记录在案反映给相关领导和部门的，在这大门口不便听、不便记。这样来娣终于同意跟随那个讲了两句话就要嗯哪、嗯哪的处长去信访接待室反映问题。

基本是同一时间，网络上流传一位网名叫"小葱炒鸡蛋"的网民，发了《草民草狗是革命》的博文，还配发了奥巴马的照片。这条名叫奥巴马的草狗和它主人家的命运，立即引起网络间的关注，跟帖上千条，还有网民"人肉搜索"柳淑惠以及她当官的丈夫。接待来娣的几天后，那位处长还找到来娣的家，说她反映的问题，已经反映给有关部门，市领导都批示了，纪委也找宝根同志谈过话了，让她别再在网络上炒作这话题了。

来娣翻着眼白没弄懂是在说谁，用小葱炒完鸡蛋，又在锅里炒了话题。她就说，葱的批发价又涨了，市场上鸡蛋也涨价了，小葱炒鸡蛋贵煞了，我家吃不起，我们才不会他娘的小葱炒鸡蛋，更不会炒啥话题，那多费油。听了半天，她才慢慢知道，小葱炒鸡蛋是一个人的名字。但来娣确实不认识这个人。待那个处长走后，她独守葱姜摊前时，才想起有个年轻人，常在她要收摊时来买葱的，说是下面条时喜欢在面汤里多放葱，一是以葱香掩盖整日吃面条的乏味，二是以青葱替代蔬菜补充维生素。来娣总是把剩下的烂葱叶全部以最便宜的价给他。他好像是在开发区什么企业打工，房子租在西河头，每天乘厂车去上班。要不就是这个年轻人发的微博，他前几天来买葱，确实问过几句关于狗的事。瞎子来娣想，也只有这个人了，但他怎么鬼道道地叫"小葱炒鸡蛋"这么个怪怪的名字呢？

怪怪的不仅是名字，连人也都是怪怪的了。前一阵凶巴巴地来查她无证占道设摊的城管又来过了，突然像重投了人生一样，好说好话地问起来娣生意怎么样？每天批发了这么多葱，是否能全部卖掉？勒令她三天内自行处理掉狗的民警也来过了，和颜悦色地要她在一张什么表格上按指印，说是帮她把奥巴马的证补上了。真正才几天，人都仿佛吃了什么仙丹似的，一夜之间就变成了菩萨。

那天午后，来娣正坐在葱摊前打盹，人正在梦里浮上沉下，突然被什么声音惊醒了，就赶紧从沉浮模式中寻找坚实的着点，因此醒来时两手紧紧抓着破竹椅的扶手。就连趴在地上瞌睡的奥巴马也被惊醒了，一个激灵站立起来，精神抖擞地竖着耳朵在辨听。

有人老远就大声说，"啊呀，来娣你打瞌睡也不盖条毯子，睡在风口里要伤风的呀！"

来娣一听就听出是柳淑惠的声音，反讥道，"老百姓草民一个，命贱归贱，但心里阳气着哩，风吹浪打当按摩，阴风邪气吹不开我们的汗毛孔，我们活得结实着哩！风伤不着，雨也糟蹋不了我们，让你的希望落空了。"

"啊呀呀，来娣呀来娣，你把我好心当驴肝肺。"柳淑惠表情夸张地比画着手说了半天，才想起即使她的表情赛过表演艺术家，在瞎子来娣面前都是瞎忙活。她放下怀抱着的萨萨，收敛起脸部活络的肌肉，就以简装版的形式说话："来娣啊，上次狗的事情是我不妥。萨萨与你家奥巴马的事，不是你我大人可以干涉的。现在子女的婚事，家长都难以做主的。"

一落地的萨萨，立即如一团从雪山上滚落下来的雪球，朝奥巴马扑去。奥巴马一蹦而起，在地上打了一个滚，伸着舌头去舔萨萨的屁股。萨萨似乎有几分羞涩，一溜烟地跑开去了。奥巴马紧追而去。

"萨萨，萨萨！不要人来疯，回来回来！"柳淑惠本想拦住萨萨的，迈了两步才发现根本追不上那两条热恋中的狗，况且她与来娣的话还没说完。她今天重回西河头，不是冲着皇后理发厅来做头发的，而是专程与来娣来说话的，这是史无前例的，所以内心怀有的使命感提醒她又折了回来。"啊呀，来娣哇，不是我怪你噢。你去市政府门口一闹，领导、纪委一找我家宝根谈话，就好像捅了马蜂窝了，局外人都以为我家宝根要倒台了，墙倒众人推，这个举报，那个揭发，弄得巡视组当件大事。本来是一点点鸡毛蒜皮的事，结果青竹竿捣屎坑，牵扯出一大堆的事来。现在的社会就是这样势利的呀，平日里摇着扇子抢着来拍马屁的人，一眨眼就都变成了举着石头来落井下石的人。我家宝根现在还被巡视组调查着呢。啊呀，来娣啊！我们是老邻居了，你我有点误会、过节，你有火冲我发呀，你怎么能闹到市里去呢！我哪里不对，你说我骂我呀，来娣呀来娣！"柳淑惠虽本打算以简装版出现的，说着说着，眼角倒是隆重地挂上了泪花，这样晶莹闪烁着就又显得有些精装豪华了。

对于这样的后果，来娣没有一点思想准备。她虽貌似一个狠巴巴的人，对一些官员并无好感，但她带着建伟、奥巴马去市政府门口上访，初衷只是想保住奥巴马，并非是要拉宝根下马。她和中国大部分百姓一样，只要有一口饭吃，有个栖身之处，也就不求什么了。官总得有人当，宝根不当官了，会有其他人顶上去。官就是官，张三当官，李四当官，都与她无关，她不指望从中捞到什么便宜。但这些官如果侵犯、损害她的利益，不让她和家人活下去，她会挺身而出，奋不顾身地拼个鱼死网破。来娣清清嗓子，口气也缓了些许，说，"我是一个靠自己双手做做吃吃的老百姓，你家宝根戴不戴乌纱帽，不关我屁事。你还有脸怪人家？这事首先是你惹起来的。它们开心，你还不乐意，非得说我家奥巴马强奸你家的狗，还让人来把奥巴马赶尽杀绝。如果我做缩头乌龟，眼看着奥巴马被你们灭了，我连狗都不如！"

柳淑惠讪笑着说，"不说了不说了，我都向你道歉了。我们也算攀上亲了，也算是儿女亲家呀。孩子长大了，父母做不了他们的主，我们也做不了萨萨和你家奥巴马的主喽，只能随它们去了。"萨萨如柳淑惠的附件，须是随踵而行的，这是人人皆知的柳淑惠出行的标配。想起刚刚本应追住萨萨的，为了与来娣讲话，而放弃了追堵萨萨。现在该讲的都讲了，时辰也已有一会儿了，萨萨仍不见回来。她心里突然一慌，有一种不祥的预兆像鸡毛掸拂灰一样从心头掠过，就一拍巴掌对来娣说，我去看看萨萨，不知又疯到哪里去了。

萨萨、萨萨！她叫唤着，一路小跑而去。

来娣拧开小收音机搜索电台听锡剧，《双珠凤》刚听了没几句，柳淑惠就慌慌张张地跑回来。萨萨不见了，不知被你家那条断命的狗又带到哪里去了！我家萨萨本来是乖乖的，硬生生被你家的草狗带坏带疯了。

刚才还在说结儿女亲家的，一会儿又青上脸皮了，真正是狗改不了吃屎。来娣平静地用手摸索着理理摊面上的葱姜。四条腿的东西，不就图个满世界跑吗！跑累了，自然会回来的，慌什么慌！

正说着，一辆摩托车突突响着从街面穿云裂石而过。令人诧异的是，摩托车上前后坐着两人，后面那人肩头如旧时挂钱褡子般地在前胸、后背搭着毛茸茸的棕黄和雪白两块东西，挂在背后的那块白雪在高速运动中，还微微飘荡着。哇，扛在那人肩头的，竟是两条下身紧粘在一起的狗。

柳淑惠眼尖，惊叫起来，哎哟哟，那不是萨萨和奥巴马吗！萨萨、萨萨！

来娣侧耳听着摩托车声响，翻着眼白问，怎么回事？

柳淑惠就把看到的描述给来娣听。来娣一拍大腿，叫了一声，不好！这奥巴马和你家萨萨又干上好事了，两条狗恐怕是被人抢走了。

柳淑惠像一个好学上进、满怀求知欲的女中学生一样追问，到底是怎么回事，怎么回事？

来娣说，狗在交配时，是棒打不散的。狗鸡巴上有倒锁骨的，要想分开也难。一定是有人趁它们在交配时，抢走了它们。

柳淑惠大哭小喊，声调又变得陌生了。每逢情绪激动时，她就会变成另一个让人觉得生疏的柳淑惠。这如何是好，这如何是好？在原地转了两圈，她掏出手机打报警电话。

这时，一个骑车人推着瘪了胎的自行车走来，借了气筒给车胎打气。他说，你们是在说那两条狗吧？我隔着马路，看着两条狗正在交配，突然来了一辆摩托，那人把两条狗搭在肩头坐上车就跑了。这两条狗，恐怕是要让人吃狗肉了。这年头，专门有人偷了狗，卖给狗肉火锅店的。那人边说，边打着气，车胎的气门芯发出了尖利的啸叫声。

柳淑惠皱眉蹙额，急速地摇摆着头，任性女孩般地大声发作。"哎哟，吵死啦！来娣来娣，我的亲家，你快说，该怎么办？我们那两个宝贝！不然的话，凭我家宝根出面救萨萨，大海捞针也会把它找回来的，但现在宝根……"哎哟哟！这位官太太内心原先垒得高高的优越感，如暴雨中的泥巴堆，顷刻崩塌了。一贯以为见识颇广的她，一时全没了主意，眼巴巴地望着"亲家"，指望着来娣给她做主。只有在这时候，她才似乎意识到她与来娣是有共同利益的亲家。

瞎子来娣稳坐在破竹椅中，平静地说：这是命啊！该去就得去，谁也保不住。好在它们开心了，快活了。来娣说着，忍不住笑了起来。奥巴马这个骚货，死也要当个风流鬼呀！

作者简介

马汉，男，中国作家协会会员，江苏省作家协会理事。

别摘下白手套

戈悟觉

老教授与抬尸工相遇了。他们如何交往，如何收场？小说在死的关口洞察众生相和世道人心，严酷冷峻，脱俗超然。一篇奇特的文字。

一

初冬凌晨 4 点半，约定的时间。天空无月无星，漆黑。我和搭档到一个叫"近水"的小区接人——一具尸体。照例，我把一朵自扎的白纸花恭恭敬敬地放在白尸布中央，向遗体一鞠躬。不合掌也不画十，不能打听亡人的信仰。这不是我们的事。小心翼翼地把遗体抬上担架。从 8 楼往下抬，有点沉。中途不可停留，行规。目不斜视，哪怕拿眼光扫一下路经的住户，也自觉对不起人，似是下一次要来这家。披麻戴孝的家属和亲友跟随在后面，没有哭声。没人哭，感觉怪怪的。寻常抬人出门总有人哭几声。有的是悲伤，究竟是出门不再进门，死别；有的是装样子，制造悲哀气氛也应该，我能听出真假。干我们这行敏感，感悟人生，从终点看人生。一个人就这么走了。我就干这种事，我们抬走的人，双脚不会再踏在地上。

正想着——也不怎么想，301 房门突然打开。一位老者，穿着棉布条纹睡袍，直挺挺站在门口。睡眼肿胀，神情落寞。白眉毛，高个子。

我想对他说："请把门关上。"

看样子，他是特意开门的。

其实，我们不可以和相遇的陌生人说话。不握手，摘下白手套、洗过手

132

也不可以。我加快步子；不能太快，不能晃动亡者的头和脚。

二

抬尸的人看我一眼。我是想和范师傅道声再见。三天前我如约上楼敲门，没人应答。那扇门像棺材板一样摆着面孔，门里像太平间一样安静。不祥的预感，急忙下楼，果然贴着讣告。回到家，我对自己说："范师傅，那盘棋没下完，你怎么就走了？当走就走，当去就去，没什么。不过你赢了棋再离开才是。"我为自己的麻木惊讶。坐在沙发上，一动不动坐到深夜。没吃晚饭。什么也没想，包括想不起吃晚饭。

抬尸人是不会让我掀开盖尸白布的。我逆着送葬的人流上楼。我不是去要回那个黄梨木的棋盘和檀香木的棋子。不会有人和我下棋了。我执意拥挤着慌慌张张上去，莫名其妙。上到 8 楼，才明白，我想要知道那盘没有下完的棋是否不挪动一子地摆在那里。这是 4 天前的下午。4 点，我和范师傅每天的对弈约会。这盘棋我取胜无望了，车马对我的马炮，他还有一只讨厌的过河卒。范师傅别的都随和，就是下棋输赢太较真。不过不较真，玩也没意思。我也较真。这时他女儿亲家来了，带着孙子。他舍不得放下又不得不放下。我体谅地说："明天接着下吧。"他看看表，快快地把轮椅推开。我把棋盘端到他面前，说："看清楚了，明天接着下。"他说："不出五着儿，将死你。"我说："谁死谁活，等着瞧。"我把棋盘平端着举到冰箱顶上。

是的，在冰箱顶上。

我非常想看到棋盘上的残局。这上面有他活着时的喜怒哀乐，有他的用心和他的得意。

鱼贯而下的送丧人不说话或者没话找话。葬礼是平日不相干的人的一次相聚，找到话题不容易。他毕竟 84 岁了。大家心中有数，可以说寿终正寝，或者，活得长了点。

他儿子正要锁门，见我气喘吁吁上来，问："你有事吗？"

我这时发觉，我要干的事既不合情理，又不合时宜。

“我住在楼下，2单元301。”一慌乱，不知所云了。

他不动声色地望着我。不会是怀疑我趁乱盗窃吧？

我转身下楼，好像逃跑。心想那位抬尸人是可以证明的。他能证明我在301门口出现过，为什么要上8楼，他编不出理由。

我心虚胆战，拉开自家窗帘张望楼下情景。接受教训，定定神，三思后行。我的本性，我一向多谋不善断，不任性，不冒失——刚才和年轻时闯苏联大使馆是例外。下楼，我能上车吗？有空座位？要是分早点我拿不拿？有人问我是谁我怎么说，我和范师傅是输多赢少的棋友也算身份？他们不会理解。

三年前，我在家门口遇见胖胖的范师傅。他从医院血透回家。他的尿毒症靠血透维持生命，一星期两次。那天身强体壮、背他上下楼的男保姆不在，大儿子吃力地搀扶他两步一歇地上楼。女儿抱着轮椅，手里提一袋东西。

我说：“你和他——是你哥吧？你两人扶你爸，我帮你拿轮椅。”

范师傅连声说：“谢谢谢谢。”

我们每层一停。我把他送到家。轮椅没有看上去那么重。上得8楼，我出汗喘息。我在十年前例行体检时查出多个零件老化残损，从此不再体检。人生已到寒鸦归林晚霞暗淡的时刻，活着只为一无生趣地活着。很荒唐不是？我每天唯一的大事是和新朋友范师傅下一盘棋。范师傅不问我的身份，这对我们两人都不足挂齿。我和他就活在最后三年的此时此刻中。

我去送他，理所当然。

下楼。坐上第4号车。有空位置，等人扫尾的车。4辆车同时到达殡仪馆。我看见从灵车上抬下范师傅。有女人发声号啕了。哭声，哀乐。我在想，如果殡葬人性化，应该把象棋一起火化。我甚至觉得他被毫无意义的血透折磨，是舍不下人间每天一盘棋。每天他见我登门便来精神。每天他都说：“我琢磨出新着儿了，让你输个口服心服。”我打趣：“我俩一起上西天，还住一栋楼。君子报仇，西天不晚。”

天蒙蒙亮。殡仪馆的烟雾有一股陌生又熟悉的刺鼻气味。我问范师傅几时火化，没人知道。不明不白地坐等。如同活着的人的坐等。

三

这家出丧算是风光的。人在死亡面前完全平等，不管你有多大的权势，有多少钱，是天才，是明星，甚至身体有多强壮——寿命和强壮无关，到时候都得让我们抬走。

既然都要死，那么，珍惜活着的短暂时光，热爱生活是人生最困难和最重要的。

抬着亡人，我真想对跟在后面的活着的人说说这些话。我没资格，太年轻，超卑微。这个工作，直到今天我都不敢向妻子坦诚。

我们抬着逝者。身旁有人打伞，不让见天。习俗各地不同,可见没有道理。灵车停在大门外路边,送葬的人在络绎上车。我们把担架在灵车上放正放平。

窄窄的车厢里,担架两旁坐着亡人的两个儿子。两人眼神疲惫,声音低哑。

"陈叔怎么没来？"

"没看见。"

"他的 10 万元借条在不在你手里？"

"没有。大概二妹保管着，爸信得过二妹。"

"什么大概！你是大哥，长兄当父。你要问清楚！"

大哥不作声了。他六十来岁。脸色黝黑，花白头发。

"老爸走了，没有遗嘱。房产怎么分？妈留下的首饰也在二妹那里。嘴甜，人精。"小儿子四十出头。咄咄逼人的样子。

大哥勾着头。我眼睛望着窗外，能看清路边河景了。

"这个世道！别看陈叔是老爸几十年朋友，他不来，就是耍赖。怕我们提起这件事，怕对质。他没脸再见老爸一面！对啦，到底有字据没有？你还不清楚老爸，除了喝酒就是下棋！你得问问老爸！"

"怎么问？"

小弟情绪上来了。人一说话便会话赶话，如同火上加油，越说越激动。

"老爸一烧了事，什么事也没有了。10 万元也烧成灰了。不行，得让陈叔当着爸的面下毒誓，让众人都听见。还有二妹那里的首饰、戒指，也让她当着老爸说明白！"小弟转过脸问我："我爸什么时辰烧？"

我说："我管接送，几时烧你们自己安排。"

"我们争取到第一炉。烧第一炉要加钱，给了红包。"大哥说。他有了长兄当父的模样了。

"活人都管不了，还管死人！不行，先得找着陈叔！"小弟打着手势，中气十足。

大哥从衣兜里掏出手机："陈叔吗？你在第几车？"

陈叔的声音："我已到殡仪馆，小儿子开车来的。烧第一炉几家争，我得找找关系……"

范师傅人间最后一站的车厢里，复归平静。

我想，范师傅至少有4个子女，幸亏你走了。家产你分得清吗？多活些日子不是多折腾吗？

现在，他平平稳稳躺着。他仰面坦然的样子告诉人：没我的事了。

四

15年不来殡仪馆。胆怯。自从芸芸和木木在车祸中死去，我没有勇气再现当年在殡仪馆见到的场景。

那天，我问同校的朱萍教授，殡仪馆有没有存放骨灰盒的地方。她说，应该有。那就一无牵挂了。我突然觉得心若头顶上的天空，旷达，了净，自在。我不要一分钱赔偿，无论是公交公司还是保险公司。双亲已过世，没有兄弟姐妹，也没有家室了——骨灰盒便是我唯一的归宿。这么小。

花坛边上，镌刻"祭奠"两个红字矗立着的花岗石，牢牢地吸引住我的目光。我走过去抚摸，齐腰处有一个突兀尖角。摇晃，不动。我选定了，快步冲过去完全可以撞得脑浆流出。我这个球迷在这时刻想起过早谢顶的法国球星齐达内，就是他，他的头球。我惊诧自己的调节能力。我很清醒，我很超脱。要做应该做的事了。在这里了结要简单得多。三个骨灰盒放在一起。

什么仪式也无聊，也尴尬。不麻烦人，何必冷冷清清自取其辱。我伏在小卖部油污的玻璃柜台上写下一纸遗嘱：藏书全部交大学图书馆，其他什物全部由朱萍教授处置，送给或变卖后给福利院。我不欠人，人也不欠我。最后我写："一缕青烟一掬灰，光溜溜来去真自由。"

朱萍执教中文系。学校派车，让行政处老王和教工工会副主席的她陪同。老王忙着具体事务，她跟随着我，黏糊糊地形影不离。她感觉我"不对头"。她总是有意无意地站在我和花岗石之间。我写遗嘱，她坐在一旁盯住我。我把遗嘱装在口袋里，她和老王会发现的。

窗外那块花岗石闪着异彩。我请朱萍给我买一瓶矿泉水。我突然向门外跑去，我感到步履轻快，如同百米冲刺。一切尽在瞬间！

我被办完手续的老王拦腰抱住！他和她把我绑架似的拖上车。芸芸和木木的骨灰盒已经醒目地摆放在车里副驾驶座上。

这便是亲人！我扑上去，眼前一黑。我迷迷糊糊地听见她在说："你哭出声呀，你喊呀，不要紧的。"我堕入黑色深渊。我想起"死亡最后消失的是听觉"。

醒来，在自己家里。朱萍坐在床头，我看见她含着泪花宽慰地笑。台灯亮着。

"几点？"

"人间五更天。"

她昨夜一定守在沙发上。那里放着我从农村带来的棉大衣。

几天前欢声笑语的屋子，永远只有我一个人了。我把头埋在枕头里，泪水把枕头湿透。枕头上还留着芸芸的气息，我的脸颊在触摸。这是绝望的冰冷的悲哀，痛彻肺腑。没有了芸芸，没有了10岁的木木，我怎么不和他们在车祸中一起飞出车外！我把他们两人送上车，学校临时有会议不能同行，芸芸站在车门口说："我们也不去了吧？"我说："木木高兴一天了，他会失望的。"风吹飘她的头发，芸芸说："好吧。再见！"我说："玩得开心。"木木喊："爸爸再见！"

学历史的人对死亡不会一惊一乍。死最平常不过，死亡是到绝大多数人已经去的地方。地球上有 1000 亿人已经死去。在我这个年纪，上世纪 50 年代的风流人物，有声有色活在这个世界的政治家、艺术家、大学者无一例外全都成了亡人。无人例外。我这个孤魂留在人间，简直可笑、荒谬，毫无意义。没有芸芸、木木，时间终止了。

躺在床上望着天花板。也许，是一个噩梦。

真实的存在就是朱萍。她坐在床边，她什么话也不说，握住我的手。

在图书馆工作的芸芸有一次邀请她来家，好像是织毛衣的事，芸芸说她手巧。芸芸给她送过电影票，她俩一起去。电影散场，在我家坐了许久。我们谈论时政，观点惊人一致。只要是私人聚会，知识分子几乎都有同感，差别在讲或不讲，和讲时的情绪表达。我说："我们这一代人的不满，是屈子之骚、焦大之骂，为了楚国和贾府啊！"她突然流出泪水，说："我知道你受了很多苦。许多人心死，难得你的血还这么热。"

早上，朱萍的丈夫来了。她一夜未归，难怪。我挣扎着坐起。他在政府部门工作，好像是副秘书长。他说是上班路过。我想是朱萍约他来的。规劝我一番，官腔官调的，弄得朱萍很不自在。最后对她说："天有不测风云，人有旦夕祸福。今天你好好陪他，他没有别的人。"

他走后，我们没有再提他。

有几个月，她常来看望我。

一天，她来了。站在门口，问："上大学时，你因男女作风受过处分？"

我说："是的。不是当学生，毕业第一年当助教；不是处分，是打右派。"

"有了孩子？"

我知道，我已失去请她进门的资格。她是来告诉我没有资格。

"是的，"我说，"谢谢你这些日子对我的照料。"

我要关门了。她依旧站着，说了一句颇有禅意的话："这个世界，谁也不是谁的永远。"

我至今不明白她为什么说这句话。我不打听谁告诉她我的事，但我应该早点说。她没有给我机会，她没有让我感到有这个必要。我也是，我没有义务。

苏联留学生娜佳。黄头发，蓝眼睛，体态轻盈，活泼热情。学校指定我当她的辅导员。她选修中国古代史，我教中国现代史。不过我和她都愿意这种模糊。我们的亲密，曾经被认为我热爱苏联，热心工作，受到表扬。只怪夏天的衣裳太单薄，只怪我们两人毫无防备。那年我 23 岁，娜佳 19 岁。唯一的一次，怀孕了。我们筹划结婚。才知道跨国留学生婚姻，外国男娶中国女默许，中国男娶外国女生不行。娜佳带着我的胎儿被即刻勒令回国。我跑到苏联大使馆要见她，"大闹"。那年月流行裴多菲的诗："生命诚可贵，爱情价更高。"我为爱情付出了 20 年最好的岁月。我定罪"反苏"，归类右派，劳教两年。"给出路"到农村当公社社员，无悔无怨。我劳动之余读了不少书。当地中学一位女教师对我热情似火，她为我从学校、县图书馆借书。但我对她的感情如狼之畏火。20 年后平反。年过 40，孑然一身，双手老茧，满脑子中外古今。我以最优成绩应试重登大学讲坛。

往事如逝水。

我来不及和娜佳告别。我俩在校长办公室递交结婚申请，娜佳双手紧紧拽住我胳膊。当天，她就消失了。我连她的一张照片都没有保留，全部上交，在破脸盆里焚烧，烟飞星散。

如今娜佳也年过 70 了。如果生下孩子——一定会生下我的孩子，也已年过半百。可能会汉语，娜佳会教他的。我对朱萍无须隐瞒，她也退休了。一次书店相遇，她说谢绝返聘。皈依佛教了，初一十五吃素，"活得单调而心安"。那么娜佳的事也不必再提了，或许她早已忘记。

我是一盏熄了火苗的灯。

这盏灯原本是芸芸点亮的。

我成了大学最年轻的教授。我有钱买书了，开列书单请大学图书馆管理员芸芸代购。她奇怪我以图书馆为家；我每月购书款相当一家人全部费用。于是有一天，她问："你一个人生活？"我点点头，只顾看她新买的书。隔几天她又问："家里人在外地？"我摇摇头。后来，她为我买书又买早点。后来她为我买盒饭午餐。有一天她对我说："星期天，去你家烧饭好吗？我会煲汤。"我说我家连个碗都没有，只有茶杯。她带来了全套锅碗瓢勺。

结婚那晚，我吃惊地发现年已 30、秀雅可人的她竟然是处女。

"对不起，对不起。"我连声说。

"为什么呀？"

"我大你 20 岁，你又是……"

我讲了娜佳的事。我们在北京香山，唱着《莫斯科郊外的晚上》，我用俄语她用汉语……

"俄罗斯姑娘很迷人，我能想象得出她的模样。我要是男人，那年代的男人，我也会爱上她的。爱情自有比道德更崇高的理由。这话是谁说过的，不是我想出来的。多少年了？"

"30 多年。"

"娜佳一定很幸福，你到今天还记着她。我也真幸运。认识你之前，不要说外国人，我连一位心仪的中国男人都没有遇见。中国男人还真少有你那样跑到大使馆去，把自己豁出去的，受 30 多年的磨难不后悔，是吗？"

"是的。"

"你信不信，娜佳正在想你呢！"

"时差 8 小时。"我笑了笑，"新婚之夜，我们怎么在床上谈论另一个女人。很荒唐吧？"

"很好啊，有什么不好？你有情有义，跟你放心。"

芸芸就是这样的女人，简简单单，一切事情在她心里都是简单的。

她使我成为一个完全的人。

殡仪馆那块镌刻着"祭奠"的花岗石站在原地。花岗石的突兀尖角依旧如同张着的眼睛注视我。我和它对视，一种怪怪的岁月苍凉的感觉。我进小卖部买了一条白毛巾，给花岗石擦拭。有香灰，有浮尘，唯独缺少我的脑浆和血污。身旁人来人往。他们不理解，无须他人理解。我一生中少有的不顾他人眼色去做我应该做的事。那年我没有想到要给芸芸、木木送一个花圈。它就是了，与我生死相契的纪念物。

范师傅是环卫工人。朋友无须多。老天爷连一个棋友也不给我留下。

4辆车都已离开，没有人招呼我上车。天刚亮，我有的是时间，在家和在这里一样在时间里沉浮消磨。花岗石干净了，显出亮色。毛巾扔到垃圾桶里。在院子里漫无目的游荡。想起一个人，那位戴透明白手套的高个子接尸人。他好心地向我示意关门，我看见他小心翼翼地把范师傅放在灵车里。

中国人缺乏向善的信仰。中国人尽管丧事铺张，但缺乏对生命的敬畏。

我站在殡仪馆接尸组休息厅门口。我看见他在哗哗哗洗手。他洗得认真，只有外科医生才这样洗手，双手肥皂泡沫。他看见我，没有招呼，又低头洗手。

休息厅门口挂着"非工作人员免进"的木牌。

五

我在301门口见过他。觉得他不同于一般人，一个有学问、有点固执的老人。现在他向我走来。

"请问，你是刚才来近水小区接人的那位？"

他说得谨慎、客气。他是丢失什么东西，或者打听馆长什么时间上班？

"我是。"我不能问"有事吗？"我们这行说话的禁忌。

"怎么称呼你？"他向我伸出手。

"我姓施。"我不能握手，"对不起。"

"我姓叶，退休教授。你们工作忙吗？"

他一定在等人，找个地方闲聊打发时间。

"不好说忙不忙，来单了就接人。你知道的，人去世不按时间没有计划。不过有季节性。"他是教授，我读师专时最牛的老师才是讲师。我还是第一次面对面和教授说话。

"'七十三、八十四，阎王爷找你商量事。'有这样的规律吗？其实，是因为孔子活到73岁，孟子活到84岁。学圣人，连什么时候死也学！"叶教授说。

叶教授随口说出的话，我天天和死人打交道竟然不知晓。细细一想，也真是的。我忍不住对他笑了笑。行规，不应该笑。

"如果人一定会死，我等的时间长了点。如果可以选择季节，我希望死在春天。春风得意，得意一回。我这年纪，应该有点自觉了。"他自己拉过椅子坐下。他好像很少有可以谈心的人。今天怎么向我，被世俗认为不洁、晦气和不可接触的年轻人，袒露心扉？

我有点意外，有点感动。

中国人最忌讳说死。我抬过的人里很少听到写遗嘱——正视死亡。中国人会写200多种"寿"字，发明创造的才智都用在这上面了。不过贵为天子，心里清楚不过"万岁"不了，一登基便选葬身之地，建陵园唯恐来不及。

我不知道怎么回答他。

"教授，你说话和别人不一样。"我回避，转移话题。脱下工作服挂在墙上。

"你要工作了？"

"接单会来电话。我们正常班是8点，还有一小时。"

"一小时。"他重复了一句，放心了，"请给我倒一杯水好吗？"

"对不起，忘了。没有好茶叶，我找找看。"

"一杯矿泉水就行。"

本来我是可以回家的。出早班，上午休息。我不想回去了。老教授是有意思的人。

"我们互相认识一下。我没有名片，我想你也不会有。先介绍我自己，叶知秋。这个名字不好，一叶知秋。落叶，却年逾古稀还在树上挂着。这么一片黄叶子，虫子吃去一半，剩几根筋。我妻子和10岁的儿子，15年前在一起恶性交通事故中丧生，也在这里火化。我就一个人。我不交际，我不想分辨哪个人是真心、哪个人是假意。没有这个本领，也没必要。我与古人为伴。我在你这个年纪，比你还小的年纪，雄心勃勃，'学成文武艺，货与帝王家。'可是我们学的是'十月革命一声炮响'送来的真理，人家自己都亡党亡国了，我在大学讲什么？重新学习吧，又不合时宜。那我活着干什么？活着就是等死。等死就是等着有一天你把我接到这里，所以我提前找你。可能早了点……"

"老师，你不能这么说。"我急忙说，言语唐突了，"对不起。"

"老年人坦诚，时日无多。青年人前面的路还很长。这工作是你的选择，还是身不由己？没有想好就不要说，别为难。"

他将了我一下，我躲不开了。

"我每天每次都在想，是不是应该放下担架。不过每天每次都可以找到理由。亡人家属对我发脾气也是理由。他们需要宣泄。感到一种责任，有人需要我善待。只不过轻轻抬起，轻轻放下，这么简单。但这是一个人一生的最后一段路。他走过很长的路了，最后一段路由我们抬着他。走得平稳，走得安宁。没有我们，有的事比较麻烦。"

我不能说得太多——我已经说得太多了。他凝神倾听，我更不能再说下去。

我不便讲这个故事：

在师专读书时，父亲去世了。殡仪馆规定只可用它的灵车，可是开来的是小四轮。父亲是中学教师，送葬的人很多。换车来不及了，只能把他抬上小四轮。他个子高，穿着黑布鞋的双脚露在车外，脑袋也未放稳，车一开动，脚摇头晃。我守在遗体旁喊："停车！停车！"没人理会。父亲一生严谨，学生的课本卷角他都要求抚平，作业本破了他都要替学生修补装订。我对不起父亲，让他这样走向终点。殡仪馆道歉，原因是有人为赚钱外包给一家运输公司。

一段刻骨铭心的记忆。一个儿子的终身遗憾。

我在师专读美术专业，毕业后在村小学教美术。小学生少了，3个小学合并，教师要精简。妻子阿紫去幼儿园当老师，我的"自由职业"选择空间小。一个机会，应招来民政局，以为将来可以当公务员。没想到是来殡仪馆报到。也罢，什么工作都要有人做，这个命该是我。我没有挑三拣四的本钱。我年轻，来日方长。原来是接尸工！这一下子彻底傻了。领导笑眯眯地对我说："这个岗位留不住人，特别缺人手。工资不能计件，但有加班费。你先干着，你有文化，三年五年说不定当组长了。"我说："好吧。试试。"我想起父亲的遭遇，还不知道有多少人会有这样的遭遇——被外包。

一干五年。朋友很少，自知不宜交朋友，不宜参加饭局。别人尴尬我也尴尬。沉默和孤独让人早熟。我是习惯这个工作了，别人不干我干，不觉带来一股豪气。虔诚地送别亡人，也令人提气。常常想，有一天我被同行抬走，他们也会像我一样吗？我希望他们能做什么？我就想到了扎一朵纸花献上。

现在，突然来了位老教授。我竟然和他平等地聊天！

六

找到他，是缘分。上等缘。

王国维遗书："五十之年，只欠一死。"原来死也是有欠的。五十就欠了，我欠得太多了。

我给小施留了电话号码。一连几天我守着电话。我没信心了，谁会给我这个无趣的老头来电话。

电话铃响起，我吓一跳。

"你马上来吗？我在阳台上等你。"

"教授，千万别这么说。你该干啥干啥。"

"没有什么可干的，活着就是等你。"

"教授，你吼一声。这样我才敢来，真的。"

我像小学生一样，听他的。

"教授，请原谅。干我们这一行的人都有点迷信。香火熏的，天天和死神约会。眼前就是白布麻衣，哭哭啼啼。不过教授你不一样。这么多的书！我见过的人家谁也没有你的书多。"

他进门就说话，快言快语，又突然发觉说错话了。见过的是死了人的家呀。

我说："你坐。"

对我这套大而无当的房间，他有点兴奋。他径直走到一大排书柜前。一个人在哪些书前停留，是了解他的知识结构、兴趣，以至品行的参照。他在小学教过美术，我书柜里的画册太少。他的表情有几分好奇，可只是匆匆浏览，不动手翻阅。

"老师，我活到你这样的岁数也读不完这么多书。"他坐下，叹口气。

"有些书，多半的书，是用来检索的，用着时记住去找哪本书。"

"对，这是做学问。老师，我跟你慢慢学，我的基础太差，中专。不过，我可以提个建议吗？"

我急忙表态："你说。"

"老师，你餐厅里最好不要挂那张画。我不知道该不该说。"

他的眼睛敏锐，就像他在楼梯上注意到我一样。他并没有进餐厅；我也不需要餐厅，一张桌子一把椅子而已。他只是从餐厅门口经过，那张画没有正对门，但可以看见。挪威画家蒙克的一幅印刷品《尖叫》，一次去韩国开学术交流会买的。芸芸也不让挂这张画，她说太恐怖了。她去世后，我挂上这张画，而且越看越入迷。

"为什么？"

"我说自己。我们整天和死尸、哀乐打交道，整天板着脸孔，不笑。这是外表，人的内心需要温暖，热烈，生机。不是逃避，也不是虚伪。我真心希望失去亲人的人，所有的人，都有这样的内心。蒙克是我尊敬的画家，表现主义绘画的先驱。《尖叫》是世界名画。死亡是他永恒的主题。他也被自己的画作撕裂了精神和人生。这张画不是我，我想也不是老师您应该天天面对的。对不起，我不知天高地厚了，这是我真实的想法。"

我对他刮目相看了。我未置可否。我站起来，踱步到餐厅。似乎印证。画里人苍白消瘦的脸扭曲着，双手捂耳，眼眶爆裂，面对死亡发出无助的呐喊。天空血色，河流黑色。漩涡般的风景。

我把小施一个人留在客厅里。我失去社交的能力，疏忽了，几乎忘了他。从餐厅回到客厅，沙发上留了纸条：

老师，来电话让我立即去单位。不打扰。谢谢老师的教诲。

学生 施英

没有写"再联系""再见""后会有期""我何时再来"这些常用语，他这工作真困窘人。然而，我等着他，又开始漫长的等待。

一个月后，足足有一个月。他来，抱着一个大镜框。一幅工笔粉彩画。

他开门见山："老师，这是我临摹美国当代画家的一幅作品，戴维斯的《蓝三角》。是抽象又像是具象，是西方艺术又像是东方艺术。他的画色彩明丽，树木花卉欣欣向荣。不知道老师喜欢不喜欢。"

我第一次听见这个画家的名字。我下过功夫研究和思考现代艺术，并不成功，我还是看不懂。这幅画我感觉到了：春天。春天的气息，春天的和风，春天的安详和搏动。

"谢谢，我很喜欢。"我由衷地说，"请你把这张画挂起来，就挂在《尖叫》的位置上。或者挂在客厅。"

"客厅里放花，鲜花，或者盆栽，下次我带过来。我的水平够不上客厅级别。我的水平只够替换餐厅的《尖叫》印刷品。将来，等我自己也觉得拿出手了，你给我在客厅留一块地方。答应吗？"

"答应。"

"说定了？一言为定。"

他笑起来。他笑得露出白牙，好看。我也笑了，我缺两颗门牙。

我忽然发觉，我很自私。我是想死后有一个花圈，挽联上写上芸芸和木木的名字。我只想不要像电视里报道的那个英国老太太，死去40年依旧坐在电视机前面。我希望有一个捧骨灰盒的人，把芸芸、木木和我的三个盒子放在一起。

还有别的想法吗？应该是有的。我隐约感觉到他身上有我最需要的东西。人活着最重要的是和谁一起活。现在，就是他。你是什么人，你会遇见什么人。

我留他吃饭，他没有拒绝。叫外卖很方便。在吃饭的时候，我想到两点：一是要买很多画册，给钱让小施自己挑选；二是修改遗嘱，收回在朱萍那里的遗嘱。还来得及。

七

第一天他找我，那天夜半我突然惊醒——他要自杀！我在床上辗转反侧，感觉他时时刻刻都可能自杀。这么一位德高望重，有教养有学问的人要自杀！太可怕了，太不可思议了。

当今自杀太容易，有一本书《自杀的36种方法》。用不着36种，一个人有一种就够了，而且不用翻书，书呆子才会看着书去自杀。我回忆接过的自杀的尸体，几十具了。有的人很平静地结束生命，有的人告别得惨烈。跳楼最惨不忍睹，但也最浪漫，最勇敢，文化人最爱。眼睛一闭，往前一步，几秒钟，来不及后悔，一切都结束了。残肢断臂、血肉模糊已与他无关。最后要享受一生未曾有过的飞翔。

我推醒阿紫。我问："让你选择，你会选择怎样死？"

阿紫迷迷糊糊，翻过身背朝我。

我再问。

"你发什么神经啊？你才不会死，看你活得有滋有味。"她转过身，贴着我，问："你做梦了？"

"我没睡着。"

"别胡思乱想。我们都不到30岁，再过30年再想。"她又转过身，嘟哝一句："睡。"

我最初干这个工作，回家又洗手又洗头。抬过一具淹死多日的女尸，吃不下饭，一见烧鹅、白斩鸡、肥肉，便作呕。夜里紧紧拥抱着阿紫温热柔软的身体。做爱，做爱之后也不分离。阿紫问："怎么啦？"不过她问过就睡着了。那些日子，在我眼里满街行走的人，全是行尸走肉。会有一天，漂亮的，不上相的，胖的瘦的，笑的愁的，提着大包小包往家里赶的，都会让我们抬走。绝对真理！

叶教授这么和善，他尊重我这种最受白眼的人。尊重人的人应该活得更长。

他竟然留我吃饭！

吃饭的时候他对我说:"实际上,我也是接尸人,我是把化过妆的时间尸体抬来抬去。"

说得真好。

我有了胆子,提出要带阿紫来他家玩。他点头:"欢迎。"

我一直瞒着阿紫。她的工作与我是完全相悖的颜色。幼儿,绿芽一般,我的对象是苍白、冰冷。阿紫问我,头发上怎么有一股气味?女人嗅觉灵敏。她说民政局收发室怎么会有股烟火气?我说,你衣服上还有股奶酸味呢。强词夺理,蒙混过关了。

夫妻间不会有永远的秘密。我的秘密保守了五年,千方百计。受尽欺瞒的折磨。

在小学教美术,对艺术失去了热情。画画不比吃饭,一再重复便兴味索然,何况只画几片叶子的树、一窗一门的房子。她很高兴我在民政局上班,又有当年艺术创作的冲动了。心灵向往暖色。我在家画天空大海,画树林花草,画孩子做游戏,画小狗小猫,而且色彩越来越鲜艳。她最满意我对小女儿的依恋,我一回家就抱她,阿紫对我的评价:"耐心的老爸。"她没有我耐心。但我日益少言寡语。

叶教授给了我信心和勇气。阿紫敬仰有学问的人。一提到认识教授,她两眼发光。

"我带你去叶教授家。"

"别哄我。会让我们进门吗?"她兴奋地从厨房跑出来。

"他很支持我的工作。"

"你的工作?收收发发,支持什么呀!"

"收收发发......的确是收收发发。你知道收什么发什么吗?"

"那是你的事。"她不关心是合理的,不就是报纸、信件、公文。那么,我也没有欺骗她,不过是"误会"。

男人不喜欢女人刨根问底。阿紫是个不唠叨的妻子。大大咧咧,这很可爱。

"人家说,拜访有学问的人都要预约。什么时候去?你可别哄我高兴!"

148

她说完了，自己也相信了，笑起来，用手比画着："大学教授，幼儿园老师，相差这么大！"随即，她又起疑："他怎么会和你认识？"

"我的工作……"

她回厨房炒她的土豆丝了。一会儿想起，问："你的工作？"

"我的收收发发和你想的不一样。叶教授就喜欢我的工作。"我每一句话都是实话。

阿紫自个儿笑。她有理由发笑。然后，问："我去穿什么衣服？"

"我们现在就去。"

这天是星期日，我轮休。

我们登门，抱一束花。叶教授正端坐在客厅沙发上，茶几上摆着棋盘。他对着一盘棋的残局发呆。

门半开着，我轻轻地敲两下便进来了。阿紫怯怯地跟在我身后。他未注意不速之客，没有抬头。我有点窘。我应该先来电话的，太随便了。

"叶教授，我的妻子，她叫阿紫……"

"啊，啊。"叶教授站起来，歉意地搓着手，"没听见，对不起。请坐。"

我放心了。

"老师喜欢下棋？以后我陪你下。"

"刚才8楼范师傅，就是不久前去世的那位，他儿子刚才送棋盘下来，问是不是我的。当然是我的，我从苏州定制的。他们把棋子完全弄乱了！没有下完的棋，我重新摆。年纪大了，要慢慢想，一定可以复盘。我和范师傅……对啦，你认识，他们父子你都见过。范师傅还是我们的介绍人呢。"

尽管我深谋远虑了五年，尽管我带她来是为了说出我接尸人的身份，但是老师马上提起，我还是发怵。

阿紫毕恭毕敬地站在叶教授旁。大概她从来没有和大学者这般近距离接触。她没有在意范师傅是谁。我想顺水推舟，却又在嘴边搁浅。

"阿紫，那是我画的。"我带她看《蓝三角》，躲开急流险滩。

"早知道了。你还好意思拿出来送给教授？"

"我很喜欢。你先生有才华。"

"真的？"她已经相信了。

"我这人说了大半辈子假话。这个年纪了，行将成灰，真话不全说，假话全不说。"

"老师，他真的爱画画，一回家我拿勺子，他拿画笔。我支持他。他是业余爱好，特别需要人指导。单位收发室的工作，太单调了。"

叶教授突然明白了，一生的历练让他顿悟。他不看我，但他的真话不全说、假话全不说，面临人情世故的考验。

"你先生很勇敢，有善心又有责任心才叫勇敢。他的收发工作，不同凡俗。他不平凡。人最后都要被接走，一个人都只有一次被接走。一个人的终极尊严是由他完成的，这个机会不是每个人都可以得到。"

他没有我的同意就全说了——谢谢。

阿紫脸上的笑容僵住了，她有点张皇失措。这半个小时发生的事太快太多了，天翻地覆。霎时间她明白五年来的种种怪异，我衣服上的消毒气味，头发上的烟火气，经常一个电话立即离家，起早贪黑加班。她早应该存疑的，她早应该发问。

"你为什么不告诉我？"她问，声音很轻。

"因为我自己没有彻底想明白。遇到叶教授，我才明白。我才能完整地对你说出，不需要辩解。"

"阿紫，我遇到小施，也才明白。我们两人，叫代际关怀吧？你善解人意。不是小施让我说的，我觉得你会像他一样勇敢。"他说得严肃，有说服力，很堂皇了。本来如此。在课堂上他一定是个好老师。他不老。"来，坐下，我们下棋。我一人对你们小两口，老将出马一个顶俩。"

我一个人就够了，连赢他两盘。他输得直吸气。阿紫给我使眼色，我不理她。我知道他的性格，我让棋，他不会留我们吃饭。

他舍不得我们走。我们不舍得离开这位老人。阿紫比在家勤快多了，打扫整理他的三室两厅，效果立现。他说窗帘经常一个月也忘了拉开。她也支

150

使叶教授当帮手，提水、拿凳、抹桌，教授其实手脚灵活。我看着阿紫，用叶教授的眼睛看她：她今晚特别漂亮。

我们都有点喘息，出汗。坐下来。他不喝酒，不喝茶，不吸烟。3 个人 3 杯白开水。晚饭也就是外卖的三碗三鲜面。

我说："老师，文人雅士都爱给自己的书房取名。张大千'摩耶精舍'，我们瑞安的历史文化名人陈傅良'止斋'，你也取一个吧！"

老人说："想过的。正巧，心有灵犀吧，和你说的两位我各取一字，止舍。终点的意思。"

我说："老师，不好，太悲观了。"

"我没写下来。不想冒犯这个'止'字。佛教里的止便是禅定，译自梵文。止观，禅定和智慧，境界太高了，承受不起。"

老师就这么推心置腹地边吃边说。他是个有故事的人。阿紫对他的崇拜，让我谈兴大发。她觉得我像是换了一个人，没想到我这么健谈。我劝老师把自己的故事写下来，为历史留下声音。年轻人像我和阿紫都应该知道，他也不枉经历一生风雨。

他闭目。手指不安地在膝盖上点动。

我受到无声的鼓励。我把知道的一股脑儿地倒出来了，贝多芬晚年耳聋写出第九交响乐，莫奈近乎失明画出传世名作……

第二天，天未亮，他来电话。

"对不起，这么早吵醒你。我们认识就在黎明前，对吧？我一夜未睡。你昨天的话，让我想起陈与义的诗：'多少人间事，天涯醉又醒。'我醒了，你叫醒我。现在你要陪我。"

他说话有点儿孩子气的调皮。

"当然。"

"小才子，你知道克尔凯郭尔吗？"昨天他就开玩笑喊我小才子。我太乐意接受了。

"克尔凯郭尔？第一次听说。"

"他是丹麦哲学家，诗人。存在主义的先行者。19世纪的，难怪你未听说过。他有句诗我读给你听：'早上醒来，突然发现自己死了。你才刚刚诞生。'听懂了吗？"

手机按下免提，阿紫也在听。她昨夜睡得安稳。

他说，历史最容易重演的，正是它最丑恶的部分。他要开始写作了。他说，他要夜以继日。他说，每个人都是历史的一块小碎片。

第八天。我每天都想着给他打电话，又怕打扰他写作。一早上班，无事。昨天我休息，随手翻看昨天接尸登记本。一行字赫然在目：近水小区2单元301。叶知秋，心肌梗死。

作者简介

戈悟觉，男，1937年生于温州。就读北京大学中文系和中国人民大学新闻系。毕业后主动要求支援大西北建设，在《宁夏日报》和宁夏文联工作35年。获宁夏党委、政府突出贡献奖。1956年开始在《人民日报》等报刊发表作品。曾获《人民文学》《十月》《北京文学》《小说界》等文学奖和影视剧本奖。有英法日俄等译本。现居温州。一级作家，教授，享受国务院政府津贴。

生人

刘庆邦

非京籍大学生毕业留京，娶了北京姑娘。父母一心一意盼抱孙子孙女，可北京的儿媳就是不生，理由是还想玩几年。待到数年后小两口想要孩子，无论丈夫如何努力，老婆却再也生不出来，——阴差阳错，到底是谁的错？

华学敏在徐州中国矿业大学完成本科学业，到北京某国家工业部门参加了工作。工作三年之后，一位京生京长的姑娘，成了他的老婆。

信息传到华学敏的老家，村里人都觉得这事情了不得，不得了。北京，在以前那可是皇城。在皇城里出生的姑娘，恐怕跟皇姑也差不多。娶了"皇姑"做老婆的人，不是成了"驸马爷"嘛！华学敏的父亲在村里民办小学当过老师，乡亲们习惯叫他华老师，有人说：华老师，你就等着抱北京的孙子吧，你可是北京人的爷呀！华老师咦了一下，说，不敢不敢，不着急。又说：两个孩子工作忙，工作要紧，一切为工作让路。

华学敏的老婆叫白燕明，原是机关办公室的一名打字员。她当打字员那会儿，使用的还是那种老式的打字机，啪嗒啪嗒往卷在滚筒上的蓝色蜡纸上打字。打字的工作机械、单调，让白燕明不胜其烦，要是捏着打字机的手柄打一辈子汉字，他姥姥的，那可惨到家了。情况还算不错，过了没多久，就有了电脑，人们开始用电脑打字。用电脑打字比用打字机打字方便多了，可以用五笔，也可以用拼音，一个指头或几个指头，捣巴捣巴就会了，人人都可以上手。不管什么技术，一旦普及，就不算技术了。好比人人都会吃饭、穿衣，那还叫什么技术呢！白燕明及时扔掉了打字员的帽子，调到一家新成立的报社，当上了一名收发员。报社作为信息吞吐单位，来往信件当然很多。报社专门为白燕明配备了一个大提包，她每天都能从部机关总收发室那里提回一提包报纸和信件。白燕明像邮局的分检员那样，对取回的报纸、信件作二次分检，然后一一送给总编、副总编和各部室。有人问白燕明在哪里高就？她说在报社。一般理解，在报社工作，不是编辑，就是记者。白燕明一说她在报社工作，人家就把她当成了编辑或记者。白燕明没有否认别人对她的理解，说，嘿，凑合活着吧！一副很谦虚、很低调的样子。

白燕明和华学敏结婚时，男的 26 岁，女的 25 岁，不算早婚，也不算晚婚，算正当其时吧。从生孩子的角度看，两个人都处在最佳生育期。可白燕明的态度是，三年之内她不打算生孩子。说出这样的打算时，白燕明的态度显得十分坚决，像是一妇当关，万夫莫开。华学敏的态度不是很明确，或者说有些暧昧，他说："顺其自然吧！"

"什么叫顺其自然？你给我说清楚！"两条长胳膊正吊在华学敏脖子里的白燕明，把华学敏松开了。

"好歹你也是读过高中的人，难道连顺其自然都不懂吗？"

"不懂，怎么啦？我没你学问大，行了吧！我要是什么都懂，要你干什么！"

华学敏只好给白燕明解释："刮风、下雨，就是自然。风来了，雨来了，谁都挡不住，只能顺着风，顺着雨，就是顺其自然。"

"我要是不顺其自然呢？刮风，我穿上风衣；下雨，我打上雨伞，自然能把我怎么样！"

"自然不能把你怎么样，你也不能把自然怎么样，风该刮，照样刮；雨该下，照样下。"

"那，刮风下雨跟生孩子有什么关系呢？"

"关系是有的，就算你下雨天打着雨伞，风一吹，个别雨点也会溅到你身上，你就可能会怀孕。"

白燕明笑了，说，"你别逗了，要是雨点溅到我身上我就会怀孕，我不知道怀过多少次孕了。"

"我的话只是一个比喻，我的意思是说，咱不急着要孩子，万一怀上了呢，咱就把他生下来。"

"那不行，要生你自己生，我不生！我还没玩儿够呢，我妈说我自己还是一个孩子呢，自己还管不好自己呢，生什么孩子！"

"这个你不用发愁，要是你不想看孩子，到时候让我妈来，帮咱们照看。"

白燕明把华学敏推了一下，说，"华学敏，你少给我提你们家的人，我知道你爸你妈急着要孙子，急着把我变成你们华家的生殖机器，没门儿！"

白燕明喜欢去歌厅唱歌，还喜欢去舞厅跳舞。因天赋条件有限，她唱歌唱得不怎么样，该拔高的时候老是拔不上去。而她跳舞跳得不错，每次跳舞都能吸引不少艳羡的目光。白燕明最喜欢、最拿手的是独舞，跳迪斯科。她腿长，腰长，胳膊长，脖子长，外加头发长，跳起来如风中的小白杨一样修长，漂亮。她知道自己的长处所在，长了还要长。跳着跳着，她会将双手高高举起，指尖搭成敦煌壁画的飞天舞蹈那样，扭动着腰肢矮下去，矮下去。她矮下去的目的，是为了展现从低到高的优美过程。矮到一定程度，她伴随着快节奏的舞曲，开始大幅度扭动身体，由矮里往高处长。在多彩的、闪烁的、变幻的旋转灯光和镭射灯光照耀下，白燕明简直就像是一条在水中游动的美女蛇，酷极了，妖冶极了！这里那里传出喝彩声：好！够浪！够味儿！

华学敏也喜欢看白燕明跳舞，白燕明每次去舞厅跳舞，他都愿意跟白燕明一块儿去。当白燕明把自己跳成一条"美女蛇"时，华学敏看得甚至有些怀疑：这个挺不错的女人是我老婆吗？为了打消自己的怀疑，每次跳完舞回到家，华学敏都急于做那件事。那件事是好事，白燕明也不拒绝。但白燕明提出一个前提，要求华学敏必须提前把保险套儿戴上。白燕明不说保险套儿，她有时说成气球儿，有时说成紧箍咒儿，说，去，先把气球儿戴上！或者说，去，先把紧箍咒儿戴上。华学敏总是有些磨叽，说，一开始不必戴，等有动静了再戴也不迟。白燕明说，绝对不可以，等有了动静再戴就晚了。她说，你戴不戴？不戴拉倒！

华学敏可不愿拉倒，他说，好好好，戴戴戴。

为了证实白燕明的确是自己的老婆，华学敏这晚在白燕明身上还问：请问这位美女，你是我老婆吗？

你说呢？

我不说，就让你说。

白燕明的回答是：我不是你老婆。

不是我老婆，那你是谁的老婆？

我是狗的老婆。

华学敏高兴得癫狂了几下，说：能娶到这样一个老婆，当狗也风流。

我要是怀了孕，你还能这样吗？还能当狗吗？

不能。

我要是腆着个肚子，还能去舞厅跳舞吗？还能保持这么好的身材吗？

但是……

但是是个蛋，还是个臭蛋，你少跟我玩儿这个。

华学敏本来想说，孩子总是要生的，生完了孩子，好身材还可以恢复。白燕明不爱听但是，他就不说了，他说，好老婆，你不会对我念紧箍咒吧，你是要念紧箍咒，我会很疼的。

就念。白燕明把紧箍咒紧了一下。

哎呀，疼死我了！

白燕明把紧箍咒念得更快些，一箍接一箍。

华学敏装作受疼不过，说，师父师父，别念了，疼死徒儿了，徒儿再也不敢了！

疼死你个臭猴子，看你今后还调皮不调皮！

尽管白燕明防范严密，每次都让华学敏戴紧箍咒，一年多之后，白燕明还是怀了孕。当白燕明到医院证实自己确实怀了孕，把一切责任都推到华学敏头上，把华学敏埋怨得鼻子不是鼻子，脸不是脸，说：都怨你，都怨你！

老婆怀了孕，华学敏内心深处是高兴的，这表明他们的生命得到了真正的结合，并将孕育出新的生命。可华学敏的高兴一点儿都不敢表现出来，好

156

像一切都很意外。按白燕明的另一个说法，他把保险套说成了气球，说他反正每次都把气球戴得好好的。

那你的东西是怎么钻出来的？是不是你偷偷用大头针在气球上扎了眼儿？你必须老实交代！

华学敏的表情严肃起来，说，燕明，咱俩认识好几年了，结婚也一年多了，你这样说话，说明你对我还是不了解。我历来主张，做人要诚实，行为要端正，我怎么会做那种偷偷摸摸的小动作呢！你这样说简直就是对我的诬蔑，我万万不能接受。

那是怎么回事，难道是孙悟空搞的鬼！

华学敏像是想了一下，说：我认为不排除产品质量有问题。现在肉里有注水，鸭蛋里有苏丹红，很多产品都有掺假，谁能保证保险套只只都是合格产品呢！一百只保险套里如果有一只是冒牌货，那就不保险了。

对于华学敏这样的判断，白燕明没有提出异议。他们使用的保险套都是单位免费提供的，每逢节假日前夕，两个人所在单位管计划生育的人，就把保险套成盒成盒地发给他们，足够他们用的。便宜没好货，不要钱的货恐怕更值得怀疑。白燕明问华学敏：那怎么办呢？

华学敏说，我的意见是，既来之，则安之。

讨厌，你跟我说话，能不能不转文！

华学敏否认他跟白燕明转了文，说，我认为这是天意。

还说不转文，这不是转文是什么！虚头巴脑的，跟姑奶奶显摆你的学问大是不是！

华学敏把一根指头竖在嘴前嘘了一下，提醒白燕明说话小声点儿，别让爸爸妈妈听见。入冬后，北京开始供暖，华学敏让他的爸爸妈妈到北京来了。他们家的房子是华学敏的单位分给华学敏的，只有一室一厅。华学敏本来安排二位老人睡在客厅的折叠沙发上，因白燕明每天在客厅里看电视剧看到很晚，而二位老人的生活习惯是早睡早起，为了不影响儿媳看电视剧，华爸爸就提出到阳台上去睡。华学敏拗不过当过老师的爸爸，只得临时买了一张钢丝折叠床，把爸爸妈妈安置在阳台上。华学敏之所以不想让爸爸妈妈听见他和白燕明的对话，是暂时不想让二位老人知道白燕明怀了孕。不知道白燕明怀孕时，爸爸妈妈已对白燕明哈得不成样子，要是知道白燕明怀上了他们的孙子，还不得把白燕明当神仙敬。关键的问题还在于，在结婚之后三年内，白燕明不打算要孩子，现在虽说白燕明怀了孕，但身孕能不能保住还很难说。从白燕明以往玩儿心很大的态度判断，保住身孕的可能性很小。倘若爸妈知道白燕明怀孕了，还没来得及高兴呢，白燕明又把身孕流掉了，对二老的打击不知有多严重呢！

白燕明不但没有把声音放小，反而加大了音量，她说：我从来不会小声说话，谁爱听见谁听见！

明明，我的小姑奶奶，你听我慢慢跟你说好不好！我说的天意，不是人的意思，是老天爷的意思。咱们还不想要孩子呢，是老天爷认为咱们该要孩子了，你该当妈妈了，就给咱们送来了一个孩子。你知道吗，老天爷送来的可是天使呀，天使来了，谁都不拒绝。

你蒙我的吧？

我亲爱的老婆，我怎么会舍得蒙你呢，你是谁，我是谁，你是天使的妈妈，我就是天使的爸爸呀！

我明白了，你的意思是让我把孩子怀到底，生下来，对不对？

我老婆就是聪明，一点就透。

白燕明冷笑了一下，又冷笑了一下，说，什么天使地使，你少跟我来这一套，那是不可能的。她和一家整容医院约好了，下周就去那家聘有外国整容医师的医院整容。她这次整容的项目是把下巴颏儿加长一些。她的几个要好的女同事一致认为，她的身体哪里都长，只是下巴颏儿稍短那么一点点，倘若把下巴颏儿适当加长一些，那就更加协调，更加完美，变成无可挑剔的大美女。到时去京城之冠摄影楼做一套写真集，恐怕这明星那名模都得被她比下去。白燕明反复去医院咨询过了，人家告诉她，手术挺简单的，只把下巴里侧拉一个小口儿，装进一个用特殊材料做成的柔性下巴，再把小口儿缝合就完了。手术全部完成后，一点手术的痕迹都不露，只见下巴大大改观。

白燕明对整容后的面貌已经有了美好的想象，并与整容医院约好了做手术的时间，现在怀了孕，不知整容手术还能不能做。要是她正在手术台上，医师正给做手术，她的妊娠反应上来，又是呕又是吐的，那该如何是好！还有，她的下巴加长了，手术成功了，她的肚子却大了起来，那叫什么形象！这样想着，白燕明突然变得狂躁起来，她骂了一些脏字儿，说：没法儿活了，我不活了，我去死了算啦！说着，双手狠狠抓住华学敏的胳膊，歇斯底里似的长啊了一声。

睡在阳台上的华爸华妈，都被白燕明的叫声惊醒了。因折叠床又窄又小，老两口儿只能采取打老通的办法，一人睡一头儿。华妈问华爸：你听见了吗？

华爸没有说话。

华妈只好用脚趾动了动华爸的耳朵，说：你就睡那么死吗？

三更半夜的，不好好睡觉，你乱动什么！

刚才我听见有人叫了一声，我听着怎么像咱家燕明的声音呢？孩子没什么事吧？

华爸睡觉很轻，窗外的风吹起一只塑料袋子，他都听得见，何况白燕明发出的那么大的叫声呢。可华爸却说，他没听见什么声音，让老伴儿闭上眼睛闭上耳朵好好睡觉吧，不要操那么多心。

我睡不着。我看咱们的儿媳好像是怀孕了。

你怎么知道的？

谁像你们这些男人，成天价吃热不管凉，吃凉不管酸。女人对女人总是更知道一些，我一看燕明的脸色，一看她吃啥啥不香的样子，就估摸着她可能怀孕了。

噢，你只是估摸着，那是不科学的。

不估摸怎么着，我又不能摸她的肚子。我估摸也能估摸个八九不离十。华妈说着，长出了一口气，又说：咱们的孙子，一定跟爷爷奶奶亲。

这话从何说起？

你想啊，两个孩子结婚都一年多了，咱们不来北京的时候，孙子老也不来。咱们刚来北京，孙子跟着就来了，这不是跟咱们亲是什么！

八字还没有一撇呢，你不要老是说孙子、孙子，要是来个孙女怎么办呢？

孙女也是孙子辈，来个孙女我也喜欢。不像你，老脑筋。

窗外刮起一阵风，把窗玻璃刮得哆嗦着响起来。有一个窗户缝关不严，寒风从窗缝儿透了进来。阳台上没有暖气片，不能抵御寒风。头发细的缝儿透进门板大的风，寒风很快在阳台上扩散开来。华爸把华妈的两只脚握了握，拉得靠近自己的身体，并把被口掖得严实一些，说：这个事儿你最好不要问孩子。

为啥？这不是好事儿吗？

好事儿是好事儿，你还是别问好一些。现在的孩子都是有思想的人，有些事情他们想跟你说，你就听着；他们要是不想跟你说，你问了，他们会不高兴。

我不问燕明，问问学敏还不行吗？

学敏也不一定了解情况。

看你这话说的，我怀孩子的时候，你能说你不了解情况吗？

你老说那时候，现在跟那时候能一样吗？那时候你们家生了八个孩子，我们家生了六个孩子，现在能生那么多孩子吗？不能吧！

华妈还是不服，说，羊生羊，人生人，这都是老天爷安排下的事儿。羊生羊该生多少还生多少，人生人倒成了难事儿。

天还不亮，楼下的清洁工刚开始清理垃圾桶，老两口就起床了，轻手轻脚地在厨房里做早饭。儿子和儿媳都习惯睡懒觉，每天早上都有工作赶着，再不起床就要耽误上班，才不得不起床。他们起床后，从来不做早饭，或是上班路上买点什么垫巴垫巴，或干脆什么都不吃。老两口来到北京后，天天给小两口做早饭。干的有时蒸馍，有时蒸包子，有时煎面糊饼。稀的有时熬大米粥，有时熬小米粥，有时打红薯稀饭。不管爸妈做什么饭，华学敏都爱吃，都能吃出老家的味道。白燕明就不行了，她还是愿意吃北京风味的早点。这好办，华爸就每天早上到街上给白燕明买早点，每天都不重样。如果昨天买了炒肝儿和小笼包儿，今天就买豆浆和油条。去买炒肝儿和豆浆时，华爸都是端口小锅出去，买了东西就赶快把锅盖儿盖上，以免东西着凉。这天早上，华爸给白燕明买的早点又换了样，干的是糖油饼，稀的是豆腐脑。早饭在客厅里摆上了桌，华学敏也坐到了桌边，白燕明还在卫生间里没出来，正蹲在马桶上抽烟。他们家华爸和华学敏都不抽烟，只有白燕明抽烟。白燕明抽的是细细的女士烟，烟味不是很呛。华学敏隔着卫生间的推拉门对白燕明说：爸今天给你买的是糖油饼和豆腐脑儿，快出来吃吧。

白燕明说：你们先吃吧，我不饿。

不着急，我们等你。

白燕明干呕了几声。

华爸华妈互相看了一眼，又一同把目光转移到华学敏的脸上。

华学敏觉得爸妈的目光在读他，似乎要从他脸上读出某种内容。他是爸妈的"作品"不假，但他不想让爸妈再读他，遂把眼皮塌下了。他说：咱们先吃吧。

华爸说：还是等等燕明吧。又说：你想先吃你吃，趁热。

华学敏端起爸妈熬的红薯花生稀饭喝起来。

等到白燕明从卫生间出来，又从卧室里出来，她已经化好了妆，穿上了羽绒服，围上了羊绒围巾，并提上了提包，是准备出门上班的样子。

华爸华妈都有些诧异，不知道昨天晚上到底发生了什么事。华爸说：燕明，吃了饭再去上班吧。我听学敏说你喜欢吃糖油饼，就让人家给你炸了糖油饼。

白燕明笑了一下，说，谢谢爸！我今天真的不饿，真的不想吃。拜拜！白燕明摆摆手，只管出门去了。

华爸问华学敏：燕明怎么了？

怎么也不怎么，别管她！华学敏推开饭碗，也上班去了。

华学敏和白燕明中午都是在单位食堂吃饭，中午在家吃饭的只剩下老两口。老两口对午饭一点儿都不重视，他们的意思，吃也可以，不吃也可以。吃也就是吃点剩饭，应付一下，也是避免剩饭浪费。这天中午，他们两个心事重重，连剩饭也不想吃。白燕明不吃早饭就走了，显然有些不正常。至于为什么不正常，他们无论如何都想不明白。世界变化快，年轻人的变化也快，谁知道如今的年轻人是咋想的呢！拿怀孕来说，以前谁怀孕了，说是有喜了。有喜带来的是喜讯，一人有喜，全家都欢喜。从白燕明早上的表现看，老两口进一步得出判断，他们的儿媳确实像是有喜的样子。然而，儿媳的表现不是喜，像是烦，是忧。儿媳不欢喜，他们暂时也不敢欢喜，只能把欢喜压抑着。

午饭他们可以不吃，晚饭是要准备的，因为两个孩子回家吃晚饭。晚饭做什么，他们颇有些犯难。他们想炖鸡，烧鱼，给儿媳增加点儿营养，可又不敢。儿媳为了保持身材的苗条，晚饭从来不沾荤腥，只吃一点点素食。商量来商量去，他们顺着儿媳的口味，最后选择了包饺子，包韭菜鸡蛋馅儿的素饺子。

买韭菜，炒鸡蛋，和面，拌馅儿，老两口从半下午就开始忙活。他们像在老家时合作一样，华妈擀皮，华爸包馅儿。离两个孩子下班还有一个多钟头，他们就把饺子全部包好了，整整齐齐排列在他们从老家带来的用高粱莛子做成的盖帘上，单等孩子一进家，他们就往锅里下饺子。

儿子按时回来了，儿媳没有回来。儿子说：别等燕明了，她今天不回来了。

闻听此言，华爸华妈不再是诧异，简直有些吃惊，他们望着儿子，一时连为什么都忘了问。

儿子解释说：燕明回她家看她爸她妈去了，她两周都没回去了。

燕明的爸爸妈妈只有燕明这么一个女儿，她回去看望爸爸妈妈也是应该的。华爸对燕明回娘家表示理解。但他又说：你妈为燕明包了素馅儿的饺子，燕明不回来吃饭，你应该提前跟我们说一声。

我一忙，就忘了。实际情况是，白燕明临下班时才给华学敏打了个电话，告诉他要到爸爸妈妈家里去。华学敏为白燕明打了掩护，把责任揽到了自己身上。

162

吃饭期间，华妈没有管住自己，还是问了一句：燕明是不是怀孕了？

华学敏嘴里正吃着一个饺子，他把饺子咽下去才说：可能吧。

可能是咋说？你带燕明去医院检查了吗？你这孩子，我看你对燕明一点儿都不关心！

华爸对华妈说：你不要着急嘛，听孩子说嘛！说着冲华妈皱了一下眉头。

你让我说什么？华学敏的眉头也皱起来。

你想说什么，就说什么，说说你们的打算也可以。

我们没什么打算。燕明说，三年之内她不打算要孩子。

华爸拿出了当老师的派头，脸上变得难看起来。他说，华学敏，你不要老是强调燕明怎么说，作为一个丈夫，你就不能在家里发挥一点儿主导作用吗？

你这个观点我不同意，都什么时代了，你还抱着老皇历不放，还在奉行大男子主义。现在的夫妻关系是平等的，谁能主导谁呢！

夫妻平等我赞成，依我看你们的夫妻关系并不平等，是白燕明在主导你，你承认不承认？

华学敏当然不会承认，他梗了一下脖子，站起来到自己的卧室去了，并关上了房门。

白燕明回娘家，去了一周、两周、三周，都没有回来。其间华学敏到岳父岳母家去了两次，仍没有把白燕明接回来。直到第四周，白燕明才回来了。这时的白燕明已把肚子里的孩子流掉了，却把自己的下巴颏加长了。做了整容手术的白燕明，自我感觉不错，愿意一遍又一遍照镜子，还愿意逮谁跟谁笑。她笑的目的，是希望别人注意到她面貌的改观。

在床上，白燕明接受了上次怀孕的教训，对华学敏的防范更加严格。在使用气球前，她让华学敏当面把气球吹一吹，检查一下气球是否漏气。华学敏取出一个气球吹饱了，饱得像一根黄瓜一样。白燕明让他再吹。华学敏把气球又吹了几口，吹得像一个茄子一样。白燕明还嫌气球不够大，让华学敏再吹，再吹。直到华学敏把气球吹得差不多像一个冬瓜，再吹就有可能爆炸，白燕明才说，就这样吧。不过她还让华学敏捏紧气球的口别撒手，确认"冬瓜"不会变小，等一会儿再撒手不迟。等白燕明宣布可以了时，华学敏一撒手，可笑的一幕出现了，由于气球快速收缩所产生的喷气作用，推动有着生殖器形状的气球向高处飞去，飞到房顶的吸顶灯那里，才落了下来。"生殖器"变成了飞行器，让白燕明觉得太神奇了，太美妙了，太好玩儿了，她乐得直拍床铺。她小时候也偷偷拿爸爸妈妈的保险套当气球玩过，但从没有玩出这样的效果。她让华学敏再飞一个。按照白燕明的要求，华学敏这次把气球吹得更大，让"生殖器"飞得更高。白燕明乐得嘎嘎的，说，乐死我了！

华爸华妈都听到了白燕明的笑声，他们不明白白燕明为何如此高兴。他们的孙子眼看着就要来了，还没来得及高兴，他们的孙子就没有了，不知到哪里去了。好像生命走到了尽头，他们觉得一点儿盼头都没有了，别提多失望了。窗外下起了雪，映得阳台上白花花的。华妈身上哆嗦了一下，说：他爸，我有点儿冷。

华爸说：你要是嫌冷，就到我这头儿来睡吧，我帮你暖暖。

华妈没有到华爸那头儿去睡，她说：我连想死的心都有。说着轻轻哭泣起来。

华爸劝妻子：你不用这样悲观，孩子又没说不要孩子，他们只是晚点儿要而已。见劝不住妻子，他又说：你要是实在不想在这儿住，咱就回去过年。

再过几天就是农历的小年，华爸此时提出带妻子回家，显然带有赌气的性质。但他对华学敏的解释是：果果想姥姥了，哭着喊着要到北京找她姥姥。果果来，你姐就得来，来了又要给你们添麻烦。他们来，还不如我们回去。华爸华妈一共生有两个孩子，一个闺女，一个儿子。华爸所说的果果，是他们的外孙女。华学敏心中明白爸爸妈妈要回老家的真正理由，无非是想抱孙子没抱成呗。一代人有一代人的难处，老一辈人哪能理解新一辈人的难处呢！两位老人执意要回老家，华学敏知道留也留不住，就随他们去吧。

白燕明问华爸：你们不是说好在这儿过春节吗，怎么说走就走呢？

华爸说：不过了。

我听说老家挺冷的。

老家再冷也没有北京冷。

老两口回到老家，村里有人问：华老师，怎么不在北京过年呢？

华老师的解释是：北京没有熟人，不热闹，不如在家里过年热闹。

怎么样，有孙子了没有？

快了，儿媳妇已经怀上了。

那好，那好！

回头再说北京的小两口儿。每次房事前，白燕明都让华学敏吹气球，这让华学敏觉得有些麻烦，也多少有失一个男人的尊严，他提出让白燕明吃避孕药。白燕明不干，说，还没怎么着呢，先吃药，太麻烦了！

你麻烦我就不麻烦吗，每次把我的腮帮子都吹疼了。

白燕明乐了一下。

还好意思笑，你不要太以自我为中心！

我怎么以自我为中心了？你不是说过我就是你的中心嘛！怎么，变卦啦？

你再这样我就不干了！

不干正好，我正想当单身贵族呢！

就你，还想当贵族，八竿子都打不到你，可笑！

听你的口气，你是不是想找小三儿呀？

无可奉告！

僵持了两天，这次白燕明做出了让步。她不是吃避孕药，是到医院妇产科让人家往她子宫里放了一个节育环。这下问题解决了，因节育环占据了子宫的中心位置，先入为主，后来者谁都进不去了。也就是说，不管华学敏和白燕明如何可劲儿折腾，白燕明都不会怀孕了。

白燕明说的是结婚三年之内不要孩子，三年过去了，四年、五年、六年也过去了，他们还没有生孩子。到了他们结婚后的第七年，两个人都超过了三十岁。华学敏问白燕明：怎么样，玩儿够了吧？

你啥意思？这不是挺好的嘛！

已当上副处长的华学敏说：好个屁！再不生孩子，你就废了，连狗都嫌你！

白燕明嘻嘻乐，说，干脆，咱们养只狗吧！

扯淡！少跟我提狗，谁提养狗我跟谁急！

白燕明去医院把避孕环取了出来，给未来的孩子腾出了位置。华学敏鼓足干劲，甚是勤奋。白燕明也积极配合，做的是全盘接收的样子。然而，他们耕耘了一年多，播种也播了一年多，竟没有一点收获。有话说只管耕耘，不问收获。但耕耘毕竟是为了收获，如果老是耕耘，不见收获，恐怕耕耘者的积极性也难以维持。华学敏问白燕明：怎么回事？

你问我，我还问你呢！

华学敏建议白燕明去医院检查一下。

白燕明对自己的身体充满自信，不愿去医院检查。

华学敏一字一句对白燕明说：你必须去！

不就一个副处长嘛，你牛什么牛！

华学敏带白燕明到医院一检查，两个人都有些傻眼。检查的结果表明，白燕明子宫内部发生了病变，长了别的东西，怀孩子是不可能了。换句话说，地，还是那块地，以前可以长庄稼，现在完全荒漠化了，别说长庄稼，连草都不会长了。

华学敏不愿回家了，称要加班，就住在了办公室。或以到基层调查研究的名义，住在外地。

白燕明的爸爸妈妈也知道了女儿的情况，为了安慰女儿，他们送给女儿一样礼物，一只金毛狗。金毛狗是大型狗，在家里比一个小伙子还要占地方。白燕明忘了华学敏一贯反对在家里养狗，她给华学敏又是发短信，又是打电话，说，金毛狗挺可爱的，你回来看看嘛！

华学敏的答复是：我看以后你就跟你的狗过吧！

什么意思，你是要离婚吗？

这可是你先说出来的。

让华学敏没想到的是，白燕明对他一点儿都不留恋，说离就离，现在谁离开谁都能过。她举了报社几个老姑娘的例子，说，人家每个人都过得挺好的。白燕明开出的条件是：把房子和房子里的东西全部给我留下，你净身出户！

华学敏也很爽快，说，好，一言为定，明天咱就去签离婚协议，办离婚手续。

离婚后，华学敏拿出自己小金库里的积蓄，又贷了一部分款，很快买了一套二居室。他的目标是，尽快找一个新的老婆，让老婆给他生孩子。爸爸已经去世了，爸爸去世前对他说的一句话让他痛心不已，也自责不已。爸爸说的是：华学敏，你不孝！他在爸爸面前落的是不孝，不能再让妈妈说他不孝。房子是他的资产优势；副处级升为正处级，是他的地位优势。加上北京不缺女性资源，找一个新老婆应该不成问题。

为了适应新形势，华学敏采取了新的策略。他不急于和任何一位女性办结婚登记手续，先试验一下再说。这种办法类似先尝后买，尝了也不一定买。华学敏的目的很明确，试婚对象不论高低，不管胖瘦，谁怀了他的种，他就跟谁结婚。遗憾的是，华学敏试了一个又一个，其中有没结过婚的，有结过婚的，还有生过孩子的，没有一个试婚对象的子宫因他的努力而大起来。这是怎么回事，难道自己的生殖能力出了问题？只想到这一点点，华学敏就不敢再想。他还要继续试下去。

作者简介

刘庆邦，男，1951年生于河南沈丘，当过农民和矿工。现为北京作协驻会作家。主要作品有《走窑汉》《鞋》《梅妞放羊》。发表于《北京文学》1997年第1期的短篇小说《鞋》获第二届鲁迅文学奖。1990年加入中国作家协会，1996年当选中国作协全委会委员。

尖刀

姚志勇

大门牙要帮哥们儿兄弟打架报仇，几个人米酒上头之后，都放出豪言壮语，且信誓旦旦，可是结果却出人意料，忠诚与背叛在此有了新的内涵。

夜黑下去，月亮升上来，青蛙在稻田里呱呱地响成一片。这个时候，就是老鼠出洞的时节了。老鼠出来后，会在墙角发出一种尖尖的声音，格外刺耳，有点像村头老汉喝酒时，用大力吸溜出来的声响。不过，这天晚上躲在墙角的老鼠是大门牙。

大门牙是我一起耍的哥们儿，比我小了两岁，人长得又矮又瘦，相貌残丑，很不招人喜欢。我知道，大门牙肯定是二虎派来通知我的，听说二虎的女朋友草药被人搞了，二虎咽不下这口气，这两天内必然有所行动。大门牙小时候搭拖拉机去野马镇上玩，耍狠，半路跳车，结果磕掉了一小片上唇、鼻头破了相，才老实下来了。可是他的门牙天生的大，因此，嘴巴一拧，缩成个核桃样，吸溜出来的声音，特别像老鼠，所以每次有行动，二虎都是打发大门牙来叫人。

我得了令，从柜顶上摸出一盏蓄电瓶，又找了个化肥袋扎到腰间，冲我娘喊：娘，我去逮几只青蛙，明天改善一下伙食！

我娘在内屋烧水泡茶，招待我二姑奶奶。我二姑奶奶是上门来给我说媒的老古板，年纪大了闲得慌哟，我今年才二十出头，说的个哪门子媒哦。可我娘说，后生闹得最凶狠的就是这几年，得找个女人拴一拴。说的那个女人是我二姑爷爷的侄女的女儿，叫啥小青的，眉清目秀，出了名的乖女。二姑奶奶说，一家人亲上亲，好水不肥外人田。

去他的吧！我把蓄电瓶的灯朝内屋一晃，一束强光闪了进去，把我二姑奶奶吓了一跳，就赶紧出门了。

我走到田垄边，大门牙就猫着腰过来了。月光照在他身上，玉米苞似的，看起来像一个老人，或者说像个偷儿。我心想，大门牙这种角色哪里能打架啊？也不晓得二虎心里到底是怎么想的了。

二虎住在挖田村，从这儿过去还有两三里路，一路上是成顷的稻田，大白天看过去，风一扬，海浪似的翻滚。此时，已接近入秋了，稻田里的谷子包了浆，满天满地都是谷粒的香味。我们沿着田垄往挖田村去，一路上我和大门牙的蓄电瓶开着，我叮嘱大门牙，遇到青蛙，就给我逮了，这路咱不能空着走。

大门牙笑嘻嘻地说，二虎家里炖了只老母鸡，大补的玩意儿，哪里用得上吃蛙腿。我说，那也得逮啊，你没听到我跟我老娘说，我是出来逮青蛙的，不是去打架的。

蓄电瓶的光线很强，朝田垄边的青蛙一照，蛙就不动了，被法术定住一般，直接用手去抓，不一会儿化肥袋子就沉沉的，我在手里掂了掂，约莫有一斤的样子。

"小雨，你说今天晚上的架怎么打？"大门牙心事重重地问。

"二虎头发都绿了，还能怎么打？不把人打死，也得卸一条胳膊嘛。"我故意把话往狠里说，想看大门牙的反应。

大门牙头耷下去，抿了下嘴唇，那薄薄的嘴皮子套着两只大门牙磨得咔咔响，他没有作声。我在心里暗笑了下，有点看不起大门牙，于是就一路不再讲话，只是吆喝他，多捡一点青蛙，我明天回去好交代。

大门牙一边拾青蛙，一边跟着我的脚头跑，两只眼睛在月光下一闪一闪的，真像一对鼠目啊，不知道在瞎琢磨什么。直至走了一半路，他才像下了什么决心，忽然带点喘气地说："小雨，只要你去，我就去，别说卸条胳膊，就是杀个人我大门牙都敢！"他一口气说完这话，腰也挺直了，眼睛有光，好像真把个人杀了。这时，风吹起来，拂过稻田，赶出一片沙沙的谷浪声。我忍不住笑了笑。

走到挖田村，我腰间的袋子已经沉甸甸的了，我们把蓄电瓶的灯熄了，摸着月光往二虎家里赶。二虎爹娘到广东打工去了，临走前交代了村口的几个亲戚，不让二虎乱来。我们几个在二虎亲戚的眼里，被视为不良青年，是引诱二虎犯错的源头。为了防止这次打架的秘密泄露，我们踩着月光溜到了二虎家。

进了院子，我才觉得有些不对。二虎家里静悄悄的，跟平常不一样。平常打架，我们都是在二虎家里聚集，先吃喝上一顿，然后抄家伙，七八辆摩托车停靠在村口外的公路上，男男女女咋呼一声就出去了。今晚二虎家里的门窗上没有人影，也没有声音，院子里空荡荡的，不见活物，好像有一点儿凄凉。

我在院门口喊了一声，二虎推开门，走了出来。一出来，二虎居然就紧紧握住了我的手。他的情绪似乎有些激动，说："小雨，你来了。"

我被二虎弄得也有些热血沸腾，一时也只好捏住他的手，涨红着脸说："我来了，二虎。"

二虎握着手摇一摇，使劲甩了又甩，把我心里弄得七上八下，什么时候咱们这些混混也有了握手的套路？二虎把我请进了家里，这也是以前不曾有的情况。以前二虎都是在屋里张罗一声，就立马有人开门，我们走进去，二虎还大马金刀地坐在桌子前，嚼着一块槟榔，或是抽着烟。

进了门，房间里一个人影都没有，桌子上没有扑克、瓜子；板凳也是东一条西一条，没个齐整；只有灶台的火还旺着，一口大锅坐在上面，火红的舌头舔来舔去，把锅盖子喷出一股白汽儿；墙角散了一堆劈断的柴桦子，也有干茅草、木屑。我有些惊讶：

"二虎，人呢，人都死哪里去了？"

二虎面色窘迫，他甩了甩头，骂了句娘，说，别提了。

我望向大门牙，大门牙已经主动去了灶台，正拿起一根柴往灶膛里送。

我问："大门牙，怎么回事？"

大门牙看了二虎一眼，见他没什么表情，就说，人都闪了，马扑子去了外婆家，弹子娘病了……一个个都借口有事，妈了个×的，不来了。

这话像毒刺一样，二虎的身躯摇晃了一下，一脚踢飞了地上的一条板凳。大门牙赶紧起身，跑过去把板凳拾了回来，想了想，又拎到墙角垫到屁股底下，嘴上说，莫拿自己的东西撒气。

我没有说话，二虎从口袋里摸出包烟，递了根给我，扔了一根给墙角的大门牙，自己也点上一根，说，都别讲那些，都他妈不是兄弟……来，今晚就大口喝酒大口吃肉。

我们摆好桌椅，二虎到院子的井里捞出几瓶"冰镇"啤酒，又摆了碗筷，大门牙把大锅盖掀开看了下，一股喷香的鸡香味瞬间飘了出来。

他伸出筷头，叼出一块，放嘴里嚼了嚼，抬头说："二虎，还要熬一熬，老鸡婆肉硬。"

二虎走过去也吃了一块，说："不用了，牙齿长了就是用来撕肉的，硬一点有嚼头。"

菜摆了上来，满满一大锅，上面堆着蘑菇、土豆，汤是黄稠稠的。大门牙又择洗了一些白菜叶子进去，汤色就淡了许多；一搅，肉全浮了出来，全是香味。我咽了口水，说，"这是吃哪一家的？"

二虎说，"这个要问大门牙，这事一直都是他办的。"

大门牙一边倒酒，呵呵地说，荷叶村的。

二虎皱起眉头，插话道，"不是张老婆子屋里的吧，那可亏良心啊！"

张老婆子是荷叶村的孤寡老人，养了十几只老母鸡，舍不得卖舍不得吃，就靠鸡婆生蛋换一点油盐钱度日。

大门牙说，不是的，打死我也不会偷张老婆子屋里的鸡，这是养鸡场的鸡，吃的是资本家的粮食。

我们一齐笑了起来，二虎端过酒碗说，来，兄弟三个走一碗。

一碗酒下去，各自夹块鸡肉，放到碗里大嚼起来，味道正，果然是老鸡婆，

很有嚼头，就是鸡肉斩得块头有点大，得抓在手里撕，才能吃出肉来。我对二虎说，

"到底是什么事，你说一说嘛。"

二虎把鸡肉放下，喝了半口酒，愤恨地说，草药他妈的让人给睡了。

"自愿的，还是被强来的？"

"有什么区别吗……"二虎又灌了一大口酒，显得很痛苦地说，"我问她，她死活不承认。后来，我说要去找她娘，她才告诉我，第一次是对方强来……那帮牲口把草药带到野马镇上的 KTV 唱歌，灌了她许多酒，第二天草药一醒来，已经在人家床上了。"

"不过……后面的都是她自愿去的。"二虎的嗓子有点哽，指关节捏着筷头发了力，咯咯作响。

我是见过草药的，挺好的一女孩子，长得像美人蕉一样漂亮。草药跟二虎在一起也好几年了，二虎把她捧在手心里，扛在肩膀上，搌在怀里好端端的，怎么就跟别人睡觉了？

二虎说，我也不知道草药是猪油蒙了心，还是中了那杂种的毒，死活都要跟那牲口在一起。

我想了想，问，"那家伙什么来头？"

二虎火起来，恶狠狠地骂道："是派出所所长的侄子。"

"那就是的了。"

说完这句，我心里跳了一下，觉得老鸡婆肉到底没有化开，硬硬的，嚼了好几口，还是没能咽下去。

……

外面静悄悄的，不知不觉，一大锅鸡肉被我们干得差不多了，桌子地上一堆的鸡骨头，啤酒也喝完了，烟也抽了半包，中间，二虎又拿了一瓶他爹酿的纯米酒。米酒入口甜，后劲大，我们吃得浑身发热，三个人面红耳赤，嘴里突突突地喷酒气。

吃饱喝足，该干什么，我心里有数了，只是二虎不开腔，我也不想搭话。

这架是帮他打，这头还得二虎来领。二虎的心里却没了底，往日打架都是一帮人吆喝起来，酒气上头，不锈钢管在手里张牙舞爪的，摩托车油门更是往大了开，把一片天空都震得山响，那气势阵仗如万马奔腾，所以，没有哪一次没打赢的。现在，却只有我们三个，大门牙还是个搞后勤的，要他弄点鸡鸭还行，打架么，兄弟堆里都没有几个瞧得上他的。

二虎的眼睛有些发红，白天他召集马扑子他们去野马镇上堵那人了，当时他们有七个人，那边只有五个人，打架是稳赢的局面。可是那边有人跳出来说，那小子是派出所所长的侄子，哪个敢动他，就要抓起来坐牢。马扑子他们当场就蔫了，一个个像傻子似的杵在那里，看着二虎被他们五个人追打。如果不是他脚力好，跑得快，最少脑壳要开瓢，得见点红。

"小雨，我二虎孬不？"

二虎没被人这么揍过，还是当着一帮弟兄的面。

我说，不孬，咱们这帮人我就服你，哪次打架不是你冲在前头。

二虎点了根烟，又带点痛苦说："你不知道我是怎么个孬法，我喊一个兄弟，就告诉他，我女人被人搞了；我见一个弟兄就告诉他，我女人被人搞了。现在不光都知道草药跟人睡了，还晓得我二虎讨不回这口气，人家不会说马扑子他们没有义气，只会讲我二虎没得弟兄，这让我心里很难过……"

我伸过手去，把二虎的烟夺过来吸了一口，说，"二虎，我小雨是你弟兄，而且是那种两肋插刀、有福同享有难同当的兄弟。"

二虎眼睛一闪，目光从我身上又移到低头抽烟的大门牙身上，说，"日久见人心，患难见真情，从今天起，你们两个就是我二虎的好兄弟，是我可以性命相托的弟兄。"

一种情绪在酝酿，最激动的莫过于大门牙了，咱们这帮人里他是垫底跑腿的，他长相差，个子又矮，胆子小，手头上也没有红票，我们何曾真把他当过弟兄？此刻，他竟醺着酒气站了起来，说："二虎，操他奶奶的，咱们今晚就去，弄不死他也要卸条大腿！"

二虎望向我，大门牙都这么说了，我什么都没有想，只说，"二虎，我小雨就等你一句话，你是知道我的为人的。"

二虎飞快一扫之前的落寞，他整个人立马变得冷峻起来，面庞绷得紧紧的，眼睛盯着我们说：我都打听好了，那小子骑一辆宝蓝色的本田摩托车，每天都要在野马镇街上玩到凌晨两三点钟才回去，不是去KTV唱歌，就是一帮人在大排档吃夜宵。我的想法是，就在这两个地方堵他，见了他就砍，砍完后闪人。

我心里怦怦跳，二虎说的是砍，虽然我们以前打过许多架，但拎的都是空了芯的钢管，不是刀子，弄不死人，但是我什么都没有想，我不能在这个节骨眼儿上退缩，让弟兄看不起我。

计划定好了，二虎从另一间屋子里抱出来一个布袋，打开，里面有五把刀，寒光闪闪，分别是四柄大砍刀，一把短尖刀。二虎把大砍刀拿在手里，刀身映着他的瞳孔，他的眼神变得非常锐利，仿佛有一股子杀气在刀与人之间凝聚。大门牙走过去挑了一把尖刀，他抓在手里，做了个捅的架势，尖刀连着手，嗖一下飞出去，扎在了空气中，他还用力绞了一下。我暗想，大门牙这家伙，真是个二愣子，武打片看多了，不晓得拿尖刀子是要捅死人的。

挑好刀，二虎又每人倒了一碗酒，当先举头喝了，然后把碗摔了出去。我们也学着这模样，但是碗声砸得不是很响亮，裂开的碎片不多，好像缺了一点豪气。于是，大家又你看我我看你，都没发现对方脸上有太多的表情。于是，便都面色凝重，哑了口，气氛顿时也有一点儿怪异。

我们把刀用旧布衣裳包好，拿着蓄电瓶，走出了门。此时已是半夜，月亮当空，大地一片银白，山影灰暗，稻田像一汪寂静的海水。依照二虎的安排，我们没有骑摩托车，我们打算徒步走到野马镇上去。从挖田村到野马镇有十几里路，最近的是一条山路，翻过马啸坡、大劈涯就到了。我们选择走近路，一来怕体力不支；二来隐蔽，不用担心路上撞见熟人而坏事。

一路上，我把刀扛到肩膀上，眼睛望着远处。夜路黑黢黢的，蛙声在远处低吟，蝉在草丛里鬼叫，我酒劲在身体里发作，头脑却逐渐清晰起来，想了想，心里竟然有一些害怕，但又有点激动。我清楚这是一项大动作，不亚

174

于港片的黑色暴力。看了看二虎和大门牙，一时间，兄弟的义气火速填盈了我的心，我在夜风中让自己慢慢镇静下来。四野的虫鸣蛙唱，像一首慷慨激昂的烈歌，托着我们一步步往前走，我脑子里盘算的却是砍人的画面——怎么砍怎么逃。

二虎和大门牙也没有说话，二虎沉默着，不知道在想什么。大门牙则不时挥一下手，大概是在练习使用他刚拿到手的尖刀。我见到，尖刀在他臂膀的伸缩间，在夜风里发出了一丁点声响，好像扎进了谁的身体。

我们衣锦夜行，各想各的事，很快就走到了马啸坡。马啸坡刮起了夜风，非常凉爽。在这里二虎找了块大石头，喊我们坐上去歇脚抽烟，事情就是这样起了一点儿变化。

烟火光在夜幕里格外扎眼，依稀能借此看到我们三个人的面孔都有点焦躁，带点紧张。二虎把衣襟撕开，怒吼一声，大股的夜风浪涛一样扑打得他的衬衣哗哗作响。隔了一会儿，二虎忽然大笑着说，

"酒醒了，兄弟们，你们回去吧。"

我和大门牙有些发愣，吐着烟圈说，这又是闹什么呢？

二虎说，经过这事，我算是看透了，义气的时代过了，马扑子他们就是榜样。酒醒了，就都回去吧。别喝了二两马尿，就傻不拉叽地要跟着我去砍人。

我们不说话，一齐冷冷地盯着二虎，感觉蒙了羞辱一般。

二虎坐在大石头上，一动不动，像一个漆黑的木雕，一根砍断了的黑茶树，约有半根烟的工夫，他才沮丧地说，"小雨、大门牙，你们两个的情意，我二虎领了。你们是我的好兄弟，二虎不能领你们往绝路上走，搞不好这是要坐牢的。"

听二虎这么一说，我们顿时明白过来，心里都有些感动。大门牙对他说，"二虎，你这么说，就是不拿我和小雨当兄弟了。"

二虎抹着脸，瞪起眼，"就是拿你们当兄弟，才让你们回去。和马扑子他们不同，我二虎宁可被人说没有弟兄，也不能害了自己的手足。"

我打了个酒嗝，面色潮红，说，你既然还喊我们一声弟兄，就不要讲这

种没有义气的话，砍个人算个屁啊！

我酒劲涌上来，夜风吹在身上，忽冷忽热的，有些急躁。

二虎还是摇了摇头，他从那块大石头上一跃而起，冷冷地说，"我要杀人，你们还跟着去吗？你们敢杀人吗，敢帮我杀人吗？"

一阵冷风吹过，我的酒顿时醒了一半，刀把儿在手心里黏黏的，沉沉的，发寒。

二虎见我们不回答，大笑一声，转身扭头就跑，嘴里悲怆地说："两位兄弟回家等我，二虎去去就来。"

一眨眼就跑得没影了。留下我和大门牙你望我，我望你。

小雨，你去吗？大门牙问我。

我没有作声。

大门牙又问，你去不去吗？

我还是没吭声。

大门牙生起气来，说，小雨，做兄弟就是在关键的时候伸一伸手。你不去我也会去的。

说完，他就向二虎消失的方向跑了起来，那急促的脚步声像踩在我心里。我看着大门牙的背影，想起喝酒时我说的两肋插刀，便有些羞愧，不知不觉的，心里对大门牙竟升出了一股敬意。我想，先找到二虎再说。

我们一起打着蓄电瓶，两束灯光在马啸坡一顿乱扫，高声呼喊着二虎的名字。然而，二虎却好像消失了，见不到灯光，他也没有答应我们。不过我们有一种直觉，二虎一定往前头跑去了，知道我们在后面追，所以脚步一定很快，他的脚力原本就好。

我们一直追到了大劈涯，大劈涯是一条山路，横砌在半山腰，下面是一条滚滚大河。此刻，水声滔滔，山风呼啸，路宽不过米余。我们把脚步放慢，深恐摔下去。我们一路上都在喊叫二虎。二虎却一直没有应声。这让我们更加焦急起来。

倏地，在经过一个拐弯时，一道强光从后面把我们定住了。我和大门牙吓了一跳，喊，谁？

回头用灯光一照，那人竟是二虎。

灯光下，二虎状若癫狂，他指着我们，咆哮起来，"都说了……不要你们来，怎么还是跟过来了！"

"二虎，你他妈的，有你这么做兄弟的么？"大门牙见到二虎，受了刺激似的，跳起来，指着他回骂。

二虎惊愕了下，把灯光扫向大门牙，说，"大门牙，你鸡巴长本事了啊！"

大门牙就笑了起来，我看见他的腰在月光灯光星光中又直了起来，像根不断拉动的弦，他一连吐出两口痰，说："你二虎说杀谁，我就帮你杀谁！"

声音尖尖的，传出来有一股森冷的寒劲，把我吓了一跳。

二虎愣住了，他挣扎一下，却还是态度坚决地摇了头，说，你们不能再跟了，我二虎绝不要兄弟给我填命。

我没有说话，大劈涯的夜晚太冷了，全是阴凉的寒意，都浸到骨子里去了。

大门牙整张脸都扭曲了，他热泪盈眶，把尖刀舞了起来，突然哭着说，"二虎你听我说，从小到大，大家就没拿我当个人看，说我长得像个鬼，五官不全。我爹就不要提了……只会打我；我娘更不是东西，一年到头在外面搞野男人不晓得回来……我他妈苦啊，我活得窝囊啊！"

大门牙越说越激动，他捶打着胸口，手心的尖刀一进一出的，在阴森的黑暗中，模样煞是恐怖。

"后来跟你二虎在一起，我才觉得活得像个人样，有酒喝有肉吃有面子，我爹也不敢打我了，可是马扑子他们没拿我当过兄弟，把我像狗一样使唤。今天二虎你看得起我大门牙，喊我大门牙是你最好的弟兄，我大门牙就是豁出这条命不要，也要帮你把这口气讨回来！"

二虎大叫一声，冲过去搂住了大门牙，他用力拍打着他的后背，紧了紧，又松开，再抱住，再松开，然后哽咽着喊了声"肖强"！肖强是大门牙的名字。大门牙胸口一热，一股酒气从鼻孔里喷了出来，他摇摇晃晃一手抄过二虎手里的蓄电瓶往涯下一扔，打起灯光，转身就跑。

二虎反应过来，冲我吼叫，"小雨，把蓄电瓶给我！"

我挣扎了下，没有看二虎的脸，他就把我的蓄电瓶夺走了，追着大门牙的那束灯光，一前一后，像两条闪光的龙在黑夜中，在大劈涯的黑云里钻来绕去。

我坐着抽了根烟，等了一会儿，看那两束灯光飘远了，就用打火机照着明，挨着崖壁往回走。回到二虎家，月亮偏西了，星星暗下去，被黑云围拢着，显得有点孤单。又坐了一会儿，还是没有看到人回来，我走出院子，听见我和大门牙逮的青蛙，在化肥袋子里有一声没一声地叫，就去拎了来往家走。

回到家，天差不多亮了，院子里的鸡听到我的脚步声，就咯的一声叫唤起来，接着，到处都是咯咯声。没有狗叫，狗都被我们这帮人打吃完了，想想有点遗憾。我娘在里屋打着哈欠喊，"是小雨回来了吧！"我说，是啊！

等我醒来时已经是下午了，我娘在院子里砍青蛙腿，地上洇了一摊血，血上浮着青蛙的头颅、内脏，蛙腿剥了皮还兀自在跳，我肠胃一抽搐，忽然想吐。这时，我娘瞥了我一眼说，"大门牙昨晚上死了，你知道吗？"

我脚步踉跄，险些晕倒，问，怎么死的？

我娘有些不相信地瞥了我一眼，说："一大早挖田村来了七八辆警车，把附近几个村的人都惊过去看了，你真不知道？"

真不知道。

"听讲，大门牙昨晚在野马镇上杀了人，后来想跑，可是没跑掉，就捅了自己几刀……啧啧，真是应了老话，不怕你喊得有多恶，就怕你嘴上没长毛。那么干瘦的一个小后生，下手这么狠。"

我娘一刀又砍下一个青蛙头，哑着嘴说："你不要跟这些人走得太近。"

我没理会娘的话，急着问："二虎呢？"

"这事跟二虎有关吗？"我娘疑惑。

我赶紧噤了声。

这是我后来知道的。

大门牙那晚一路狂奔，他跑到野马镇上，正是杀意最浓的时候，米酒的后劲胀得他难受，他胸中积压了一股英烈之气，如果有一个缓冲……可能那刀子捅不出去。他走到野马镇的大街上，这才想起自己并不认识搞了草药的那个人，只知道那人骑一辆宝蓝色的本田摩托车。他想回去问，但是又觉得这样会让人误会他是害怕了。他走到 KTV 门口，恰巧看到有一个人骑了一辆宝蓝色本田正准备离开……来不及思索了，大门牙热血往头上一飙，像见了红布的牛牯，想，反正要杀个人，不能让人看扁了。就冲过去，照着那人胸口一连捅了几刀。捅完后，他心情一阵激荡，酒也醒了，转身就跑。这个时候，那人居然从地上爬起来，朝他开了一枪。

很快，一大群人循着枪声冲了出来，大门牙感到一阵绝望，拳头和脚像炸裂的石头一样砸在他瘦削的身板上，他只爬了几脚远，嘴巴和鼻子就喷出了血，几乎是没有犹豫，大门牙就用尖刀扎向了自己的胸口。

令人意想不到的是，大门牙扎死的那个人是派出所所长，那天所长也喝了酒，出 KTV 时，鬼使神差地要了侄子的钥匙，想骑摩托车回去，刚好撞上要来杀人的大门牙。

我去挖田村找了二虎几次，每次去都是大门紧闭，邻居和亲戚都不知道二虎去了哪里。过了有半个月，二虎回来了。我赶了过去，看见二虎家里聚集了一帮人，发现马扑子、弹子他们几个都在。二虎看见我，脸色有些不好看，我问他，那晚怎么没有跟去？二虎见了鬼似的说，我……哪知道他这么蠢，真敢去杀人呀……半路上我酒劲发作……睡着了。接着二虎说，小雨，我晚上准备带马扑子他们去找那小子的麻烦，你要不要一起过来。

我呸了他一口，说，算了，你把蓄电瓶还给我。二虎冷哼一声，就转身把蓄电瓶送了出来。

作者简介

姚志勇，男，1986 年生，汉族，湖南省安化县人。在《贵州都市报》《盛开》等报刊发表过小小说、散文随笔、诗歌、评论，曾获《人民文学》短评银奖。

一天

毛银鹏

这是北漂族中的人生故事，讲述的是一位小人物一天的生活。从太阳升起，到黄昏来临，时间在一个人的生命中被无限细分，你知道那些瞬间的光芒和阴影吗？

我感到浑身酸胀，睁开眼，旧床单做的窗帘，遮在木方格玻璃窗上，透着粉红的亮光。窗帘上的花朵，正在盛开。窗帘旁的木立柱上，圆形石英钟的时针，指向 5 点 20 分。

我扭动头，眨眨眼，见裂着大大"×"缝的顶棚，像孕妇的肚子，过一夜又凸了些。早已拉得纵横交错的铁丝，如捞着大鱼的网，根根丝都绷直了。昨天修房的师傅说，这是北京的百年老屋，托瓦下泥土的芦席烂了，土掉到顶棚上，压得顶棚中间下沉了快一尺，裂缝能插进手指，似足月的孕妇临产，随时会砸下来。我给房东打电话，房东说过两天来瞧瞧。我只得又加固了几根粗铁丝。

再看身边铁架床上层的妻子和女儿，下层的大儿、小儿和从老家来的妻侄，都盖着单被，发出均匀的呼吸声。我轻轻按着褥子，慢慢撑起身，从地铺爬起来，折叠被褥，缓缓揭起贴地那面沾满小水珠的尼龙纸，凸凸凹凹的地上，印着青湿的"大"字，仿佛我还在湿淋淋的梦中。

我蹑手蹑脚到小厨房，抿着嘴刷牙，拿毛巾蘸水抹脸。随后把装有《鲁迅经典》和活页纸的手提袋，放进电动车篓，抽起插在门扣里的筷子，一点一点拉开歪裂的房门，推车出房。

我正起脚，西厢房北京大爷屋檐下摆的几盆花中，一枝带刺，拉扯着我的裙子，我便与它握手分别，随势鼻子凑近半开的小白花，吸了两口气。

刚走两步，碰到东边低矮小屋门旁发黑的空木架，像呆立在路边的老弃妇；大爷这砖土剥落的墙边，盖着满是灰尘的破旧尼龙纸，数年保持同一姿势的自行车车把伸向过道，仿佛捡破烂的老头，执着地去搂老妇。我便侧着身子，左右扭动龙头，弯弯曲曲地把电动车，从两位正要亲近的老人之间挪过。

拐弯，绕角，来到院门走廊。走廊西侧，靠满了白塑钢框镶玻璃的门窗。我不得不一手捏车把，一手提车后架，弓着腰，踮起脚，两边摇晃着，小半步小半步地移。

抽出门闩，拉开厚重的紫红漆斑驳的木门，再关上，旋转门外的小铁耳，把门内小横木嵌进木槽，我才推车走在胡同里，伸直脖子，长吁一口气。

加快步子，进厕所，见有空位，我心一喜，迅速蹲下，掏出口袋里的小本子，从封皮套里抽出剪短的圆珠笔芯，写道："住北京胡同，早起，匆匆如厕，有空位，不必憋着久等，不亦快哉！"抬头，见两人捏着手纸站在门口。一个穿着裙子样大裤衩的胖子，探头扫视，咬着嘴唇，脸正发红。我赶紧起身，有高干提前退休让位于人的高尚感。而这胖子竟站着不动，向一位拄着拐棍，颤抖跌撞着前来的白发老人拱手微笑："您老先请。"

走过几间屋，路边一个女人系着泛黄的白围腰，望着来往的人叫道："刚出笼的包子、现炸的油饼、大米粥小米粥，都——有。小菜免费！"我在散布着汤渣的桌边坐下，吃香脆的甜油饼，喝小粒白米和金黄碎玉米粒的粥，浑身舒畅。交两块五角钱，骑上电动车，觉得人活在世间，根本上并不需要太多的钱。清风从全身抚过，飘来女子幽婉的歌声："伤不起真的伤不起，想你想你想得昏天黑地……"

到大栅栏西街，路旁一架圆鼓鼓的搅拌机，"嚓嚓"地转动。几个人弯腰推着一车车堆尖的灰泥，他们的黄塑料壳帽、黑衣服和古铜色的脸颈上，都沾满灰沙。还有几个人站在高高的铁架上，一下一下往墙上抹灰泥。破烂的防护网上，拉着红布白字横幅："便民工程给您添麻烦了，敬请谅解！"我不禁翘起嘴角笑。

横穿新扩建的宽直的煤市街，见大栅栏街口的楼房墙上，贴着人一样大的字："爱国 创新 包容 厚德"。大栅栏内飞檐翘角、雕梁画栋，是"同仁堂""瑞蚨祥""步瀛斋"等名响中外的百年老店。

转入向北的小巷，巷口横空的大麻石条上，刻着涂金色的"珠宝市"。到一幢青砖木架二层楼，踩人力车的师傅指着这楼旁的小胡同，对坐靠在后椅上的游客说："这叫钱市胡同，是北京最窄的胡同。过去这里是钱庄，怕强盗抢劫，特意建得这么窄，只容一人走过。胡同两头出口，都站彪形大汉把守。"

我掏出小遥控一按，这胡同口南的一扇转闸门缓缓转起。我把塞满大大小小塑料拖鞋的窄长铁架，拖到门边，把挂着花花绿绿老北京布鞋的铁丝网挂到门头旁，抓起昨夜弄乱了的胶鞋、布鞋，丢到板子上，抱着板子放到店门旁，随即用湿抹布擦净手，拿出《鲁迅经典》，坐在门边看起来。

我边看书，边卖了两双鞋，记在账本上。突然，我的脑海闪现十多年前，初到北京时的情景，连忙从手提袋里拿出纸笔，写起来。

"听出我的脚步声了吗？"我放下笔，把账本给妻子，柔着腔："贤妻，请看'毛选'。"她点头笑道："不错！早餐搞回了。"我又拿起笔。

妻子把门旁板子上堆着的鞋，先选大人的，挑色搭配，鞋尖向外，并排摆齐，随正方形板子边沿，摆成一圈，再压着这圈鞋的后半截，往上叠着摆儿童鞋，一圈圈往里缩，往上叠。眨眼间，板子上乱七八糟的鞋，成了一朵肥硕的鲜花，灿烂地绽开在斜射的霞光里。

妻子抢起鸡毛帚，挥舞着拍打鞋上的灰，拿抹布擦店里柜台玻璃，边拍边擦边摆鞋。"啪喊"声中，一经过她的手，就玻璃明净了，一双双女鞋闪着柔美的光彩，一双双男鞋亮出了雄姿。她边连连地动着手，边对我说："批货去，快去快回。"我还在写。

妻子粗起嗓子："你干什么吃的？凭什么活在世上？我把你那祸害东西撕烂！"她抓起一只鞋挥动着要砸过来。我立即心惊肉跳，只得笑着说："走，走，马上就走！"赶紧收拾纸笔，带上书出店。我脑中蹦跳着明晰的字句，便到路旁，坐在车座上继续写。

写完这个片段，我的心一下轻松了。骑着电动车，沿北京中轴线前门大街往南，到天桥。一幢幢钢筋水泥大楼正在耸立，路边围起几百米长的塑料布，印着放大的各国美女翩翩的舞姿，还有几平方米大的字："北京的天桥世界的舞台。"

到永定门公园，两层楼高的树的繁枝青叶，在微风中轻轻摇摆，我顺着一棵棵树上伸向路的枝叶望去，向树丛中偏着头，想象这是莽莽的原始大森林。草坪上修长的青草叶，剑样斜刺向空中，挑着一颗颗圆溜透亮的露珠。我低头凑近去，伸出舌头，一股清甜像触电，从舌尖飞传到头顶脚跟，浑身每个细胞都清爽透了。我双腿一软，跪在草坪边，鼻子钻进草丛，张大嘴吸着泥土和花草的清香。

到树根清凉的麻石凳上坐下，公园周围的人影车影，从树空处向我眼角冲来撞去，我便仰着躺下，立即满眼树枝树叶。透过变动的绿色枝叶缝隙，见细碎的三角形、圆形天空，格外高远湛蓝。我双手举着书，似乎身子一轻，飞到天堂。

手机响了，传来妻子的声音："你在哪儿？""我在批货。""骗你自己吧！批货市场这么静？你这不要脸的！又钻小树林了。"

到沙子口，我一进鞋城，浓浊的劣质塑料气味、胶味、霉味、臭味……如乱箭射入鼻孔。沿灰黑的水泥台阶，一步步往下走，到地下批发市场，那些气味更浓浊，铁棍一样凿进喉管。地下厕所门口，排着扭曲的蛇似的队。各条走廊里，挤来撞去的人，拎着大提的鞋，敞开褂子，额头冒汗，张圆嘴巴吐气。我陷在人群中，就像掉入了大粪池，踮脚，伸颈，扭头。闭嘴屏住呼吸，随即头昏眼花，只得张开嘴。这气一过喉管，就简直像钝刀在铰我的五脏六腑。遍布在头顶的喇叭，嘣响地播着"市场管理委员会通告"，本月几号前交管理费多少，货物摆放不整齐罚款多少。一遍又一遍不歇气地重复嘣响，吵得人头发裂。整个地下室，塞满了各种鞋，顶棚压在头顶上，人踢起的灰尘，散发的汗气，呼出的热气，使本来微弱的灯光更灰暗。我觉得全身心陷入了地狱。

我捏着批货条子，脚步连连地走过一家又一家，叫老板们把我要的货拿好。赶快跑上地面，连吐几口痰，猛吸几口清新的空气。想这地下鞋城挤破头的人群，批发的老板们年复一年在这里……心里慢慢平静些。

再进地下室，李老板把条子给我，对他妻子说："收223块。"我盯着鞋点数，一手接条子，一手掏出3张100的票子给他妻子。她望着他："找多少？""找77。"她数出77元，正准备给我，李老板凑近我手上的条子一看，大叫："蠢货！找错了！"她手一抖，飞快缩回，睁大眼望着他："找多少？"他瞪眼喷沫："72！"我看条子，"总计228元"，便笑："你自己弄错了，还怪老板娘。""他就是这鬼脾气。"他掀起白褂子下摆，擦额头的汗，裤腰翻卷着花内裤。

这时一个顾客来拿货，李老板说："等会儿。我去拿！"他推了一下站在摊位门口的妻子，气呼呼的："自己不看条子！"小跑着离开。他妻子向旁边一跌，眼里涌出泪："他老嫌我没上学。""你没上过学？""我家困难。那时老家女孩，一般不上学。""老家哪里？""安徽。""你老家是不是很多人有老思想？""是的。""那你别生气，我看李老板其实蛮关心你的。"她马上咬着嘴唇微笑。

她抹一下脸，拿起一只鞋："这是刚到的新品种，四种颜色都好看。卖疯了！"我笑："我不要疯。怕卖不掉。""卖不掉我都吃下去！"望一眼她瘦小的个子，我还是笑："你吃得下去？"她眼睛发亮地盯着我："来两套？""别把不好卖的往我家塞。""昨天别人要还没货。"我们讲好价，她离开摊位："你帮我看摊，我去仓库拿。"

一会儿，她歪着身子拎两套鞋来，张嘴喘气，一绺头发耷在眼角。她掏出纸条看一眼，嘴角一扬："165。"我一看，分明是"156"，便笑："你真会糊弄人。"她斜眼一扫："啊，看错了。"我还是笑："你怎么不看成106呢？上次你把215说成251。原来你是以没上学来糊弄人。""哪里？大哥你多精明，谁糊弄得了？"

我到张老板摊位，他说："740。""怎么这么多？""鞋一大堆，钱这点儿。"我一看条子:"你又想把我上次带来换的鞋抹掉?""啊,忘了。你带来的,我都得亏本处理。"他在条子上画几下:"减掉啦。"我接过条子。我刚进的货中,明明七双鞋,每双30元,他却写:$30×7=270$。我把条子丢给他:"你怎么老多写?"原来他写$30×5=250$,我当时没注意,后来发觉了,把条子装到裤兜里,被洗衣机洗模糊了。我拿去,怎么说,他都笑眯眯不认账。

这次他又眯着满是紫色皱纹的眼笑:"错了?不要紧,改了就是。毛主席他老人家早就说:有错就改,改了还是好同志。""你是好同志?""我们都是好同志!"他捡起条子,睁大突出的眼珠,涂画几下咧嘴笑道:"现在不错了,只554块。"我也笑着大声说:"零头4块钱抹啦!这么大的老板,丁点零头还值得说?""不行!就只挣个零头!抹掉我就亏了!本来就是最低价给你的!"

我故意掏出5张100的票子,叠在一起给他:"别这么抠。我多进几双鞋,你早赚过头了。找我50!抽一张整张的,一下了事,免得多费力!"我伸出手,装着要抢他包里的50票子的样子。他边喷唾沫:"46。六六顺,路路顺多好!"边颤抖着手指,连忙翻看一下我给的这沓100的,随即塞入钱包,从包里一张张地抠出4张10元,一张5元,一张1元的票子。走出张老板摊位,我又翘起嘴角笑。

我到美须爷老人头摊位,拎起早选中的一提鞋,掏出钱来给那年轻女老板。她一双明亮的眼睛望着我,启动着薄薄的嘴唇,清朗地说:"你已给了钱。"我张大嘴:"我忘了。你真是好人!""我只得本分的。""今后在你家进货就放心了。我这人忘性重。"薄嘴唇又启动着:"那你今后定个规矩——一律拿货时给钱。""对,你这办法很好!真要谢谢你!"

我把鞋都拎到地面,发觉手提袋不见了——天呐,我的稿子!我感到后脑勺被掏空了!赶紧跑进地下批发市场,一家一家地问:"老板,你看到一个旧黑手提袋么?"

我到张老板摊位,刚开口,他就凸着蛤蟆眼:"值得这么撞?有啥值钱的?"翻起的乌嘴唇向墙角一翘:"刚才捡破烂的翻半天,气呼呼地丢到垃圾堆里。"我拔腿奔过去，在苍蝇飞舞，馊饭盒、破鞋盒、烂猪肠似的乱包装袋堆里，翻半天，看到黑袋子上流着乌水，我"哗"地打开袋口，掏出弄得乱七八糟的稿子和包装完好的《鲁迅经典》。

来到地面，一阵风吹来，我才发觉自己满身是汗，褂子贴在身上。我把一捆捆的鞋，往电动车上码，绑定，鞋高过头。骑车带着堆成小山的鞋，在人车丛中，扭来扭去，按着喇叭，不时刹得车尖叫，自己和车子、货齐齐地一栽。

路过革新里小巷，见包子铺的蒸笼白汽腾腾，我便立在铺子前，几口吃完四个香喷喷的肉包子，一气喝干一杯豆浆，一抹嘴，两三分钟就解决了午餐。给妻子带两个包子、一杯豆浆，掏8块钱，继续骑车。

进前门大街西侧的粮食店街，我连忙减速。一间饭店门旁，站着一位头发灰白的老人，对来往的人鼓着眼，粗壮的大拇指直立向店里摇着挥舞，哑着喉咙喊："这是百——年老店！正宗老——北京炸酱面！"对门饭店矮胖的年轻人，挺腰站到路中，脸颊泛着棕色的油光，瞪老人一眼，随即转头，对路人张开厚实的手掌，向店里扇，似赶鸭子一样，尖着喉咙："这——才是老店！六必居！"老人盯着年轻人的后脑勺，暴起喉管的筋："改革开放——30年！"行人多停住脚，向老人张望。老人掉着的一脸厚肉和石壁一样，更直立着大拇指，快速地摇着向店里挥动："改革开放新成果！"几个顾客笑呵着嘴向店里走，老人大叫："三位！里边请！"年轻人从玻璃门旁拿起喇叭，学老人的腔调："改革开放——"老人瞪眼喘粗气。

我在人流中，背贴紧车上的货，捉住车龙头，连声叫："劳驾！劳驾！"弯七拐八往自己的店慢慢推进。前面拉黄包车的光头小伙子，停在路中望着老人微笑，很像骆驼祥子。我说："兄弟，让一点。"他连忙对我点头，露出满嘴整齐的白牙："好咧，大哥！"

还没到店，我就喊："老婆！喜事！"妻子来到门口，我凑近她耳边："我把张老板混俺的100块钱，混回啦！"妻子边解绑货的绳子边笑："应该的！明天还去混他。""那怎行？今后注意就是。你赶紧上厕所。"妻子一手拎起三捆鞋，往店里晃："等货弄好再说。"我推开她："憋成病了。""知道我憋成病了，为何不早回？"

妻子拆开李老板娘推销给我的那两套鞋，眼一下瞪圆了："早说过这鞋不好卖，又进两套！就知道坐小树林！你这傻子，不好卖的都塞给你。"妻子蹲在地上，头抵着叠码的鞋，咬着嘴唇，颤抖着喘粗气："巴掌大的店，这些鞋放哪里？你自己放！"

我搓着手："明天换。""天天换！没事吊颈去！"妻子把鞋砸向我，我赶快往门口跑。"哪次换鞋他们不加价？不要你多进货？你每次像贼一样，先把货选好、价讲定，再拿货去换，他们也是划得来才换。"她边说边把鞋往外踢。四散的鞋，在门口街道拥挤的行人脚下，这只被踩瘪，那只被踢远。我低头弯腰在人们的脚下抓抢，大叫："鞋！鞋！鞋！小心！小心！"

这时，一个穿高跟鞋的女人进店，妻子立即堆着笑："要什么鞋？都便宜卖！"那女人拿起一双平跟鞋："这鞋现在流行。"妻子笑着说："对，全国人民都穿这老北京布鞋。""多少钱？""40元。""这鞋在我老家只20元，你却要40。""质量不一样。""一模一样，我看得清清楚楚。""这里是首都北京，有毛主席，有天安门，你老家有么？你老家住房花钱吗？吃饭花钱吗？这鞋在内联升还要80呢。"

我匆匆收拾好鞋，从胸前褂内掏出包子，塞到妻子手上："赶紧吃，快冷了。"那女人拿着鞋看："有没有毛病？"妻子边吃包子，边对那女人说："没别的毛病，只便宜的毛病。"女人的脚伸进鞋："不舒服。"妻子说："新鞋新感觉。""这搞不好是一锤子买卖，还没登上长城，鞋就坏了。""如果这样，我店早就关门了。"

"城管的来了！"门旁卖小玩意儿的姑娘突然大叫。妻子立即丢下包子，一个箭步冲到门口，把鞋往店里飞快地手扒脚拨，我抢着往店里扔鞋。眨眼间，门口就像秋风扫落叶一样干净，而店里就像地震了，乱七八糟。等城管的小皮卡开走了，妻子又一双一双往门口摆鞋。

那女人说："你这碗饭也难吃。"妻子说："是啊，特别是房租太贵了。""这鞋 25 卖给我算了。""亏本不能卖。""薄利多销。卖的是钱，摆的是货。"

一个牛高马大的老外低头弯腰进门，妻子快步离开那女人，赶紧对老外笑着说："哈啰！芦克芦克树士。"老外指着自己的脚："哎，芦克芦克。"妻子看一眼老外的脚，抓起我店最大的 48 码旅游鞋："有踹。"老外穿上鞋，身子摇晃着，脚尖一点一点地走几步："土斯模。"

妻子拍着凳子："洗当，洗当。"随即拿一双旅游鞋，塞到老外手上："么慢么慢。"飞快地拎起老外脱下的这双 48 码新鞋，三步并作两步跨到店后角落，背对老外，手向外一闪抽出鞋垫，向内一闪贴上早预备的 49 码鞋号，拿竹鞋扒往鞋里使劲捅几下，两手捉住鞋跟和鞋尖，反掰成弓形，连掰几下，转身给老外："比格儿，比格儿，有踹。"

老外看到"49"，点一下头，穿上这鞋，在店里来回走动，踩一踩，闪一闪，随后挥手扭腰跳起舞来。我们不禁哈哈大笑。妻子伸出大拇指："标得孚！"老外点头微笑："OK！好麻奇？"妻子拿出计算器，按 380 元。老外低头一看，随即摇头："挪，马义！"妻子按 300，老外还摇头："挪，马义。"妻子把计算器给老外，老外按 50。妻子立即："挪！挪！挪！"她指着老外脚上这新旅游鞋，拉起自己手背上的皮："乃得儿，乃得儿！"在计算器上按 120："OK！"老外按 100："OK！"掏出一张大票子。妻子点头，接过票子。

妻子对老外挥手："古得拜！"老外微笑着往外走："再见！"门旁的姑娘边整理小玩意儿边笑："你英语说得好。"妻子说："只会这几句。现今老外也学精了，还价比我们中国人还狠。"

来了一群浑身沾着灰土的人，挤在门口，一个弯腰缩头，向店里瞅半天，才吞吞吐吐地说："老板，有结实的、难看的、处理的鞋么？"我说："有黄球鞋，15 元一双。""找一双 44 码的看看。"我在一堆鞋中翻了半天，才找出来。另几个人说他穿 43 的，他穿 42 的。他们就近的，有的低头翻找。凑不到近前的，在人丛外昂着头叫："给我找一双 41 的！"两个姑娘站在门口向里张望，我妻子喊："你们不要堵着门，让别的顾客进来。"他们有的弯腰试穿，有的伸头观望。两个姑娘转身走了。

他们拿着鞋左看右瞄，里瞅外瞧，正扭反拧，弄成麻花。一个人说："能贱点么？"我说："最少12元。"他丢下鞋，昂着头，倒剪着手："走，换一家看看！货比三家！"那群人也"啪！啪！"地丢下鞋，随着离开。有的说："8块钱就来一双。"随手把鞋丢在门外的路边。我妻子说："看看你们，把鞋弄得乱七八糟。"那昂头的人说："买鞋还不准人看？买根针也要看个鼻。"

妻子沉着脸收拾鞋："一大群呼啦啦的，弄半天，搞一大摊，搞个空的，反而弄得能挣到钱的生意没做成。叫你别进民工鞋，怎么样？店租金还没搞一半。会做生意的，不做穷人的生意。黄球鞋8元进的，他们只出8元，最多10元，除运费，还是杨白劳。"妻子捡起门外的一双鞋："如果偷一双去，就亏了。"

妻子掏出手机："快5点了，你趁空回房弄饭。"我匆匆骑上车，寻变动的人缝钻挤。

店北的廊房二条，攒动的人头之上，挂满红红绿绿变幻的电子招牌："老北京小吃""东北家常菜""江南大包子"……丈把宽的巷子，还塞着自行车、垃圾桶。我接连按喇叭。

前面一个男人嘴角叼着粗长的棕色烟，晃荡金镯子的手牵着卷毛狗，披长发的头左摇右摆，与他身旁的板寸发式的女人和十多岁的少年嘻嘻哈哈。他们四个并排着走，老不让，我便慢骑车，从少年与狗之间挤过，少年向旁边歪了一下。那男人竟追上来卡我的颈，咬牙切齿吼："老子要你死！"

我扭过头，向他吼："并没撞孩子！"他挥着鸡爪手，破着公鸭嗓子："死远些！"我瞪他一眼，立即转身，骑车按着喇叭走开。

看自己脚上的大头拖——一个顾客说他的大头拖不合脚，在我店买了一双，把他的丢下。我妻子看到是新的，拿回房洗一下，我洗澡时穿，感到合脚，就老穿着，底磨薄了还不丢。妻子摆头："别人以为你是捡破烂的。"我摇头苦笑。

这时，《首都文学》编辑老师打来电话，说我的《人间记忆》写的是真情实感，叫我明天去修改。我的眼前马上闪耀，编辑部大楼顶上，蓝天白云中的"首都文学"四个红色大字，俨然天空出了四个太阳。

我望着胡同西口粉红的太阳，想起在故乡姐姐家住的老母，掏出北京一卡通，就路旁的电话亭，给老母打电话。

我笑着说："我又有文章会发表。"老母拖长语气："写文章，要能挣百把万，能买房，有好工作就好！"从没说过半句假话的我，突然嘴角一翘："等我写好了，国家奖大幢的楼房，不带钱就能走遍天下。全世界每年给一个文章写得好的人，奖 1000 多万块钱。全世界人买他的书，钱多得数不清。我今后如果得了，就买架直升机，接你到北京来享福！"老母立即大笑："那好，我把电话给你姐，你叫她跟我去北京享福！"我一下僵住了！张着嘴哈气，半晌才动嘴一溜："今后再说。"

我低头拖着步子，推车走到樱桃斜街，见几个男人蹲在树下的石板上走棋，大圈老的小的伸颈围看。几个高鼻子老外，拿着照相机，"咔嚓！咔嚓！"拍四合院发亮的铜狮子门环和快模糊的花鸟图案石门墩。戴着"治安"红袖章的胖老太太，从花坛边的躺椅上起身，走到老外跟前，用英语说，名妓赛金花原先住这里。

我住房院门旁的小屋门口，堆满了白塑钢。门口干净时，那矮小的贵州女人坐在低凳上，撑着下巴，长时间盯着面前的地不动。门口堆满白塑钢时，她男人拿着飞转的电锯，一天到晚"刺——刺——"刺得耳朵发痛。院内北京大爷一见那男人拎起电锯，就进房，关严门，对大妈说："又闹腾起来了！"

我进小厨房，捏铁锅铲刮电饭煲里的饭。大妈在她家说："什么声儿？"我立即换塑料饭勺，轻轻地慢慢地刮。

我给小儿炒了碗蛋饭，再把冰箱里几个小半碗剩饭菜，倒在一个大碗里，放进微波炉热了，带到店里，与妻子共吃。

店里一时挤满了人，有的试鞋，脚臭得人作呕。顾客们都走了，店里气味还难闻。妻子拿着账本，嘟着嘴："快 10 点了，店租金还差 20 元。从清早忙到现在，劳十四五个小时，自己的碗里还没一粒米，住房钱还没落一分。"

我感到憋闷，站到门外。门外还是黑压压的人流，我只得向天上望，长长地吁气，突然脑中跃出：

> 青色锯条样的天上
>
> 破洞似的月亮
>
> 像我流过汗正被荒草淹没的田地
>
> 月中的嫦娥
>
> 如我滴过泪已与人生子的姑娘
>
> 月亮上闪现
>
> 萍浮的亲戚朋友
>
> 沙散的兄弟姐妹
>
> 歪裂的教室里含泪北望的儿女
>
> 塌陷的坟内一把灰的爹
>
> 依在别人门旁缺牙的娘
>
> ……

我随即掏出口袋里的小本子和笔记下来。

"发什么呆？呆得出钱么？"我扭头一望，店里没顾客，妻子在看《索尔仁尼琴选集》。我拿着小本子，咧着嘴，走到她身旁坐下。她盯着《伊万·杰尼索维奇的一天》说："舒霍夫没关禁闭，还多弄了碗粥喝，没生病，挺过来了，觉得幸福。他确实比我们幸福，起码，他不用时刻愁急交不起租金。"我把翻开的小本子放到《伊万·杰尼索维奇的一天》上。她扫一眼："题目就起《我在北方窄长的瓦巷》。"

我大呼："好！感谢上帝赐我贤妻良师！"她手一挥："洗拖把去。"

我拖完地已是11点。"关门。"妻子说，"别人关门，是赚了钱。你赚了钱么？"这时，一个挺着大肚子的男人，拉着苗条少女进店，肥大的屁股往凳子上一歪，嘶哑着嗓门："来一双真皮的！"他那几绺湿湿的头发，从四周往上梳着，也没盖住光光的头顶。我妻子指点着柜台上的鞋："这鞋100元，那鞋 120。"他瞟一眼，架起二郎腿，跷着的脚一摇一晃："我这鞋，你猜多少？"他眼向上望："猜不着吧？ 16800——一路发！在美国华盛顿买的！"

我连忙推开妻子："啊，原来是闯荡世界的大老总！俺这里没这么好的鞋。"我从盒里翻出进价 60 元的闪亮的尖头白皮鞋："这双适当好点儿，只1200 块钱，大老总凑合着穿。"他穿上白皮鞋："拿镜子照照。"我妻子指着少女："她就是你的镜子。"他眯眼望少女："怎么样？"少女眨着小排刷样睫毛的眼："还行。"他胖而短的手一劈："干脆 880——连连发！"我一拍手："还是见过大世面的大老总爽快！"他又眯眼望少女："我还得请示领导，领导不批，买不成。"少女启开红得发亮的薄唇笑："你看中了就买呗！""好，成交！"他短胖的手揽着少女细长的腰，出店。妻子笑着记账："破天荒地搞了个圆满的结局。"

我们往住房走，妻子的脸上汗津津的。大栅栏街边成排的黑色铁柱上，挂着圆白灯，散着轻柔的光。行人稀稀拉拉，街道显得宽阔。同仁堂医馆门前，有人拿纸板垫在地上，坐着排队挂专家号。一家酒吧的走廊上，两个黄发男女，互牵双手，扭着腰，伴着"嘣嘣嚓"，拉来扯去。

我们刚到大栅栏西街，就听到男的女的齐声叫嚷："快！快！快！""让一下！让一下！"只见一群人前倾身子，挤撞着推车往各胡同里乱钻。有的三轮车上的铁锅中，"噼啪"着烤香肠、炸臭豆腐，飞溅冒烟的油星；有的平板车上堆着的硕大桃子，颠下一些，在地上乱滚，被随后驰来的城管车碾得稀烂。

进樱桃斜街，见低矮的青砖灰瓦屋脊上，立着兽头，悬着明净的月亮。狭窄曲折的胡同内，树叶花朵在"沙沙"摆动，散发阵阵清凉的幽香。我长长地吸一口气，似乎回到了梦中的故乡，仿佛前世和小伙伴在这里捉迷藏。

回到房里，我打开电脑，看邮件："只有到今天，看了你的《望星空》，我才知道一个心高气傲的男人的内心。自从认识你的那天起，我就认定你是我心中永远的风景……"

前天，我正写："今生 / 我俩不能相见 / 只求我速死 / 你到坟前看我……"妻子见了，脸色发白，一把抓起稿子，"啪"地摔到地上，尖着腔："死去吧！我弄些药放在菜里，我和儿女们都吃，只留你活在世上！"我浑身一抖，打了个寒战。

想到我改写的一首诗："过了爱的季节／不谈爱／不谈思念／只道永别"。我立即删去与鲁晨星互发的邮件，消除一切联系方式。

这时，院内东边小房的人在说话。这小房只放一张床就占了大半，来了客人，主人便靠在门框边，客人站在门口。已深夜 12 点多了，东北乡下腔特别响，把我女儿吵醒了。我不得不出去，走到他们跟前："你们说话小点声，吵醒孩子了。"靠在门框旁粗壮的东北大汉，布满红丝的眼斜我一下。大汉背后的床边，坐着一个女人，双手捂着脸，咬着牙，低头抖肩抽泣。

两个男人叽咕了一会儿，又敞开喉咙。北京大爷喊："你们注意点，院里住了学生，明天得上学。你们要不进房，关上门，要不到院外去说。"站在门口的人干硬地笑着搭腔："大爷，我老乡喝酒了。"一会儿，他们就关严门出去了。

我提着垃圾桶，到院外西南角的大垃圾箱倒。旁边北京最短的小扁担胡同内，每夜 12 点左右，总有几个中学生样的年轻女性，靠墙站着，低头玩手机。有时夹杂一两个小伙子，个个显得标致。我瞥了一眼，就回房。

我轻轻铺好地铺，躺了一会儿，听到孩子们呼吸均匀，我身上有些发热，爬起来，向妻子伸手。她小声说："别把孩子弄醒了。"我便转身。

厨房水池下的洞口，泛出臭烘烘的气味，似乎地狱的气息。我打开房门，站在门口，咳了一下。随即听到大妈低声说："这是在房门口咳嗽。"我连忙回房，插上门。

我长吁一口气，轻轻走到地铺，仰面躺下，平伸双手，张开两腿，又在地上制造"大"字。胡同路灯昏黄的光，斜射进来，顶棚似乎又坠凸了些。我看着顶棚上的"×"，想到妻侄说我这房比老家的厕所都破旧。妻子梦见我们全家住在地下大粪窖里，四面墙壁的粪，纷纷往下掉，房地的粪掩没脚背。下很多级残缺松动的台阶，才到粪窖。

前些时下大雨,这房顶所有地方都漏,简直是 48 个天井。我把澡盆、脸盆、水桶都拿来,摆在柜头、床上、地上,高高低低都"叮咚叮咚",确像阎王举行庆功会。盆桶不够,一会儿房地上的水就齐小腿深,床底的鞋,船一样浮起,自在航行。这北京的窄小四合院内,围成死圈,水冲来撞去,越来越高……

渐渐地,我觉得倒在地上的"大"字直立起来,一点一点向上升,升到"×",一抖,穿过房顶,看见千百年后,浩瀚的宇宙中,一颗璀璨的星星"喊"地一炸,白莲盛开一样,迸出一群星星。这些白亮的星星,一眨一耀的,耀成娟秀的字,在蓝晶晶的天幕上闪射:

君生我未生

我生君已故

破天穿地不消恨

只图与君伴

我正想一颗星一颗星地品味,突然感到什么东西撞在脸上,飞溅开来,冰冷透湿——上帝流泪了?我抹在手掌上——黑乎乎的。这时,又一大滴在我脸上撞碎。我使劲一叮——孕了百多年的肚子上的"×",正往外冒污水!我这才听到"啪啪"的雨声,看到直射的雨丝在旁边小屋顶上击出雨雾,我"嘣"地弹跳起来!

作者简介

毛银鹏,男,1963 年生于湖北武穴,今在北京开店。发表在本刊的短篇小说处女作《故人西辞》获《北京文学》奖、老舍文学奖。

江上明灯

叶兆言

　　"文革"时期一个年轻写作者的故事，他曾经与文学结缘，最
终却离文学而去。是什么让他改弦易辙最终走向平庸？小说以朴素
的语言，在不动声色的叙述中暗藏人生隐喻。

　　1974 年夏天，记忆中两件事都与电影有关。一是我母亲单位的年轻女演员李芳芳要去拍电影，一是父亲和王文斌一起写电影剧本《江上明灯》。李芳芳人长得漂亮，导演到剧团来挑女演员，一眼就看上了，立刻选中。

　　王文斌家离我家不远,也可以算邻居。比我大 5 岁,小时候 5 岁差距很大,感觉比我要大得多。他的弟弟妹妹是一对双胞胎，与我是同学，姐姐王武斌与我同班，弟弟朱武斌在隔壁班。因为异性双胞，两人一点都不像，一高一矮，一胖一瘦。我们只是奇怪为什么都叫"武斌"，后来才明白一个跟母亲姓，一个跟父亲姓。他家成分不太好，父亲当过国民党反动军官，因此很穷，我们学校下乡劳动，朱武斌不肯去，理由是他哥王文斌回来探亲了，如果要去农村，带走被子铺盖，他哥没办法睡觉。

　　王文斌与父亲一起写电影剧本的缘由很简单，他在安徽农村插队，写了一个故事，被某电影导演看中，鼓励他写电影。那时候，除了八个样板戏，能看到的电影非常少，新拍摄的国产片更少。看来看去几部外国电影，都是社会主义兄弟国家的，朝鲜电影哭哭笑笑，越南电影飞机大炮，罗马尼亚电影搂搂抱抱，阿尔巴尼亚电影颠颠倒倒。很多老干部已复出，邓小平进了政治局，四届人大正准备召开，形势一片大好。王文斌基本上不明白电影剧本怎么写，无知便胆大，粗粗写了一稿，导演看了，说，这不行，我帮你找几

个人改改。于是找到了父亲。

除了父亲，还有个京剧团编剧老赵，有一段时间，经常在我家讨论电影剧本，剧本名字叫《江上明灯》，我曾经看过油印的征求意见稿，封面上几个美术字很醒目。俗套的英雄人物故事，情节很简单。有一天刮大风下暴雨，江面上的航标被吹走了，年迈的老支书为了过往航船安全，将小船划到江中间，手举航标灯为船只导航。

这样的故事要拍成电影，显然是个技术活。父亲很得意自己的编故事能力，觉得经过他加工和改造，故事变得越来越好看。首先老支书改了，改成年轻的美女书记，为什么李芳芳一下子被选中拍电影呢？还不是因为生得漂亮。其次，增加了阶级斗争元素，有好人，还必须有坏人，有了坏人才有戏剧冲突，才会好看。父亲的扬扬得意被母亲打断，她警告他不要忘乎所以，要提高警惕，1957年就是太自以为是，所以犯了错误，所以成了右派。母亲这么一说，父亲顿时不吭声。

母亲从内心深处讨厌老赵，趾高气扬地过来讨论剧本，总是在快吃中饭的时候。他倒一点不见外，该抽烟抽烟，该喝茶喝茶，饮酒吃饭，好像都是天经地义，都是应该的，不吃白不吃，不享受白不享受。谁让你们工资高，谁让你们高级知识分子，活该你们有钱，有钱就得共产主义。很快，王文斌也像老赵一样，烟酒茶样样都学会。习惯成为自然，只要是在我家讨论剧本，父亲就得乖乖地提供后勤保障。母亲背后跟父亲抱怨，说，难怪人家看不起你们这些拿笔杆子的，一天到晚正经事干不了，就知道蹭吃蹭喝，这叫什么知识分子？有句形容词一点都不错，这叫臭知识分子，够不要脸的！

我家保姆也在背后抱怨，要临时加菜，一顿饭吃上几个小时，地上扔得到处都是烟头，浓痰吐在了痰盂边上。结论是父亲做人太窝囊，太好说话，人家明摆着拿他当冤大头，就算是57年犯过错误，就算文革又被打倒，也不应该这么被人欺负。然而父亲觉得根本不算事儿，能工作就是最美好的，一个人只要能工作，能干与写作沾边的活，就证明人生还有那么点意义。说着说着，他又有些按捺不住得意：

"小王这个剧本，很单薄，非得是我给他出出主意才行。"

父亲最得意之处，原来故事中的阶级敌人乘小船去破坏航标，改成悄悄将拴木筏的铁链解开，让木筏顺流而下，把航标灯给撞走了。这样一改，坏人的故意破坏，也有个故意破坏的样子，感觉上要真实和自然。没想到恰恰是这改动，让事情变得不可收拾。《江上明灯》一度接近拍摄，剧本一层层送审，有位领导无意中看出问题，说航标灯不是普通玩意儿，它象征着伟大光荣正确的党，象征着伟大领袖毛主席，航标没了，江上明灯没有了，说明什么呢，是不是有什么潜台词藏在里面？航标作为指路明灯被木筏带走了，木筏是木头捆在一起，很容易引起联想，双木成林，这木筏会不会与林彪有关？眼下正在批林批孔，这电影很可能会是一株为林彪翻案的大毒草。

一时间，大家变得有些恐慌，老赵赶紧撇清这情节与自己毫无关系，当初他就觉得不妥，隐隐地觉得不太好，曾提出过疑义，是父亲坚持认为这细节巧妙，认为这细节更真实。母亲又紧张又生气，他这一撇清，等于把父亲推到了风口浪尖。王文斌很委屈，说，这不是明摆着不讲道理吗？母亲说，你小伙子年轻，不知道阶级斗争的复杂，不知道写东西有多危险，很多事都是不讲道理的，只要一上纲上线，问题就不得了，就会很严重，就犯错误。

父亲无话可说，眼睛瞪得老大，憋了半天，一开口便结巴：

"我们还、还可以再改。"

"改什么呀？"母亲不耐烦地说，"算了，别改了。"

父亲不甘心，说："蛮好的一个电影剧本，我们花了那么多时间。"

这事说过去也就过去，毕竟不是"文革"刚开始，四人帮还在台上，邓小平是主持工作的副总理，已经开始着手准备搞整顿。某种意义上来说，"文革"中的整顿，就是后来改革开放的先声。反正电影是不拍了，王文斌又开始写小说，仍然还叫《江上明灯》，将原来的剧本改成长篇小说。

王文斌有个女朋友叫阿玉，第一次见到阿玉，是他将她带来我们家。说起来很荒唐，这位女朋友，其实是别人的未婚妻。阿玉与王文斌在同一个生产队插队，早已是名花有主，已经和当地大队书记的儿子订婚。因为都是南京知青，她喜欢看小说，尤其喜欢看外国小说，听说我们家有很多藏书，一定要让王文斌带她过来。

阿玉是个很漂亮的女孩，真的很漂亮，个子不高，人很白，小巧玲珑，头发有点棕黄，长得像外国人，大家给她起的一个绰号叫小洋人。我母亲对王文斌说，你这位女朋友很漂亮。王文斌乐呵呵不说话，阿玉十分大方地纠正，说，我不是他的那种女朋友，我已经有男朋友了。她这么一说，王文斌立刻很尴尬，想笑，笑不出来，最后还是笑了。

阿玉说："你笑什么，我本来就是有男朋友嘛。"

王文斌说："我又没说你没有。"

父亲让王文斌抽烟，他连连摇手，说不抽烟不抽烟。父亲十分奇怪，说，怎么戒烟了？王文斌说他原来就不抽烟，过去要抽，也是学着玩玩。然后就瞎聊天，一起吃饭，打开书橱借书。父亲不在乎别人来吃饭，就怕别人跟他借书。很长一段时间，文革轰轰烈烈，他的书概不外借，理由很简单，借口很充分，这些书都是大毒草，都是封资修的黑货。到了"文革"后期，大家悄悄地开始读书了，有点上进心的年轻人到处找书看，父亲虽然心痛，找不到好的理由拒绝。

母亲便说我们家这位最怕别人借书，这是用刀子在割他的肉，有些话他不好意思说出口，我来帮他说。你小王今天带了女朋友过来，我们要给你这个面子，但不能多借，借两本，顶多三本，好借好还，再借不难，你们说是不是这个道理。王文斌看了看阿玉，阿玉说，好吧，我们只借三本，看完了再过来换。

这以后，过几天阿玉就会来换书看，刚开始与王文斌一起来，再后来，常常独自一个人就来了，来了也简单，只是认认真真找书看。渐渐熟悉了，会跟母亲聊天，跟父亲谈谈看过的小说，跟我却没什么话说，大约觉得一个毛孩子，跟他没什么好说的。那年头，很多知青回家探亲，都会赖在家里不回去，阿玉家经济条件好，有哥哥有弟弟，就她一个宝贝女儿，能在家里多住一天是一天。

198

我们开始知道阿玉的未婚夫在部队里当兵，是工程兵，已经入党了，很快要复员，一复员就准备结婚。知道王文斌曾经追过她，事实上直到现在，仍然还没死心，还在死皮赖脸地追求。知道阿玉对王文斌也动过心，她其实挺喜欢他的。知道阿玉母亲嫌王文斌家成分不好，嫌他家太穷。还知道王文斌第一次是怎么去阿玉家的，这可是一个非常有趣的故事。

有一年他们相约一起回南京过春节，在途中，王文斌嬉皮笑脸，说，新年里我能不能去你们家拜个年，见见你父母？阿玉很大方，说，你要来只管来，我们欢迎。不过我们家人不好客，很夹生的，他们要是对你不客气，我也没办法。当时是在长江的轮船上，从安徽回南京，都是坐船。图便宜，睡大统舱，人很多，船舱角落里有个痰盂，是有机玻璃的，看上去很脏，不过在当时，也算是一种很新的款式。王文斌目不转睛地盯着那个痰盂，说，我去你们家，总不能空着手吧。阿玉笑了，当然是空着手，我跟你就是普通朋友关系，你去我们家玩，干吗还要带东西呢？

两人聊着天，说东说西，王文斌突然起身，当着阿玉的面，径直走过去，将那痰盂端起来，看了看，拿到盥洗室，很认真地将上面痰渍洗掉。恰好水池边上有一小块用剩下的肥皂，反反复复一遍遍洗干净，然后众目睽睽之下，又将痰盂拿回船舱，放回原处。阿玉很吃惊，说，怎么成了做好人好事的雷锋？王文斌笑而不语，若无其事，不光阿玉吃惊，一船舱的人都觉得奇怪，都看着他。中国人有随地吐痰的坏习惯，在公共场所，谁也不会认认真真地往痰盂里吐痰。现在洗干净了，看上去像是一个没使用过的新痰盂，更没人往里吐。快下船，王文斌从旅行包里拿出几张旧报纸，很细心地将痰盂一层层包上，包裹严实了，又腾出一个网线袋，将包装好的痰盂放进去，然后像拎着一个篮球那样，大大方方大模大样地下船了。

更为精彩的部分还在后面，正月初二那天，王文斌到阿玉家做客，所带的见面礼物，竟然就是这个痰盂。我们听了目瞪口呆，不敢想象，阿玉说她也觉得难以想象，怎么可以这样呢？怎么可以在那么多人的眼皮底下，就这么肆无忌惮将公家财物据为己有？

"这玩意儿我们家现在还用着呢，我妈挺喜欢这个痰盂，"阿玉重提此事，仍然哭笑不得，"其实他完全可以空着手来，我妈又不明白怎么回事，我也不能把实话说出来。"

母亲觉得很好笑："想不到老实巴交的小王，竟敢做出这种事来。"

阿玉说："我也批评过他，你们知道他怎么说？他说人穷志短，没钱又要想讨好你们家人，迫不得已，只能出此下策了。"

父亲说："这话不对，人可以穷，不应该志短。"

母亲倒是愿意理解，说："也不容易，这说明小王为了你，什么事都敢去做。"

"其实我不愿意跟他，不是为了他穷，也不在乎他家庭成分不好，说老实话，我们家人也不是真在乎，主要是不赞成他写东西。"阿玉突然脸蛋通红，叹起气来，十分无奈地说，"我爸我妈都觉得写东西太危险，都觉得这行当不好，不安全，而且他写的那些东西，一点都不好看。"

阿玉这番话，母亲深表赞同，意味深长地看了父亲一眼，父亲被她看得很不好意思，信心全无，觉得这话是在说自己，简直就是冲着他去的。

阿玉的未婚夫李福全是回乡知青，在县城读中学，毕业回家，户口本来就在农村。与李福全不一样，阿玉这个回乡知青从小生长在南京，是城市户口，她父亲从这儿出去，所以她又回老家插队。

王文斌跟他们都不一样，与此地毫无牵连，他家世世代代城里人，地地道道老南京，来这儿安家落户，完全是被学校分配来的，所在中学安排的知青点就在这儿。刚开始，外来知青总被当地人欺负，很快颠倒过来。光脚的不怕穿鞋的，年轻人学好不容易，学坏不用教，偷吃扒拿打架斗殴，样样都干，什么都敢。两年以后，其他人都转走了，知青点只剩下王文斌一个人。

王文斌与阿玉和李福全一直挺要好，他们的关系错综复杂，都是因为参加宣传队才熟悉的。有一段时间，王文斌与李福全是最好的朋友，两个人很谈得来，有共同理想，都想靠自己努力，把社会主义新农村建设好，想过要建水库，想过要修山路，不久就明白这些根本行不通。知识青年到农村，接受贫下中农再教育，说起来冠冕堂皇，用知识改变农村的贫穷落后，效果适得其反，本来就穷，结果是越来越穷。

穷不可怕，关键是没希望。王文斌自小家庭经济条件不好，为养活几个小孩，母亲不止一次偷偷去卖血。都说卖血伤身，他母亲身体一直不错，父亲身体也没多大问题，戴着一顶历史反革命帽子，逆来能够顺受，活得也还算乐观。受家庭成分影响，上大学，当兵，招工，这些好事王文斌想都不敢想。当知青最大的好处，反正落到了最底层，不可能再糟糕。破罐子破摔，王文斌发现自己想干啥，就可以干啥，轮船上顺手牵羊偷个公家痰盂又算什么事？

王文斌和李福全不知不觉中成为情敌，突然发现对方与自己一样，都在暗暗地喜欢阿玉，而阿玉呢，也很喜欢他们。耐人寻味的是，在一开始，王文斌和李福全羞答答地都不愿意承认喜欢，那年头，恋爱是见不得人的小资情调，要在心里酝酿很久才敢说出来。阿玉也不确定她究竟喜欢谁，与王文斌在一起，更在乎李福全；真跟李订了婚，又好像有点喜欢王文斌。

大队里轮到一个大学名额，李福全那时候还没与阿玉订婚，开诚布公地跟王文斌谈话，打算把名额让给阿玉。这么说自然有理由，李福全父亲是大队书记，想让谁去就是谁去。最后阿玉也没上成大学，推荐是推荐了，不知道什么原因又被取消，好端端一个名额浪费了。有一种传闻，大队书记知道儿子已看中阿玉，因此不想放她走。这以后不久，李福全和阿玉订婚，又过不久，部队来招兵，李福全便入伍了。

王文斌与李福全从没红过脸，过去是好哥们儿，李福全和阿玉订了婚，他们仍然还是好朋友。李福全到了部队，给王文斌写信，希望他能帮自己照顾好阿玉，王文斌不知道如何回答，心里免不了有些怨恨，好事都被李福全一个人占了。晚上翻来覆去睡不着，越想越不高兴，越想越窝囊。本来只是暗暗喜欢阿玉，现在除了仍然喜欢，又多了一层惹是生非之心。那年头还不流行第三者这个词，王文斌突然下决心要豁出去，要在李福全和阿玉之间插上一脚。

于是一方面，若无其事跟李福全通信；另一方面，干脆直截了当地追求阿玉。在农村，男女之间的公开调情十分常见，找不着老婆的光棍，嫁了人的泼辣小媳妇，说起那方面话都十分露骨。王文斌说不了下流话，他很大胆地对阿玉表白，说自己喜欢她。

阿玉说："我没和李福全订婚的时候，你为什么不吭声？"

"我觉得自己配不上你。"

阿玉笑了："现在难道就能配上了？"

阿玉是句玩笑话，王文斌自尊心很受伤，准备好的台词也说不出口，他原来想说我们更般配，我们更志同道合。阿玉说，你不是李福全的好朋友吗？既然是好朋友，怎么可以挖他的墙脚？王文斌最不愿意听这句话，冷笑说，要挖墙脚，也是他李福全先挖我的墙脚。阿玉说，你这个人不讲道理，凭什么说是人家先挖你墙脚呢？

王文斌说："不管是不是，反正我觉得是这样。"

《江上明灯》的故事完全胡编乱造，躺床上睡不着，透过纸糊窗户的破洞，王文斌仰望天上的星星。天上星星很多，不知怎么的，他想到茫茫黑夜的江面，想到刚下乡第一次坐船。那时候，他们生机勃勃，看什么都新鲜。坐在甲板上看风景，四处一片漆黑，除了远远的航标灯，隐隐约约一个小红点，渐渐近了，渐渐又远了。王文斌寂寞时，觉得人生就像江面上那些漂浮的航标，阿玉是个航标，他王文斌也是个航标。为什么要写《江上明灯》这么个故事呢，说出来理由很不充分，阿玉说起她的童年理想，长大想写文章当作家，或许就因为这个，王文斌也决定写点什么，仿佛中学生写作文那样。他曾在报纸上看过一则报道，介绍守岛战士如何护卫航标灯，尽管从未见过真正的大海，王文斌很巧妙地把守岛卫兵事迹，移植到自己的故事中。事实上，最初发表在报纸上那篇稿子，也是编辑帮他加工过的。

没想到能在报纸上发表，更没想到还会有导演看中。要拍电影这事，改变了王文斌的生活轨迹。大家开始刮目相看，去大队部开证明，李福全的爹亲自加盖图章，说，我儿子觉得你是个人才，看来没说错，你还真是个人才，要拍电影，这真他妈的是了不得。

印象中的王文斌，始终停留在 1974 年的夏秋之际。那一段日子，是他人生中最风光的岁月。很多细节其实我从来没搞清楚，只知道他一直处在借调状态。这一年，王文斌 22 岁，作为一名知青，人生最大目标，是赖在南京不回去，是想尽快离开自己插队的地方。

《江上明灯》的电影肯定是不拍了，好在又被出版社看中。一个人运气好，拦都拦不住，出版社开始重建，迫切需要合适的选题。有一段日子，王文斌殚心竭虑，努力要让自己手头这部小说，贴近火热的现实生活，要和轰轰烈烈的批林批孔结合起来，小说中反面人物也改成了姓孔，成为孔子后裔。一度还顺应形势，与邓小平主持的"整顿"有所联系。再后来形势突变，开始反击右倾翻案风，小平同志再次被打倒，在编辑授意下，他赶紧在小说中增添反邓内容。

为了能让这本书顺利出版，王文斌觉得怎么修改都行。他知道只要能出版，就可以如愿以偿地调回南京。直到粉碎"四人帮"前夕，小说才最后定稿，一校出了，二校也出了，三校过后，终于付印出版。拿到样书第二天，他火急火燎地赶往阿玉家，想让她先睹为快，没想到阿玉已在前一天返乡，结果最先看到样书的，反倒是不赞成他写东西的阿玉父母。

王文斌马不停蹄，赶往自己插队的乡村。阿玉看到这本书，也是心生无限羡慕，比他还要激动。毕竟是一本活生生的书，在那个荒漠年代，能出版这样一本充满了墨香的小说，真的很了不起，让人不得不打心底里佩服。世上的事情都是相对的，文化大革命让文化跌落到最底层，可是人们内心深处对文化的热爱，对文化的敬重，并不是那么轻易就能抹去。

"阿玉，你要知道，"王文斌很认真地看着她，脉脉含情地说，"我是为了你，才会写这样一本书，你不知道，写这样一本书多不容易。"

阿玉不知道说什么好，她看着王文斌，有些感动，有些激动，不知道说什么才好。她告诉他，李福全已经转业，再过两天，他就要回来了。

王文斌说："真希望能像那些外国人一样，在书的扉页印上一行字，写上'献给某某'字样，这本书就应该献给你。"

两人一起到小镇上去下馆子，喝了点小酒，王文斌唠唠叨叨，说了很多近乎挑逗的话。阿玉让他别说了，老说这些没意思。王文斌红着脸，说，许多事情我不能做，我没胆子做，你让人说说还不行，我就这么说了，就让我嘴上过过瘾，又能怎么样？酒越喝越多，阿玉的脸越来越红，王文斌反倒越喝越冷静，好像借着喝酒，已经把要说的话，都说完了。从镇上回去，又到了阿玉住处，王文斌说，今天能不能就住在这儿？怎么样，我不走了。阿玉想了想，说，好吧，你就住这儿。

天说黑就黑，点上了油灯，两人继续说话。远远传来一阵阵狗吠，渐渐地，灯盏里已经没油，阿玉起身加油，一不小心，灯就灭了。王文斌赶紧去摸索火柴，就在这时候，阿玉跌倒在了他身上。王文斌趁黑搂住她，真搂住她了，阿玉又作势挣扎，说，你不能这样，不能这样！事已如此，王文斌不打算再放弃，既然已经这样，就干脆豁出去，一不做二不休。阿玉挣扎了一会儿，说，再过两天，李福全就回来了。阿玉又说，我可以跟你走，你真想要我，如果你真的想要，我们就一起离开这里，永远不再回来。王文斌被她的话一怔，惊住了，不知道说什么好。这本是他最想听到的一句话，真正听到以后，又有些犹豫了。阿玉感觉到他的犹豫，说，你怕了，我知道你会害怕。

王文斌说："我怕什么？"

阿玉说："你当然是害怕。"

接下来，两个人都不说话，黑暗中搂抱在一起。这么过了一段时间，阿玉突然非常主动地亲了他一下，他也赶紧回应。一来一去，有些手忙脚乱，有些不可收拾。王文斌开始在阿玉身上胡乱摸索，她不停地打他的手，将他的手一次次拿开。有些事可以无师自通，王文斌不再犹豫，一时间，他又想到黑暗江面上的航标灯，那红红的一点，隐隐的，远远的，近了，又远了。王文斌必须抓住这次机会，阿玉已失去了抵抗力，他已经完全控制局面。终于到最后关口，王文斌跃马扬鞭，眼看着就要得逞，眼看着就要大功告成，阿玉很坚定地阻止了，用毫无商量的口吻说：

"不、不行，王文斌，不能这么做！"

热血沸腾的王文斌仿佛被迎面泼了一盆冷水。

阿玉说："我们不能这样。"

两天以后，李福全回来了。王文斌与阿玉一起去县城迎接，接到他以后，三个人一起有说有笑地去李家。李家早已备好了酒菜，大家高高兴兴喝酒，说话聊天，说李福全部队上的事，谈王文斌的那本新书。李福全父亲说，今天这顿酒喝得好，又为我儿子接了风，又正好给你小王送行，真是一举两得。我琢磨着，你这一走，鳌鱼脱却金钩去，怕是再也不会回来了。

李福全说："人都往高处走，人家当然不会再回来，文斌干吗还要回来呢？"

王文斌许诺，李福全与阿玉结婚那天，会赶回去喝他们的喜酒。真到了日子，却找个借口逃避了。大家都说这本书可以改变命运，事实也是，不久王文斌就接到回城的调令。对于无数知青来说，这是件很大的事，但是很快又证明没什么大不了。接下来，所有知青都回城，只要你想回去，都可以回。文革结束了，历史开始进入新时期，王文斌的好运说到头就到头，那本《江上明灯》因为大段大段文字批判邓小平，成为清算"文革"的反面典型。

有一段日子，王文斌成了臭名昭著的"三种人"，办学习班隔离审查。关押的日子里，百无聊赖，他一遍遍地回想往事，想到那段没有结果的爱情，为阿玉感到庆幸。幸好没弄假成真，当年阿玉母亲不愿意女儿嫁给他，不愿意自己女儿嫁给一个写东西的人，这样的看法显然是有道理的。

王文斌没像"文革"中许多写作者那样，成为新时期文学的第一拨成名作家。虽然后来他也写过，根据创作《江上明灯》的这段经历，写了一部中篇，发表在文学刊物上，产生过一点影响，然后和写作就再也没有瓜葛。

大约是 1985 年，我正在读研究生，一个偶然机会，读到了王文斌的那部自传体小说。一开始，还不敢确定，是不是当年与父亲一起写电影剧本的那个王文斌，翻翻小说内容，立刻可以断定，他就是那个家伙。老实说，这小说仍然不怎么样，然而读上去很真实，起码是让你觉得真实，一点不比当时流行的名家作品差。

因为这篇小说，我了解到许多不知道的细节。譬如他被隔离审查，李福全夫妇曾到南京看望，安慰他鼓励他，他们仍然是很要好的朋友。又譬如，在与阿玉单独相对的那个漆黑夜晚，双方内心深处，都情不自禁，都犹豫不决，该发生的，不该发生的，都发生了，或者说差一点要发生。王文斌不得不承认，他对阿玉的投怀送抱产生过怀疑，吃不准她是爱他，还是爱那本新出版的小说。很显然，阿玉从冲动到冷静，最后一刻悬崖勒马，也是因为心存疑虑。她一定会想到王文斌这样的男人靠不住，不能这么轻易地就将自己的一辈子托付给他。

这以后，又过了二十多年，我一直在想，王文斌会不会又写了什么。由于自己成了作家，总觉得会在文学圈子里相遇。有一次参加苏南某城市的市民讲座，讲座结束，在过道上，一个看上去完全陌生的男人将我拦住，用地道的南京话问我，还能不能记得当年有个人与他父亲一起写过电影剧本？他的话刚说完，我立刻明白他就是王文斌。

眼前的这个人就是王文斌。

王文斌说："当年我经常去你家，那时候，你好像中学还没毕业。"

王文斌又说："没想到最后你成了作家，没想到你比你父亲还强。不过说老实话，你的演讲很一般，刚开始太紧张了，后来马马虎虎。"

在过道上，我们抓紧时间聊了一会儿。我提到他写的那部中篇，王文斌告诉我，除了这篇小说，再也没和文学发生过任何关系。这些年来，日子过得非常一般，现如今最倒霉的一茬人，就是知青一代，年轻时上山下乡，好不容易回城，进工厂当工人，结婚生子，离职下岗。最糟糕的那些事，都轮到了。他告诉我，因为一个熟人介绍，眼下正在这儿打工，这个城市对他来说完全是陌生的。

已订好回程票，不可能聊很长时间，说了一会儿，匆匆告辞。很多话刚开头，就结束了。我很想知道他当年的朋友李福全的情况，王文斌说已很久不联系，说这家伙早就是富翁，说他是一家私营企业老板，据说规模很大，儿子大学毕业，正准备回去接班。王文斌当年插队的地方，依然很穷，先富起来的还是那些手上有权的干部。有些人富了，能富起来的还是少数。打听阿玉的消息，虽然已过了很多年，我仍然能记得她的模样，当年的阿玉可真是漂亮。王文斌迟疑了一下，很尴尬地笑了，笑了一会儿，说，李福全现在这么有钱，她肯定差不了。这年头只要有钱，俗话说得好，有钱能使鬼推磨，人家都成了大款，是大老板，还有什么好说的。

作者简介

叶兆言，男，1957 年出生，南京人。1974 年高中毕业，进工厂当过四年钳工。1978 年考入南京大学中文系，1986 年获得硕士学位。80 年代初期开始文学创作，创作总字数约 500 万字。主要作品有七卷本《叶兆言文集》，《叶兆言作品自选集》以及各种选本。另有长篇小说《一九三七年的爱情》《花煞》《别人的爱情》《没有玻璃的花房》《我们的心多么顽固》，散文集《旧影秦淮》《叶兆言绝妙小品文》《叶兆言散文》《杂花生树》等。

蔡屋围

吴君

蔡屋围是深圳最著名的城中村，尽管它与炫目的繁华仅仅只有一步之遥。陈思年母女靠祖上留下的大屋收租生活，一直相安无事，直到新的租客闯进了她们的生活，母女俩原本平静的生活才被彻底打破。

有人认为，蔡屋围是深圳的二奶，虽然出身不好，却真实地存在着，谁也抹不掉。陈思年便是蔡屋围当年的村民，农村城市化后的特区居民。我们这件事情发生在陈思年做了安然后妈的第七年。

这一天的黄昏，安然的录取通知书，从半空中飘进陈思年的眼帘，陈思年激动得说不出话，她感觉再等上一小会儿，自己就会爆炸或倒在地上。她想让自己眼泪畅快地流，因为安然在她这个后妈的培养之下，修成正果，上了大学，可以免除安大山的后顾之忧，再也不用担心安然将来没有饭吃，没有好生活了。尽管医生在前几分钟还劝过她不要激动，因为眼下她还躺在医院的病床上。可陈思年能不兴奋吗？用安大山的话说，陈思年就是心里永远装着别人的天使，用蔡屋围人的话说就是神经，说她脑子搭错了线。接下来又说，谁让她那么串来的，言下之意，陈思年嚣张过，当然，对方指的是陈思年的过去，再说了，哪个人年轻的时候，没走过点弯路呢？

陈思年心脏出了问题，正在医院接受观察和治疗。她手上挂着吊水，便开始张罗为儿子安然摆上两桌，请儿子的同学过来庆祝一番。用电话订好了餐厅以后，她把安然叫住，想和他一道把菜单订好，免得到时手忙脚乱，影响了聚餐的质量。话还没出口，陈思年便发现安然的脸色异常不同。陈思年有些心慌，她笑着说："儿子你真的争气，给足了阿妈面子，说吧，想要什么礼物，新手机还是旅游啊？"安大山曾经说安然没有什么爱好，陈思年倒是觉得自己才是了解安然的人，安然喜欢一切刺激的游戏。

"不用不用。"安然把手里的购物袋交给陈思年，他说这次煲的是冬瓜老鸭汤。一周的时间里，安然竟然把陈思年教会他的手艺逐一展示出来，没有重复。

陈思年笑着问："都是你一个人做的呀，老爸有没有帮你？"

安然脸上露出不屑说，"他怎么懂这种事。"

陈思年笑了，在整个蔡屋围，对她沾沾自喜的港式生活有兴趣的，还只有安然。其他人一律视而不见，也包括安大山。

和许多人不同，陈思年一出生就有钱花，有亚洲台、本港台、明珠台看；与内地人相比，陈思年很早便看过香港小姐的选美，各种明星都不在话下，她全部端着饭碗，近距离地从电视上接触过。她吃着港台食品，听着四大天王，看了王菲恋爱结婚离婚结婚离婚的全程，她很早便穿上了从罗湖桥那边带过来的服装，无须模仿，说话、做事便带着天然的港台风。如果换了其他地方，陈思年的优势会很明显，十足的港台范儿，而在蔡屋围这种怪地方，她的这一招一式不仅没什么用处，还显得古怪异常，让她变成了一个电影里的老派人物。很久以后，陈思年对自己的命运作过反思，她认为自己是被不断传来的炸山声和轰轰隆隆推土机耽误了，包括一夜之间进驻到蔡屋围的外省人，都是参与者。他们把空白的地方填满，搞好，弄乱，岭南乡原有的平湖秋月、雨打芭蕉不见了踪影，连永安酒楼的早茶也被湘菜、川菜取代了，取而代之的是墙壁上贴满各种小广告，低档的生活用品铺天盖地摊在蔡屋围。曾让阿妈和陈思年无比骄傲的粤语白话，不仅变得没什么人稀罕，反倒成了没人搭理和在乎的蹩脚土话。在深圳最核心地带——蔡屋围，陈思年拥有的优势成了劣势，让她活得别扭、生硬、迷茫，找不到什么人炫耀。很长一段时间，陈思年发现除了安然，再也没有什么人多看她一眼。作为小孩子的安然不仅喜欢广东美食、说话方式，还迷恋深圳人的气质。他曾经对陈思年说，你的衣服好看，说话好听，吃的用的比我们老家都高级。

那一年，安然10岁，只是他生得矮小、枯黄、文弱，像个六七岁的小女孩。

关于对安然眼下的这个奖励，陈思年豪爽地说："怎么能少了礼物呢，说吧，想要什么？"陈思年喜欢这么讲话，她觉得自己的样子像是港产片里的侠客，杀富济贫，最终被那些弱小者所崇拜。总之安然的快乐比什么都重要。她像以往那样伸出手捏了捏安然的脸蛋，她发现安然脸上的肉厚了许多时说，"是不是又胖了？饮食上可要注意哦，少喝可乐，少吃炸鸡腿。"平日里她常常背着安大山偷着拿钱给儿子，尽管她知道这么做可能不妥，可是有什么办法呢，她就是想对安然好，让安然明白自己并不可怜。

"妈咪送我一座小木屋呗。"安然眨巴着眼睛，声音像是从另外一个地方传来，带着细长的回声。刚开始，陈思年还没有缓过来："小木屋？"陈思年恍惚回到了安然的小时候，那时候的她常常读童话给安然听，虽然她认为童话都是骗人的。

安然说："就是我们住的房子呀。"小时候，安然问过陈思年，我们家怎么会住进那么多的外人呀？陈思年告诉过安然，房子的用途可大了，能换学费、食物和我们身上的衣服，还有你手里的玩具。陈思年的阿妈是蔡屋围的房东，靠着祖辈留下来的房产养活了自己和陈思年。现在陈思年又用这个钱，救助了安大山和儿子。想到这里，陈思年脑子里会闪出当年的情景，那是一个站在窗口，可怜巴巴望着她，求陈思年过来抱抱的小男孩儿。这个小男孩曾经依在她的怀里，每晚黏着她，求她唱儿歌，求她对着书读童话，直到陈思年累成一摊泥，昏睡过去才罢休。也正是为了讲好故事，从来对文字就没有兴趣的陈思年开始看书了。她这副样子，在不擅读书的蔡屋围越发像个异类。她不仅看书，还会把自己想象成一个书里的人物。她会以自己的这间老屋为原型，比如她看见此刻溜出来的老鼠后马上有了故事，那是一个从桶里找出鱼翅并把它们排列整齐，用来吓唬女主人的鼠兄弟的故事。这两个家伙经常与蟑螂深情对望，时间长达一分钟，最后蟑螂的眼睛累了，张大了翅膀，赶走了老鼠，如愿地把自己的孩子安置在各处。她用这个故事安慰胆小的安然。包括一条被主人吃进肚里，碎块们凭记忆整合复原，不仅在主人的肚子里与主人对话，还威胁小主人，要吸收了他全部的营养，让他变成一个长不高的小矮子，身体得不到发育，永远六七岁的模样。陈思年这些话是针对不爱吃饭，不爱睡觉的安然，她觉得被需要的感觉太好了。

此刻，陈思年糊涂了："我们现在不是住在这间房里吗？"

陈思年不明白安然怎么会无端拐到这个话题上面，之前连个铺垫都没有。她一直觉得安然只是个小朋友，还不懂事。陈思年想这些的时候，把停在安然脸上的手，缓缓地放下。显然她已经明白了安然的意思，脊背发冷的时候，她后悔嘴贱提到了礼物之事，原来这祸是自己闯的。陈思年手脚发冷，强装笑颜给自己解围，她让油滑的这句话溜出了嘴："老房子并不适合你这种小鲜肉、阳光少年。"

安然低头看着自己的跑鞋，笑着，"留个纪念嘛！"

安然说话的时候，跷起了尾指，甚至尾音里还带有一点娘娘腔，这一刻他像极了安大山。陈思年缩回手，用牙签挑起一块切好的水果，还像以往那样，递到安然眼前。

要纪念什么呢？整条街都知道这房是阿妈留下的房产，除了陈思年，与别人无关。虽说是上世纪80年代起的老房子，已经破得经常要修，却早已经价值不菲，绝非什么小木屋之类。安然何时动了这个心思，并如此大胆贸然向她索要？陈思年希望这只是一个梦，梦中的男孩永远是那么小，那么让人怜惜，睁着一双无辜的眼睛，看着陈思年，让她无力逃脱，让她成为一个被套上绳的老牛，心甘情愿地耕种。

接下来，陈思年和安然都没有再提起这个话题。她发现安然连神态也在一夜之间发生了改变，像被施了魔术般，他过去那种尖细的女孩音儿突然没有了。在这样的夜晚，他的声音是那样的陌生。

早在十几年前，蔡屋围便已被外省人改造得面目全非，早没了原来的味道。尽管挨着伟人画像、京基一百、荔枝公园这些著名景点，依然没有改变蔡屋围是个城中村的事实。蔡屋围人除了高耸的颧骨、深陷的眼窝、冬天穿的人字拖，他们早已经和外省人差不了多少，一样活得土、懒、随便，无拘无束。街上常常看到男人穿着松松垮垮的短裤，女人着了鲜艳的睡衣，各自带着没有卸好的浓妆，头上别着卷发器，趿拉着鞋，在街上喝啤酒吃串，分不清招摇过市的到底是老街坊还是外省人。如果不开口，谁也分不清本地人还是外地人，虽然蔡屋围已被外省人同化得渣和影儿都快找不到了，白天破败，夜晚躁动，场景恍若80年代的内地县城。到了傍晚，各家门里窜出去的音乐各不相同，多半是些怀旧的老歌，伴着四面八方各家碗里的老风味。据有人观察，开餐饮和发廊的中午才开门，睡到下午的多半是KTV的小姐。凌晨出门的人偷偷来过夜的，躲开大婆的视线，他们把自己的相好安在了这里，除了省钱，还有安全。这些拐来拐去的街，会把做大婆的那位绕晕过去，索性死了心，让老公永远不要回来。潇洒的，顿时生出生活新希望，不再守活寡，索性趁早另作打算。晚上9点后出门的多半就是那些诱人的小姐们了。还有的人便是什么事情也不做，每天搬了红的或粉的塑料小凳子，叼了根劣质香烟，在太阳下裸着半个身子，愉快地摸着麻将，手闲出来的时候，还可以翻腾一下自家刚刚晒出的辣椒和萝卜干。没人知道这些人靠什么生活，凭什么不用做事儿反而活得潇洒自在。派出所、工商、城管每个月会突袭一到两次，吆五喝六踹扁踢齐了各家门前乱放的盆盆罐罐，再上下左右看上一遍，吩咐蔡屋围的人不要随便倒垃圾，免得生出苍蝇、蛀虫之类。他们最最担心的是这些脏东西飞上了深南大道，毕竟那块地界是国际化大都市的重要标志。用老人们的话说，那是一条镶了钻的大街，无论什么人走上去，都被显得寒酸、灰头土脸，宛若一个乡巴佬。

挨了训斥的老板娘咧开大嘴笑了，塞到工作人员手里的红包被打翻之后，她得意地撩了下染红的头发，扭动着肥胖却灵活的腰身，晃动着丰满的胸部，满口应下来，嬉皮笑脸地说，"好好好！听政府的，一定不乱摆放，乱扔垃圾，即便有了苍蝇蚊子，我们留下来自己煲汤吃行吗？绝不会给政府丢脸，誓为大运会争光。"说完话，身边半裸的一个男人举起了右手，做出敬礼的动作，惹得围观的人笑起来。

穿制服的人见到，也被气乐了："什么乱七八糟的，什么年代了，还大运会，行了行了，别再给我惹事就好啦！"

租客们可不想听制服佬的话，他们认为这些人只会骗他们交钱，不管什么事儿，交了钱都好说。他们只服从内心，想几点出门就几点出门，爱几点吃饭就几点吃饭。他们任性的样子仿佛回到了小时候。租客们总是记不起今夕何年，以及身处特区的事实。深南大道和蔡屋围近在咫尺，却远在天涯，眼前的街景让他们生出恍惚。让他们心烦的是，没有在木棉花最盛的时候去拍几张照片，洗好寄回老家。后悔又被自己活活耽误了一岁，再也拍不出去年的俊俏模样。显然，这些小老板小伙计们都不是蔡屋围的本地人，而是背井离乡，从各种小县城过来赚钱的小户人家。他们没有背景，没有学历，有的就是走一步算一步，今朝有酒今朝醉的潇洒和无所谓。他们也从不关心天鹅堡、前海的房价，对深圳需不需要填海，会不会吞并了惠州东莞成为直辖市这类传闻缺乏兴趣。当然，他们倒是希望房价涨到每平一百万，如果那样的话，又有乐子看了，他们最大的乐趣就是边生活边玩儿。在他们的心里，这始终是一座别人的城市。他们的理想是赚了钱回老家建个小二层，过上有吃有喝，舒服自在，花钱不愁，让村里人羡慕的生活。什么特区不特区的，对于房客们来说不过是个伪概念。在他们眼里，深圳就是蔡屋围，蔡屋围也就是深圳，充其量是个集市，亲切热闹，跟他们的老家差不多。作为走南闯北的过来人，他们摸清了本地人的脾气、秉性，来来回回不过也就那几招吗？完全不是电影电视里描述的那么坏，压根儿就不怕也不在乎。房客凭着他们经历过的大风大浪，在蔡屋围过得如鱼得水，一点也不胆怯，甚至比任何时候都安心和滋润。河南帮、湖南帮、四川帮、东北帮各有一席之地，他们认为这个地方比老家自在、逍遥，更像他们暂时落脚的游乐园。回老家之前，他们要让自己开心、自在，爱怎么折腾就怎么折腾。正是因为这样的一个蔡屋围，陈思年一直劝阿妈，早点卖了房离开，她可不想一辈子留在这样一个破地方。

陈思年原名叫赵思念，上学后总是被人取笑，连老师也很好奇，总是停下来多看陈思年几眼，他们不能理解这个普通的女孩，如何起了一个如此文艺的名儿。

到了初二，她原来的名字作废，改成了陈思年。改名之后的陈思年气质也发生了变化。像是要和过去一刀两断，在深圳这种炎热的季节里，陈思年穿着长衣长裤，活活把个女孩子身上的特点，强憋了回去。从小到大，陈思年没有缺过钱，初中毕业之后进了职业学校学习算账，读了不到半年便退学回家，替阿妈收租金。找物业，去银行，陈思年成了第二代包租婆。在蔡屋围，其他女仔从十几岁开始便压低了音调，用气声说话，极尽温柔。有的是得了父母姐妹指点，加上生来悟性高。而陈思年只有一个没有读过书的阿妈，所受的影响便是电影，那些戴着头盔，手拎棍棒开着摩托去救自己兄弟的女仔是自己的偶像，比如美丽的惠英红、梅艳芳。从发育那天起，陈思年的话音便抑扬顿挫，说出的每句话都能让人听清楚，甚至是心惊肉跳。比如她说："我阿妈又收了一沓钱。"对着客人好奇的眼睛，她用手比画着，"这么厚。"陈思年阿妈听见后，脸色苍白，对着身旁正等着借钱的熟人，不好意思地讪笑两声。作为可以享受分红的本地人，坚决排斥蔡屋围以外的男人、女人。陈思年还没有长大，阿妈便告诉她，不能在外面找男仔，不然村里的分红便没了。

陈思年盯着阿妈的眼睛，眼看一场不可避免的争吵就要发生之际，蔡屋围的街上突然出现了乞讨的妇女。她正远远地看着陈思年笑，嘴里嘀嘀咕咕地说着些讨好人的话，腿边的小孩子可怜巴巴地望着她。陈思年见了，跑前两步，拉住妇女袖口，那女人见状，吓得差点摔了个跟头。之前这女人常常在附近一带活动，都还比较顺利，她担心眼前是个来找茬的。于是她缓了下神，低声下气道，"小姐，不给就算了，别影响我给可怜的孩子讨口水喝，他已经饿了几天了。"陈思年听罢，看了眼睛还红肿的小孩子，手伸进口袋，掏出一张百元的票子。只见这妇女一把抢过钱，拉起孩子向马路对面飞奔。做阿妈的见了不断叹气，她觉得陈思年这么做还是没有释怀，故意在气她。

陈思年看见了自己的手势，这是港产片里大姐大们惯用的，她们就是那样的威风，杀富济贫，谁都不在乎，包括对自己的阿妈。你不是吝啬吗？那好啊，我就是要大把大把地花钱，让你心疼。

陈思年为何恨阿妈，原因是阿妈让她成为单亲家庭长大的女仔，然后又变成了无人问津的大龄剩女。阿妈也知理亏，偶尔才会劝劝陈思年别太挑剔，快点嫁了，不要把自己耽搁成老姑婆。当然说归说，面对资源匮乏的蔡屋围，阿妈也是无计可施。

直到见到安大山一家，阿妈的态度才有了变化，她放下手里的麻将，把老花镜推到头顶，扯住陈思年的衣服说："那女人住得可是不远，不要去招惹他们。"阿妈眼睛望向巷子的尽头。她说的是安大山的前妻，她住在不远处的清水河市场。

见陈思年不语，阿妈又说："晚都晚了，就不要着急，尤其不要跟那些外省人拉上关系，他们会把人拖成鬼，把你的生活变成地狱。这年头，什么都是假的，只有钱靠得住，其余都不能信。"阿妈反对陈思年和客人走得太近，她是这么说的，也是这么做的，平时，她不会跟客人聊天。阿妈说，只要自己愿意，多数客人都想过来套近乎，分明有目的。比如说有的客人心不在焉地夸过她的手指修长，适合弹钢琴。阿妈听了冷笑一声，她看着自己做粗活的手掌，说："连我老豆老母都没看出，还真得多谢你的眼光。顺便提醒一下，这个月的房租已经到时间了。"随后，阿妈继续低头做事，不再啰唆半句，从来不会给租客多点笑脸。她愿意把这些事讲给陈思年，就是告诫女儿外省人不可信。她总是说，"动下脑子想想就知道了，什么人有钱还来租我们这种烂房子。"生病之前，只要有时间，阿妈就会唠叨一句，她提醒陈思年打起精神，不要上当受骗。阿妈对那些从外面过来的人看不惯，除了不讲卫生，还把好吃懒做的风气带到了蔡屋围。阿妈总是怀念没有外省人的蔡屋围，那时候多好啊，打鱼，卖虾，村里人互相帮忙，不像现在这个样子，都得防着。

陈思年不爱听这些，看着眼神越发飘的阿妈说，"原来你也知道这些都是烂房子啊。"陈思年看不起阿妈那种小心翼翼，对谁都保持戒备的模样。陈思年认为，正是阿妈这个守财奴，才耽误了她的终身大事。多年前陈思年便求阿妈把老房子卖了，搬到那些整洁、干净的公寓去，变成一个新深圳人。陈思年觉得只要还留在蔡屋围一天，阿妈的思维就无法离开当年的小渔村。

"烂房子？还没到好的时候呢，房子和老公一样，千万不能急啊，急了就容易出错。"说完话，阿妈意味深长地看着窗外。蔡屋围外面的阳光正好，只有蝉在厉声嘶叫。房顶上的青苔和杂草泛着油光，墙壁上躲着大小壁虎，正准备养足了精神晚上出来寻食。

听到阿妈的话，陈思年来了气，"催我嫁人的是你，现在让我等的又是你，到底要怎样啊！"在安大山一家出现之前，陈思年与阿妈的矛盾不算明显，仅仅是斗嘴而已。陈思年的活动范围是荔枝公园、红桂路、老街，除了阿妈和租客，她与这个世界就没有联系了。很多时候，陈思年想要离家出走，走得越远越好，她忍受不了阿妈疑神疑鬼的眼神。

蔡屋围的房价似乎成了谜，除了政府和李嘉诚，没有多少人敢打这里的主意，连各种小道消息都很少，导致蔡屋围的房子闲置多时。大运会期间，政府部门的人进出过多次，大搞穿衣戴帽工程，只是很快又取消了这个计划。他们发现这个地方什么都不需要做，各种堂皇的建筑，早已把蔡屋围包裹起来，连汽车出入都困难，更不要说外宾。再说横七竖八的人和动物，谁知道是不是被主人安排过来碰瓷的。他们知道，如果不出大事，这条街上的人这辈子也不会跑进电视里，所以不必担心。蔡屋围的人深知旅游的人有大把钱，不可能住到这种地方，所以他们的老房子只能租给外省人临时落个脚，毕竟地段好，交通方便，吃的用的不算太贵，四通八达，去哪儿都方便。如果不愿意找活儿，可以到布吉市场，批些物品回来，直接摆在各家门前，打着牌，晒着太阳，青菜还没有晒蔫之前，货便出手了，这样一来，晚餐餐桌上便可加盘小龙虾和啤酒了。

陈思年家的老房子便坐落在南村，紧挨着著名的深南大道和京基一百。在南村生活的人，眼睛对着现代化都市，身体沿袭着深圳七八十年代沿袭下来的生活习惯。他们的后脚刚刚离开京基一百，前脚便已进了蔡屋围脏乎乎的巷子。作为房东，陈思年的阿妈生怕女儿受了租客的影响，沾染上晚睡、懒起、赌博、撒谎的恶习。她不厌其烦地告诫女儿，客人跟你聊家常，讨好你，目的就是借东西不还，或者拖欠房租。作为老板娘，总会遇到各种客人的搭讪。有时客人的老婆刚刚转身，媚眼就会飞过来，落到阿妈的身上。阿妈自然不会接招，她提醒陈思年，什么时候都得闩住门，免得受人欺负。生病之前，陈思年的阿妈常常在楼下溜达，眼睛盯着楼上楼下一些神出鬼没的客人。当然，有时候是为了与对面楼的老邻居说句话。不少的街坊都搬走了，剩下几个不愿意走的还在老房子里。彼此见了，会特别亲，常常忆起下海打鱼的日子。

遇上客人几天不下楼，不开门，阿妈会害怕，担心里面出了事。如果真有麻烦，她这个房东可就惨了，不仅挨罚，还要被差佬拉到派出所问话，影响了生意不说，将来房子很难使用，毕竟迟早是要留给女儿的。为此阿妈找人悄悄装了个监控器，楼上楼下尽收眼底。没事的时候，阿妈会坐在房子里边嗑瓜子边看屏幕。有次客人带个女人上来，等了很久还不见出去。只是在很远处便可听见房子里面的大呼小叫，如同放了三级片，连路上的行人都要停下脚步，抬头看上几眼。过了两天，两个人不仅没有出门，连声音也没了。阿妈盯住监控器的回放看，发现男人出来过一次，掐住女人的脖子，把挣扎的女人拖进房。阿妈先是愣了一下，猛然觉得大事不好，她急忙喊来对面楼的房东。闯进门时，看见赤身露体两个男人纠缠在一起，地上散落着女人用的假发套。

面对此情此景，陈思年的阿妈有些不好意思，掩上门，连说两句对不起，退出了身子。这一切被陈思年看在眼里，恨在心上，她对阿妈的举动很是鄙视，觉得不仅仅是礼貌问题，还侵犯了客人的隐私。陈思年喉里卡着"八婆"两个字没有说出来。

阿妈倒是没有认错的意思，辩解道："什么隐私呀，这种人怎会在乎这个，只要这个月少收点，他们高兴还来不及呢。"当然，阿妈不会少收一毛钱。在阿妈的心里，绝不能跟这些人让步，尤其在钱财方面。

陈思年看不惯阿妈："钱钱钱，你心里只有这个。"

阿妈眼皮不抬，说："我做得对不对，将来你会知道，谁不爱钱呢，不然他们来深圳干吗？看风景啊！"阿妈一脸不屑。阿妈这些话跟西北风一样，从来只是刮来刮去，落不进陈思年的耳朵。陈思年用鼻子哼了声，并不理睬阿妈。她觉得阿妈缺乏同情心，尤其是对外省人没有好印象。陈思年眼里的安大山便是来看风景的，他说白天没意思，太阳明晃晃地照着，榨干了人的精神头，只有睡觉才叫养精蓄锐、韬光养晦。他认为只有晚上才是人间美景，尤其看到远处点点渔火，听到近处人声鼎沸，被裹在其中的蔡屋围像是这声浪中的一艘小船。

听了安大山这么一说，陈思年的心仿佛被拉上了船，摇啊摇啊，没了根。她感觉蔡屋围的白天确实没什么意思，脏乱不说，低矮、参差不齐的房子看上去让人心烦。到了夜晚，就完全不同了。地王大厦发射到天上的两道蓝光，把蔡屋围城墙上的土，还有石灰地都打上了厚厚一层蓝光。有些时候，陈思年似乎看见了自己的影子，像一只老鼠在街上挪动或奔跑，有时停在树下，有时藏在拐角处。有了这个发现之后，陈思年变得心事重重，她不敢把这些说给阿妈，她觉得阿妈脑子出了问题。晚上 8 点以后，陈思年站到阳台上去看在蓝光映照下，变了形，走了样，有了魂的蔡屋围。这样的时刻，陈思年很想找个人说说话。

安大山是蔡屋围的租客，长得细长白净，像个读书人。他看不起那些每天上班的小职员。如果不是为了儿子，门前铲刀刷子类的小生意他才懒得理。安大山平时喜欢看书，闲了唱几口京剧、昆曲，兴趣来的时候，写几笔书法。多数时间，安大山会泡上一杯清茶，在院子里走来走去，探究一些令陈思年望尘莫及的人生大事。比如，他问陈思年，作为一个有钱人，你幸福吗？见陈思年摇头，他的目光越发锐利：你认为金钱可以买来友谊、爱情、亲情吗？见陈思年摇头又点头，安大山的声音沉重起来：金钱已经令很多人变成了一个膨胀、冷血的动物。你去看看，到处都是暴发户、收租婆，哪个有文化有情怀了？本地人堪忧啊！

安大山有次喝多了，给陈思年打电话，请陈思年讲点蔡屋围街上好玩的事，说他最喜欢的还是掌故。他说等回去之后，这些都将成为最美的回忆。陈思年听到安大山提到回去两个字，鼻子酸了。

对于安大山的各种问题，陈思年一时想不出答案，她怪自己读书不多，见识太少，眼里只有深圳香港吃的用的，其余的事情都不懂。

作为一个土生土长的本地人，看着眼前七拐八拐的胡同，陈思年想不起这条街上还有什么好玩的。80 年代之后，这条街似乎就与外面隔开了，深南大道越是宽敞，蔡屋围的街道便越发窄小；外面越是繁华，蔡屋围便越发脏乱。有知识的、时髦的人都被挡在外面，而那些没文化、落后的人似乎全部挤到了蔡屋围，塞进各种阴暗潮湿的出租房里。陈思年被安大山说的话搞得心灰意冷。原来本地人没什么了不起，住在深圳又如何，还不是有人富有人穷，有人幸福有人苦。她甚至觉得安大山故意奚落她，让她明白自己不过是多了几个零花钱的女人而已。陈思年头昏昏沉沉，似乎看到了自己的未来，便是守在这个老房子里。

有了这样的认识，陈思年不再狂妄自负，而自卑起来。这是她从没有过的感觉，她开始恨自己过去太自以为是了。

这样的时候，没有人管陈思年的死活，只有来自安大山的抚慰。他劝陈思年不必难受，要学会自己掌握命运。为了让陈思年好受点，他还采取自黑的方式，提到自己的不幸，在北方做过生意，欠了不少钱，现在跑到深圳是躲债的。说完这句，安大山把食指放在唇上，"嘘"了一声，好像担心陈思年听了会尖叫出来，把他扭送到派出所。不知何时，安大山突然又变成了一个弱者，长吁短叹，感伤自己的落魄，变成了穷人，成为社会底层，再也没有机会报效社会。安大山还讲了很多，到最后，安大山问陈思年会不会看不起他。

安大山说自己穷，没有车没有房，事业和婚姻都失败了。

安大山说，自己倒也无所谓，反正大不了就出家或者一死了之，最可怜的是儿子安然，遭遇这样的变故，成了穷人不说，还失去了家庭。

想不到安大山到了这一步。

知道安大山的前妻也在深圳，陈思年问过安大山："你会和她复婚吗？"

安大山没有正面回答，说，"她有她的生活，而我也有自己的追求。"他故意不说自己有没有女朋友。这么一来，身无分文的男人，变得有些神秘，很是吊人胃口。

过了两天，安大山在生了绿毛的墙边找到了正若有所思的陈思年，他咄咄逼人道："我是穷人，没有钱，没有地位，你愿嫁给我吗？"陈思年已经隐隐料到会有这样的时候，可她想不到，安大山把问题当成了自己的优势。陈思年沉得住气，并不说话。安大山又说："我知道，你肯定不愿意嫁给一个穷人。"陈思年说："至于穷人还是富人我没有想过。"安大山盯着陈思年说："因为我没有钱吗？"陈思年说："不是。"安大山继续逼她："那你为什么不同意呢？"陈思年说："不是这个原因。"安大山说："可是我首要的问题是没有钱啊！看起来你还是在乎这个。"安大山已经把她逼到了死胡同。最后，安大山一脸严肃地问陈思年，我当然不是为了自己，只想问你愿意收留一个孩子吗？他只会给你的生活带来烦恼，眼下只是个缺衣少食、差不多书都读不起的小孩。他指着远处发呆的儿子。

陈思年听了，心慌得不能说话。

把自己关了几天之后，不想说话的陈思年面部变得又黑又胀，眼睛倒是出奇地发亮。这种亮光引起了阿妈的注意。她对着陈思年上下左右打量一番之后，嗅出了不一样的东西，她忍不住回头看了眼正准备吃饭的那一间。

很快，陈思年便端着酒杯经过安大山身边，她这个样子好像是到另个房间去收租。平时她喜欢喝点红酒出门，这样会让她看起来大胆一些，而不会在客人那里白磨嘴皮子，浪费时间。此刻，她看见把饭桌摆到路边的安大山和儿子，他们正在吃一盆酸菜鱼，安大山跷着兰花指，抬起眼皮问了句陈思年："愿意委屈一下，尝尝我们穷人的饭吗？"

"好啊！"陈思年还没有确定对方的话是不是对着自己，便答应了。因为她看见了男孩儿安然求助的眼神。陈思年不明白，过去的自己是个成日无所事事的男人婆，突然间便转了性情，甚至连说话都会脸红。她把手里的杯子藏到身后，丢进门外的垃圾桶，随后小心翼翼挤到低矮的小方桌一角，像

220

个小媳妇，给自己盛了半碗米饭，又在稀薄的菜锅里盛了汤，靠着碗沿洒进饭里，低垂了眼睛，小心地吃起来。她在这对父子面前竟然连手脚也不知放在哪儿合适。

发现路上有个熟人想要与她打招呼，陈思年用碗遮住脸，生怕有人嘲笑她，破坏了好气氛，让安大山父子扫了兴。

在陈思年为安大山求情减少租金的时候，阿妈一针见血："你不会看上了那个外省佬吧？"

陈思年抖着二郎腿说："是啊，我是想和他日日守在一起。"

阿妈说："我跟你说了那么多年，就是告诉你不要被人骗啊！"阿妈怪自己反应太慢，女儿已经动了真格。于是阿妈说房子漏水很久了，得重新装修，她愿意免掉安大山两个月的租金，让他们早些离开。

听了这话，陈思年反应激烈："我有什么好骗的，钱吗？不要认为有几个钱就了不得，你看看自己，守着一堆钱，什么都没有，连个男人都守不住。"陈思年说完这句，已经解恨了，小时候，她见过有人骂阿妈，也听过老人们从牙缝里漏出来的关键词。

阿妈第一次听见陈思年这样说话，受了刺激，坐在房里流泪。类似的吵架后来又发生了几次，阿妈口气才软下来，说陈思年提过的建议很好，她愿意这么做了，不用等拆迁，可先卖了房子，搬到外面去住或是周游世界。

见阿妈变得这样，陈思年冷笑了声，她觉得阿妈说这话太晚了，她早已心有所属。

被陈思年拒绝之后，阿妈终于住进了医院。出来后，她变成了老年痴呆，再也不肯开口说话。

陈思年常常想起安然，他们虽然同是单亲家庭的孩子，性格里都很敏感和孤僻，安然的表现却是那么的温驯听话。陈思年清楚记得，安大山带着安然从一楼搬上来的时候，怕得要命，哪儿也不敢去，每天小猫一样伏在陈思年身边，不离半步。后来别人家的孩子反叛得厉害，安然除了学习时好时坏，倒不叛逆。看着有的家长为孩子焦头烂额，陈思年庆幸自己的陪伴没有白费。

虽说安然不是亲生的，可陈思年感觉跟亲生的没有区别。有了安然之后，陈思年常常会出现幻觉，觉得自己分明为安然哺过乳，想到这些的时候，总是有各种冲动，似乎还有奶水就要随时溢出来。包括安然的平静和身上的味道都是陈思年喜欢的。陈思年对安大山说，"过去我睡觉跟猪似的，现在，安然打个喷嚏，也会吓得坐起来，生怕他冻着。"

陈思年想不到自己可以把继母做得这么好。她对熟人说，"看见安大山打儿子我也受不了。"陈思年到学校开家长会，听见其他家长夸她会教育孩子，陈思年甜蜜地仰着头，很是自豪。陈思年和安然会对视而笑，这时陈思年感觉两个人长得已经越来越像。陈思年带着安然参加各种补习、夏令营，还去过一次泰国。陈思年嘴边总是挂着安然，甜腻肉麻得让人无法想到她女汉子的从前。

蔡屋围的老邻居一致认为陈思年遇上了高人，被施了法，催了眠，令陈思年从此脱胎换骨，走了一条与常人不同的路。否则陈思年怎么会看上一个流浪汉不流浪汉，生意人不生意人，留着长指甲，生了水蛇腰，说话酸溜溜的家伙，身边还带着一个满腹心事的孩子？老邻居摇头叹息，说，一物降一物，什么人都会变的。还有更老的人，看了眼天，摇着头说，谁也抗不过命，这点事儿不新鲜，想想她原来的名字吧，就知道她走的不过是她阿妈的老路。

有一次，安然惹了事，偷了家里的钱，看见安大山的拳头过来，似乎要狠狠教训安然。陈思年用身体挡着，脸和手臂都挨了打。第二天起床时浑身还疼，可安大山连句道歉的话都没有，一晚上不和她说话。陈思年心里很不舒服。她隐隐觉得安大山不是对着儿子。陈思年装作没事一样开导，"不管是跟客人还是儿子，都要耐心，不然怎么做生意？"这时的安大山早已无事可做，家里的开销全部由陈思年出，包括安然高昂的学费。

安大山轻弹烟灰，淡淡地说："你不会还是嫌我穷吧？"

陈思年知道安大山有怨言，阿妈的原因，陈思年一直没有去办结婚手续。

为了安大山，陈思年与阿妈斗争，所做的一切，就是要让安大山明白，穷怎么了，又不是你的错，条件不好又如何？陈思年心生委屈，我作了这么大的牺牲你还不明白？安大山明白陈思年指的是什么。陈思年怀孕的时候，安然的反应很大，到后来连学校也不去了，天天抱着陈思年的手臂，不肯放手，一个男孩子竟哭得梨花带雨。安然说，妈咪这是不爱我不要我了。有很多次在梦里喊着妈咪妈咪。安然甚至连安大山也不理，每天跟着陈思年，叫得陈思年心乱如麻。

"怎么办啊！"陈思年拉着安大山的手，拼命摇着，希望他快些想个办法。

"你说了算。"安大山每次都是这个态度。那一天下着大雨，安大山的裤脚滴着水，拖到了地上，安大山端来的青菜豆干、桂花鱼，都是陈思年的最爱。这时的陈思年已经没有了胃口，不知为什么，她觉得安大山有事情瞒着她，他总是规律地出门，回到床上也是裹着被子睡觉，陈思年伸手的时候，安大山会把自己缩得更紧，像是有人在暗处监督着他。甚至偶尔还会离开几天，说到香港看货。他常常偷着带些奶粉或化妆品回来再转手卖出去，赚点零花钱。

直到做完流产手术才看见了安然的笑，放下心来的安然还像过去那样，靠在陈思年的身上。这时候的陈思年脑子里突然闪出阿妈的样子。陈思年拼命摇头，想要晃掉阿妈。陈思年对安然说，"父母是这个世界上对你最好的那个人，为了孩子，他们什么都会做的，所有的牺牲都是为了儿女。"直到看见安然红了眼圈，搂着陈思年的脖子说："我当然不会离开妈咪。"

"分开是为了在一起。"陈思年被自己这么有文采的一句话吓着了，她完全不相信是自己说的。她认为自己说话的方式越发有了安大山的意味。

类似的话，陈思年还说过，"如果将来她还是一个人，安然如果愿意去服侍她，我不会反对。"陈思年指的是安大山的前妻。很多时候，她觉得那女人像是自己的长辈，需要她和安大山这样孝敬着。最早的时候，两个人做完了那事，陈思年还会跟安大山说几句，陈思年知道，那女人也在不远的地方打工。安大山听了，笑着说陈思年太傻了吧。再后来，他会披起衣服，下床，走到阳台上去吸烟，到了天亮才回到房里躺下。

陈思年除了证明自己爱安然，全心全意，没有一点分心，还要让安然明白，她有能力让安然过得更好。这个时候的陈思年已经依了安然的心思，每周陪着他去广州学习乐器。这是安然提出来的，有人告诉他，只有在音乐学院接受辅导，才能被顺利录取。

见陈思年人瘦了一圈，安大山拉着陈思年的手说，"怎么办啊，你不会抛下我这个老头吧？"陈思年咧开嘴笑，说，"看情况呀，如果你太老又太穷，我只有找个年轻又有钱的，不跟你受苦了。"

安大山听罢，楼着陈思年的腰说："你不能丢下我啊，那可是要了我们的命！安然，你说是不是啊？"他对着床上的儿子。

安然似乎没听见，低着头，继续玩着游戏。陈思年隐约感觉到安然变了，至于什么地方，她还无法想出来。

多年以后，再想起当年的情景，陈思年才懂了安大山的一语双关。

很快，安然再次来到了医院，这一次他显然不是为了送饭。看到了对方，陈思年心跳加速，她的手悄悄移到枕下，房产证和户口本在里面，她不清楚这一次怎么会如此明智，带在了身上。

安然挨近了陈思年说，"怎么样，帅吧？"安然拿出了一样东西，这是他的身份证。随后，他的脸也靠过来，挨在了陈思年身上，嬉笑着说："妈咪不要犹豫了，就用这个证件，也算是送给我的 18 岁礼物了！"

陈思年心头一颤，她发现安然这个样子，很是眼熟。陈思年装出若无其事，"咱们还是换成其他好玩的吧。"

见安然没有回应，陈思年亲密地拍了下安然的手，说，"对了，给你买个手机怎么样？"

"你还这么装，觉得有意思吗？"

陈思年沉默了，她想起了自己迷恋的那些女英雄，已经久违了。她已经很久没给自己添置奢侈品了，为了补贴家用，她只得在保险公司找了份差事，工资不高，却每天要四处奔波。随着年龄增长，陈思年花钱早已不再像过去那样大手大脚了。

安然看着陈思年的脸，"不要再玩了，相对于我一家的付出，那点小玩意儿算个屁！"安然从座位上腾地站起身，他已经彻底不耐烦了。

陈思年说："你说粗口了！"

安然眼神淡定，他看着陈思年，"那又怎么样呢？告诉你，我受够了！"陈思年发现对方说话的时候，脸有些扭曲，甚至变形。这是安然第一次和陈思年发生冲撞，他连手势也是成人的。陈思年想起当年那个讨钱的女人，也是这样的一张脸，先是嬉皮笑脸，转眼便成了无赖。

为了藏起自己发抖的双腿，陈思年把自己挪下床，她发现安然比自己高出了半个头。陈思年已经控制不住好奇，她倒是想看看这个抚养了八年的孩子接下来会做出什么。陈思年说："我想过了，房子是阿妈留给我的，我还从来没有想过送给谁，我猜这也是她临终前的心愿。"

很快，陈思年便看见了这个男孩意味深长的笑。随后，他打开了门，放进两个邪恶的伙伴。

不知睡了多久，陈思年醒过来的时候，已经是深夜了。她的眼前浮现出安然的脸，他说，"他们知道就是打工到死，我也进不了这里的学校，享受不到上等人的生活，喝不上地道的广东汤，实在是迫不得已喽。"很快，安然的声音便换成了得意："好在他们选人的眼光向来不错，没有失过手。不信，你去问安大山，遇到你之后，我们是打过赌的。"

晚上 9 点，陈思年抄了近路拐进蔡屋围，她爬上了自家对面的天台。有几次她忘记了手上的吊带，扯疼了自己，她没有想到安然的出手是那么的重。

天台上面有阿妈种了多年炮仗花，金黄色的一片，开满了半个阳台。她静静地去观看这重新团聚的一家人。安大山的前妻也老了，走路不再像以往那样轻盈。此刻，他们苦尽甘来，愉快地说着家乡话，显得格外亲切。安然坐在他们的旁边，样子乖巧，甚至有些害羞，他假装没有看见父母故意搭在一起的手。陈思年记起在电视上看到过的风俗，男女手上系着红绳儿，一定是家里有了喜事。那颜色分外刺眼，如同胜利的信号。女人坐到安大山不远处，偶尔起身到厨房，为她生命中两个最亲的人盛饭加汤。身边是他们打好的行李，吃完了这顿饭，他们将会离开深圳回到老家。安然告诉过她，原来的计划里还有两家，权当父母送给他的福利了。想不到，陈思年反应慢，人又太过善良，让他们犹豫了很久，拖到现在。

蔡屋围上空的蓝还在，有时会射到阳台上。陈思年打开手机，翻了很久也没有找到说话的人，她不禁抬头望向一个窗口，阿妈曾经睡在那个地方，直到离世。陈思年是这个世界上阿妈唯一放不下的亲人。陈思年记得阿妈临走前，突然从昏迷中醒过来，她一次次用手指向监控器，上面的红布落满了灰尘。她红着眼睛发出尖叫，企图喊醒被催眠的女儿。在那部落满灰尘的机器里，藏着出租屋的所有秘密，包括每次陈思年出门，这个女人都会来到这个家，为她的丈夫和孩子洗衣、做饭。他们无视阿妈的存在，在阿妈的面前走来走去，甚至是亲热，以此来折磨这个道破天机的老人。

据香港史料记载，早些年的蔡屋围住有吃苦耐劳的家族，后被一松岗帮工侵占并归为己有，从此蔡屋围易姓。陈思年看到这则掌故的时候，已经是2016年的夏天，蔡屋围的街上出现了身穿制服的工作人员，他们正反复测量、核准，并进行数据分析。他们的计划将安排在晚上，方式是静音爆破，采用的将是世界上最高端的技术。到时候，除了这个历史上的地名，也许一夜之间，脏乱的蔡屋围将会消失。除了史料，没有人可以记得它的来龙去脉，取而代之的将是一条高尚的街区，与旁边的深南大道、京基一百遥相呼应。

陈思年熟练地拨了号，对着话筒，她还想找回当年那份潇洒，她准备对阿妈说说这些外省人，真是了不起，贫穷不仅没有妨碍他们，反倒成了武器，甚至连个小孩子都知道把野心深藏多年，还会创造各种机会让父母团聚，我们本地人哪里是他们的对手啊！

除了远处的汽车声，蔡屋围这一刻开始安静了，四周野草丛生，有各种虫子在叫。

过了很久，陈思年听见拖着哭腔的自己，她的声音细弱无助。此刻，她只想藏进阿妈的怀里，重新回到小时候。

那时候的深圳，没有繁华，没有伤害，岁月是那样的静好。

作者简介

　　吴君，女，在《人民文学》《十月》等期刊发表小说多篇，部分作品入选《新华文摘》《小说选刊》《小说月报》《中篇小说选刊》及各类选本、排行榜。中篇小说《亲爱的深圳》被改编拍摄为电影。《我们不是一个人类》被媒体评为2004年度最值得记忆的五部长篇小说之一。出版有《不要爱我》《有为年代》《天越冷越好》《亲爱的深圳》《二区到六区》。曾获广东省鲁迅文学艺术奖、《广州文艺》第二届都市小说双年奖、《小说选刊》首届中国小说双年奖、第十五届《小说月报》百花奖等。入选《北京文学》当代中国文学最新作品排行榜。

画布上的海

蔡伟璇

　　罗梅落从文联退休了，退休当天查出癌症，震惊之余她反而觉得解脱，遂背起画板开始画海。边画边回忆，丈夫丁洋、继子丁未、未出生的女儿，甚至自己的出轨对象……梅落用画海当作临终救赎，谁知竟画出了一条生路。

一

　　罗梅落退休前，在市文联书画院上班，是个知名画家。知名的程度是，省内知道的人不少，省外知道的人不多。

　　罗梅落办完退休手续之后，去单位拉回私人物品时，挑了个周六下午去——那时文联只有老宗独守门房，她好安静地去和去年枯死的老榕树告别。

　　这株老榕树，是在丁洋吐出鲜血来的第二天，风刮雷劈死去的。

　　这株老榕树原本主干苍硕，须藤匝地，枝叶蓊郁。枯死前一年，有一枝丫，翠绿地探到梅落临窗的办公桌前，每天用碧绿澄净的眼光凝望着她，染绿了她的梦。因此，梅落每天下班关窗，必先细心地把绿枝请至窗外，再行闭窗。去年夏季的一个台风天，这棵老榕在突如其来的龙卷风中，被大风雷电劈去一半，之后，就枯干死去。所幸，也许是它比文联大院以及大院里的人，更早占据这块地盘，大家心存忌惮，无人愿意先动手劈它为柴。

　　梅落在围着老榕的石凳上愣坐了半天，心中只有一句同病相怜惺惺相惜的话：就此别过。在她办理退休手续的那段时间，她因为体检表中的一张肺部有阴影的X光片，被医生要求进一步作几种检查。在她办妥退休手续的那一天，她被上苍赠予了一份黑色礼物，被主治医生告知：中期肺癌。梅落坐在枯树下，心中并无太多悲伤。她的悲痛早已在一年前，丈夫丁洋死于肝癌时，支付光了。这张肺部拍片之于梅落，就像给一个乞丐再摊上天大一份债务一样，没太大的差别。

梅落坐着坐着，冥冥中觉得，老榕虽然躯干枯干，折去大半，但树魂一定犹在。想它那鲜绿的枝丫与自己的情分，此番离去，必定要与她话别。她打算静下耳朵和心，来听。梅落这样坐了一会儿，却只听到头顶上仿佛有鸟雀的鸣叫，先是单只啁啾，她并不以为意。接续而来，是一应一和的几声啼鸣。梅落这才惊心起身，抬头往上瞅去。这一瞧，梅落看到直戳向天的枯木，右边的分杈上，居然抽出几丛兀自挺立的青枝绿叶，使得枯死的老榕，状如矗立于美国纽约市内港，高高擎起火炬的自由女神。那些嫩黄油绿的叶片，还仰着不识人间疾苦的面孔，与夕阳唱和，一俟风来，便没心没肺地摇曳，站立其上的鸟雀，也跟着鸣啭不休。

梅落先是像被人冷不丁地掴了一个耳刮子般的难受，再是深深的懊丧——连枯死的老榕，尚能复长新绿，她这一年多来所碰到的，却一桩桩、一件件，全是咸鱼不可翻身的大霉事！被重重挫败的梅落，没来由地对这株老榕树恼怒起来。

梅落提了两袋私人物品，撤离老榕树，溃败地走向文联门口的公交车站。等不多时，便见搭乘多年的18路公交，熟面熟孔地来了。

车厢内零落坐着几个漠然的乘客。只有一对恋人不坐，他们站在门边。女孩的手臂缠绕着门边的铁柱子，男孩的手臂旁若无人地缠绕着女孩的小蛮腰。

梅落迅速把目光剥离那对小恋人，朝窗外望去，只朝着窗外望去……载着疏疏落落几个人的公交，哐当一声驶上海滨大道，盛开着大簇洁白浪花的海，欢腾着辽阔蔚蓝的海，便展现在她的面前。

啊，海！梅落麻木的心，蓦然活转来。

丈夫丁洋教授海洋生物，退休后被大学返聘。有一天，就像突然打翻一罐红色颜料那样，朝铺着薄薄一层白色粉笔灰的讲台，吐了一大口鲜血。晚期肝癌，三个月后去世。临终前虽然交代魂归大海，可80多岁的老母，怎肯弃儿子尸骨于海洋？

梅落还是在一个星期天的上午，早早赶到仙乐堂，出示证件，趁管理人眼瞅不见，把丁洋的遗骨装进备着半兜缤纷花瓣的白布兜里，然后打车直奔海边。还是像这样涨潮的时候，还是像这样大海欢腾着辽阔蔚蓝，激荡出大簇洁白浪花的时候，梅落把布兜顺风倾进海里，五彩花雨，纷纷扬扬，一会儿就陪伴丁洋，进入他醉心的大海里。

半年多来的每个夜晚，每当梅落独自躺在曾经躺着两个人的床上，都要辗转反侧着丁洋临走时，攥着她的手，断断续续说的话："把我撒向大、大海，女儿在那里等着了……"梅落当时听到这儿，恍惚了一下，以为他们已不在人世间，接着，才猛然想起他们结婚初几年流掉的孩子。他们一直期盼那孩子是个女儿，早早给她取好名字——罗格利——罗梅落第一次站在安格尔的那幅著名的《布罗格利公主》面前，便被那婉转柔美的线条，晶莹的冰蓝，如玉的肌肤，惊讶失语！"你想啊，我们住在、住在蔚蓝的海里，所、所有的海洋生物，都、都是我的老伙计……"丁洋说到这里，露出一丝笑意，走了。那丝笑纹，如云破处的一隙阳光那般，定格在他脸上极度苦痛的皱褶中。

梅落怎么能够不把丁洋从那个阴暗角落带出来，让他回到广博的大海里。

窗外，大海欢腾激荡；窗内，梅落想，此后所剩不多的日子，她将与海相伴。梅落想着，心中洇开一点暖意——她终于可以在这样无望的日子里，与丁洋遥望相依。

二

梅落第一天背着画夹，登上的那个山崖，叫天崖。这个高高的有些险峻的山崖，酷似劳伦斯和琼·芳登主演的《蝴蝶梦》开头，男女主人公相遇的山崖。只是影片里的男女主人公，是遇见；而梅落，是分别。她从那个山崖，让丁洋先行归去。

梅落那天来得很早，她坐在岩石上，支起画夹，朝海望去，海面上晨曦朝雾光影交融，远处小船朦胧，船上人影依稀，云雾迷离中涌出一轮红日，俨然一幅莫奈的《日出·印象》。这一轮红日，可是来自丁洋居住的地方？梅落想。

望了许久，梅落才开始朝着海画。

那天上午，梅落的一幅《海》的初稿要完稿时，在涨潮的阵阵涛声中，竟辽远地传来丁洋浑厚的美声："小时候妈妈对我讲，大海就是我故乡，海边出生，海里成长……"梅落的画笔不知不觉在画布上草书三字：望故乡。

梅落很意外，对着海画或不画，都有些止痛的作用。丁洋走后的半年，梅落心中时常是刀剖开皮肤一般的利痛。丁洋回归大海后，那痛，变成长久驻守在心底的钝痛。面朝大海作画，竟麻醉了自己大半年来的钝痛。梅落又想起海子的诗：我只愿面朝大海，春暖花开。看来诗人和画家，心中驻守着一个共同的灵魂。梅落想。

梅落那天回去，用毛笔小楷写下她的遗嘱，压在存折下，要求大姐梅云在自己走后，用这笔存款处理她的后事，并从天崖上让她去寻找丁洋。

三

从此，梅落天天上天崖，画海。

有时，梅落被他事耽搁，比如到医院复查取药，到了太阳西斜才匆匆赶来。落日从西面山峰，徐徐转出，金黄的余晖使宏阔的海面变得和煦起来，许多往事，便也从这辽阔平和中爬上她柔软的心头。

丁洋在和自己结婚前，成过家，娶的是当年插队落户的大队支书的女儿。支书家境比较殷实，闺女长相也还不错，只是有癫痫病。有次犯病家里恰好无人，倒在地上时，后脑勺磕在石头的门槛上，就再没醒过来。

丁洋的别无选择、后来却也不乏温情的婚姻，就在这一磕中，结束了。

知青多年的丁洋，恢复高考后挤上青春的末班车，考上了大学。丁洋只得舍下儿子，把他暂且寄养岳父家中，孤身返城上学。

梅落遇上丁洋之前，多年来以审视"画作"的眼光，审视每一个走到自己面前来的男士，渐渐错过青葱岁月。丁洋曾经离丧的痛楚，化为沧桑一片，他做了浑厚美声的底色，一下就呼唤出了优质"剩女"梅落心底的人生况味。梅落因此少有地积极地投入这段情缘——尽管父母拼死反对。

新家安顿好后，丁洋提出把丁未接到城里来读书。可梅落反悔了！她怕当后妈！任丁洋怎么苦苦乞求，也不！

他们婚姻的二十几年里，两人为此过了一招。

在丁未小学即将毕业要上初中的时候，有一天，丁洋用金属一般铿硬的目光盯住梅落，说，丁未的中学，得在省城上！那目光里骇人的硬度，使梅落不禁退缩了一下，可嘴上却还是不肯服输，也以坚硬的口吻，告诉丁洋，她不当后妈，绝不！丁洋猛然捏紧一只拳头，又在梅落高耸的肚子前无奈松开，他跌坐在一只靠背椅上，撑在扶手上的手，抵住垂下来的额，哀哀地求。梅落依然不，理由是：丁洋他自己不也在农村读书，不也考上全国重点，还读了研。丁洋说，现在城乡差距拉大了，他是父亲，不能不顾丁未的未来。两人的对峙又拉到尖峰，挺着个肚子的梅落眼都绿了，她歇斯底里地朝丁洋叫："我不当农村野杂种的妈！"话声未落，丁洋一巴掌已盖过来，怀孕7个多月的梅落，奋力飞起一只鸡毛腿。当这一巴掌戛然止在梅落挺高的肚峰上，梅落也因丁洋的戛然终止，而踩空，而后仰，双腿叉开，蹲在地上。红色的液体，慢慢地从她叉开的双腿间，渗出来。这一招的结果是，那个叫罗格利的孩子，再也没来到。

四

梅落将养几个月后，身体康复。书画院组织一次采风，去范当时当县长的一个山景斑斓的边远县写生。

那时已是深秋，梅落在这个秋天里意外多摘了一枚果实。

省城去写生的青年画家梅落，在与当地书画界朋友的一次聚会中，与颇有名气的官员画家范县长相遇了。席间范县长用那政治家的圆熟，随时制约着艺术家的率性的矛盾体，激起了梅落的兴趣。那天的梅落，入座后脱掉外套，露出一件浅冰蓝真丝连衣裙。那连衣裙有两只轻盈的袖子，袖口在手肘之下由小皱褶骤然收住。浅冰蓝的真丝，把她土豆皮的肤色，映衬得更加晶莹亮洁，眼风妩媚，这使她美丽得像一株开冰蓝花的花木一般。范县长只瞟了梅落一眼，便觉得席间异香袭人。其实，梅落那靓丽的姿色，之于见多了美女的范县长，还只是有色无香的花瓣。那异香来自花心里的蕊，那蕊是美丽女人对于艺术天生的敏锐。后来大家互留手机，范留给大家的是公务手机。席终人散，又单独给梅落追发了一条短信，把那极少人知晓的手机号码也留给了她。

梅落结束写生回省城前，两人以观画为借口，已互访数次。此后，范县长凡公差省城，便要寻找机会，私见梅落。

在梅落时常发狂地跳出那个念头，如果范坚决要她，她也可以考虑离开丁洋的时候，他们有了第一次，就在范来省城开会下榻的宾馆。那个上午，在宾馆二楼会议厅开讨论会的范，会议中途平平静静地走出来，上到宾馆15楼他的房间（正巧与会人员中只有他被安排在顶层15楼），急急火火地见梅落。

那一次，宾馆雪白的床，转瞬间，便成了一片白云，托着他们迅速飘离俗世！

匆匆事后，两人犹在天堂的白云朵上交缠片刻，范的手边余烬炽热地游动在梅落"最婉转柔美的线条"上（范说梅落画过的"最婉转柔美的线条"，乃是她身上柔软的小蛮腰和丰腴而不肥腻的臀部。其美妙，甚至超过她坚挺的乳房）。边俯在她的耳边，沉醉而又不乏一丝清醒地呓语："我们要做一辈子的好友！"梅落即便再爱得昏了头，也听得懂这句话，它的潜台词，当然不是不要反目成仇，而是纵然我们有了这样亲密的肉体关系，也无关婚姻。梅落只是不快了几秒，便百分之百地原谅了范人在仕途的不易！

其实，彼时是范太胆小多虑，即便范真的强烈要求梅落离婚嫁他，梅落也得好好考虑。梅落还能不清楚一个手拥重权的官员的私生活状况？只是她太爱范，自欺地想，能把水墨莲花画得芬芳满盈的范，总会有些不同，应该能在官员的烂泥塘里出淤泥而不染。

泰戈尔的那句名言：眼睛为他下着雨，心却为他打着伞。仿佛就是为这个时候的梅落写的。

后来，每一次好不容易等到范来省城开会，又恰好有时间有地方能够在一起，缠绵在天上的云朵上之后，范都会用痴迷中仍存的一点理性，对梅落说："我们是一辈子的好友！"梅落自然明白他的潜台词：别往婚姻的方面想。起先，梅落总是婉转急切地让范明白，自己没有缠住他，毁他前程、坏他家庭的想法。只要彼此相爱，相爱就够了！梅落每天给范的短信也是这么说：爱在当下！梅落报了瑜伽课程，想让自己"最婉转柔美的线条"永远妖娆无边。每月的工资，则大笔大笔地花在那些昂贵的衣物上。这使得她越来越像一朵罕异的罂粟花，薄如蝉翼美艳绝伦地盛开着，单单等着范来采撷。

这些年里，梅落唯独难在画布前定下心。这难免辜负了一段最能出作品的好时光。

后来，听范柔情蜜意又不无有所戒备地说："我们是一辈子的好友！"梅落开始有些不屑地想，用得着这样害怕吗？她梅落是会死缠烂打的人吗？就是范真让她嫁他，她也需要足够的勇气和决心。只要想想，公务忙碌应酬无瑕的他，一个月里能够与老婆吃几次晚饭？以他的身份地位，有多少花一般的女人，恨不能靡丽地开在他身上？她还就宁愿做那个让他惦念的红粉，而不是他后院里敝屣般的黄脸婆。

虽然丁洋爱丁未，但自结婚以来，总悉数把工资交在自己手里，与自己吵架吵得再凶，也绝不肯说出"离婚"二字，这样的安稳踏实，岂是范能给的？

梅落在一次与范在白云之上欲死欲仙之后，听范酒后清醒一般地恳切相嘱："我们是一辈子最好的好友！"梅落虽不作声，嘴角却扬起一枚冷飕飕的笑影——她感到了莫大的耻辱！第二天，她毅然换掉手机卡，删除范的QQ，切断与范的所有联系。她终是清醒了：远处的是风景，近处的才是人生。

五

梅落与范如火如荼的时候，虽然以范多年在政坛摸索出来的安保措施，两人做得十分隐秘，丁洋还是仿佛嗅到了某种逼近的威胁。丁洋不再提接丁未到城里来读书，只是每个月的最后一个周日，必往乡下跑一趟。每次丁洋去之前，梅落会发现抽屉里的钱少了一些。几次之后，梅落自然明白钱的去处，只是佯装不知。后来梅落在每个月最后一个星期天到来之前，会从银行里多取出一点款，默不作声地放在他们搁日用钱的抽屉里。

从那个星期天的早晨起，丁洋和梅落两人就避免着目光的交接，无话找话的交谈也客气而短促，寂静在他们之间荒芜地蔓延，直至丁洋拎上一只小旅行包出门。梅落知道那只旅行包里，是一些给丁未的衣物、新买的书籍以及吃食日用品。除此之外，还有一样，是那时还年轻的梅落无法明白的，那就是一颗愧疚而苦痛的父亲的心。

就这样，丁未在乡下读完小学、初中、高中。

乡村的教育终是不尽如人意，丁未接二连三考不上大学。每一次丁未落榜，梅落最怕看到的，是丁洋昼夜间寒山一样凸起的颧骨，和昼夜间塌陷下来的眼窝，以及浮在眼窝里残冰一样绝望的光。

丁未放弃考大学之后，开始在乡下种菜。后来，早早结婚，生了儿子。

有时候，丁未进城卖菜，会挑一把格外油壮的菜，送到家里来给梅落。梅落接菜时，眼光都是避着丁未的手。丁未的手处处皲裂，几乎没有一处光滑的皮肤，并且，裂缝里一线的黑，像是缝进去长长短短无数的墨线。如果当时自己让丁洋接他来城里读书，现在丁未是怎样的一双手？像丁洋那样绵厚有力又修长？梅落想，她祸害了一个人。

六

丁洋走后的第二个春节，除夕那天的早晨，天色灰沉，乱雨敲窗。梅落很早就醒来，无法出去画海，躺在床上，万念俱灰地打算就这么无穷尽地躺下去时，门铃骤然响起。梅落开门，她吃惊地看到门外站着丁未和他的妻子。丁未搓着一双皲裂着许多细小口子的大手，反反复复地说，刚盖好新房，大过年的，想接梅落去住两天的话。丁未的妻子在一旁露着生疏淳朴的笑容。她的刘海被雨水湿答答地沾在额上，却依旧可以看出头面很精心地拾掇过，连白发丝也匀整地被夹子包夹在黑发中。梅落的鼻头酸了起来，她本以为和丁未的唯一一丝维系不在了，他们已是陌路——当然是陌路……

梅落跟着丁未夫妻跨进丁家院子时，迎头便撞到一片湛蓝的天！这幅在一面土制画夹上的蓝天，虽然稚嫩却意外的朗阔辽远。一个小男孩拿了画笔正全神贯注往蓝天上画鸟。一只鹅颠着方步在一旁做观众，间或打破"蓝天"的宁静"嘎"地叫唤一声。听到院子里的响动，男孩转过头来，看到爸妈带人进来，并不开口招呼，只是拿极明亮的眼眸，朝梅落睐了一眼。梅落微微一惊：这孩子除了显得灵慧一点，简直就是丁未小时的翻版！他那明亮得仿佛能够透视人的眼眸，让梅落想起丁洋，并没来由地蹿出一个直觉，这孩子和她有些未了之缘。

梅落又想起寄养在外祖家的童年丁未，又想起丁洋闻知丁未落榜，眼窝里残冰一般绝望的白光……

梅落在大年初一下午回到自己的家。正月一过，梅落便把自己的大三房换成一套小二房——丁洋已去，自己一人住的房子也太大了！

换了小二房，剩下的钱，梅落让丁未来拿去，还盖新房欠人家的款。

这是梅落对自己的一次救赎，但却是一次不太成功的救赎。丁未来拿存折的那天，梅落站在阳台上，望着丁未走出小区的背影，那酷似丁洋，却又以野生土长甩动着粗大的手的方式，甩掉了丁洋的儒雅的背影，让梅落心中的轻松，又消失了大半。

七

世上最难画的颜色，恐怕就是海的蓝了。梅落想。她试过多种调色，可是，就是无法把海的"蔚蓝"，搬到画布上来。那时而声势浩大气势磅礴，时而温和如和风中起伏的绸子般的海，更是难以诉诸画笔。所以，有一段时间，梅落每天在天崖上画海，其实只是长时间地观望、远眺……不肯轻易动笔，不肯以自己的平庸画技，去亵渎大海。

一整个漫长的冬天，梅落每天背了画夹上天崖，但只是就那么望着，一笔不动。寒冬三个月，红色披肩棕色风衣，在天崖上苦苦寻思的梅落，在暮色苍茫，晚霞漫天的黄昏，简直就是米勒画笔下那个孤独的牧羊女。再下去的三个月，梅落才又开始动笔，用掉几罐颜料和无数画布，但画出来的，依然不是她心中的海。

这一天，梅落还是一千遍地画海。口渴了，歇下来，从随身的水壶里倒水喝，这才想起早餐饭后的药还没吃。梅落无奈地从包里数出药片，吞药，喝水。苦涩满口。这让她想起更加艰辛的复查治疗——倒多趟公交、排无尽长队、麻木的医生、冷漠的机器、水一样花出去的钱……梅落一气把包里的药，全部掏出来，倒在掌上瞧了瞧，然后在阳光中伸出手臂，朝上一扬，一颗不剩地抛入大海。要来的，来吧！来吧！

抛药入海，画过无数线条的梅落，把药抛出一条很美的弧线，这让梅落猛然想起范说的"最婉转柔美的线条"。就在昨天，梅落又见到了许多年未见的范，他在电视里讲话，他似乎升到一个更重要的位子了，并且一点也不显老，只是额头也随着他的职位，一路高升。不知他此后再有过多少"最婉转柔美的线条"？ 梅落笑了一下。

那样刻骨铭心的一段，原来也可以这样无波无痕地想起！

治疗一年多后，梅落拒绝再踏入医院的门。

梅落在画不出海的苦恼中，和滨海市一起走进梅雨季节。

梅雨之期，天空不时乌云翻滚，冷不丁地就淅淅沥沥下一把，或哗啦啦来一阵。梅落上不了天崖画海，只能成天闷在家中。她穿着冰蓝的丝绸睡衣，无所事事地在卧室、客厅、厨房、厕所、阳台心烦意乱地进出，间或用一双阴郁的眼，朝着阴翳的天，无望地望。

梅雨期的第十五天，梅落夜晚无比烦闷地睡卧床上，一股阴阴的风，忽然从阳台蹿入，撩起她冰蓝的绸子睡衣，一个念头冰蓝地掉进梅落的脑海：去不了海边，就不能搬海进家？

梅落急急起身，从储物间提出一桶颜料，又找出一把长柄滚刷。

梅落在蓝色颜料里兑水，反复调试到适合的比例。卧室、客厅、厨房、卫生间、阳台，梅落边刷，边开空调除湿。天亮时分，她便有了一座海市蜃楼般的水晶宫。穿着冰蓝绸子睡衣的她，头上身上纷纷点点冰蓝颜料，像一株开满冰蓝色花的海生植物。

梅落把她在天崖上画的几十幅海的习作，从储藏室搬出来，裱褙配框，错落悬挂在卧室、客厅，连厨房冰箱上头、卫生间洗手池前方，都有一方蓝得醉人的海。客厅电视机的正上方，取代了她热爱多年的莫奈的《睡莲》的，是那幅《望故乡》。等她挂好那几十幅画后，她的房子，就成了这些画中最大的一幅立体的海。这之后，每天清晨醒来，梅落到客厅泡茶看新闻，抬头望到的，便是蔚蓝的"故乡"。

梅落现在在家里只穿冰蓝的丝绸睡衣，她不知不觉以海鱼的样子，在家中悠游；以海生植物的姿势，在家里站立。这使她渐渐滋生一种感觉，时时觉得自己就和丁洋和女儿住在海洋里的那个家，丈夫丁洋和他们的女儿格利，只是出去溜达了，女儿很快就会伴随着父亲浑厚的美声"深深的海洋"，欢欢喜喜归来。

夜晚，梅落躺在床上，眼光从房子冰蓝的墙壁上流连过去时，忽然想起余光中的诗：与海为邻，住在无尽蓝的隔壁，却无壁可隔，一无所有，却拥有一切。她安详地想，若能以此诗为河，清凉地漂流向丁洋，也是很美的事！

梅雨期过去，天崖上重新赤日炎炎。

梅落又背起画夹，重上天崖，画海。

又过了半年，一面辽远的海，终于缓缓出现在她的画布上。梅落把她较为满意的"海"，取名"洋"。

这幅画，市书画院征集参赛作品时从梅落这里拿去，意外地得了一个业内公认的大奖。

这是梅落在天崖上画海的第四年。

八

梅落想，恐怕来日无多了，那幅《洋》的奖金，犹在银行卡上，与其让它成为毫无意义的遗产，不如取来办一次自己渴望多年的大型个人画展。

在画展筹备和展出期间，梅落心中始终涌动着一句话——那句五年前去和老榕树告别的话：就此别过。

这一天，展厅里走进来两个人。他们先在《望故乡》前驻足良久，之后在展厅徐徐转了一圈，低语着关于这个展厅容纳的海洋表情之丰富、特别与神秘的话。之后，他们踱到辽阔深邃的《洋》的面前，两人立即成了"洋"前的两尊雕塑。

这两个年龄悬殊的人，背影体态很像一对父子。他们凝视了很久，才听老者对年轻人说："站在这幅《洋》前，让人只剩下一种欲望，那就是，变成一条鱼游进洋里去……"年轻人这才开口，说："可是，这幅《洋》，我怎么看怎么像个倒过来的天空，就是洋里游动的鱼，也有鹰击长空的影子。勾起我向往的，是飞向蓝天……"

他们说这话时，梅落恰好走到了他们背后，她无比讶异的目光随即落到画面上，她惊奇地发现：可不是有些像辽远的天空？可不是有鸟类飞翔的影子？难道丁洋的浩瀚的海，即是她潜意识里碧蓝的苍穹？梅落又想起第一次见到丁小未，见他在自制的土画夹上画天空的情景。难道这一切都有着某种互为因果的关系？正当梅落浮想联翩时，年轻人转过身来了，他白色镜片后面微凸的、大而圆而亮的眼睛，在镜片后迷茫了一刻后，骤然放射出两束灼人的光芒。这非同寻常的光芒，照亮了梅落记忆的角落，她很快便搜索出了那个不同凡响的名字：樊蒂冈。

樊蒂冈望着面前的梅落，她布衣布履，铅华落尽，但昔日姣好的容颜，依然在经年风吹日晒黑了好些的肤色下，闪动着依稀的光芒。如果说她是一朵尚未凋残的花，那么她双目中那超脱于凡尘之上的无忧无惧，便是这花心里芬芳的蕊。曾经做过梅落一年多主治医生的樊蒂冈，惊讶惊喜得语无伦次："你、你……"

梅落自把药从天崖上投入大海之后，就没有再见樊蒂冈。

在樊蒂冈的再三鼓动下，梅落再次走进三年多来未曾踏足的滨海市第一人民医院，作了一次全面检查。

一周后，梅落带着一张肺部拍片和一沓检查报告，来找樊蒂冈医生。樊蒂冈医生一张一张哗哗地翻过去，嘴里不停地追问："你确实再没去其他地方治疗过？"他微凸的、大而圆而亮的眼睛，在白色镜片后面凝满惊讶："难不成，这五年，你冬眠去了？"。

走出医院，梅落一路隐隐失望。自己行走五年，一心一意归去的路，一旦改变方向，六神都无主起来。

梅落恍恍惚惚上了公交，迷迷瞪瞪下车，站点居然是五年未回去过的文联大院。下班后的文联大院四下无人，只有老宗孤守门房。梅落痴痴地走到榕树下，坐在圈着榕树的石凳上。五年过去，这榕树彻底返老还童，朽木之上，枝繁叶茂。

黄昏来临，榕树上鸟语声喧，但这些都不在梅落的世界里。她在树下傻坐许久，才有一颗榕珠，砸落在她的脚踝上，把她从迷糊中唤醒。梅落低头一瞅，那颗绿中泛黄的榕珠，正在她脚边无声地骨碌着活泼的身影。梅落盯着这颗玲珑的榕子，突然想起丁小未在他土制的大画夹上，画蓝天的小手。梅落又惊心地想起丁未拿菜来时，那双仿佛到处缝进黑色缝衣线的大手……

如果丁小未还喜欢画天空，她要为他做一个最好的画夹！要带他去天崖，画海！梅落想。

作者简介

蔡伟璇，女，现居福建厦门。作品散见于《北京文学》《山花》《创作与评论》《最小说》《台港文学选刊》等国内外报刊。获福建省第 27 届优秀文学作品奖暨第 9 届陈明玉文学奖等文学奖项 20 多次。已出版小说散文集《落花印象》《阅读往事》《荷语》《凤凰花地》。鲁迅文学院第 21 届高研班学员，中国作协会员。

心就是用来碎的

黄蓓佳

都市里两个身份不同的离婚女人的情感故事，惺惺相惜，活法不同，却甘苦、冷暖同知。从容简洁的文字背后，透出的是都市这个日渐庞大的特殊群体的人生况味，读来让人心生怜爱与同情，却也无奈。

陆丽从《邺城都市报》的总编辑职位上辞职时，报业集团董事会送给她一只刻有"感谢"字样的瓷盘作纪念。陆丽觉得这只盘子实在太丑陋：光溜溜的白瓷底子上，居然绘上了一大朵俗艳无比的红色牡丹花。把瓷盘从纸盒里拿出来，在一圈同事前当众展示时，她脸上的笑容已经有了点勉强。带着笑容跟大家握手，道别，互送祝愿，同性之间还逐一拥抱。回到家里，她觉得疲惫，把打开的瓷盘的包装重新裹上，拿绳子胡乱一扎，塞进了壁橱空隙。她心里甚至在怀疑报社老总：到底是审美品位太差，还是对她的离职根本没当回事？

隔了几天，陆丽从外面办事回家，一进门就发现哪里不对劲儿，站住了，目光从左至右地在客厅里逡巡一遍，明白了，那个丑陋的牡丹花盘子，被钟点工吴姨扒拉了出来，擦拭得艳光四射，拿一个粗糙的木头架子当底座，郑重其事摆放在迎门的矮柜上。

"哦，天哪！"陆丽说了一句。

人高马大的吴姨赶过来护在盘子前面："小陆你怎么回事？这么好看的东西，就给你扔壁橱了。"

"好看吗？"陆丽茫然。

"牡丹花，富贵和气，怎么不好看？"

陆丽举起两只手，表示不争吵了，她投降。

吴姨和陆丽之间，仅仅相差了一岁的年纪，可是吴姨身坏高大，陆丽却是体格娇小，站在一起，的确有一点气势上的悬殊，吴姨也就毫不客气地称陆丽为"小陆"。仔细想想，在陆丽周围，无论同事还是亲友，把"小陆"两个字喊得如此理直气壮的，除了吴姨再无旁人。

还在陆丽离婚前，女儿上小学的时候，吴姨就已经到了她家里做钟点工。相处多年，彼此成了家人，陆丽对吴姨自身乃至她的一切行为作态都已经甘之若饴。吴姨喜欢做主，家里买什么菜，用什么清洁用品，空调开多少度，都由她说了算。陆丽本就散淡随和，家事不管更好，乐得让别人操心。连陆丽的前夫林立清，都不能不称赞吴姨，说她是陆丽前世修来的"保护神"。

林立清说这句话，是抱怨还是嘲讽呢？陆丽一点儿也不想弄明白。

吴姨自己很早就离了婚，偏偏对同样离婚的陆丽有那么点不屑。吴姨的逻辑是，她在离婚事件中是主动方，陆丽却是被动方。她老公粗暴、懒惰，下岗之后又迷上了赌博，差点儿连房子都押给了赌友，被她忍无可忍一脚蹬出门去。"儿子归我，房子也归我，他敢打官司？我连他鼻子都踹歪了！"离婚书拿到那天，她挥舞着抹布，在陆丽面前大声宣告。

而陆丽呢，长得好，学问也好，工作更好，却被胖成了猪头三模样的林立清一脚蹬开，那蠢男人连亲生女儿都不要了，跟一个吊眼梢的小寡妇另立门户有滋有味地过起了日子。吴姨为这种事情琢磨很久，有一天神秘兮兮问陆丽："你晓得你男人喜欢人家哪一点？"

陆丽迷迷瞪瞪："哪一点？"

"小婊子天天帮你男人洗脚！"

陆丽说："吴姨你不能骂人。"

"我为什么不能骂？她都把你男人洗到床上去了，我还不能骂？"

陆丽差点儿没笑出声来：会洗脚也算优点？

吴姨满肚子的话，表达不清楚，恨铁不成钢地指着陆丽："你呀你呀，枉读了那么多的书，脑子里就是少根筋！"

陆丽还是有点懵懂，理解不了洗脚跟离婚的关系。无论如何，她对林立清恨不起来。有时候，夜半梦醒，透过薄纱窗帘看对面大楼里星星点点的灯光，她会想到很久之前林立清躺在身边侧脸看她的样子，想到他每次出差，拎个箱子出门，侧身跨进出租车，还不忘回头朝她摆手。她的这些回忆，温柔中有几分伤感，昭示了他们的婚姻是一场聚短别长的梦魇。

现在，陆丽又恋爱了。她这回的辞职，完全跟恋爱有关。这个情况吴姨还不知道，陆丽暂时也不想让吴姨知道。

做报纸的人都知道，报社的收入完全靠广告。硬广告不归陆丽管，软广告她能作得几成主。有一回，因为影视剧宣传版面的关系，她被朋友拖着参加了一个文化公司老总仲天明的饭局。见面的一刻，他跟她握手，笑容天真爽朗，显得毫无城府。陆丽明白自己的软肋，她喜欢这种坦诚和松弛的人。她告诫自己要警惕。结果还是不行，一顿饭吃下来，她迷上了这个人的笑容。

中年人的爱情，没有年轻时代曲里拐弯死去活来的周折。仲天明请陆丽几个人去参观他的拍摄基地，当晚安排住附近度假村。晚上K歌时，老仲邀陆丽同唱一首山西小调。老仲的歌喉很好，能够游刃有余地托起陆丽不那么专业的唱腔，让她处处感觉舒服。一首结束，老仲轻挽她的肩膀送她下场，说了两个字："谢谢。"

回到房间，还觉得酒酣耳热。老仲领着他的司机，推一辆餐车，挨个房间送冰好的果盘。最后一个送到陆丽房间，老仲留下没走，那是他们的第一次。陆丽已经好久没有享受到如此热烈的爱抚和进攻，她疲惫至极，同时还不可避免地有罪恶感。

但是接下来的几次，她不再做见鬼的道德考虑。她告诉自己，对，我就是喜欢他，就是想要他。她喜欢和他聊工作，报社的事情，他即将投拍的一个电视剧的题材，喜欢他对艺术圈子里同行们精到幽默的点评，还喜欢他在不聊工作时，靠在沙发上圈住她的腰肢，把自己的下巴贴上她的额头，蹭来蹭去……

偶尔她会想到他的妻子，想他在家里是不是也这么对她。立刻她又想，管他呢，她又不想跟他重组家庭，生命中一场美好的邂逅罢了。瞧瞧，她单身，女儿在北京读大学，有房有车，经济独立，根本不需要任何情感之外的凡俗之物。她愿意维持这样一个隐秘的激情的模糊性的格局。

想来老仲也是吃透了这一点，才能放心大胆地与她交往吧？

一个报社总编，把自己的客户发展成情人，说出来总是荒唐。再有，做报纸的人，一年三百六十天都要守着那几张版面，值夜班、加班加点都是常事，时间上极不自由。而老仲做的那份工作，更让他成了陀螺似的空中飞人，见投资方，见编剧导演，跟各地媒体打交道，首映式站台，电视节亮相，官场周旋……他难得回到家里喘上一口气。陆丽深切地感觉到，这样的忙碌，让他们两个人的作息时间太不能合拍，为了爱情必须有一个人做出牺牲，所以她毫不犹豫就辞了职，自己把自己解放了出来。

这样的理由，这样的心思，她怎么能对吴姨坦白呢？她怕吴姨指着她的鼻子骂她："小陆小陆！你真是头发昏了！吃错药了！"

仗着很不错的学历和工作简历，陆丽没费太多时间便找到了另外一份工作：一家地方性的纯文学刊物的副主编职位。从主编到副主编，对陆丽的事业是一条下滑线，好处是这家单位弹性工作制，只要不耽误发稿，迟到早退可以，半天上班半天忙自己的私活儿也行。主编是个秃脑袋的北方汉子，一口抑扬顿挫的山东腔，本科学的是行政管理，误打误撞分到杂志社，对付编辑的事务一直都吃力，这回找到陆丽这样的熟手，别提多高兴，领着她楼上楼下一通转，见人就打着哈哈介绍："瞧瞧，来内行了啊，往后好好干啊。"

小楼很小，不到200平方米，杂志、信件、书籍加上空白信纸信封什么的，一堆一堆叠加如纸山。陆丽小心选择楼道里能下脚的地方，思忖是不是先发动大家搞一次卫生，搬开这些积灰长螨虫的东西。几个年轻人都腼腆，不怎么会说话，有的跟陆丽握手时还脸红。大家的衣着也保守，茶杯基本都是玻璃瓶，桌上用的电脑也是十年前的旧款式。陆丽心里倒是觉得很熨帖：这样

244

的小楼里，就得是这群人待着才合适。

一圈看下来，主编完成了自己的任务，搓着手，眼巴巴地等着陆丽的评价。陆丽满意道："挺好，气息很对。"主编就松口气，掏心掏肺地操着一口山东腔叮嘱她："记住，在咱们这儿不谈经济效益，咱们刊物是有财政补贴的，咱们谈政治，政治正确是头等重要的事。"

陆丽差点儿要笑出来，如今这个社会，办刊物不谈经济效益的话，那简直是上天恩赐的一份闲差。

因为开心，回家忍不住把新单位的事情说给吴姨听。吴姨在拖地，手里的拖把哗啦哗啦地大幅度划拉着弧线，亮棕色地板上现出一个压着一个的潮湿的半圆。

"你听没听啊？"陆丽问她。

吴姨直起腰，皱着眉头，居高临下地看陆丽，"我只问一句，你现在能拿多少薪水？"

"六七万吧，一年。"

"你蠢！"吴姨愤愤的，一根手指几乎要戳到陆丽鼻尖上："米箩跳进糠箩，就是个作！"

陆丽一点不生气。她承认她是蠢，可是蠢有蠢的幸福，这又是吴姨不能理解的境界了。

梅雨季过后，天气一天比一天热。吴姨天生爱出汗，每天进门出门都是汗流浃背、面红耳赤的样子，仿佛干的是货场搬运工。她的后背永远是湿漉漉的一大片，头发里永远有一股浓重的汗腥味。陆丽体贴她，总是在她上班之前提早把空调开到最凉，而吴姨心疼电费，又总是在进门之后先冲过去把空调关闭。

陆丽说："你不必这样，省不了多少钱。"

吴姨就回她："省一个是一个，谁的钱也不是天上掉下来的。"

陆丽觉得，像吴姨这样一心一意替主家着想的人，现在社会上还真是不多见。

吴姨跟她那个离了婚的男人一样，也是下岗工人。她 30 岁那年，厂子关门，领了一笔遣散费，从此开始登门入户做钟点工。她忠心、勤快，做事不惜力，就是粗手笨脚，洗碗会打碎盘子，擦桌子会甩落花瓶，因而一家一家总是做不长久。碰上陆丽，算是前世有缘，陆丽不心疼东西，只心疼感情，吴姨在这个家里总算是舒舒服服安顿下来。刚来那年她儿子还是个鼻涕娃，穿一身肥大无比的小学生校服，鞋子在脚上踢踏踢踏。让叫人，斜着眼睛死活也不开口，气得吴姨抬手就是一个耳刮子。后来读了技校（也是陆丽帮忙联系），学电工，倒是不错的职业，找工作没费大事。现在谈女朋友了，听说在筹备结婚。吴姨诉苦："要买房子，搬出去住。房子现在是什么价钱？他以为他老娘屁眼里能屙金子？"

陆丽只能笑，没办法接话，因为房子的事情太大，她帮不上忙。

跟这城里的许多同龄妇女一样，吴姨每天晚上都要收拾整齐出门去跳广场舞。名义上是锻炼身体，实际上就是感情需要，陆丽再明白不过。高层次的群体有各种集体休闲，茶会，看展，义卖，出国游什么什么的；底层群体只能等天黑了穿上花衣服，跳个广场舞。陆丽从报社辞职后，有段时间空着没事干，吴姨不由分说地拉她去凑了几次热闹，也想把她发展成自己的同盟军。头一回去，陆丽一个动作也不会做，脚底下完全跟不上拍子，比画了两下，坚决地退出去了。眼前的人群还在整齐划一翩翩起舞，陆丽一个人站在黑幢幢的树影里，听录音机反反复复播放着《红尘情歌》《我爱你胜过你爱我》《草原情哥哥》。看吴姨穿一条花俏俏的阔腿裤，衣长过臀的绿绸衫，人高马大地站在一片矮墩墩胖嘟嘟的人群中，目光专注，神情严肃，笨手笨脚地转身，弯腰，踮脚尖，扭屁股，忍不住无声地笑趴在石凳上。

"哎哟，你饶了我，我这人天生没有舞蹈细胞。"陆丽第二天见了吴姨就哀告。

"谁天生就会？都是从头学起！跟着比画就行。"吴姨热心热肠。

"算了，我腰也不好，怕闪了劲。"

吴姨凑近她，热烘烘的呼吸撩得她耳朵发痒："告诉你，真有好男人去跳舞的！前几天有个大学老师……"

"吴姨！"她一下子叫起来。

"你这人！你是真不懂还是假不懂？"吴姨生气了，悻悻地收住话头。

一个月前，吴姨果真在舞场上结识了一个 60 岁出头的鳏夫。那几天她满面春风，脸颊泛红，一边晾衣服还一边五音不全地哼着《我爱你胜过你爱我》，让陆丽听得心里直乐。

"要吃你的喜糖啦。"陆丽打趣她。

"哪有，还早。"她忸怩。

一天两个人看完电影后，吴姨招呼也没打，直接把男人带到了陆丽门上。门打开的一瞬间，陆丽看见门缝里挤进了两个头，上面一个是吴姨笑成一朵花似的圆盘大脸，下面的一个，尖嘴猴腮，脑袋只有吴姨的一半大小。陆丽是个以貌取人的人，立刻心里就不爽，行动上也就没那么热情，开了门，点一个头，茶都没让，转身进了书房。

吴姨跟进书房，反身关上门："喂，给个面子好不好啦？"

"你自己的事，我管不着。"

"不是让你把个关嘛，你见多识广。"吴姨眼巴巴的。

"别的先不说，个头就不合适，才到你耳朵。"陆丽说了第一个理由。

"个小饭量少，好养。"

"瘦成杆儿似的……"

"老婆死了，没人做饭吃，饿的，几只蹄髈下肚就能缓过来。"

陆丽无话可说了，情人眼里出西施，搁谁身上都是真理。

第二天吴姨来做卫生，小老头儿又跟过来了，黏黏糊糊的，像巴在吴姨身上的大肉虫，吴姨到哪个房间，他跟着到哪个房间，也不动手，就是往窗台上椅子上一坐，细细碎碎地说些什么话，惹吴姨不断地笑。陆丽偶尔想听一耳朵，看那老头儿给吴姨灌什么迷魂汤，却始终听不分明，老头儿的声音仿佛带着黏性，稠而绵密，把大个儿吴姨撩拨得如同少女怀春。

陆丽终于不能忍受，严正敬告吴姨不要再带陌生人进门。

"小陆，"吴姨姿态庄严地发出声明，"要是你真不愿意看见他，那我也只好辞工走人。"

陆丽马上说，她不是这个意思，她只是觉得家里都是女人，突然进来个男人，不合适。

"有什么不合适？他是我朋友，又不是你朋友。"

陆丽觉得吴姨的逻辑真是有问题。但是她不敢就这件事情继续说下去，吴姨脾气倔，她要真提出不干了，八匹马都不一定能把她拉回头。

幸运的是，吴姨自己发现了不对。大概是在一周之后吧，吴姨进门时，身后意外地没有跟那条尾巴。陆丽正诧异，吴姨主动开了口，说她跟那个死老头吹了。"他领我下馆子，总是不带钱！不是忘了就是皮夹子被人扒了。哪有这种小气鬼！我以前那个，离婚那天卖了手机还晓得请我吃一顿。"

陆丽长出一口气，立刻觉得浑身都轻松，窗外的阳光都明艳而动人。她告诫吴姨，以后再找男朋友，千万不要在广场舞伴里找，混在舞群里的男人，八成都是为了钓女人。

吴姨轻蔑地哼一声，也不知道她是同意还是不同意。

仲天明从北京回来，打了电话给陆丽："出来吃个饭吧，就我们两个。"

陆丽慌慌张张地开衣橱，挑衣服。一件一件看过去，总没有最合适的那一件。先挑了一件带蕾丝的米色丝质衣裙，镜子前面连转几个身，觉得太隆重，显得自己太当回事。又挑一套暗色碎花的连身裤，穿上却似乎太娇俏，故意扮嫩一样。选到最后，还是淡灰色牛仔裤，配一件带花边的白衬衫，脚上是经典小白鞋，青春、低调，不浮躁。

老仲开车接了她，偏头细看，赞许道："这套衣服适合你。"

陆丽盈然一笑，心里受用。

开车途中，逢红灯等待，老仲就自然而然地伸过一只右手，放在陆丽左边的大腿上。陆丽感觉到那只手心的温度，微微地灼人，又不至于让她烫得受不了。她侧头看他，他也扭过头，迎向她的目光。两个人同时都笑，气氛

248

舒适而又轻松。

去了一家相当市民化的龙虾馆,因为这个季节吃龙虾最当时。食客很多,都是三五成群的,衣着随便,说话高声大嗓,啤酒一点就是一箱,情绪彼此感染。陆丽对龙虾本身没有大兴趣,对老仲的选择倒是很欣赏,起码说明他不装,实实在在的一个人。

吃龙虾的规矩,不论斤,论盆。老仲没有征求陆丽的意见,上来就要了一盆蒜蓉的。"不会吃的要十三香,会吃的要蒜蓉。"老仲偏头告诉陆丽。

陆丽对吃是外行,也没有态度,基本上老仲的喜好就是她的喜好。对于这一点,开始的时候老仲甚为惊喜,因为他之前接触过的女人们,个个都自我,太把自己当回事。

老仲先动手给陆丽剥了一只虾,看着她吃下去,才点点头。接下来他说了一句:"龙虾要自己剥的才有味。"扔给她一双薄膜手套之后,自顾自酣畅淋漓地吃起来。他不愿意戴手套,说是太碍事,很快弄得满下巴满手指都是浅黄色的油汤汁。汤汁溢到盈盈欲滴时,倒行逆施地沿了他卷好袖子的手腕往手肘方向淌,一条迅速生长的肥硕蚯蚓一样。他挓挲着十根手指,没法拿纸去擦,干脆把嘴巴凑上去,吸溜一声舔干净。

陆丽抿着嘴,笑得肩膀直抖。

老仲跟着笑,说:"我是个野蛮人。"又说:"吃龙虾就不能怕难看。"

吃完饭,照例回陆丽的家。陆丽一向不习惯在酒店开房,她说开房的感觉不好,像妓女,而且总觉得有人会破门而入,弄得她无端紧张。

老仲笑话她:"你紧张个什么?又不是党员干部。"

陆丽想了想:"做新闻久了,职业病。"

老仲自嘲:"也好,省我的钱。"

有一次陆丽带老仲回家,时间上算得太紧,吴姨刚干完活儿从小区出门,陆丽坐在老仲车上,远远看见吴姨骑着自行车飞一样过来,赶紧矮下身,躲在椅背后,心跳了好一阵。事后想想,她觉得自己有点莫名其妙,单身女人谈恋爱,正正当当的行为,她有什么自惭形秽的?

在这方面，她还真是不如吴姨。

到了家里，先开热水，两个人轮番冲了淋浴。身上的蒜蓉味太大，陆丽又有点轻微的洁癖，不洗个澡上床，陆丽连自己都接受不了。

空调温度开得恰到好处。莫代尔的床品柔软舒服。陆丽和老仲虽然都是人到中年，腰腹倒还没有臃肿，皮肤摸上去也还紧绷滑腻。躺上床，没有年轻人的生涩和慌张，一套熟悉的程序，从抚摸开始，慢慢地渐入佳境，呼吸急促但并不紊乱，目光有醉意，皮肤烫手，额头和脖颈薄薄的一层汗。

先是老仲在上面做了一次，休息片刻，喘匀了气，陆丽有默契地翻身上去，努力地又做了一次。

两个人都觉得够了，很美好了。

然后就躺着，陆丽小小的脑袋枕在老仲结实的胳膊上。胳膊其实太硬，接触面小，仰面朝天时顶着后脑勺，侧身而卧时又硌得耳朵疼。可是胳膊和枕头绝对是不一样的两种物体，这是人生的不同层次，肌肤接触才会换来灵魂的交融和认可。

放松地躺着，说一些恋爱之外的事情。陆丽的意识时不时会滑到林立清身上，回忆与年轻时候做爱的感觉有什么不同。滑过去之后，有一瞬间的出神，很快她就惊觉，思绪又拉回来，带点歉意地找话跟老仲聊，问他这回要投拍哪种类型的电视剧？到北京搞妥拍摄班底没有？导演是谁？男一号期望找到谁？老仲说到电视剧心里就有些烦，感叹这行当真是越来越不好做，抗战剧拍烂了，谍战剧创不了新意，伦理剧卖不出钱，穿越剧限制拍摄，玄幻的抓不住中老年观众。

"那你们要做的到底是哪种呢？"

"弄个国安题材的试试水……"老仲含糊应着，因为刚刚付出太多，人有些疲惫，说话间眼睛已经迷蒙起来，很快头一歪，响起了细细的打鼾声。

陆丽轻轻把脑袋抬起来，移到松软的枕头上。耳边鼾声轻柔舒缓，可是她却无法熟睡。

女人一痴情，脑筋就变坏。陆丽换了工作之后，空闲时间多，有兴致琢磨事。单位里的年轻人三句话不离买房子，如何贷款，从哪儿凑首付。上下班开车，电台里的消息全是楼盘涨价，土地价格拍出新高。陆丽受感染，开始盘算要把现在正住的房子卖了，换一套距离老仲家更近的，方便他来回。眼下的格局，老仲家住城东，陆丽住城西，一个来回，两次跨越全城，耗时间不说，精力上也是浪费。

陆丽的房子还是之前林立清手上买下来的，三室一厅，标准套型。离婚时林立清是过错方，房子自然归了陆丽母女俩。如今女儿出去上大学，房子立刻空得很豪华。仔细看，虽说装修已经不那么时尚，保养却好，亮点也突出，是响当当的学区房，这就值了大价钱。女儿刚满二十，第三代还遥遥无望，学区房对陆丽没有实际意义，换一套城东高档小区的新房，不说有剩余吧，贴钱是完全不必，光这一点就有操作空间。

陆丽当过几年报社总编辑，决断力说不上，执行力还是锻炼出来了，思考几天之后，说干就干。拣一个不那么闷热的上午，不需要看稿校对，杂志出版的空当期，她翘了班去城东一带看楼盘。

也没有什么明确目标，事先在手机上存了几个地址和楼盘名称而已。有的楼盘是口碑爆棚，有的纯属广告做得诱人，还有的，陆丽的朋友已经入住，作过推荐。不过朋友入住的陆丽不考虑，她现在的情况，恨不得逃往无人之境尽享二人世界，哪能允许有朋友见证和参与？就这么开着一辆车随意兜，随意看，渐渐地进入山脚一大片葱茏之地。眼面前花木扶疏，蜂飞蝶舞，环境宜人，却因为离城稍远，人迹稀疏。楼盘的样板间已经开放，实景却在建造过程中，工地用临时景观带封闭起来，虽然机器轰鸣噪声刺耳，倒还井然有序干干净净。就这一点让陆丽顿生好感，凭经验，管理到位的楼盘绝对是好楼盘。她于是停了车，整理衣裙，小皮包拎在手里，闲闲地走进售楼处。

没有想到，外面看起来冷冷清清，一踏进售楼处，里面却是热气腾腾，完全的两个世界。忙着看房的人们三五成群，有围着售楼小姐急切询问的，有拿着计算器与家人热烈讨论的，也有撅着屁股趴在沙盘模型上，恨不能拿放大镜把每一个细节都研究透彻的。陆丽走进去时，并没有工作人员上来左右包围，不知道是她看起来不像如狼似虎的目标客户，还是这段时间房子太好卖，售楼小姐傲气冲天，对于她这样不期而至的潜在消费者，已经懒得搭理了。

陆丽独自一人，随遇而安，慢慢踱过去，看墙上的规划图、房型图、各种房屋设施品牌供应商的名字、有关售楼许可证、装修资质证书，等等。一圈看下来，发现楼盘不大，却是空间疏朗开阔，附近有公交有地铁还有大超市，基本生活没问题，心里先有了几分满意。她远远地瞄了一眼沙盘，感觉一时挤不进去，便索性转悠到人堆里，想听听别人的议论。

结果，完全没有准备的，她在一片黑乎乎的脑袋之上看见了吴姨儿子的面孔。

吴姨长得高大，生个儿子也高大，一米九〇的个头是起码的，这就让他站在人群中有点鹤立鸡群的意思，醒目，一眼就看得见。年轻人此时低着头，脸上的神情带点谦恭和巴结，在跟他旁边的老妇女说话。不知怎么，下意识的警觉吧，原本散漫的陆丽瞬间心头一凛，想到了吴姨，觉得应该替她留个心眼儿。她把别在额发上的墨镜抹下来，戴好，简单地遮个面，从人群背后转过去，迂回到另外一侧，刚好看清楚年轻人对面的一对母女。女儿应该就是男孩的女朋友无疑了，二十出头，眉眼算是俏丽，淘宝货的衣服穿着也还时尚。母亲的年纪跟吴姨相仿，模样整个就是女儿的中老年版，头发紧紧地在脑后绾个髻，一双眼睛小而聚神，透着一种小城市妇女的精明强势。

"80平？ 80怎么够？我们老夫妻将来是要过来住的，不然宝宝哪个带？现如今还不是生一个，是两个！两个宝宝哦，想想看。"

母女俩原来是外地人，好像安徽一带的口音。母亲的语速很快，张力十足。

讨论的当然是房子面积。那么，决定下来要买了吗？这么高档的楼盘，得掏多少首付？谁掏？贷款怎么还？还有，吴姨知道这事吗？

短时间内，陆丽的心里已经替吴姨翻了好几个跟头。

"80还不够哇？"年轻男孩的声音有点发飘。"要多大？ 100？"

他显然是把牙齿咬了又咬。

"要我说，买就买120，三房两厅，一步到位，下回再不烦。"准岳母的指示明确简洁。

陆丽心里惊叹：还想有下回！

小女友适时介入，扭动肩膀，两手抱住男孩的胳膊摇晃："120的吧，我妈的话没错啦。"

"那个……还不一定能抽到签……"男孩嗫嚅。

准岳母的脸就沉下来："多拿几个身份证，怎么就抽不到？"

小女友鹦鹉学舌："是啊，怎么就抽不到？"

"啊,也说不定……不过……我妈的房子卖了付首付的话……"他抬眼，居高临下地用目光寻找售楼小姐，大概是想请对方重新做一遍资金核算。

陆丽怕被发现，赶快低头退出人群，逃一样地出了售楼处。

回家，在电梯里巧遇到吴姨。她刚刚撅着屁股把一盆制作粗劣的鲜橘色的塑料红枫拖进去，一转身看到陆丽，开心起来："多巧！搭把手吧。"

陆丽按了楼层指示灯，顺手摸一摸硬邦邦足有手掌大小的假枫叶，再抬头，发现这棵树真是有足够的气派，褐色树干比她的胳膊要粗，庞大的树梢几乎擦到了电梯的天花顶。

"谁家要这个？"陆丽问。

"你呀！"吴姨笑嘻嘻的，"你这人跟绿植犯冲，养了多少盆都不活，还是这个好，不浇水不添肥，天天有得看。"

陆丽立刻脑补了一下家里放上这棵红枫后的喜洋洋的场景，感觉自己都要哭了。

吴姨继续表扬自己："我借了辆三轮，专门到银桥市场拖回来的。那人要一百，我还价还到七十。七十块啊，这么大一棵！"

陆丽一声不响，琢磨着要往哪儿安置这个庞然大物，如果拒绝入户的话，吴姨又会是什么表情。

电梯门开了，陆丽跌跌撞撞帮着吴姨把枫树拖到家里。吴姨自作主张要放在客厅沙发旁，说这个位置看起来最气派。陆丽这回死活都没松口，在门背后的角落里腾出块地方。她心想，还好要准备换房子，到时候总有抛弃的理由。

想到房子，又想起售楼处里的那一幕。她试试探探问吴姨，儿子结婚的事情是不是还在进行中？吴姨拿一块湿抹布，踮脚擦着红枫叶子上的灰尘，随口答："我不管，家里存折都交给他了，怎么折腾是他的事。"

陆丽就不忍心再说下去。

天热，吴姨的后背湿了一大片，汗味浓重。陆丽赶紧去开空调，给家里降温。

陆丽新到杂志社，总觉得应该表现一下，给主编和员工留个好看法。

一家地方性的文学杂志，又是财政供养的，活动空间就小得可怜，无非找家企业出钱，搞一两个"××杯"大奖赛而已。陆丽去向主编请教，主编正忙着签几张出差发票，想了好一会儿，兴味索然地告诉她，搞活动也可以，他支持。不过要提醒在先，真是没什么大意思，化缘的滋味不好受，喝酒喝得翻肠倒肚，也就拿张几万块钱的支票。再说了，地方刊物，奖金再高，能拿到谁的好稿子？勉强评出来，自己都看不过去。

主编对她倒是掏心掏肺，不过陆丽还是想做。有句话怎么说来着？没死就得喘口气。

老仲去了一趟欧洲，似乎是为一个电影电视节的事，他有一部电视剧要参展，想卖国际版权。回来后见陆丽，送给她一件礼物：一只"宝格丽"的手镯。

陆丽对奢侈品牌不精通，上网一查吓了一大跳，这只手镯的价格差不多过 10 万。

她给他打电话："我能不能卖了它？"

"不喜欢啊？"老仲笑呵呵的。

"不是。太贵重了，我戴不出去。卖了它，我搞个小活动，打你公司的名字。"

老仲问她要搞什么活动。她回答说，征集"微电影"剧本，评奖。"微电影"

现在很时兴，自编自导自演，门槛低，好上手，年轻人都喜欢。杂志需要吸引年轻读者。

老仲马上表态，说这个活动他感兴趣，要投多少钱，弄个预算，他来掏，前提是得奖的剧本版权都归他。

陆丽没料到，就这么一个电话，经费有了着落。想想，有钱还是任性。再想想，好像老仲也不吃亏，这年头做事情，创意为王，无论大赛中发掘出来的是好构思还是好写手，老仲的投资都能翻上几个跟头。

钱是润滑剂，钱一到位，一切都滑溜溜地转起来。征集稿件阶段，开头一段日子每天收到的作品以个位算，很快就上了十位数，看稿编辑们开始叫苦，毕竟这是他们正常编稿之外的额外任务。再统计一下，参与群体中，高中生居多，其次是在校大学生，可见年轻人当中文艺情怀还是有的。有人甚至送来了拍好的微电影，参与热情高得过分。陆丽不得不亲自上媒体做了说明：我们是纯文学刊物，不是影视制作部门，只评剧本，不评拍摄成品。

主编没料到赛事这么火，心情大好，笑眯眯的，穿着一件印有网站广告的老头衫满编辑部乱窜："好好干，咱不蒸馒头争口气，让领导看看，小刊物也能红透透！"

陆丽忙了起来，仿佛又回到了当报社总编辑时候的"陀螺"状态。她浏览每一份来稿。有的高中孩子不习惯电脑写作，寄来的是作文纸，蝇头小字写得密密麻麻，年轻编辑们不耐烦看，信封口一开就扔到一边去。陆丽见到了，总要捡起来，打开那几张皱巴巴的作文纸，眼睛里过一遍才放心。她总觉得天才就在这些勤奋又稚气的孩子中。

有一天她读到一个微剧本，名字很朴实，叫作《蓝花营》。才读几行字，就觉得放不下。读完，心里竟有通电的感觉，麻酥酥的，有细细的浪头一波一波在周身荡漾，舒适，又温润。

一个好女孩，交了一个男朋友，一年后男友劈腿了，她悲伤到只想好好作践一下自己。她在街上随便抓了一个男孩，跟他激吻，进而求爱。男孩看着她的眼睛，认真地考虑之后，让女孩跟他走。冬天，下着雪，天寒地冻，他们坐了很远的地铁，又倒了一次班车，到了一个名叫"蓝花营"的郊区小村镇。男孩在地铁上给女孩买了一支很美的玫瑰花。等车时风太大，他解下自己热乎乎的围巾，贴心围到她的脖子上。女孩死活不肯告诉男孩她的名字，男孩便沉默，什么都不再问。天很晚，他们才进到一座乡村小屋。屋里的人都已经睡熟了。男孩说，屋主是他的叔叔，他是孤儿，从小被叔叔一家收养的，所以，他爱的女孩，要带回叔叔家才对。女孩此刻崩溃了，她原本只想跟男孩约个炮，奈何男孩子人这么好！她放弃求爱，疲累地钻进被窝，只想睡个温暖的觉。男孩温柔地拥着她，在她耳边说，睡吧睡吧，一切都会好起来，我会永远陪在你身边。

　　一个文艺范儿的微剧本，差点儿让人到中年的陆丽中了毒，也算是出手不凡。陆丽不能不佩服现在的年轻人，普遍比他们那一代有才华。

　　这部《蓝花营》，终评时果然被评为一等奖，奖金一万元。剧本在刊物全文发表，陆丽还锦上添花地加了一段"编者按"，不吝言辞地盛赞了一番。主编跑过来问陆丽，作者何许人？陆丽说，剧本是电邮过来的，用的是网名，似乎是外地的一个大学生。主编喜不自禁："这么说，咱这刊物名扬外地了？"

　　陆丽把七八个获奖作品拷贝了一份，打一个文件包发给了老仲。她同时打个电话给他，很兴奋地强调说，赞助的钱没有白花，这些剧本中肯定有几部能够成气候。

　　过了两天，老仲发一条微信链接给陆丽。打开看，是"腾讯视频"中一个15分钟的微电影，加拿大人拍的，片名是《郎布兰奇》。陆丽才看两分钟，觉得似曾面熟。往下再看，她气昏了，这不就是《蓝花营》的英文版吗？"郎布兰奇"是加拿大地名，"蓝花营"是中国地名，除此之外，这个获奖的小伙儿连剧中公交汽车的线路号都懒得改一个。

　　她呆呆地坐着，初秋天气竟觉得浑身发冷。伸手拿茶杯，手抖，拿不住，水洒了一桌子，差点儿把手机泡进去。

　　她给老仲打电话，声音里都有了哭腔："怎么是这样？"

　　老仲语气轻松："不奇怪呀，偷创意嘛，我们做书做剧本常碰到的事。"

她咬牙切齿："老仲我跟你说，他这个坑挖得太大了，我这会儿连杀了他的心都有。"

"别呀，陆丽。"老仲轻松劝她，"人太脆弱了可不行，谁一辈子碰不到几个坑啊？跳下去了爬上来，拍拍灰，你还是你。这社会就这样，你骗我，我蒙你，谁跟谁都别提道德两个字。算了，别怨年轻人，怨我们自己污脏了环境吧。"

陆丽心里的这道坎却怎么都过不去。周末思考了两天，周一上班她就找主编，负荆请罪，要求辞去副主编的职务，只当普通编辑。

主编脸色灰灰的，也不知道是不是在领导面前吃了批评。他对陆丽叹气："做人难，做刊物更难！按理也不能全怪你，还是咱们对新玩意儿了解少，知识结构陈旧了。可是咱这回的乌龙摆得太大，一巴掌不是把脸打肿了，是打歪了，鼻青脸肿都无法见人了！总得有个承担责任的是不是？委屈你……"

陆丽在编辑部，有很长时间都不好意思主动跟大家说话。她低头上班，埋头看稿，变成了一个超级谨慎的人。而且，只要看到文字不错的好稿子，就怀疑是抄的，不干净。她知道自己是坐下病了，还担心发展下去自己会连编辑都做不成。

无论天气有多热，吴姨坚持每天晚上去跳广场舞。她又结识了一个小她两岁的男人。起因是这样：那天她跳得浑身大汗，走到旁边去拿石凳上事先备好的矿泉水，天黑，路灯昏黄，她渴得厉害，没细看就抄起一瓶水，咕咚咕咚灌下去。这时旁边一个站着的男人小声说："大姐，这是我喝过的水。"

吴姨大窘，抬起衣袖擦嘴边的水迹，一边连声道歉。

那人说："没事，大姐，我没传染病。"

吴姨告诉陆丽："你猜怎么的？就这么一句话，奇了怪了，我就觉得这男人是我的。"

陆丽抿了嘴笑："人家是一见钟情，你们是一句话钟情。"

"可不是。那会儿天黑，我都没看清他长什么样。"

两个人那天坐在石凳上聊，东拉西扯，其实说的都是双方的情况。男人姓赵，外地人，老婆有点精神病，有一天糊里糊涂就掉水塘里淹死了。儿子有出息，从小到大都是第一名，读完了研究生，在这城里有了工作。他把老家房子卖了，给儿子付首付，刚买下附近一套二手房。没了祖屋，他也只好跟过来，工作嘛是找不到了，给儿子当个保姆，一天三顿饭伺候好，也算是尽了责任吧。

这老赵有一绝，会烧菜，一道粉蒸肉做得尤其好，喷香，入口即化，谁吃了都会竖大拇指。老赵三天两头用个饭盒把烧好的鸡啊肉的带到舞场，当着一众舞友的面，殷勤地将筷子递到吴姨手上。吴姨这辈子都是伺候人的命，爹妈活着都没有这么宠过她，哪里经得起这种惊天动地的阵势？两人很快好到了谈婚论嫁的地步。

陆丽作为旁观者，直觉到这里面是有问题的。老赵屈居儿子家，等于是儿子的房客，终归不是长久的事。而吴姨的房子，因为儿子成婚在即，也是朝不保夕，就不知道吴姨自己察觉没察觉。倘若吴姨结婚，他们会住在哪个家呢？两个儿子哪个会收留他们呢？

陆丽心里替吴姨捏把汗，还不便说明白，只能时不时地泼一瓢冷水。至于吴姨会不会被点醒，那是她自己的命。

吴姨也有趣，跟老赵的关系迅速升温后，又情不自禁地把他带到陆丽家里来了。大概在她的思维里，她喜欢的，陆丽也应该喜欢，就这么简单。

倒是这回这个老赵，跟吴姨前一个男友的行事风格不一样，那个矮老头儿是寄生类型的，黏在吴姨身后只说不动手。老赵却勤快，一进门就挽袖子，乐颠颠地帮忙吴姨做下手，一个人擦地，另一个赶紧洗拖把；一个人抹窗户，另一个立刻搬凳子，配合得那叫一个默契。

陆丽观察几天，感觉老赵真不像是个吃软饭的人，就委婉地对吴姨提出来："你要是打定主意要跟他过日子，双方财产家庭怎么安排，事先要谈好，而且早谈早好。"

吴姨很吃惊地看她："不会吧？你也跟我那些老姐妹一般世故了？真要结了婚，两口子之间什么不好商量的？"

"终归你们都有儿子……"

吴姨一拍手："儿子还管得着娘老子的事？他反了！小陆我跟你说，儿女千好万好，抵不上老伴儿一半的好。将来一结婚，他们过他们的日子，我们过我们的日子，井水不犯河水。真的，世事就是这个理。"

陆丽就不知道怎么往下说了。女人爱昏了头，那真是刀山火海都敢跳。其实在跟老仲的关系上，她自己还不是一样。

不过吴姨总算是有眼色的，知道陆丽不看好她跟老赵的事，也就不再把老赵带到陆丽家里来了。只是老赵一不来，她情绪就不高，做事毛躁弄坏了一个橱柜门不说，还自作主张地缩短了工作时间，进门就急急忙忙地做，做完便急急忙忙地走，火急火燎的样子。陆丽有点怀疑，她那个老赵是不是就坐在小区楼下某张长椅上，伸长脖子等着他的女朋友？

陆丽多少有点内疚，对不起吴姨似的。所以，有一次，吴姨对她抱怨这城市里的人都欺生，害得老赵年富力强的人死活找不着一份工作时，陆丽脑子一热，答应了替他帮忙。

吴姨第二天就带来了老赵亲手做的粉蒸肉，无论如何要陆丽尝一口。那天她卫生也做得格外认真，汗流浃背地把家里所有的玻璃窗都擦了个通明透亮。

唉唉，恋爱中的女人啊！陆丽跟老仲通电话的时候，忍不住感叹。

老仲开她玩笑："你不也是恋爱中的女人？说句实话，你对我，有没有吴姨对老赵那么好？"

陆丽心里说，我怎么不够好？我为你已经换了工作，还想再换房子，还要怎么好？但是这话她当着老仲的面不肯说。陆丽这种人，有些事情是宁愿在心里憋烂，也不会公之于众的。

老仲问陆丽，那个老赵找工作的事，要不要他来安排？陆丽略略一想，还是谢绝。她是他的情人，不是他的负担，这个区别如果她不能分得很清楚，两个人之间也许就没得玩了。

她去找了前夫林立清。老林有公司，安排个把人不是很难的事。林立清这方面倒是大度的，听说是吴姨在求他，马上说："值夜班看仓库行不行？行的话，让他明天来。"

回家，喜滋滋地告诉了吴姨。吴姨感慨："你说你！老林对你肯定是旧情难忘啊，你怎么就不思回头呢？"

陆丽淡淡地说："两回事。"

过了几天，陆丽问吴姨："怎么样啊？老赵那个工作？"

吴姨把洗过的茶杯一只一只倒扣在滤水盘里，头也不回："有工资，有夜班费，不挑担子不晒太阳，他还想怎样？"

"情绪不高啊，你。"陆丽开她玩笑。

吴姨把抹布狠狠地扔在水池里。"白眼狼！"她说，"打了三个电话，都不肯见我一面，白天说要补觉，晚上说正上班呢，搞得比国家总理还忙活。"

陆丽说："也正常。才上班，总要有点表现。"

吴姨喜欢陆丽替老赵说好话，抱怨立刻改成心疼："唉，天天捞不到睡夜觉，也一把年纪了，晓得撑不撑得下来呢。"

陆丽心里暗笑，觉得吴姨人高马大一个老阿姨，恋爱起来照样也是小女儿态，实在可爱。

周日，吴姨照例休息一天。周一来上班，一开门看见陆丽在家，赶紧转身低头，目光拐着弯儿不肯跟她对视。陆丽好奇，追着吴姨找她说话，才发现她脸上有两道新鲜抓痕，一道从眉梢到耳垂，另一道掠过脸颊直飞发根。

"怎么回事？"陆丽大惊失色。

吴姨终于爆发："老赵那个挨千刀的！我咒他出门撞死，睡觉憋死！"

原来老赵在老家有个姘头，自从他卖了房子进城，没钱也没心情，两个人就断了。前两天姘头听说他找到工作，竟然从老家赶了过来，两个人旧情复燃，居然在仓库里过起了小日子。吴姨找上门去，那女人穷凶极恶，上去两把就抓破了吴姨的脸。

"我也没放过她，打得她不轻。"吴姨气咻咻补充。

陆丽找了碘酒棉花棒，给吴姨消毒上药，顺便第二次告诫她："接受教训吧，我还是那句话，舞场上的男人不能碰。"

吴姨余怒未消，盯着陆丽，要她再去找林立清，把那挨千刀的从公司里开掉。她不能接受那人得了她的好，却卖乖卖到了别的女人身上。

陆丽嘴里答应，迟迟没有行动。这事她怎么跟林立清开口？

秋风乍起时，老仲派司机给陆丽送来一盒阳澄湖螃蟹。打开看，冰袋之上，共有四公四母，公蟹总在半斤左右，金毛白腹，只只体格强壮，虽说被绳子五花大绑不能动弹，嘴巴里始终在不甘示弱地吐着泡泡，表达某种对于困境的愤怒和绝望。

陆丽打电话给老仲说，八只螃蟹，她一个人怎么对付？老仲命令道："煮了它！回头我去帮你解决。"

老仲下班后果然就赶来了，就手还带了姜，带了醋，带了一瓶上好的法国红酒。

此时陆丽已经把螃蟹洗涮干净，蒸在锅里。切好姜丝，备了一小碗姜丝醋，醒好的红酒倒进玻璃杯，擦手纸什么的统统准备好，然后熄火开锅。刹那之间满屋鲜香，热腾腾的蒸汽中是正宗阳澄湖螃蟹才有的肥腻的膏腴之味。

老仲满意地嗅嗅鼻子："嗯，闻味儿就知道错不了。来吧，开吃！"

老仲问陆丽喜欢吃公蟹还是母蟹？陆丽回答说母蟹。老仲大喜，说他正好中意公蟹，公蟹有膏，蟹膏比蟹黄更肥美。"你尝一口试试！"他掰开一只公蟹的壳，把白花花的一坨蟹膏送到陆丽嘴边。

陆丽推却不过，少少地抿一口，推说太腻，让老仲只管吃他的。老仲便不再推让，大刀阔斧，先卸了螃蟹的腿脚大钳扔在一边，然后拿拇指甲当工具，推出蟹壳里的脂状膏体，一口吞进。丢下空蟹壳，再对付肉质饱满的蟹腹，掰开，提纲挈领地嚼了一遍，吐出渣渣，大致完事。整个过程，三下五除二，干脆利落。

陆丽看得呆了，说："从前上海人带一只螃蟹上火车，从上海吃到北京。你倒好，两分钟消灭一只，白糟蹋好东西。"

老仲已经拿了第二只螃蟹，嚅着嘴唇呼呼地吹气，倒手，一边笑答："那是段子，说了几十年了，你还信？"

陆丽索性不再动螃蟹，只拿了老仲扔下的蟹腿，慢慢地咬、吮。她觉得看一个男人在身边狼吞虎咽，比自己享受更来得有趣。

两只螃蟹下肚后，老仲的速度明显慢了下来。毕竟是高蛋白的东西，有两只垫底，需求的迫切性立刻下降。

陆丽劝他："螃蟹大凉，你喝点酒最好。"

老仲摆摆手："你喝，我陪你抿两口就行，一会儿还要开车回家。"

陆丽说："忘了告诉你，我在城东山脚下看中了一套房子。我想把这套房子卖了，搬到城东去住。"

老仲停下手，抬头环视周围："为什么？这房子挺好，景观装修都不错。"

陆丽脸烫起来，笑，眼睛亮晶晶的，带着羞涩，又有点娇嗔，"那个，嗯，换一套离你家近的，下回你要是喝了酒，不开车，走着回家也方便。"

老仲把手里那只已经掰开的螃蟹放下来，看着陆丽，好一会儿之后，说："别换了吧，我下个月就不住城东了。"

"啊？"陆丽张开嘴巴。

老仲歉意地拍拍她的手："忘了告诉你一声，我已经在南郊卧龙湖买好了别墅，下个月搬家。"

陆丽说不出话来。两个人一时都沉默。

片刻，老仲解释："也不是不想告诉你，这事是这样的，说买就买了，都没怎么考虑，原来的房主要移民，急卖，精装修的房子，一切都现成，人家一天没住过，我算是捡个漏。"他用膝盖在桌下碰了碰陆丽的腿："怎么啦？生气了？"

陆丽把腿缩回，蜷到一边去。不知道为什么，她现在对螃蟹的腥味敏感起来，有一点点反胃，要吐。

从那天之后，陆丽和老仲之间的电话慢慢地稀少，通话内容也渐趋平淡和家常，不像情人间的喁语，像普通朋友的关切问好。陆丽无论是拨过去，还是从老仲那里接起来，感觉都消失了从前的兴奋、脸红、潮热，肾上腺素瞬间升高的快感。

她开始为自己悲哀,毕竟不是年轻时候,想爱都不能爱了。如此说来,爱这个东西还是需要资本。

老仲搬家时,她去德基广场挑了一个范思哲的摆盘,经典的美杜莎头像,边上是一圈缠绕交错的阿拉伯线条,镀金装饰,奢华,又足够深沉典雅。她请店员仔细打包,快递送到老仲的办公室。

老仲发来微信,写了两个字:喜欢。

陆丽回他:一点心意,新居安康。

老仲又回:收拾好了请你去玩。

陆丽打个笑脸:谢了,不太方便。

老仲的电话拨过来,边大笑边责怪她:"怎么回事啊?微信写来写去,累不累?我们之间用得着这样?"

陆丽也笑:"还不是你开了头?"停了停,又说:"觉得这样沟通也好,大家都没负担。"

老仲沉默半天,低声说了一句:"陆丽,有点对不起你。"

陆丽尽量把语气放得轻松:"别这么想,一切都好。"

可是电话放下来的时候,陆丽忽然捂住脸,哭得双肩抽搐,无法抑止。

中秋刚过,有一天吴姨在该来的时间没有来。陆丽走到窗口往下看,惦记着别是她路上出了什么事。手机忽然响了,她瞄了一眼,是吴姨,赶快接通。

吴姨的声音异乎寻常地虚弱,喘气也短促,告诉她说,在医院呢,被混账儿子推倒,断了两根肋骨,要请一段时间的假。

陆丽大惊,急切问她是怎么回事?儿子怎么会推她?

吴姨叹口气:"还能是什么事?房子惹的祸呗。"

陆丽开了车,急急忙忙往医院赶,电梯都等不及,三步并作两步地爬上三楼骨科病房。

吴姨那个一米九〇的儿子,两手抱了脑袋,孤单单地坐在病房外,一副闯下大祸后的失魂落魄样。陆丽走过时,他嗫嗫地站起来,似乎想跟陆丽解释和说明，陆丽理也没理他，匆匆而过，让小伙子越发惶恐。

吴姨在病床上平躺，脸色焦黄，也不知道身体和心哪样更疼。

"太不像话了，简直是畜生！"陆丽上来就帮吴姨开骂。

吴姨倒还平静，摆摆手，说，儿子也不是故意的，他是吃了秤砣一样铁心要卖房子，她呢又不让，抓着房本死活不松手，儿子多有力气啊，蛮干了，上来动手抢，一不当心把她推到矮柜上，她当时只觉得胸口闷得喘不上气，儿子赶快把她送医院，片子一照，肋骨断了两根。

"唉，也是老了，不经事了，没在意的工夫……"吴姨感慨。

陆丽掀开被单，看她缠紧纱布的身子，差点儿要落泪："再怎么说，他是你儿子！"

吴姨摇摇头："我倒是想通了，当时不该跟他抢。生了他，养了他，你还能看着他一辈子挂单，为套房子结不了婚？小陆我告诉你，人生一世，心就是用来碎的。"

陆丽不说话，只是紧紧握住吴姨的手。她想，一点都不错，心就是用来碎的。到最后，还是吴姨说了一句接近真理的话。

作者简介

黄蓓佳，女，出生于江苏如皋。1973 年开始发表文学作品。1982 年毕业于北京大学中文系。1984 年成为江苏省作家协会专业作家。曾任江苏省作家协会副主席、省作协书记处书记；现任中国作家协会全国委员会委员、作协儿委会委员。作品曾多次获全国优秀儿童文学奖、中宣部全国"五个一工程"奖、中国出版政府奖、紫金山文学奖。有多部作品被翻译成英文、法文、德文、俄文、日文、韩文出版。

花事

程多宝

农村女青年林美凤高考落榜之后，受尽世俗冷落，遂与花相依为命，并与一位边防战士产生了生死恋情。江南风情、女孩心事、乡村花语、边塞相思，处处温馨。

一

女人如花。

这个比喻有点老土了，要是谁再提起，借用流行的网络语，那可就是 out 了。不过现在想来，最初想到这个比喻的那位先人真是绝了，这也让别出心裁的后人绝了念想，再说起女人，老是跳不出俗套的框框。但先人总归是先人，一脉相承下来，即使有错也错不到哪里去。

想想也是，十六七岁的女孩，花骨朵朵的，可不就是人世间最美的花？世上最美的花该是成千上万吧？这个也没谁考究过，倒是这些花季女孩，说她什么就像什么，什么也不过分。比如说，脸蛋如花，那是芙蓉花，笑起来太阳也褪了色彩；肩头如花，那是月季花，脱去贴身小褂，晚上掬起水花花儿，月儿也要躲进云层；小手如花，那是百合花，夏夜纳凉时从竹床间的碎花被单里露出来，星星也眨着眼睛呢……即使熟睡了，那更是朵牡丹花，吸进去的不管是啥样的气味，吐出来都是一水的花香。

所以，林美凤纳凉的时候，身边总少不了一些追逐的蝴蝶。只是这些蝴蝶是不能飞的，更没有扑闪的翅膀，他们是村里一些"公鸡头子"般年岁的大小伙子。地里做活的时候，以往像燕子一样从田埂上飞向乡镇中学读书的林美凤，就是一朵让他们眼里痒痒的花儿。这朵花儿如今再也不如以前——让人只能是老远地闻闻看看过把干瘾，镜花水月般如一幅画挂在墙上；现在这朵花枝可是奄拉了，活生生地伸在眼皮底下，即使还那么香艳，可毕竟是栖在零落的低枝上。

说她零落，也不是林美凤上学时做了什么不该做的事。毕业回乡之际，林美凤依旧如花似玉，前一阵子读书时，那是一朵顶在高枝上的花苞苞，眼下可是跌落凡尘了。因为林美凤没考上大学，随随便便地高中毕了业，与他们一起在"希望的田野"上跟土坷垃较劲。村上有人说了，"白念了十年书，还不跟老子一个鸟样，照样捏泥巴团子。"还有呢，林美凤天生嫩白，如同被河湾里的水气久捂之后的那种葱白，田间地头毒日之下哪里经得住烤晒？几时太阳下来，整个人像是朵脱了水分的干花，现了原形就蔫不拉叽了。

林美凤的母亲徐召娣可不这么认为。在她眼里，就是不上学了，女儿那也是方圆百里一朵香喷喷的花儿。虽说大姑娘家的，村里自古沿袭下来的纳凉风俗，她家也不落下。一到夏夜，屋子里闷热待不住人，除了村支书家新近添了台电风扇，多数人家要到大塘边上的河堤上纳凉。一溜竹床一字儿排开，高高低低胖胖瘦瘦新新旧旧的，东家西户的一目了然，星星冰碴儿一般在上面正闹呢，家家在下面各睡各的相安无事。有时傍晚碰巧打了个滚雷凑了场热雨，睡到半宿，热烘烘的天气惊了个盹，闷气泄了不少，有些想回屋续个囫囵觉的人家，收起被单，扛起披着星露的竹床，竹帆扬起一般悄悄驶进了村子里的港湾，蹑手蹑脚地连声招呼也不用打。这时的徐召娣总要乍醒一会儿，怕女儿夜里睡沉了难免露出什么纰漏，就是搭在被单外面的玉手，做母亲的也要悄悄掖进去，生怕那身香气散了魂儿，便宜了夜色里或有或无的那些觊觎的贼眼珠子。

二

林美凤所在的村子叫林村，一个俗得不能再俗的名字。村子位于皖东南，依山傍水的好地方，一眼的马头墙，一巷的青石路，一川烟草满城飞絮梅子黄时雨，徽风皖韵地，文房四宝乡。风景虽好但也要有美人儿来配才行，早年自然灾害时"共产风"刮过，林村的男人仿佛历经风霜之后枯木逢春一般，复活了过剩的繁殖能力，一时村里鸡飞狗跳人丁兴旺，同一年里添了16口人，还阴阳相约地来了个8龙8凤。灾年过后添的孩子，命儿当然金贵，名字也起得土兮兮的，说是好养活，唯独她家给起了这么个牛皮烘烘的名字。上世纪80年代之初分责任田那会儿，林美凤父母身子骨渐朽，家里也没有男娃子，几个女儿远嫁外村，单是大女儿家就有几十里路，大过年的才设法走一回娘家。家里只剩下这么个美人胚子似的宝贝女儿，早年玩耍的小伙伴们大多在地里劳作，只有她林美凤一人出村读书。别说那些姑娘家了，就是让小伙子们也很是不安了好几年。好在林美凤这朵美人花，到头来还是肥水没有流进城里去，没考上大学，即使再美的一朵花，将来结出来的也是乡野里的涩果子，城里稍有些底气的人家，谁还会往这朵野花上动心思呢？

活人，干吗非要高飞到城里不行？徐召娣原先一直指盼着女儿考上大学进城吃皇粮，但话到嘴边还是岔了道。当初自己就是吃了不识字的亏，虽说年轻时的那份美貌引得土改工作队的一位头头差点犯了纪律，到最后还是有点"出口转内销"似的下嫁到了林村。可能是男人年轻时过于贪婪漏了元气，身子骨难以还原，没上五十人就衰了，有些重体力活扛不过，回乡务农的林美凤除了添个帮手还能找到哪样体面的事？只是没想到，林美凤如花的身子经不起折腾，毕业后一赶上夏季毒辣辣的日头，白嫩嫩脸上半晌工夫就红兮兮的，笑起来如同浮起了一层细皮纹纹，如风扯水面般难见平静，一觉醒来，脸上火滋滋的渐渐消了，那层水面又恬静如初；没几天下来，肩膀上磨出浅浅的茧子，手也粗了糙了。原本的嫩生生哪儿去了？做母亲的怎能不心疼？

徐召娣把女儿的小手揣进了碎花被单，抬头仰望了一会儿农历六月初上的星空。一线细月晃在天边，仿佛见了这满天星斗有点胆怯还躲得远远的，根本无心扫一眼大塘埂上的纳凉长龙。

只要不是雨天，林村人的夏夜几乎是在竹床上度过的，村里夜不闭户，家家没点儿生气，电灯绳也懒得拉一下。眼看着夕阳一个劲儿地衔着西山的那个包包，大概牙床有点儿酸了，身子骨一沉，猛地一口咬破了夜的唇，发了黑的血液一股脑儿地溢出，悠悠地朝天宇挥洒开来。这时候，黑黢黢的村子渐次活了，汉子们草草扒拉几口吃食，有的在河里扎几个猛子，伸手把头毛一抹，湿漉漉地上岸换了衣裳，三三两两地扛着竹床，选好风儿当好的口儿摆实了位子。有时来早了，怕给夕阳烤得热乎乎的，就下到河里兜几捧水，远远地往上面泼，洇在竹床底下的水珠子，在地里滋溜起一层白烟，有时也会汪了一小块湿印子，不一会儿就干了。

林美凤上学那会儿，多是在家里一头扎进题海较劲得很晚，母亲有时在一旁摇着扇子，也难见她出来纳一会儿凉。现在这段时光用不上了，一到晚上也扛着竹床占个位置。只是让她有些不大明白的是，即使来晚了，也有人愿意招呼着挤出个好位子；有时农活忙了，竹床先放在拐角处，只要她回家讨个东西再来，就不知会被哪个好心的挪到了风口。

河堤中间地带，正对着山脚下的一个豁口，心静的时候，人们就会感到一股股风儿贴着河面卷卷地熨过，趁人不备爬上河堤蹲在竹床边上直打旋儿。凉风习习，游萤点点，虫吟莺歌，月移星走，天然的避暑农家乐，美美的纳凉乡村图。即使有时没风了，也有些妇人自告奋勇地吹起口哨唤风。那种声音，细细的、长长的，说断不断地在空中悬着，也没个腔调更没个词儿，歌不成歌曲不成曲的，妇人们张口即来无师自通。有外地客人觉得蹊跷，模仿了几日也哼不来一丝风，有说是唤鸡崽啄米，也有说是喊孩子吃饭，一方水土一方人啦。倒是那些风儿也怪听话的，它们没准儿也是饿了吧？要不，齐齐约好了从山梁上滑来了，从水波上凫来了？这样一来，大家心里定定地闲拉着家常，男人们说的是田地里的收成，女人们想的是商店里布匹的花色。拉拉杂杂的，一会儿就伴着悠悠的细浪之声说睡就睡了；有时也唤不来风，汉子们就烦了，嚷着说"一群没用的娘儿们，再换一个"。三调两换的还是不行，有些心机的妇人就来了借口，推说山仙水神们想听个新曲换个口味，是这些神仙们把风儿扣下了，想要再请，一般人的面子怕是不行。

于是，就有人怂恿起了林美风。

半推半就的，林美风就依了，好在调子也不复杂，再加上天生的脆嗓子，一张口燕子呢喃般往前飞去，掠起满河清香不说，再顽皮的风儿也要乖巧不少。心急的汉子们说笑了几句就赶紧睡下了，好养养身子骨对付来日的劳作。只是有的在梦里还发着牢骚：敢情这风神也喜欢长得俊俏的读书妹子，下辈子可要儿孙们发愤读书了。

<h1 style="text-align:center">三</h1>

这以后的纳凉，常有人嚷着喊林美风。乡里乡亲的也不好推辞，一个夏天下来，林美风声名远传，十村八庄的说笑之间，徐召娣走路的步子也有了些轻飘。有次剥毛豆的时候，有人话题刚说出个引子，女儿脸色就阴了，一扭身回了屋子，愣是晾了乡邻们一阵子。

她们哪里知道，这个女孩，心儿可是驾了云的，有时候闹腾得比云儿还快呢。

虽说那年村里一下子出了8只"凤凰"，真正能飞的一只也没有看见，那7只在她眼里撑破天也只是家雀罢了。谁不想做只金凤凰？只是高考落榜之后，看看家里的二老，再想想自己的补习没了门路，就意识到了自己的翅膀也是折的。与姐妹们比起来，高中生的林美风毕竟要显出些与众不同——即使是平常的一桩事，她也要做出花的模样。刚回乡的那个冬月，农闲了，汉子们吆五喝六的聚赌成众，有的甚至就在她家门前摇骰子搓麻将。她倒好，成天价无动于衷地捧些书本，坐在冬日的阳光下看得痴迷不说，还不声不响地整出来一方有半间屋基场大小的花园，开春了种下了满园花枝。在村人眼里，这些花儿多是极为普通常见的，什么映山红、栀子花之类，村上有的人家门前，也能见到这么三两朵的。而林美风家则不同了，别人家有的她有，她这儿有的村子里都没见过，其中还有一棵是小姐妹们在电影里才看到过的。后来，她们在电影放映员那里打听到，那朵花的名字叫玫瑰。

电影上的那个漂亮明星不是说过么，玫瑰是代表爱情的。那部花了一角五分钱看过的电影里，有一支柔柔的插曲，调子挺好听的：在我心灵的深处，开着一朵玫瑰……啊，玫瑰，我心中的玫瑰，但愿你天长地久，永远永远把我伴随……

怪不得呢？到底还是上过学的人，多大年纪就知道爱情了？

爱情是个什么东西？是不是电影上那样？见了男人就脸红心跳的那个样子吧？

难道说林美凤这朵花，在学校里就有男人想摘了？怪不得考不上大学呢。

这些闲言碎语，林美凤不可能没听到，可嘴长在人家身上，哪个背后不说人？哪个背后人不说？自己挨个儿解释，岂不成了鲁迅笔下的祥林嫂，有那个必要吗？一个村上的，人家以前在地里做活，你读书风不吹日不晒的，虽说钱是自家父母出的，人家背地里说几句也是正常；就是做农活时经常受到奚落，她也没当个事情。比如说插秧，你插得快，只顾上前好了，谁也不像以前生产队一样与你抢工分。再比如说挑圩，你力气大，半天挑完了，我一家人收工晚些就是了，没人与你较这个劲。而一旦进了自己的花园，林美凤环来绕去的，就是一只被激活了的凤凰——浇水的时候，每片花叶子都要沐浴到；松土的时候，每一铲力道不轻不重，如同给泥土挠痒痒。有几个小青年不信，私底下还打了个赌，结果趁她不在家的时候，在花园里随手抠了一把土，捏在手里实实的就是成不了团，掉到地上却摔得粉粉的，分明是功夫弄到家了。

"这哪是花园，简直成了闺房；这哪是花儿，简直成了孩子。林村看来也要出林黛玉了……"徐召娣听到了，也只有抿嘴儿一笑。村上有人早就聒噪过，"穷人的女儿早当妈，富人的儿子早当爸。"她就不信这个邪，不管怎么说，女儿读书没有错，就算是小姐的身子丫头的命，咱也认了；再怎么说，种花这件事，是不能说歇就歇的。

四

一个姑娘家，又不是花农，如此痴迷种花，还想成了花神不成？徐召娣的疑问不久就被证实了：原来女儿种花，不单是为她自己种的。

这个谜底，是在一个雨过初晴的日子解开的。前一阵子，花园里天外飞仙似的冒出来一枝牡丹花。那枝花儿徐召娣起初也没见过，出了娘胎这么几十年下来，哪见过这样招摇的花，开得那么蓬勃那么霸气！"这是什么花啊？"徐召娣问过一次，女儿答得也很随意，是从同学那儿讨来的。那些日子说来也巧，赶上了大队支书家的三儿子结婚，村部放电影贺喜，是《红牡丹》，就是姜黎黎主演、蒋大为唱歌的那部，电影情节倒没怎么让人记得住，只是那歌一连红了好些日子。徐召娣这才知道了花名，也就不想说破。倒是林美凤这以后着了迷似的，一心呵护着那盆花，在田里做活耳朵也是竖着，一旦听到风吹草动，就赶紧跑了回来。要是碰到雨天，还抱回屋子里怕损了叶片片。眼瞅着那花举着些小苞苞，她的心情也好了，几天里哼着《牡丹之歌》，在信纸上写写画画时也看着那盆花儿，没几下，那脸蛋儿也如同了花的颜色。

徐召娣看破了女儿的心思，原来那不是随便写写画画的，是在写信。虽然徐召娣不识字，但她帮女儿寄信时，打听过邮局的王师傅，女儿的信是寄给一个当兵的。那是林美凤的高中同学，在西北一个高原上当兵，才去年把工夫，高原的信就来得黏糊。只是两人有时回个信也要好几个礼拜的周转期，让当妈的心里挺那个的。

林美凤从地里回来，第一件事就是钻进花园里，好半天也不见个人影出来。有天，她的眼神不对了，一个人枯坐在窗前，泪珠珠一串串地排着队往下坠着——原来，那盆牡丹花，真的没了。

好好的怎么说没就没了？是被人偷了？母亲也不敢接茬。吃饭的时候，还没问上话呢，女儿说哭就哭了，眼巴巴地望着花园。

那只花盆也不在了。那可是朵牡丹花，国色天香的姚黄魏紫呢。是哪个天杀的拔了？还是偷了？乡下孩子小手可野呢，不会给掐了吧？是哪个起了歹意？要是一个懂花的夺人之爱似的连锅端了，那花好歹还在别人的花园里，如同女儿家嫁了户殷实人家，虽说有些勉强，好歹彩礼也还丰厚，不管怎么还活着一条命……

林美凤一连几个晚上也没睡好，因为她在信上许诺过，等他探亲回来，要用这盆花儿迎接她的好同学——那位在西北高原顶风冒雪为祖国站岗放哨的解放军战士。因为，那同学当兵来到了西北大漠戈壁之后，别说看花了，甚至还怀疑这世界上有没有一种叫花的东西……可是，那花儿就这样连招呼也没打一声就没了，林美凤那个急啊！"怎么没有啊？你看你这个兵当的，那么认死理？你们那个哨所寸草不生，并不代表这个世界没有春天！你在远方思念家乡，可家里的人不也想着你吗？"林美凤就想与那个当兵的说理，就如当初两个人在课堂辩论一道题目的多项选择答案一样。这么一说起来，还真收不住头，于是一路就说到了梦里。同学探亲回来了，只是没穿军装，两人又回到了校园，居然就在那次的上学路上，两个人低头背诵英语单词时无意间迎面撞上了，背景是一片金灿灿的油菜花海。让她奇怪的是，同学的书包上也插上了一束野花，如同课文《百合花》上那位年轻的战士。战士笑了：你怎么这么喜欢花儿？赶明儿送你一束得了。

这段对话是有影子的，有次，学校组织春游，林美凤这个班去了诗仙李白笔下"相看两不厌"的敬亭山，漫山遍野的杜鹃花喷出一山的红霞，如同血在坡上燃烧。林美凤和几个女生乐不思蜀，以至于班主任一路寻来时一脸的不悦，"看你，还想把大山搂回去哟。"这句话从此给了兵同学一个取笑的缘由，林美凤也不回避，"怎么？你将来也要送我一束花？什么花？"

那时候她还不知道这世上究竟是哪种花最为好看，那个年月的乡土中国，男女生在班上鲜有话说，难得的一场电影，哪有这方面的内容？而玫瑰牡丹这些名贵花儿，乡村里更是难以看到的。

"你就等着吧。"同学给了她一个比阳光还要温和的笑脸，一转身，怎么就成了一名持枪巡逻的解放军战士？红红的领章，闪耀的五星……这人真是邪乎了，长相再一般般的，怎么一穿那身军装就耐看了？林美凤嗔了，"看你说的比唱的还好听，你要送的花呢？"兵同学也不答话，张口唱了起来，那大概是他去西北部队之后，学唱的第一支歌子吧，歌词和曲谱早就在信上寄来了，"战士的青春有多美？请你问那小河的水。她随战士去巡逻，她随战士林中睡；她为战士解甘渴，她为战士洗尘灰……啊，小河轻轻对我说，战士的青春比我美！"

战士的青春比我美？你就在你那个龟不下蛋的西北戈壁滩上，与你梦里的小河相思着臭美吧。林美凤一转身想蹬他一下，不想脚却踢到了床架上，痛得她一咧嘴。

夜色正沉，哪里还有同学的影子？倒是脸上却残留着凉凉的两汪小溪。

怎么了这是？梦里还流了一脸的泪？

五

泪蛋蛋是心里的油，流多了身子骨就亏了。徐召娣看出来了，女儿那个如花的脸蛋，禁不住泪花的洗礼，变得蔫快快的，似乎脸上始终蒙着层烟雾，三天两头的就有了雨滴。

只是这雨滴，多是在夜半时分下着，还没有一丝征兆，有时落在被子上，有时落到枕头上，做妈的要不是细心，那是根本觉察不到的。徐召娣急了，没曾想女儿倒是生了个狐狸脸蛋，笑起来如同开了一朵花，一旦落泪了就什么也不是了。是什么原因呢？做妈的也猜不透，直到有天，遇到了下乡送信的王师傅，才知道女儿的病根，一半是在花上，一半还是在信上。

原来，有一阵子，家里没见到那种盖着如花儿般鲜红三角戳的部队来信了。

徐召娣责怪起自己心思多是惦记着农活，把女儿如花的大事给忽略了。前些日子，梅雨季节一直挽着皖东南这方田地不走，湿漉漉黏糊糊的雨天一个挨着一个。村部广播喇叭每次播天气预报之前，村支书都要吩咐放一曲《十五的月亮》，弄得村子上空每次都是董文华如泣如诉的诉说。有次，村支书还领了一个在乡政府供职的年轻后生，上村里登记四项经费。后生到了徐召娣家，眼睛明显滑出了手里的本本，随着林美凤影子直打转。后来，村支书一番好心说出了实情：西南战事紧着呢，报纸上讲各大军区轮战，军功章里有我的一半也有你的一半，那是唱给别人听的，小孩子把不准，犯个傻的倒不要紧，咱们可是到了这把岁数的人了……

徐召娣也只好随口说笑着应付过去。女儿的心在天上，要是落到地上，那只有她自己愿意了才行，谈婚论嫁还早着呢。与西北部队上通通信也没什么不好，多少也算是见了些世面。只是让她安心的是，西南战事后来说停就停了，他们那支守卫西北边陲的部队也没轮上。听王师傅说，是有一阵子没怎么来信，可是这一下子却牵手结伴似的来了七八封，还有一个大邮包，里面软酥酥的，怕是西北的风味小吃吧。

林美凤倒不急着尝风味小吃，她猴急急地先看信。几封信的邮戳时间挨得近，她一一用剪刀划开信封，把所有的信取出来，抻平了合在一处从头看起，如同看小说连载似的翻看着。徐召娣也急，凑在身边想闻点西北军营的味道，不想女儿掩了房门，把当妈的晾在门外。过了许久，才开门喊了一声妈：不是什么吃的，是花籽，牡丹花种子。

接下来，林美凤说信的时候，花儿的颜色又飞上了脸颊：兵同学听说她的牡丹花失窃，安慰她说有这份心意就够了，他比得了军功章还要高兴。这回他也不想再隐瞒下去了，军区比武他得了个头彩，连长要重奖他，问他想要什么礼物，只要连里能办到的都成，除非是天上的月亮。他说月亮就不要了，想要的是牡丹花的种子，连长你老家不是在花都洛阳吗？探亲时给我带点花籽吧。连长愣了。老家的洛阳牡丹甲天下是不假，可那花儿身子娇贵，大西北这里的气候伺候不了啊。可爱兵如子的连长也不想委屈这位为连争光的皖东南兵。一连问了好几个为什么，兵同学只好坦白了信上的花事。

"你别听战友们起哄，这大西北多寂寞啊，一条路直通通地与天相接，坐几个钟头的车，腰杆子颠得快要散架了不说，还碰不上一根鬼毛。白天兵看兵，晚上数星星的，他们寂寞了就爱抢着说信上的事瞎掰。我可是向连党支部汇报过了，我们其实是八字还没一撇呢。"这句话在信上可是实打实地写了，可能是一种投石问路的口吻。她急了，心里一颤，像是给花刺扎了手；再一看，心里笑了，才当几天兵，就会用《孙子兵法》忽悠老同学了？好啊，咱也装糊涂，你那里没一撇，我这里还没一捺呢。

林美凤收了信，这段话她可是自己给"贪污"了，那边母亲还愣着神，她连忙拆了包裹，果然是一包香香的花籽，还有一张佩戴着军功章的照片，只是在照片的下端，人为地素描了几朵艳艳的红花。

"哟，还真牛呢，居然成了大功臣，还有军功章，真有你的，那有谁的一半……还算你有心，别急啊，到时花开了，就摘一朵给你吧，鲜花献英雄嘛。"想是这么想的，可心思全用在手里的花锄上。眼下还早，说夏不秋的，种花还没到时节，先把土地翻晒一下藏些肥气。也因为到了西北那边，兵同学才知道了家乡的故土富得流油，别说丢粒花籽，就是插上一根扁担，来年也能撑开一树的春天。

那包花籽就放在床头，天晴了摊在日头底下晒晒，太阳还没落就收好了，怕沾了生水，把太阳那金子般的光线一根根地收拢了藏实了。她想，就这么一直放在枕头边上也好有个照应，要是碰上天阴了天冷了，实在不行就暖在怀里，可不能冻着，那是外地的花籽，如同稀客娇客，水土不服那是常事，可要小心再小心一些。

六

阳春三月姗姗来迟了。

也只有花园的花儿们，才知道这个漫长的冬季里，它们的主人是怎么熬过来的，尤其是雨雪天，林美凤恨不得给花儿们做一身御寒的花帐子花被子。冬去春来，林美凤精气神渐好渐足，特别是不速之客的大姐，让她心底乐滋滋的，如同一朵朵花儿正从花园里冒出来。

因为农活劳累身子骨又重，还有些心疼搭车费用，大姐平常里不大回娘家走动。加上年纪比林美凤大个十来岁，儿女也大了些，回娘家拜年走节之事多由孩子们代劳。大姐这次来，居然带回了一件天大的好消息。原来，那盆牡丹花并没有丢，是去年那次，大姐的二女儿顺道看外婆时撞上"铁将军"把门，心里正恼呢，无意中钻进花园，眼馋手痒得收不住，招呼也没打就来了个顺手牵羊。大姐知道了，少不了一顿臭骂，差点要逼孩子送回来，又担心着小姑娘家的半路生气走闪了；这以后一直想带个口信，偏偏又没如愿。这次赶到娘家村子里送份子礼钱，想想妹妹大半年来的揪心，于是就亲自前来完璧归赵。

早知道是外甥女起了歹心，也不该如此诅咒，那可是血浓于水的亲情，毕竟咱还是小姨，长辈呢。林美凤心里这回不堵了，眼神直落在那盆花上。花儿离家大半年了，可受委屈了：那土，硬邦邦的；那枝，瘦条条的；那叶，黄快快的……"我的花儿，怎么生病了也不托个梦给我？你受累了。我的花儿，莫怕，这下好了，有我在，莫怕！你高兴点，开个笑脸，咱不是回家了嘛，都怪我没看紧，让那个死丫头片子拐走了，这个要讨打的小花贩子……真对不住你，你不要不理睬我好吗？我给你赔不是了还不行呀……"

林美凤自言自语的当儿，居然把常年难得一见的大姐搁在一边。徐召娣不高兴了，"看你这个妹子，你还顾着她想着她，落个什么好？干脆，让凤儿点个数，看有没有少片叶子，回家你再紧二丫头的骨头也不迟。"

这么一说，林美凤一惊，一开口，却放飞了一屋子的笑声，"算了，可别吓着孩子，哪能呢。"

那种失而复得的好心情，伴随着林美凤。等到了床前的百花盛开，虽说洛阳花树还要候上几个春天才有孕育，但那盆荣归故里的牡丹花却绽放得神头鬼脸。即使在月夜之下，林美凤也想起身瞧上两眼，再给西北那边写信炫耀着花的长势，也不管人家愿不愿意，那些信写得暖暖的，怕是能将西北的戈壁湮没得浮将起来。兵同学乐了：你不就是只美丽的凤凰吗？赶明儿你飞到西北来，省得我请不了假还要倒火车。还有啊，信上说的那些花事太感人了，名家大作也不过如此，不如你往报刊投稿吧。

林美凤信了，那是一个特殊的时间段，说不清是因为花，还是因为与花有关的情，反正兵同学说什么她都是信的，"莫不是……呀，羞死人了，臭美吧你。"好好的竟然笑了：信则有，不信则无嘛。

林美凤写出了一篇篇花事，有的在日记里，有的投了出去。也就半个月，家乡的《皖东南报》文学副刊上，连续刊发了她的《家有花园》《栀子花开》等几篇散文。徐召娣有天从王师傅那里接到了好几张稿费单，就这么手捏得紧紧的，兴冲冲地逛到了村部：这是稿费，大支书你还没见过吧？我家美凤挣的，这要在过去，那可是皇上发给状元回家省亲的银两呐。

春深花浓，香气袭人。林美凤每每睡得香甜。花儿们急了，在窗前窃窃私语的声响，如同贴着林美凤纳凉唤风时哼的曲儿，闹醒了徐召娣。看到女儿沐浴在花语里，做娘的却从不忍心叫早，她多是轻手轻脚地起来，把园子里新开的栀子花摘了些，遇到诚心想要的，也慷慨地送些出去；大多的则是摊在阳台上晒干了珍藏着，因为女儿说将来做个花枕，毕竟西北那边寒气重难以入睡……再说了，那份新鲜的香气，并不是哪户人家说有就有的，君子还要顾本呢？别倒是最后，把自家香香的夜露也大方地送给了人家。

这点点滴滴的夜露，是上天酿制的，还是女儿家香香的汁液凝聚而成的？

后记

上世纪90年代末，我在陆军第十二集团军电子对抗营任职教员，终于熬到了家属随军条件，结束了那段不堪回首的两地分居。由于家属院房子被他人占着，一时只得整了两间营部仓库蜗居。

有次，军机关下来战备检查，我们小军直单位因为家属混居营区挨了批评，我这才因祸得福地"借用"了一间老房子。

位于九里山下的那间家属院房子，是上世纪60年代建造的，门前有块巴掌大的空地，还堆着朽木、瓦砾什么的，可妻子兴奋得像个孩子，说整出来种点什么。一个晚上，我筹划着要种哪些蔬菜，可妻子一大早说出的，居然是一大堆花儿的名字。

随部队外训回来，就是大半年之后，一进家门，妻子与孩子笑容正灿，门口那块地上姹紫嫣红。满眼的花色，吐出一夜的香云，托起睡梦中的我。

也就是在那个晚上，妻子说出了这段早年花事；而且，她当年的日记里，还有诸多关于花事的记载。

那一刻，我理解了妻子——这个天下爱花懂花的美丽如花的军嫂——为什么能支撑着那么多年孤灯独影的分居生活，莫非是因为与花作伴……

敬礼！向那个寂寞年代里陪伴妻子的花儿们！

作者简介：

程多宝，男，曾在军旅，转业十年后重拾小说写作。现供职于安徽省宣城日报社。安徽省作协会员。曾在《解放军文艺》《莽原》《神剑》《橄榄绿》《昆仑》《西南军事文学》《西北军事文学》《芳草》《海燕》《特区文学》《当代小说》《延安文学》《安徽文学》等发表小说作品百余万字，有作品被《小说精选》《小说选刊》《微型小说选刊》《小小说选刊》《作家文摘》等转载；收入多种选本丛书。著有150万字长篇纪实小说《二野劲旅》(与人合作)，曾获"《解放军文艺》优秀作品奖"等若干奖项。

硬弦

党益民

一个瞎子的传奇经历，挨过饿，家人都死了，他当过红军，被迫逃离红军时被白军炸瞎了眼。后来剧团班主收留他打杂工，学硬弦。娶了白军师长的小老婆，"文革"时挨过整，一生不会哭只会笑……瞎子的经历浓缩了半个多世纪的政治风云和人生沧桑。

得娃不是娃，是个老头，是个很老的老头。得娃生性乐观，只会笑，不会哭，他一生没掉过一滴泪。他一辈子最遗憾的事情是，没有看见过老婆白娃的俊模样儿。白娃是解放初期全县闻名的美人儿。一个年轻美丽的女人，怎么会落到一个又老又丑的瞎子手里？这在当年的斩城算是一桩奇事。但细说起来，奇事也不算奇。

得娃在县剧团拉硬弦，许多事情睁眼人都做不到，他却能做到。剧团发工资，他用手一摸，就知道是三十六块八：三张十块的，一张五块的，三张五毛的，一张两毛的，一张一毛的。他把钱卷成一卷，往裤兜里一塞，挂着枣木拐棍，摸黑往家赶。老婆白娃等着用钱哩。他虽然是个瞎子，但走路却不比常人慢，这全凭着跟了他多年的那根枣木拐棍。拐棍就是他的眼睛。拐棍被他的手磨得溜光溜光，只是比原先短了一两寸，他后来在下面包了层铁皮，才没有继续短下去。他家在赵村。赵村离县城不远，5里多地。他一路走，一路放屁。那年月整天吃红苕，吃得嘴里直冒酸水，后面臭屁"嘀嘀"。走着走着，感觉肚子不舒服，知道是红苕"驴蹄子"在里面踢腾，只好拐到路边的麦地里。清明刚过，麦苗不高，还戳不到尻子。蹲了一会儿，肚子松泛多了。他提起裤子，又继续赶路。

等他回到家，娃们已经睡了，白娃还醒着，伸手向他要钱。他一摸裤兜，坏了，钱不见了。白娃脸都吓白了，说，赶紧找找，跳下炕动手就在他身上翻，把所有衣兜翻成了狗舌头，也没有找到钱。白娃急哭了，说，肯定遗在路上了，你咋这么不经心！要是让人拾去了，这个月咱喝风屁呀？赶紧去找！得娃摆摆手，让她甭吭声，自己坐在炕廊上低头想。想了一会儿，突然一拍大腿说，我知道遗在哪里了！起身就往外走。白娃跟出屋，得娃头也不回地说，你去干啥？你安心睡觉，我保证能找回来！白娃心里说，昏天黑地的，明眼人都看不见，你就能找到？但嘴上啥也没说，不再动步。想是这么想，但还是相信他，知道啥事都难不住他。他说能找到，就一定能找到。

得娃顺原路朝县城返，走到刚才解手的地方停下来，拐进麦地，一边往前蹭，一边弯腰用鼻子嗅。嗅到味儿了，从地上捡起土疙瘩，往刚才自己蹲的地方扔。扔到硬处不是，扔到软处才是。"噗"的一声，扔到软东西上了。他在周边伸手一摸，没有摸到不该摸的东西，真就摸到了那卷钱。他直起身子，舒了一口气，嘿嘿笑了，心里说："啥能难住我得娃？"把钱塞进兜，又顺原路朝家返。

这是上世纪70年代的事。得娃现在年纪大了，但腿不圈，腰不弯，就像他拉了一辈子的那把硬弦那么硬棒。得娃是新中国成立后才成家的，成亲时他三十六，白娃二十四。白娃白白净净，嫩得能捏出水来。头几年他们没有娃娃，得娃回家比较勤，隔三岔五就从县里回去一趟。天黑从县城回家，鸡叫二遍再起身往县城赶，来回这么折腾，也不觉得累。剧团人笑他："得娃你瘾真大，得是想把前多年的损失补回来？"得娃疙挤着瞎眼笑着说："一万年太久，只争朝夕。"说着"嗵嗵"放了几个臭屁，惹得大家一阵哄笑。得娃说："笑啥哩？谁吃红苕不放屁？毛主席红苕吃多了，也一样放屁。"大家笑得更厉害了。

有天黑夜，得娃回家走进院子，听见白娃在屋里跟人争吵。

白娃说："你是队长，你还要不要脸？"

队长说："你能跟国民党的师长睡，能跟瞎子得娃睡，就不能跟我睡？我要脸弄啥？脸皮薄，摸不着；脸皮厚，吃个够！"

白娃说："你再动手动脚，我就喊人呀！"

队长说："你喊你喊，你把人喊来，我就说你想腐蚀我！"

白娃说："你敢胡来，我告诉得娃！"

队长说："他一个瞎子，能把我 [尸][求] 咬了？"

一股黑血直往得娃头上涌，他冲进屋里，抡起拐棍就打，正好打在队长的头上。队长"哎哟"一声往外跑，得娃从后面又是一拐棍，打掉了队长的半只耳朵。第二天，队长对村里人说，黑夜走路遇见了狼，半只耳朵让狼爪子打掉了。得娃两口装着啥事也没发生。

十六岁之前，得娃睁着眼睛看世事；十六岁之后，他只能闭着眼睛听世事。进县剧团之前，他在田家戏班拉硬弦。进田家戏班之前，他是一名红军游击队员。他是稀里糊涂当上红军的。一觉醒来，眼前红星闪耀。有人问他："你想不想当红军？"他反问："当红军能吃上馍？"那人说："能么，不光能吃玉米馍，还要吃上麦面馍。"他一听这话就说："我当，我当红军，我想吃馍，我不想饿死！"

那时他才十二岁。两年前的民国十八年，关中遭遇大年馑，村里人一片一片饿死。他家六口，除了父母还有两个姐姐，一个哥哥，最后只剩下了他自己。家里只剩下三碗玉米面，父亲对两个姐姐说："你俩大，得让着弟弟。"剩下的玉米面，每天不多不少，只熬两碗稀糊糊，兄弟俩一人一碗。他们喝的时候，母亲就把两个姐姐领到后院，等他们喝完再回来。父亲去亲戚家借粮，粮没借到，人却死在了半道上，等母亲找到时只剩下了半个人，另外半个不知是被狼或狗吃了，还是被人吃了。父亲死后，日子就更难了，两个姐姐瘦得只剩下一把骨头，夜里饿得直哭，后来连哭泣的力气也没有了。姐妹俩坐在墙根下晒暖暖，晒着晒着，大姐的眼睛就闭上了，二姐用手一推，大姐顺着墙根倒下去，没了气息。大姐死后不久，二姐也死了。二姐临死前对母亲说："妈呀，你真偏心啊……"母亲流着泪说："娃啊，妈总不能让赵家断后啊。"几天后，母亲也死了。

为了活命，兄弟俩骗来村里唯一的一条狗。狗很瘦，风都能吹倒。兄弟俩用裤腰带勒住狗脖子，一人拽一头，使劲儿勒。狗瘦是瘦，但命却很硬，咋勒也勒不死。哥哥说："灌凉水，听人说用凉水一激就死了。"他们把狗吊在房梁上，哥哥端来一瓦罐凉水，往狗嘴里灌。奄奄一息的狗被凉水一激，突然疯狂起来，一口咬破了瓦罐。哥哥连续灌了几次，狗才踢蹬了几下死了。这只瘦狗，让兄弟俩撑了半个月。哥哥吃得很少，总是让着他。后来哥哥饿得躺在炕上，睁眼都无力。得娃出去找吃食，在邻村遇到一只猫，他将猫"咪咪"地一直召唤到家门口，猫好像预感到了危险，最后一刻转身跑了。那天夜里，哥哥死了。父母姐姐死的时候，他和哥哥还有力气掩埋。现在哥哥死了，他已经没有一点儿力气掩埋了。他让哥哥原样躺在炕上，然后锁上家门，离开了村子。

后来他饿晕在路上，遇到了红军。他年龄小，拿不动枪，只能跟在队伍后面刷标语。红军每到一个村，他就提着糨糊桶，在墙上树上刷标语："红军是穷人的队伍"，"扛枪参加红军，打倒土豪劣绅"……一年后，红军在照金建立了根据地。后来根据地范围越来越大，国民党的"围剿"也越来越凶猛，红军不得不边打边往北撤退，撤退到甘肃与陕北交界的南梁，建立了陕甘边区苏维埃政府。1935年秋天，红二十五军从陕南一路突围来到陕北，两路红军胜利会师，成立了红十五军团。再后来，毛主席率领的中央红军长征到达了陕北。但是那个时候，得娃早已离开红军队伍，成了一个"逃兵"。其实不是他要当"逃兵"，是连长用枪硬逼着他当了"逃兵"。

早在红二十五军到达陕北之前，"北方代表"的特派员从上海来到陕北，在永坪镇召开的中共西北工委扩大会上，传达了北方代表一封很长的指示信。信中说，陕甘党内有严重的右倾取消主义；右倾取消主义是为日本帝国主义、国民党服务的，实质上是反动统治在党内的应声虫和同盟军；要与国民党的走狗坚决斗争，等等。两路红军会师不久，针对陕甘红军的"肃反"运动开始了，以刘志丹、习仲勋为首的一大批陕甘红军遭到了逮捕，先后有两百多人被枪杀或活埋。

得娃当时是连里的通信员。一天夜里，连长王强把他叫到跟前说："我已经被列入'肃反'黑名单了，你跟我好几年了，很可能会受到牵连，你年龄还小，赶快跑吧，咱俩能活一个是一个，不能都等着被人家活埋！"得娃说："我不走，要死咱一块儿死！"王连长说："你必须走，现在就走！"得娃说："连长，你让我去哪儿？我家里人已经死光了，我没有家了，这里就是我的家，红军就是我的亲人，我死也要死在队伍里！"王连长怒吼道："你这娃娃咋不听话呢！不想死是吧？那好，你再不走，我就枪毙你！"得娃一向很佩服连长，从来没有顶撞过连长，只得转身朝门口走。连长突然叫住他，从衣兜里掏出一支钢笔递给他，说："你逃出去后，去照金柳林镇看看我媳妇，把这支钢笔交给她留个念想，就说我死在了战场，让他另嫁人吧。"连长说着，眼泪流了下来，紧紧抱住了得娃……

得娃朝南跑出几十里，天亮了，他坐在地上喘息，这才发现身上还穿着红军的衣裳。他坐的地方是红区与白区交界处，几十万国军正在"围剿"陕甘红军，穿着这身衣裳跑，无疑就是活靶子，得想办法换身衣裳。可这附近都是沟岔，看不到一户人家。他不敢走山梁，专拣窄小的川道走。一边走，一边留心寻找人家。走着走着，山梁上突然冒出一支队伍，他想躲藏，但已经来不及了，山梁上有人喊："红胡子！你站下！"他撒腿就跑，只听身后"叭叭"两声，子弹在脚下直跳。有人喊："用手榴弹炸狗日的！"一声轰响后，他就啥也不知道了……

等他醒来，天色已暗。他弄不清自己在哪里。感觉头疼欲裂，伸手一摸，两只眼睛肿得比拳头还大，一只啥也看不见，另一只剩下一条细缝儿，只能影影绰绰看见一点儿昏暗的天光。他这才想起自己被手榴弹炸了。天快黑了，不能躺在这里等死，得继续赶路。他摇摇晃晃站起来，继续朝南走。天越来越黑，半只眼睛很难看清东西。他一阵恶心，头疼欲裂，两腿稀软，又一次晕倒了。

再次醒来已是第二天早上，他的眼睛比昨天肿得更厉害了，几乎看不见东西。他用手指撑开眼皮，看一下，走一截，磕磕绊绊继续朝南走。路上遇到兵马，不管是白军还是红军，他都得赶紧躲起来。他身上穿着红军衣裳，遇到白军是死；他是红军逃兵，遇到红军也是死。走走躲躲，走到后晌，看见半崖上散落着七八孔窑洞，认出是他前两年来过的村子，他在村里刷过标语，当时住在村头老杨家里。杨家两个儿子，都在红军队伍里，家里只剩下老杨两口。他想找老杨换身衣裳，但不知道村里有没有白军，不敢轻易进村。一直等到天黑，他才摸进村子，走进老杨家。老杨看见他，愣住了。他说，杨叔，我是红军里的得娃。老杨很惊讶，终于认出了他，说，你咋弄成这样了？他说，杨叔，我快要饿死了，你先给我弄点吃的吧。说着就瘫软在地上。老杨两口急忙把他扶到炕上，拿来冷馍，端来开水。吃喝之后，他慢慢恢复了力气，说了自己路上的遭遇，但没有说自己是逃兵，只说是去南边送信。老杨说，村里天天过白军，都是开到北边去打你们的，早上才刚刚走了一拨，说不定啥时候又来一拨。得娃说，我知道，我不会连累你们的，你给我找套衣裳换上我就走。老杨说，我不是赶你走，我是想把你藏起来，要是让白军看见了，你可就没命了。得娃心里说，让红军看见了，我也会没命的。老杨说，你伤成这样咋走？等把伤养好了再走。得娃说，我有任务哩，我得赶紧走！老杨吭哧了半天，说，那好，队伍上的事我知道，不敢耽误，天一亮你就走，我不拦你。得娃也实在走不动了，再说眼睛也看不见啊，只得住下。

天麻麻亮，老两口早早起来，女人照顾得娃吃喝，老杨提着砍刀去后院，从那棵老枣树上砍下一根树枝，削成拐棍，交给得娃说："你眼睛伤得厉害，这枣木拐棍能帮你探路，路上还能打狗。"又往得娃怀里塞了几个冷馍，一直把得娃送到川道路口。

得娃走了三天，来到照金柳林镇。一问才知道，连长的媳妇已经死了三年了。红军从薛家寨撤退后，白军包围了村子，把连长媳妇和村里另外三个红军家属抓起来，用麻绳捆了，推进一个提前挖好的土坑，用枪逼着村里人全给活埋了。有人把得娃领到土坑前，他"扑通"跪下，说，嫂子，连长让我来看你，可你咋就不在了呢。鼻子发酸，想哭却没有泪，瞎眼里流下的只有两股浓水。他掏出那支钢笔，插在土坑上。想想又拔出来，揣在身上，说，嫂子，你人不在了，钢笔就不给你了，我留着做个念想。想到连长可能已经被人活埋了，心里又是一阵悲伤，对着土坑说："你们两口子命咋这么苦，都被人活埋了……"

离开柳林镇，往老家方向走。走啊走啊，眼窝里直淌脓水，后来眼睛彻底看不见了。走到斩城西门外，听到了鼓乐声，心想是哪个戏班在唱阿宫腔哩。一听到家乡的曲调，腿一软，再也走不动了，一屁股瘫坐在地上。谁家在过事，戏班唱的是《屎巴牛抬轿》。曲终人散，只剩下戏班人收拾摊子。有个人走过来问得娃："伙计，你咋还不走？"得娃说："我腿软，走不动了，我歇会儿。"那人对另一个人说："田老板，是个瞎子，要饭的。"那个被叫作田老板的人走过来，对得娃说："你跟我来喝碗粥，先暖和暖和。"班主说着扶起得娃，领他喝了三碗粥，吃了两个馍。得娃用衣袖抹了把嘴，问班主："班主，你戏班要不要人？"没等班主说话，一个人说："你个瞎子，能干啥？"得娃说："我干啥都行，只要给我一口饭吃。"那人说："你以为谁都能吃这碗饭？"班主用干咳声阻止了那人，对得娃说："好吧，你就跟着戏班，我们吃干的，不会让你喝稀的。"那人说："你娃有福，今儿个遇到了活菩萨！"

田班主是个热心肠，喜欢帮助人。戏班以前有个叫张青的小生，最早在金家戏班，金家戏班倒灶散伙后，来投靠田班主。田班主跟金班主以前有过节儿，但并不计较，还是收留了张青，待张青跟亲儿子一般，后来准备将自己的独生女儿凤儿许配给张青。但张青不知感恩，后来却跟一个叫娟子的女子私奔了。他们路上遇到了土匪，娟子被抢走了。匪首想让娟子做压寨夫人，娟子性子烈，一把剪刀结果了自己的性命。张青心灰意冷，到仓颉庙当了和尚。

田家戏班人多，文乐武乐比较齐全，最拿手的戏是《天台山》《蛟龙驹》和《屎巴牛招亲》。文乐是管弦乐，武乐是打击乐。文乐以硬弦、月琴和黄调板胡为主；武乐有干鼓、暴鼓、战鼓、牙子、钩锣、铙钹、铰子、手锣、梆子等。得娃刚进戏班那阵子，正好少个钩锣的，班主就让得娃钩锣，偶尔也让他插几声吼：

"得娃——"

"哎——"

　　"娃们来了么？"

　　"来了！"

　　"来了就走啊——"

　　"走啊——"

　　一场戏下来，就这么简单几声吼。日子长了，得娃不满足钩锣和吼这几嗓子，想跟班主学拉硬弦。田班主的硬弦在全县几个戏班无人可比，能拉几十种曲牌，《小桃红》《柳生芽》《金钱》《苦相思》《宝箱芽》《蟠桃宴》《点花开》《钻烟筒》《杀妲己》《八步》《永寿奄》《普奄咒》，他都会拉。得娃喜欢硬弦。他犹豫了好一阵子，才硬着头皮给班主说了自己的想法，班主勉强答应了。班主心里清楚，学硬弦可不是一桩简单事，别说是个瞎子，就是睁眼人也很难出师。但他能学会也好，忙时也好替换我，学不会还钩他的锣。

　　硬弦也叫二弦，是阿宫腔的乐器之王，由琴筒、琴杆、琴轴、琴弦、琴弓组成，样子跟胡琴差不多，但琴杆比胡琴粗短，两根琴弦用牛筋做成。演奏时左手三指得戴铁套，这样按弦、滑弦、揉弦时不伤指头，而且音色明亮清脆。得娃记性好，人很灵醒，班主在一边拉，他闭着瞎眼坐在一旁听，不管啥曲调，只要听上一两遍他就全记下了，不到三个月，他就学会了全部曲牌，连班主也不得不咋舌佩服。班主背后对人说："得娃天生就是拉硬弦的料，他拉硬弦就像拉自个儿的神经，听得人心疼，唉，可惜是个瞎子。"

　　新中国成立后，县政府在民乐剧社的基础上，吸收了田家戏班和另外几个戏班的民间艺人，组建了县阿宫腔剧团。剧团在老县城东北角。老县城也叫"斩城"，元末明初从义亭城迁到窑桥寨时，窑桥寨是一处高台，人们便削壁为墙，以险代防。斩城呈长方形，东临温泉河，城内除了县府和数百住户，还有望湖楼、藏书楼、城隍庙、文庙、关帝庙等。剧团院子很大，也很破旧，藏书楼就在院子里。全国剧团很多，但阿宫剧团独此一家。传说秦朝末年，项羽攻入咸阳，火烧阿房宫，宫女舞伎流落关中，将秦宫里的清雅俊丽、委婉细腻的歌舞唱腔带到民间，历经两千年流传至今，慢慢形成了独特的民间戏曲。阿宫戏曲角色跟秦腔差不多，也有生旦净丑，表演上却保留了一些皮影模式，有"塌城""剑出鞘"、踢打等动作，显得独特而别致。女声唱腔里的"哪噫呀唉"带有明显的拖腔，无疑是秦宫遗韵。50年代后期，剧团将阿宫腔皮影戏搬上戏曲舞台，排演了《鸳鸯谱》和《玉瓶赠金》，曾经走出潼关，进京演出过。

那时田班主已经去世，得娃成了县剧团的头把硬弦，演出时坐在乐队第一排正中位置。团长五十多岁，慈眉善眼，人很厚道，对得娃一直很尊重，得娃也把团长当知心人，有啥话喜欢给团长说。一次俩人闲谝，谝到高兴处，得娃嘴一松，说了自己当过红军的事。团长很惊讶："原来你是老红军啊，我明天就让人给县里写报告，给你申请革命待遇。"得娃一听紧张了，急忙阻拦说："我只是随口说说，你千万不要给县里写报告，我很早就离开了队伍，后来一直在戏班混日子，没资格享受革命待遇，求团长以后不要再提这事了。"团长想想也是，叹息一声说："你要是在队伍里一直待到解放就好了。"

得娃性格随和，爱开玩笑，生活上却有一些不被人理解的怪癖。自己是个瞎子，却喜欢晚上点灯。别人说，你点灯不是白费油吗？他疙挤着瞎眼笑着说，我不是为自己点灯，我是为老鼠点灯，我怕老鼠偷吃东西时栽倒了。他走夜路时，喜欢手里捏根电筒，他对人解释说："我怕别人看不见我，把我撞倒了。"他一个瞎子，倒替明眼人操心。

团长的孙子过满月，请剧团的人喝酒。得娃喝多了。大家唱戏凑热闹，得娃摇头晃脑拉硬弦，拉了一阵说："我也给咱吼两嗓子。"有人说："你快算了，你那破锣嗓子，可别把我尿唱出来。"得娃不管别人咋说，自拉自唱起来：

> 咱团长德行好人丁兴旺，
> 儿孙们站满了一街两行。
> 我得娃孤单单实在恓惶，
> 黑夜里睡光席空着半炕……

有人说，好你个得娃，今天是团长的喜日子，你咋唱起自己的恓惶！得娃不管不顾，只管乱唱。团长嘿嘿笑着，摆摆手，意思是甭管，让他唱。但团长从此心里多了一个心思。

省上有个领导喜欢看戏，秦腔、眉户、碗碗腔，只要是戏都爱看，但唯独没有看过阿宫腔。听说斩城有全国独一无二的阿宫腔，就请剧团去西安易俗社演出。演的是传统剧目《女巡按》。演出开始前，得娃听说看戏的领导叫王强，一下子惊呆了："王强，不会是连长吧？他当年没被活埋？"激动得不行，又不敢胡乱打问。上场拉硬弦时脊背湿透了，手不停地哆嗦。幕间休息，团长小声问他："你咋回事？"得娃说："咋也不咋，身子有些不舒服。"团长说："今儿个非同寻常，省上领导坐在台下，你可得撑硬些。"再上场，得娃心里平静多了，手也不再哆嗦。心想，世上叫王强的多了，或许碰到个重名的。

等到演出结束，领导上台接见。"同志们辛苦了！"得娃一听这洪亮的嗓门，就知道是他的老连长王强。可是老连长跟他握手时，却没有认出他来，他手抖得厉害，话到嘴边又咽了回去。从戏台下来，他心里叹息一声说："戏上，咱在台上，人家在台下；世上，人家在台上，咱在台下。'闹红'那几年，俩人伙着盖一床被子，分着喝一碗米汤，现在面对面却不认识。人都说戏上就是世上，其实世上也是戏上啊。咱一个百姓，咋能跟人家平起平坐？"想到这里，心里酸酸的。后来又想："也不能怪老连长，二十多年过去了，咱成了瞎子，这张脸被手榴弹炸成了这样，老连长认不出来也属正常。只要他还活着就好，他当他的官，咱拉咱的硬弦，咱不麻烦老连长。"

王强以前没看过阿宫腔，看过一场就喜欢得不行，尤其喜欢得娃拉的硬弦，就让剧团多演了三天。每次谢幕时，王强都上台跟演职员握手，可他始终没认出得娃。得娃心里很不是滋味，但没有说破。

半年后，团长问得娃："六里店有白娃，你知道不？"

得娃说："斩城谁不知道？她给牛师长当过小老婆嘛。"

团长嘿嘿笑了，说："我打问过，她现在是一个人，你三十六，她二十四，你们不如搭伙一起过，你嫌不嫌？"

得娃说："只要是个女的就行，我都不弹嫌。咱一个瞎子，人家不弹嫌咱就行了，咱有啥资格弹嫌人家？怕是人家看不上咱哩。"

团长说："她人长得好，心肠也好，就是出身不好。你也有你的优势，你一个老红军，娶她是抬举她哩。"

得娃脸红了，说："团长，你以后不要再提老红军的事了。我不弹嫌，管她给谁当过小老婆，娶到咱炕上，就是咱的女人！"

团长说："我已经给人家说了，人家愿意，你看啥时成亲？"

得娃说："我回村把老房子拾掇拾掇，就娶她。"

得娃娶白娃时，没有办喜宴。得娃不想亏待白娃，想好好办一下，可白娃不同意，说她不喜欢张扬。得娃尊重白娃的意见，就对想吃喜酒的人说："不办啦，不办啦，两个'娃'过家家，有啥好办的？"成亲第一夜，得娃发现白娃还是女儿身，又惊又喜，心里说肯定是自己祖上积了八辈子德，让自己捡了宝贝疙瘩。

得娃去上班，剧团人问："白不白？"

得娃说："白么，白得跟瓷娃娃一样。"

"嫩不嫩？"

"嫩么，嫩得能捏出水来。"

"结婚是啥感觉？"

"把他家的，活了几十年，没想这事这么好！"

白娃娘家在三原，新中国成立前是村里的大户。她十七岁那年，牛师长带队伍路过赵村，一眼看上了她，把盒子枪往八仙桌上一拍，当场向她爸提亲，她爸吓得直哆嗦，哪敢不从？牛师长放下十块大洋，把她带回老家六里店。成亲那天夜里，牛师长吹了灯，扒下她的衣裤，惊讶地说："你可真白！"直到这时，才想起问她叫啥。她厌恶面前这个男人，他夸她白，便不想说自己叫白娃，故意说自己叫"黑娃"。没想到这话像一把刀，一下子戳在了牛师长的心窝。牛师长是个孝子，母亲年轻守寡，一个人把他拉扯大，吃尽了苦头，五年前母亲过世，心里的悲伤还没有完全消逝。他母亲长得黑，小名就叫"黑娃"。白娃哪儿知道这个？一句话惹恼了牛师长，被牛师长一脚踹到了炕下，从此不再碰她。说是小老婆，其实跟丫鬟一样，在家里啥活都干。牛师长有时看见白娃心里发痒，想要她，又想起母亲，只好作罢。新中国成立前夕，牛师长战死在外省，白娃成了寡妇。新中国成立后她想回三原娘家，但娘家已被划为地主，她这个国民党师长的小老婆再回去，会给家人雪上加霜，所以只好留在六里店，一个人过日子。年轻寡妇的日子并不好过，其中缘由谁都知道，所以剧团团长一提亲她就答应了。得娃虽说是个瞎子，但听说是老红军，根正苗红，就凭这一点，她就该嫁。成亲后得娃很疼她，这让她心里更踏实了。三年自然灾害，得娃几乎饿死，也没有让白娃饿肚子。得娃瘦得趴在炕上，像一张纸，叹息一声都能吹跑了，可他还跟白娃开玩笑："我这人皮实，十八年年馑都没饿死，我扛饿，挨饿我有经验。"感动得白娃直掉泪。

那年，队长被得娃打掉了半只耳朵，当时没敢声张，可"文化大革命"刚一开始，他就实施报复了。那时每个队都要找一两个"反革命""阶级敌人"，队长就把白娃定为"反革命"，不光本村斗，还"借"给外村斗。每次斗白娃，得娃都从县城赶回来陪斗。他站在白娃旁边，低声说："不要怕，有我哩，谁也不能把你咋样！"红卫兵把得娃推开，他又站过来；再推，再站过来。台下人喊口号："打倒国民党军官小老婆！"得娃也朝台下喊："她没有给牛师长当过一天小老婆！她名义上是小老婆，其实只是个丫鬟。我可以证明，她从来没有跟牛师长睡过觉！她跟我成亲时还是浑圈身子。"台下一阵哄笑："你一个瞎子，能看出她浑圈不浑圈？"得娃说："我眼瞎心红，我当过红军，我用我红军的名义为我老婆担保！"有人听说过得娃是红军，但都不知详情，也不敢拿得娃咋样。剧团当时正在排练"样板戏"，离不开得娃的硬弦，但得娃经常向团长请假，说要去陪老婆挨斗。得娃一走，排练就得停下。团长去找县革委会领导，说得娃是个老红军，为革命弄成了瞎子，能不能看在老红军的份上，放过他老婆？革委会领导点了头，这才停止了对白娃的批斗。

"文革"第二年，剧团团长被打倒了，换了一个新团长。新团长姓侯，三十多岁，不懂业务，但很有政治头脑。当时各单位都争树革命典型，剧团

290

没有典型，侯团长很着急，找到得娃问："你真是老红军？"得娃已经把话说出去了，只能硬着头皮说："真是。"侯团长说："那你给我讲讲你当红军的事。"得娃讲了他如何逃荒，快要饿死时被红军救了，如何在渭北和陕北打游击的事情。侯团长说："太好了，我们团也有革命典型了！"侯团长向县革委会汇报后，县里组成写作班子，开始整理得娃的"革命事迹"。材料整理好后，一篇一篇念给得娃听，得娃有些迷糊，问："你们写的这是谁？"写材料的人说："当然是你呀。"得娃说："我咋听着不像。"写材料的人说："典型来源于生活，但必须高于生活，像不像你不重要，重要的是教育群众。"

县里开群众大会，得娃被请到主席台上，侯团长陪在身边。先是领导讲话，然后几个人介绍得娃的"革命事迹"。得娃像听天书一样，满脸羞红，一脑门的汗。轮到他发言了，他疙挤着瞎眼说："全县都在学习得娃，我也得学习得娃哩，因为材料里的得娃比我这个得娃更先进、更革命……"侯团长低声说："甭说这个，说说你小时候吃的苦。"得娃对着话筒说："要说小时候吃的苦，再苦也苦不过六一二年，民国十八年年馑我都没被饿死，六一二年我几乎被饿死……"台上的领导一个个惊出了一身汗，仓促结束了大会。后来再开大会，再也不敢请得娃上台讲话了。再后来，县里也停止了宣传得娃。

那年秋天，省里的王强被打倒了，天天挨批斗。得娃听说后心里很难过。老连长"肃反"都躲过了，咋就躲不过红卫兵？他提着自己那把硬弦，白娃背着 10 斤小米，两口子相跟着进城去看老连长。七找八问，才找到老连长的家。可是家里没人。他们就蹲在门口等，等到天黑，王强才一瘸一拐地走回来。白娃拽了拽得娃的袖子，得娃忙站起来，对王强说，我是阿宫剧团的，知道老领导喜欢听阿宫戏，专门来给你拉几曲。王强很感动，说，我已经不是领导了，谢谢你们，你们赶快走吧，要是让人看见了会惹麻烦的。得娃说，一个瞎子，他们能把我咋样？王强紧紧握住得娃的手，说，你们是好人，我不想连累你们。得娃说，我们走了一天的路，也乏了，你先让我们进屋歇一会儿。王强只好把他们让进屋。家里被洗劫一空，找不到一口水。

王强苦笑着说："唉，想让你们喝口水都办不到。"

得娃说：“我们不渴，我给你拉上几曲，解解乏。”

王强环顾四周，竟然找不到一个凳子。

“啥都被拉走了，只剩下一张床。要不你们坐床上？”

得娃盘腿往地上一坐说：“还是这样舒坦。”

坐在地上开始拉，一连拉了三曲。

得娃疙挤着眼，笑着问王强：“好听不？”

王强说：“好听，好听。”

得娃问：“你知道为啥好听？”

王强被问住了：“为啥？”

得娃说：“因为这硬弦硬嘛。”

王强“哦”了一声。

得娃说：“其实人跟这硬弦一样，软了拉不成调，硬了才能拉出好声色。老领导，再苦再难，你都要撑住哩。”

王强很感动，点了点头。

“老领导，你认得我不？”

“你是阿宫剧团拉硬弦的。”

“你还是没认出来。”得娃说，“我给你看样东西。”

得娃从身上掏出那支钢笔，递给王强。

“你认得它不？”

王强接到手里一看，吃了一惊，抬头看着得娃，脸色煞白：

“你是谁？这钢笔咋在你手里？”

“连长，我是得娃啊，你不认得我了？”

王强从地上拉起得娃，仔细看，抓住得娃的手：

“你真是得娃？”

得娃仰起脸：“连长，你好好看看，我真是得娃啊！”

王强仔细打量了一会儿，突然抱住了得娃，泪如雨下：

“真是你呀得娃！你还活着？你咋弄成这模样了……”

后来，得娃和白娃又去西安看望过老连长几次，有时带点小米，有时带些豌豆。到了第二年夏天，得娃再没有去看过老连长。因为那时县里已经开始批斗他了。有人揭发他从前说过"毛主席吃红苕也放屁"的话，用毛主席语录"只争朝夕"形容夫妻房事；有人揭发他捏造红军经历欺骗组织；有人还联系到他前两年在全县大会上说过"六一二年几乎把人饿死"的话，说他给社会主义抹黑。新账老账一起算，得娃被打成了"反革命"，天天被揪到各种会场去批斗。以前批斗白娃，得娃陪斗；现在批斗得娃，白娃不敢去陪斗。以她的身份，去陪斗只能是火上浇油。得娃接受批斗时，腰板挺得很直。红卫兵说："听说你面软心硬，从来不哭。你哭一个，我们就放了你！"得娃说："我家里人旧社会都死光了，我活在新社会，长在红旗下，幸福得很，我心里没恓惶，你让我哭啥？"红卫兵说："你仇恨新社会，你说反动话，你不哭就是心里不服，我们打也要把你打哭、打服，打！打狗！"几个人上来拳打脚踢，打得他鼻青脸肿，从台上滚到台下，又被架到台上，嘴角打出了血，也没有打出一滴泪。接着打，还是没有泪。实在撑不住了，得娃说："甭打了！甭打了。你们不就想看我的眼泪嘛，我给你们看就是了。"他用手指蘸了嘴角的血水，抹在两只瞎眼下，"你们看，这不就是眼泪嘛。"红卫兵被他的滑稽样逗笑了。

那时王强已经重新上台，恢复了职务。白娃去省城找王强，还是在门口等。看到王强从黑色小汽车里钻出来，白娃迎上去哭着说："老连长，你快救救得娃吧，他快被人斗死啦！"王强派秘书带着他的亲笔信去了一趟斩城，这才停止了对得娃的批斗……

"文革"之后，王强有一次视察渭北，绕道来到斩城，看望了得娃。王强想请得娃去省城易俗社当艺术顾问。得娃说："我一个瞎子，去省城会给你丢脸。"说啥也不去，还在剧团拉硬弦。

得娃跟白娃婚后育有三男一女，孙子孙女一大堆，现在重孙已经三岁了。得娃现在九十七了，从剧团退休都快三十年了。白娃比他年轻十二岁，可十年前就去世了。那根枣木拐棍随跟得娃八十年，被他的手磨得油光发亮，只是比先前短了一两寸。他是个闲不住的人，喜欢帮孙媳妇干一些家务活：照管重孙子、剥苞谷、生炉子、喂鸡喂羊、开门关门，啥都喜欢干。没事干的时候，就拿出他的硬弦，坐在院子里拉上一阵儿。徒弟们常从县城来看他。他们坐在院子里喝茶、抽烟、唱阿宫。几年前，他被列入省"非遗"人物。电视台记者找上门采访，他疙挤着瞎眼说："你看我这样，上电视还不把人吓死？"

报社记者说："我们不拍照片，只发文章。"

他笑着说："我只会拉，不会吹。"

记者死磨硬缠，他只东拉西扯谝闲传，就是不谈自己。记者没办法，最后说："你只回答我一个问题，行不行？"

"说好，就一个。"他竖起一根指头。

记者问："听说你一辈子只会笑，不会哭，真有这事？"

他有些得意，娃娃似的笑了，疙挤着眼说："哭有屁用？笑才能消愁。其实有时我也想哭，可就是哭不出来。为啥？我的泪腺被手榴弹炸断了嘛。我的泪只能倒流，往肚子里流……"

作者简介

党益民，男，军旅作家。出版 10 余部文学作品，曾获第四届鲁迅文学奖。曾发表其报告文学《守望天山》、短篇小说《桃花刀》《墨面客》等作品。

酒摊

夏天敏

戚爷好酒，卖酒，无论战争年代还是和平年代，酒就是他的立
身之本，时代变迁，他没有变。酒给他的人生带来了什么？

一

　　这房子老得有些年头了。和人一样，房子老了就有颓相，先看房顶，当
年青黝黝的瓦，圆脊灌浆，顺顺溜溜整整齐齐，现在塌陷了，瓦片灰白，酥
脆得手指一捻就碎，还长了茂密的草，蓬蓬勃勃地葳蕤，有风来，刷刷地响，
仿佛荒原。墙是青砖墙，墙外抿得光洁的外壳，一块一块掉下来，墙体就斑
驳了，像婴儿的尿布，像人的老年斑。墙的当头，是宅院的大门，八字形，
重檐雕花，很气派的，应该是有权势人家居住的。八字墙的墙头有兽脊，有
跌水样卷起的砖雕，还有神仙故事里的人物，繁复而精致，但一律的旧，一
律的沧桑、残破。院里的景致就不说了，里面有花台、有鱼池、有榴树、有
紫藤，凡大户人家有的都应有尽有，只是变成了大杂院，被成堆的煤和杂物
充塞着，有大人生火做饭、有顽童攀树玩耍，升腾着杂乱而喧闹的气息。
　　戚爷的摊子其实是这座旧宅院的外墙，外墙外是条小街，房屋陈旧歪斜，
青石路面，虽残败但光滑，漫长的岁月为它打了蜡，就光可鉴人。这条小街
很热闹，各种各样的摊子把街逼得更仄，中间仅容人通行。摊子上的布棚五
颜六色，人在布棚下，就像放稻田水时的游鱼，慌慌忙忙、密密匝匝。戚爷
这个摊子是不用布棚的，这大户人家的宅院虽然陈旧、破败，但当年的气派
还留着，光是后墙的檐口就有一米多深，足以容下他的摊子。

　　要说这戚爷的摊子也够寒碜的，戚爷经营的是散酒和卷烟，也有叶子烟，小城人叫兰花烟，其实就是乡下人在房前屋后、田边地角种的土烟，加工的工艺也不复杂，成熟后将叶片撕下来，卷留叶柄、晾干、卷成条状，再将条状的烟捆成束，叶柄向上，捆得好的，烟叶紧束，叶柄整齐，然后挂在墙上自己卷了抽，也出售，就有了叶子烟生意。

　　戚爷的摊子是这样，大宅的后墙和当头的墙连在一起，就形成一个横折，丁字形没出头，这样就很安逸很巴适，上面有檐口遮风避雨，下面有那墙挡风御寒。摊子也简陋，一个黑黢黢的像杀猪案的矮桌，桌面长但不宽，宽了他就坐不下去了。桌子上竖着卖香烟的木匣子，匣子仍然漆黑，看不出是上过漆还是烟熏的，和环境气氛倒是协调。匣子是五六个格或是七八个格记不清了，里面摆着廉价的香烟，钢花、望海楼、迎春、丰收什么的，价低廉，正符合来他这里的人消费。长条形桌子后是他的座椅，竹制的，有长长的靠背，曾经颜色金黄，也暗淡成黄灰的了。椅子像他一样老，少不了缠些五颜六色的布条，像前线下来的伤兵，一坐上去就吱吱作响。但戚爷有定力，身子沉稳不动，椅子就老实安静。靠墙旮旯是个褐灰的酒瓮，这是他的主营，戚爷摆的是酒摊，自然得凸显酒瓮。酒瓮不是很大，也就装十多斤酒吧，瓮口是个圆锥形用稻草做的盖口，外面用猪尿泡蒙上，当然猪尿泡是干了的皮，这样就不透气，严密而精致。摊子周围，摆了条长凳、四个板凳，背漆黑、皲裂，油腻腻的，被无数人的屁股磨得油亮。兰花烟呢，一捆，任何时候都是一捆，亦卖亦抽，其实是卖少抽多。来了老朋友，也不多话，指指摆在桌边的兰花烟，说自己卷。来人抽出一两片，慢慢展开，细细捋平，很灵巧地将烟叶弄成烟卷，一拃长，切口整齐，松紧适宜，在舌头上舔舔外边的烟叶，封口，就成了。从袋里掏出火柴或打火机，更早时候甚至是火镰，点燃了，一股青烟徐徐冒出，深深吸进，缓缓吐出，眯着眼，十分陶醉的样子。

　　再说戚爷，戚爷有了年纪，但腰不弯，背不驼，即使坐着也从不佝偻，挺有神气也挺有范儿，不像摆摊的。他的头发基本白了，乱蓬蓬的，很少戴帽，更不裹包头。小城和乡村区别不大，这里的老人都兴裹包头，也就是用青布或白布，一丈来长的布条缠在头上，俗称包头。无论白布青布，几乎都成黑布。再冷的天，戚爷也不戴帽子或裹包头，头发长加上胡子也长，就连在一起了，就只剩下苍老疲惫、潦倒困顿。穿的和小城的老者一样，是蓝布长衫，长及脚踝，腰间系根布带，常常把东西从衣襟里塞进去，那里就成了他硕大无比的口袋了。他常常能从里面掏出几颗水果糖，几颗玻璃珠子，和熟悉的小娃儿讲些话，把糖给他们；也能从里面掏出荞粑粑，几个瘦小干瘪的苹果，反正像个百宝库，啥都能变出来。

戚爷卖的是散酒，所谓散酒，就是和瓶装酒相区别的酒。散酒便宜，多是从乡下酿房送来的苞谷酒，偶尔也有荞麦酿的酒，那是山区送来的。那个时候不允许私人酿酒，他有固定资源，卖酒的人都是老熟人，偷偷摸摸送来，地下党接头似的神秘。

戚爷卖酒，诚实。他只有一个酒提子，一两的，来喝酒的多是乡下进城的人，也有一些城里的人，大多是老年人，也有中年人，年轻人少些。人来了，先裹叶子烟，说些闲话。更熟悉的，讲些玩笑话：王胖子，你还没死，恁长时间不见，我还以为你已经钻土了。来人说，钻土？笑话，我是去打镰刀了，等你坟上长青草好割去喂羊。嘿，你还有精神打镰刀割草，只怕你儿媳妇把你的草割完了，让你爬灰也爬不成。这人才落座，又来一人，戚老者，老眼昏花了，我来了你都认不出了？咋个认不出，前几天赵家沟发山洪，冲出好些怪物，他们提了一个来，我一看，芝麻绿豆眼，脚爪又短，头一缩就不见了，只见个圆壳壳，不就是你嘛。来人哈哈大笑，老杂毛，你硬是阴毒哟。众人都笑，气氛好得很。戚爷说着话，取下酒提子，揭开酒闷子，提子伸进去，不颤不抖，平平稳稳，不溢不流，满满地将酒倒进土碗。胖子说，戚爷功夫好，都这把年纪了，腰不弯，背不驼，手不抖，半滴酒都洒不出去。瘦子说，还不仅是功夫，老杂毛人品好，这辈子只要不死我都认定来这里喝酒了。你看别处卖烧酒，抖手抖脚，打摆子一般，一提子酒蚀去一大圈，要球得啥子。

戚爷卖酒，就卖个公平，他说来这里喝酒的老哥们儿，哪个是有钱人？赚他们的角角分分，也就是糊个口，就是有钱的，也不能昧心做事。确实，戚爷的酒味正酒纯，价格公道，还不做手脚，不溢不流有时还添上一些。大家喝着放心，心情格外舒畅。

这个酒摊，是赚不了多少钱的，贴功夫，贴时间，还要贴笑脸。来喝酒的人，一来就坐半天，有的喝一两，有的喝二两，也有喝三四两甚至半斤的，戚爷不管他们，谁喝多少他有数。有的喝到量了，还要喝，戚爷说，天不早了，你龟儿再不走，醉倒在沟沟里，收尸的人都找不到。还要喝，戚爷不理，那人已经老了，掏出一把皱皱巴巴的角角票票，说，喝死是老子的事，我有钱，想喝多少是多少。戚爷冷笑，满脸的不屑，这也是钱啊？老子用过的钱，你龟儿想都想不出来。确实，戚爷是个谜，谁也不知道他的身世，只知道多少年来他一直就在这里卖散酒，卖到快进棺材了，也不歇摊收手。戚爷屏去眼里的鄙夷，知道这人有心事，有事的人喝了还要喝，借酒消愁。戚爷说，你真要喝？把你的花子钱捡回去，老子请你喝。一人一碗，不准耍滑头。说着戚爷就咕咕咕地打了一土碗，足有四两，端起碗，仰脖一下倒进去，比喝凉水还爽快。那人吓坏了，他虽然喝多了点，心里是清醒的，头上、背上沁出一层汗，这样喝，不把人喝死才怪，自己死了有婆娘娃娃，靠谁去？把老头喝死了，老头找到大孝子了，棺材钱谁出？这人结结巴巴地说，不喝了，不喝了，我要回家去找牛，跑了几天没找到呢。戚爷说，对了嘛，拿起你的钱，找牛去。

戚爷的酒摊，是小城的一道风景线，当然不是靓丽的风景线，是小城贫寒酒鬼眼里的风景线。戚爷每天清早即来，天黑收摊，无论酷暑寒冬，从来没歇过摊。夏日炎炎，戚爷会扯上灰不灰白不白的布幔，于是就有了一片阴凉。天再热，他的那个小泥炉也是燃着的，为的是烧水，小泥炉上永远坐着一个小铜壶，小铜壶永远腾腾地冒着热气，水开了，抓一把茶叶末，茶贱，似乎一直是苦丁茶叶的碎末，不要钱，来喝散酒的人可随意倒在土碗里喝。也有不喝酒讨碗茶水的，戚爷总是说随便喝。于是，戚爷的酒摊子永远是热闹的，有买个干壳饼充饥的，干壳饼硬得打得死人，有了茶水，就着吃，是难得的美味了。戚爷在热闹中总是高兴着，他摇把破扇，叭叽叭叽扇着，实在太热，褪去长衫的上半截，露出精瘦而又多毛的胸脯，也不怕人笑，自得其乐地潇洒。来喝酒的人多贫贱，但他们有自己的活法，乐滋滋地喝散酒，兴冲冲地讲散话，醉醺醺地佯癫佯狂。也喝转转酒，有人那天卖了叶子烟或者卖了只鸡，就财大气粗起来，让戚爷打了满满一碗酒，豪气万分，不管认得认不得，喝转转酒。这酒从他嘴里喝过，用手掌抹一下碗，递到下一个手里，喝完一转，又从头开始。有贪馋的，一口蚀进一小截，买酒的人虽不悦，也不便讲，笑笑说，有事，先走了。

喝酒就要讲话，戚爷这酒摊永远热闹，有讲队里的粮食被队长拿去给小寡妇的，有讲村里的母猪被光棍按翻的；有讲儿媳妇不给婆婆吃饭，不给治病而被抓去游街的；有讲小学校老师讲反动话被批斗的。戚爷多数时候不讲，笑眯眯地听着，把葵扇扇得嘎嘎响。有时有人把话讲敏感了，过头点了，戚爷一脸愠怒，喊：喝酒就喝酒，少讲废话！戚爷自然是不能写张"莫谈国事"的条子来贴着的，没谁知道他的字写得好，甚至不知道他认不认得字。只有在深夜睡不着觉时，戚爷才会把捡来的报纸凑在煤油灯下读一读，狗一样地嗅着报纸里透露的信息，或忧戚或沉重，多数时是叹一口气，然后把报纸剪成拇指宽的纸条，一沓沓的，拿去给喝散酒的人卷烟用。事实上，来的人懂什么时事政治，也就是凭感觉讲些违规的话。尽管如此也不行，谁要再讲，戚爷就会翻脸，不准这人再在这里喝酒，撵起走。

当然，在这里讲笑话，摆龙门阵，互相开玩笑打趣，戚爷还是欢迎的。有时高兴了，戚爷主动打酒请大家喝，一碗接一碗，转转酒，喝高兴了，年龄再大也就无形，就讲散话，就唱歌，自然是山歌，什么高山坝子宽又宽，轱辘团转都是山，最高就数凤凰山，凤凰飞了不见山。喝散酒的人，七高八矮，缺牙少齿，跑风漏气，嘶哑粗嘎，不成个样子。但一喝开来，就放浪了形骸，他们不懂什么形骸不形骸，他们过得太苦、太憋屈、太压抑。平时在家，爷爷辈的了，就得像牛一样负轭吃苦，就得绷着脸给子孙做样子。借酒盖脸，尽情宣泄，这样的日子，在他们是一生中难得的日子。路过的人都侧目而视，都鄙夷，一群破衣烂衫花子般的人，穷欢乐个啥？这时的戚爷，脸上难得地绽出笑容，借着酒兴，也摇头晃脑地唱，虽然是唱山歌，音律也出奇的准，不像这群乱糟糟的人五音不全，胡吼乱叫。唱着唱着，戚爷眼里就涌出几颗清泪，想起了唱"长亭外，古道边，芳草碧连天"的日子，狠狠地摇摇头，回到现实，又唱起了轱辘团转都是山。

中午时分，戚爷的子女来给他送饭了。戚爷有一个儿子一个姑娘，儿子那时已经读初一了，瘦高瘦高，豆芽似的，腿和胳膊都长，但细得麻秆似的，脸色也不太好，但容貌清奇端正。中学生穿得也破烂，但干净，破绽的地方细针密线缝得很好，戚爷说是娃儿自己缝的。说他妈呢？戚爷说只会缝麻布口袋。初中生很文静，很羞涩，也很有礼貌，送饭来，还会问大家好。只是不多言不多语，把饭放下匆匆离去。戚爷的小女儿就不同，这是个圆脸大眼，头发乌黑，皮肤红润的小姑娘，穿着白地儿碎花的衣服，扎两条麻花辫子，水汪汪的眼睛，把人的心都融化了。小姑娘天真烂漫，不知忧愁，走路蹦蹦跳跳，笑声银铃般脆，戚爷格外喜欢她。每次来，都要摸出糖或者拿些角票给她，不让她坐脏兮兮的凳子，不准喝散酒的糟老头们摸她的头，多待一会就要撵她走。大家不明白戚爷这么糟的老头子，竟然有金童玉女般的儿女。有会看相的说，戚爷骨骼清奇，身板笔挺，眼里藏着东西，是有来路的人。戚爷说，放屁，老子在这里摆酒摊，混口饭吃，不饿死就算好。

谁也不知道戚爷的老伴是啥样子，都猜想戚爷居然有这么一双品貌秀丽的儿女，想必他的女人也是相貌周正的人，但谁也没见过，也就是猜猜罢了。只有一次，有人见了他老伴，那天是初中生下乡割麦去了，那时学生是要参加劳动的，并且是经常性的。小女儿又去参加跳舞训练了，学校要搞校庆，就挑些容貌姣好，喜欢唱歌跳舞的学生排练节目。日头都过晌了，还没人送饭，戚爷肚子饿了，就有些恼怒。这时来了个头发蓬乱，脸色黝黑，身材短胖变形的妇人。这人的手奇大，手背手指上尽是皲裂的口子，对襟衣是青灰色的，上面尽是灰尘和灰渍，连对襟衣的领口也没扣好，露出半截瘪塌塌的奶子。她将饭放在桌上，说，两个小杂种有事，我来送饭，饭多，你放开肿脖子。小城人说"肿脖子"是放开吃的意思，只有对牲口才说"放开肿"，很生活化也很粗鄙。戚爷本能地瞪起眼睛，想讲什么，又忍住了，说，得了，得了，你快些回去。戚爷的眼神很复杂，里面有愠怒，有无奈，有委屈，有伤感。

二

戚爷流落到这里的时候，大军的炮火已经解放了大半个中国。他是在一场大规模的战役中随着溃不成军的士兵逃出来的。那时他已经是国民党军的少将，他最初是在堆积如山的尸体中扒了一套血迹累累的衣服，换下那套虽然蒙上战争灰尘但仍笔挺的服装，伪装成伤兵逃跑。后来他逃回老家湖南，那里的战火已四处弥漫，解放大军的炮声已清晰可闻。他的家是当地的名门望族，他知道他这个家族必然降临的命运是什么，他不敢待在家里，热泪涟涟地告别了父母，携着新婚半年的妻子仓皇出逃。走到不远处的山包，他反身站定，久久地望着山包下的那一片很有气势的房子，这座养育了他家几代人的百年老宅。他在这里出生，在这里成长，而后考取军校，走上了从军之路，他是这个家族唯一的军人，世代耕读经商的家族出了许多举人、进士，也出了不少名牌大学甚至留洋海外的学生。他会给这个家族带来灾难，为此他深感愧疚深感痛心。半年前，这座百年老宅里才举办过一场隆重热烈的婚礼，他身边的这位年轻女人，就是那时才娶进门的。半年，仅仅半年，婚礼时的红纱灯尚未褪色，他就惶惶如丧家之犬，带着年轻、漂亮的妻子出逃。

在仓促出逃的路上，他们遭到一次抢劫，那是在湘西的路上，尽管他的穿着和当地农民没有区别，尽管年轻漂亮的妻子穿上农妇的衣服，甚至一连几天不洗脸，甚至还抓了土抹在脸上，蓬乱的头发上也沾满草屑和泥土，但他们还是掩饰不了从骨子里散发出来的东西，那种东西叫气质也罢，叫贵相也罢，总之是与生俱来的，短时间恐怕掩饰不了。在山间的一条土路上，七八个土匪从树丛里跳出来，对他们进行搜身抢劫，他背在肩上的包袱被抢去了，里面有足够的钱和好些值钱的东西，不仅抢了背袱，还让脱个精光，连放在内裤里的钱也搜去了。他们搜完他后要对妻子下手，不仅抢去了她提着的换洗衣服，还要将她带到树林子里强奸。他是无论如何也忍不住了，如果抢钱抢物尚可忍受，但凌辱妻子是万万不能的，就是杀死也不能。

拼着死，他和这帮土匪展开了搏斗，他是军校毕业，有强健的体格，有经过严格训练的格斗术，有无数次的生死搏杀。看到妻子的衣服快被扒光，看到她裸露的白净身体，他血脉贲张，眦眦俱裂，大吼一声，跳将过去一下就撂倒妻子身边的几个土匪。他狂吼着，叫骂着，疯狂地反击，但终是寡不敌众，被拿着大刀片子的土匪砍翻在地。眼看妻子就要惨遭蹂躏，他的狂吼乱叫，撕心裂肺的悲鸣，终于引来一群人，那是过路马帮。马帮有武装人员跟随，看来是押送贵重物资，马帮驱散了土匪，将他和妻子送到一个小镇，找了一个草医，给他包扎好伤口，又给了他几块银元，兀自去了。

伤还没有完全好，他就带着妻子慌慌忙忙走了，他知道大军的步伐轰隆前行，必须逃，逃到哪里他也没底，反正就是朝着前面奔。

到了小城，他尚未痊愈的伤口溃烂，背上血流不止，肌肉已经开始腐烂，脚上的刀伤更严重，没有药治疗，没有清洗伤口，血水顺着裤管流下来，腐臭的气味熏得自己都呕吐。他一只手拄着棍子，一只手扶着妻子，一步一挪，疼得钻心，血水流了一路。到了小城的这个大宅院的后墙，他已经几近晕厥，躺在后墙下再也起不来，在这里睡了一夜。他打定了主意，不能再拖累妻子了，他要让她走，让她去谋条生路，将这个想法和她讲了，妻子哭了起来，哭得很哀怨，哭得很伤心。哭完，她咬着牙说，我不走，死也要和你死在一块儿。他和妻子青梅竹马，从小耳鬓厮磨，稍长，又一起读书，直至他考了军校才分手。妻子容貌姣好，温柔雅致，和他感情极深，一直在家乡教书，等待他，直到年前才完婚。他知道要让妻子自己离开是不可能的，他突然翻了脸，说，你走不走？今天走也得走，不走也得走！说着拿起棍子揎她，妻子毫无畏惧，让他的棍子落在身上，他看见妻子瘦小单薄的身子疼得发抖，也不避让，反倒说，打呀，你打呀，打死我我也不会离开你！他没辙了，但他必须狠下心，他不能让妻子毁在他手上，毁在他手上这个罪过太大了；毁在他手上，他的良心承载不起，即使活着，永远也不会心安。少顷，他将头狠命地向墙撞去，边撞边说，你走不走，不走我就撞死在这里！他持续不断地撞墙，原本就受过伤的头顷刻血流不止，血顺着脸流下来，满脸的血模糊了他的双眼，他疯狂的举动让女人又害怕又心疼。她知道他的性格，一个战场上的铁血军人，是完全可以把自己撞死的，她不敢再坚持，抱着他的头，呜呜地痛哭，说，我走我走，你不要撞好吗？两人相拥着，哭得天昏地暗，痛彻肺腑。哭毕，妻子说，我走后你要答应我，不准死，好好活着，我会来找你的。他说，我一定好好活，你远远地走，不要担心我，我就在这个地方等你，这辈子，等不到你，我是不会死的。记住，就是这个地方，就是这堵围墙下。

三

妻子走后，戚爷被个好心人发现。那是在战乱年代，每天像他这样的叫花子很多，戚爷那时和叫花子相差无几，只是小城的叫花子多是夜宿城门洞的，睡在这里的叫花子肯定是外地的，而且又受了伤。看见他的人用指头试了下他的鼻息，又摸了下他的胸口，知道他还活着。这人就叫了辆黄包车，把他拉到自己的诊所，给他清洗了伤口，开裂的口子也缝合好，又打针、服了药，晚上就睡在诊所的长椅上。伤势稍好，他坚持要走，这人也不留他，给了他一块银元，他千恩万谢地走了。

他现在是真正的叫花子了，蓬头垢面，衣衫破烂，挂着棍子沿路乞讨。走出小城，到了邻近的一个山区县，这里大山壅塞，交通险绝，说是县城，却只有两三条灰扑扑的街。他想在这里落脚，也许是比较合适的，但他想到和妻子的约定，他必须回到小城，必须守候在那条小街，那座大宅院的后墙下，那是他和妻子的生死之约，那是他今生今世最大的也是唯一的愿望，还是他内心深处绝对不能反悔的誓言。

他又顺着原路乞讨回来，走到半路，他就听到消息，小城已被解放大军解放了。没有硝烟，没有战火，小城是和平解放的，大军势如破竹，小城守军不足一团，加之地下党已做好策反工作，兵临城下，城头已换成五星红旗。

他不敢贸然进城，他盘桓在大山深处，白天躲在森林里，晚上跑到村庄里偷一些吃的。偷东西吃是有风险的，那时家家有狗，夜里寂寂，稍有响动就群犬狂吠。有一次他偷偷摸到村头一家院子，还没进厨房就被狗发现了，狗的狂叫引来沉睡的主人，他匆匆越过墙头。他的身手了得，尽管伤还没全好，但敏捷如狼，一越就越过墙头，在漆黑如铁的夜幕里跑了。

在山上躲了几天，他挨不过饥饿，又摸出山来，他看见在一个狭小逼仄的山坳里有一座孤零零的茅草房，房子外面有些零星的地，绿油油的，似乎种着蔬菜。走近一看，是畦萝卜，他饥饿难耐，又渴，有萝卜正好。他拔起一个白胖肥腴的萝卜，用手抹抹泥，把萝卜塞进结满血痂的嘴里，一股清凉顺喉而下。他正吃得痛快，一个个子矮小，脸盘硕大，面目凶恶的妇人从屋里扑了出来，说，啥子人，要吃东西也不讲一声，把别人的东西当成自己的了。看着她手里提着一把条锄，他有些心慌，也有些愧疚，说，我实在太饿了，对不起，给我吃了吧。面目凶狠的妇人舒缓了表情，问他是哪里人？咋跑到这里来，要到什么地方去？他随口编了谎话，内容自然是十分打动人，让人心生同情。女的说，萝卜吃不饱，越吃越饿的，随我来，给你弄点吃的。

房子简陋，茅草苫的顶有些年头了，漆黑、腐败，中间的梁塌了，屋顶就塌陷下去。屋里没有像样的东西，脏且乱。几只鸡在屋里跑来窜去，一只黑毛母鸡跳到凳子上屙了一泡稀屎，热腾腾的，女的用手一抹，将鸡屎揩在围腰上，竟然让他坐。他心里一阵厌恶，但挡不住饥饿，也挡不住伤口发作的疼痛，他坐了上去。女的见他坐了，脸上漾出欣喜，又偷偷看他几眼，这个潦倒病残，头发一尺来长，满脸污脏的人还是耐看的。她说，先弄点鸡蛋垫垫底，再吃饭。说着去瓦缸里掏鸡蛋。鸡蛋新鲜而雪白，还没吃就馋得淌口水。女的张罗着点火烧水，他担心她不洗手，刚才才用手抹过鸡屎呢。女的看到他盯着她的手看，似乎想起抹过鸡屎，又在瓦盆里倒了水认真地洗手，洗时瞟了他几眼，又低头使劲地搓手。

那一顿，他吃了逃命路途中最好的一顿饭，一大碗热气腾腾的荷包蛋，还放了红糖。红糖在山里是稀罕物，只有产妇和得了大病的人才能吃。吃完糖水鸡蛋，他歪在火塘边就睡着了。醒来，见身上盖了件羊毛披毡，又腥又臊，但暖和。他心里一下温暖起来，逃亡路上，像这样的温暖是很少很少的，饥寒交迫风餐露宿、狗咬人追、伤痛发作，夜晚在树林里，燃一堆柴火取暖，困了睡在茅草堆里，醒来头上身上全是银白色的霜。这里虽然破败、混乱、肮脏，但毕竟是有人住的家啊！

他闻到了灶房里煮腊肉的浓浓的香味，那香味是好久好久没有闻到的了，他的肠胃又痉挛起来。醒了？醒了起来吃饭。女的挪过又黑又脏又裂了口的桌子，她将切成拳头大小的腊肉倒进土钵里，黑和白相间的块状腊肉，拳头大小的萝卜煮在一起，那么香，是他一生中吃过的最好吃的一顿饭。她不用筷子给他夹，用大木勺舀，一勺足有半碗，说，放开吃好好补下身体，你看你，瘦得像没人要的癞皮狗了。听这话心里很不舒服，但他眼窝热了一下，他知道在山里，腊肉是只有逢年过节才吃的。

就这样，他留在了山里的这个女人的家，他知道小城已经解放，西南这片都解放了，他就无处可逃了，留在这里是最安全最稳妥的。女人是寡妇，男人得痨病死了，连个娃娃也没留下。他很快就学会了所有活路，一个受过高等教育又智力拔萃的人，学会这些就太简单了。他将塌陷了的房顶全换了，将垮塌了的围墙用土基垒好。地里的活也简单，开开荒垒垒石坡，栽些苞谷、洋芋，点些蔬菜，日子在地老天荒中过去。

四

他要进城了。寂静而平和的日子正是他向往的，在这深山人迹罕至的地方，连土改也这么波澜不兴。女的一个人住在山上，既无地主也无富农，也无地可分，满山的地，只要有力气任你去开垦。只是多了个人，山下村里来的贫协主席也不多问，一个寡妇招个男的，正常得很的事。日子越平静，他的心越慌，莫名其妙地慌，那个誓言时刻在啃噬他的神经，他怕日子平静以后妻子来找他，他相信只要妻子没出意外，就是断手断脚也会来找他的。他要进城，要在小城的那条小街，小街里的大宅院外墙等她，等那个文静雅娴、忠贞不贰的女人，那是他相濡以沫的妻子，是他心尖颤抖的疼痛血肉相融的肉啊。

　　要走那天晚上，女人缠着他，要和他做那个。自打女人收留他后，他和女人还没做过一次。他感谢她，这是个形象丑陋、行为粗鄙的女人，头发永远蓬乱着，眼角结满眼屎，长年累月烧柴，她的眼睛被熏得红彤彤的，眼皮翻着，时刻在流泪水，鼻孔粗大，牙齿黄而稀疏。布衫不整，瘪塌塌的奶抹布一样吊着，还露着丑陋的肚皮。他到来之后，女人似乎意识到什么，开始梳头洗脸，开始洗衣服。但他只要一闭上眼，就闻吸到她身上永远也洗不掉的猪潲味、烟熏味、汗臭味，就看见那矮小粗胖的身子和那张看不下去的脸。他总说伤口疼痛，总将受伤的地方扒给她看，甚至说他那地方也被土匪踢坏了。女人哀怨地放开他，很伤心很失落。这天晚上，女人紧紧抱住他，浑身滚烫，她不敢亲他，只把头埋在他胸口上，说，我晓得你看不起我，我丑，又无本事，但你要走了，也不晓得你会不会回来？你就和我做一次吧，也当我们处了一场。说完泪水流了下来，浸湿了他的胸口。女人的话打动了他，女人虽贫穷而又丑陋，但心好，收留了一个来路不明的人，尽好的给他吃，给他喝，帮他求医问药。尽管手工粗疏，仍帮他洗衣服，粗针大线地缝补，灰一块白一块的干净，麻袋似的整齐。他要走了，他不知道自己能不能回来，如果城里凶险，只得回来，但只要有点缝隙，肯定是要留在城里的，为了那个日思夜想、血肉相许的女人，为了那个守望的毒誓。

　　最终，他还是和她做了。他是闭着眼做的，其实根本用不着闭眼，屋里黑漆漆的，他只是本能的闭眼，动作机械而迟钝，但她的反应是强烈的，她把对他的爱，对他的期盼和思念全部放到剧烈的运动中去了。末了，她泪流满面，浑身抽搐，说，你放心地去，站住脚你就不用再来了；如果站不住脚，这间破茅房和我，永远是你的。他也流下了酸涩的泪水，为这段生活，为这个可怜的丑陋的女人。

五

小城依旧，只是街道比以前干净了，只是城墙上和所有的空墙上都贴着红朗朗的标语，只是城门洞里的叫花子全部被政府收容了，没有横一个直一个淌脓冒血，拿着打狗棍追着人要钱的叫花子，街上和城门洞显得干净、宽敞了。他不能再做叫花子也不愿做叫花子，那是何等的屈辱何等的无奈啊。他到车站去帮人扛东西，去挑水卖。那时还没有自来水，小城吃的水都是到一个叫三多塘的水井里挑，卖水是低贱活，但他乐意做。他打着光脚板在冰冷的小巷穿梭，把水倒进人家的水缸，得到五分零钱，五分零钱是可以买一个米粑粑的。买上几个米粑粑，讨碗凉水，也就吃饱了。他甚至还卖过烧炭泥巴，一种很黏的泥，小城人和煤用的，如果有人要踩煤，更高兴，把煤和泥混在一起，倒上水拌匀，胶着了，再堆起来。这活是很苦的，他常年皲裂的脚疼得钻心，但可以得到多一点的钱。他每天不管怎样累，总要到小城的那条小巷中那堵围墙下守候，有时一守就是几个时辰，痴呆呆地看着过往的行人。他原本是租了间小屋住的，可很多夜晚他都来到这里，裹着那床羊毛披毡睡觉，那是走的时候，山上的那个女人坚持让他带走的，说是个念想。他睡在这堵围墙下，十足的流浪汉形象，头枕着糊满白泥巴的烂撮箕，赤着双足，身子裹着又脏又臭又黑的羊毛披毡，哪还有当年的少爷、后来的少将的半丝痕迹呢。有时在街头剃头摊子上看到自己的形象，难免悲从中来，眼里涌出苦涩的泪水，匆匆走开。但又庆幸流落小城，免了牢狱之灾，还有了盼头，可以在这条小街这堵围墙下等待，有盼头有念想的日子就不一样，再苦再累再无奈的日子也就过得下去了。

那时夜里还有人巡逻，参加巡逻的人多是街道的积极分子，织布的王二嫂，打草席的张大妈，铁匠王胡子，剃头匠谢一刀。领头的是居委会的委员朱二嫂，人热情，好管事，又极善良，见他经常睡在这里，撵也撵不走，就让人给他找了间空房。那时空房很多，在北门城边，离这里不远，他很高兴，很感激，退掉租房搬来住了。朱二嫂说，你挑水卖、挑白泥巴卖也不是长久之计，总得做点啥吧。做啥呢？一时也没合适的，任由他挑水挑白泥巴去了。

渐渐攒了点钱，他生活是极简单的，每天饿了，买两个荞粑粑米粑粑或干壳饼吃了，再奢侈一点，也就是到赵小乔的小馆子吃碗酸辣面，带两个干壳饼，连汤带水。赵小乔心善，捞给他的面总要多一些，面汤浓稠，碎面铺底，吃得十分惬意。天天到小巷的那面墙去已成了习惯，哪天不去心里空落落的，生怕某个日子某个时刻妻子来了找不到，尽管他知道这是不大可能的事。政策宽松了，这条小巷渐渐热闹起来，一些人家在邻家的门面里做起了生意。他突发灵感，与其天天来这里，还不如在这里做点小生意，摆个摊卖点东西，既免了风雨日晒之苦，又有了正当的守候。卖啥呢？自己手里那几个小钱，是置不了买卖的本钱的，再小本的生意，也要有足够的钱，还要与来这里买东西的人消费水平相等。想来想去想不出合适的，正踌躇着，他看见这里有醉汉和衣而卧，有乡下人裸身而倚，有人盘腿而息。这地方廊檐宽，地势长而阔，正好摆个卖酒的小摊，本钱也够周转，还可看熙熙攘攘的人，解除寂寞之苦，还可守候，守候那日夜牵挂、杳无音信的人。

酒摊设置起来，多少年后我们看到的东西，依然是当初的东西；我们看到的人，依然是当初的人。只不过岁月悄悄改变了一切，让酒摊和人一样沧桑和衰老，一样地见证着那曾经发生的一切。

戚爷的酒摊自然是热闹的，散酒，但是地道的苞谷酒，一启坛，酒香弥漫开来，熏倒一街人。价贱，正好是乡下进城的和城里下苦力喝得起的。人也随和，天冷天热，那个红泥小火炉永远是旺的，随时沸着水，随时可烤冷粑粑、烧洋芋，于是戚爷的酒摊就成了小城人的记忆。

来喝酒的人发现，戚爷的眼睛随时瞟着街上过往的人，尤其是年轻的女人。开始大家都理解，那时的戚爷也还年轻，不过三十来岁，正是精力旺盛的年纪。他们打趣他，说他花痴，见女人眼珠子都不会转，从人家的胸口看起，看到后背，看到屁股，看得人无踪影；再来个年轻的，又看，是有些痴得不像样了。尤其是有几次，戚爷看着看着，撂下摊子就走，追人家追了很远。他开始是房子被火烧一样使劲往前走，他不跑，但步子蹽得又快又急，比跑还快。走到远的地方，又转回来，慢慢走，正好面对要追的人，从远处就开始端详，走到近处看个清楚，深深叹口气，人就泄了气，软沓沓回来，眼神迷茫而又惆怅。

对于大家的起哄和打趣，戚爷不讲一句话，不作任何辩解。花痴就花痴吧，那个内心的秘密，那个约定，只能在自己心灵深处坚守。有了这个约定，有了这份坚守，他的日子就有了盼头，就过得安稳而充实。

有一天，一个穿得破破烂烂，头发蓬乱，相貌丑陋、背着个小娃娃的女人突然出现在摊前，戚爷一下就惊得眼睛瞪得老大，半天回不过神。喝酒的人以为是叫花子，说，走走走，到前边开商店那家去，我们和你差不多，也快要饭了。女人不说话，只是死死盯住戚爷。有心善的，摸出一角钱给她，她不要，说，我不是要饭的，我是找人的，找的就是这个人。戚爷一下瘫在那里，大脑一片空白，灵魂出窍，只剩身体。自打进城后，戚爷真的是彻彻底底地忘记这个女人了，他的思念，他的苦等，他的灵魂，全被妻子占领了。他偶尔会想起她，想起的无外乎就是这是个善良的女人，收留过他，给他吃给他住，让他在最凶险的日子避了难。想起的是，以后如果情况好了，一定要找到这个人，好好感谢她。但没想到她会找进城来，会找到这里，找到他。

一切都是无法回避的事实，临行前的那个寒风瑟瑟的夜晚，那个浑身是火，哭泣战栗的女人，那次虽然极不情愿，但最后终是做了的。没想到的是，一次苦涩而无奈的做爱，竟然有了果实，那个背在背上的娃娃，虽然头发脏得成了饼，虽然脸上脏得起了壳壳，眼睛布满眼屎，鼻涕像长虫，但整个肮脏的外面，依然看得出他的影子，眼睛大而亮，眉毛短而浓，鼻子隆而挺，嘴唇厚而硬。遗传的神奇密码，惊人地在一次无奈而尴尬的耦合中流传下来，永远地嵌合在这个脏头脏脸的小人儿身上。那是他的血脉，是他的再生，是他悲凉凄惨生命的一抹亮光啊。

于是，戚爷就有家了，尽管这是他极不情愿极不希望的事，但那个灰头灰脸、脏兮兮的娃娃，却不容他有更多选择，把他和家庭、责任、义务、道德绑在一起了。

　　小城很小，从这条小街直走不到两百米，就是关帝庙了，关帝庙后面就是一片一片的田地，也种庄稼，也筑坟墓，坟墓重重叠叠，埋了几层，有的索性不埋，裹床草席扔在那里，是谓乱葬岗了。小城的人，多以织布、纺纱、纳鞋底、打草席为业，在铁匠铺和棺材铺之间，说不定就有一家是农民，在临街的门口摆着挑粪的粪桶，舀水的长瓢、板锄以及钉耙等农具，也会卧着一头猪，在锤火叮当和锯子尖叫声中酣睡。居委会的朱二嫂兴高采烈地领他们到关帝庙后的一座小屋，说，正闲着，你一家够住了。有了家，可要好好过日子啊，把娃娃盘大，好日子在后头呢。于是，女人成了城关的农民，他做小生意，她种地，倒也其乐融融。

六

　　日子漫不经心地把一切熏旧，熏得斑驳、残败、开裂、焦黄，人也不能幸免。昔日的戚爷，那个意气风发、揽江山于怀，那个驰骋沙场、盛气凌人的戚爷，早已被历史的风烟卷走，不留一点痕迹。现在的戚爷，是地道的戚爷了，头发枯白，满脸皱纹，眼睑下垂，两眼暗淡无光。几十年的光阴，他在这个小酒摊上把自己坐成了一尊颓败、松烂的雕像，但他依旧坐着，直到生命终结。

　　儿子出落成当年的自己，身材挺拔，面目端正，只是眼里总有一些淡淡的忧伤，那是少年或青年时光忧伤、压抑、愁闷的淤积。他终归是成才了，读完大学，留在省城的大机关，浩瀚的天空，正等着他展翅搏击。果然不负心血，没几年，成为最年轻的处长。女儿呢，花样的美丽，诗样的空灵，有体面的工作，在小城医院做医生。

　　为了不让他再去摆摊，再去和那帮肮脏的老头混在一起，家里和他产生了诸多矛盾。儿子休假回来，在宽敞明亮的客厅里接待小城的体面人物。现在，他们的庭院明丽芬芳，花儿常开不败，一架葡萄，绿荫匝地，一缸金鱼，五彩绚丽，桂花绽出新蕊，竹丛轻漾新绿。就连他的老伴，也彻底变了样，衣服簇新干净，脸色红润，背是直的，声音粗壮有了底气。隐藏在儿子内心中的，是爹的粗鄙，是那个小城深处癞疮一样的摊位。女儿呢，到了谈婚论嫁的年龄，彩蝶样在庭院里飞出飞进。

戚爷誓死守住他的摊子，耐心的劝导，真诚的谈心，温馨的话语，痛苦的眼泪，统统无用。戚爷像坚贞的烈女，为了心中的那座牌坊，任何威逼引诱都无动于衷。

年龄越大，那个信念越强；年龄越大，守望越坚。这么多年，戚爷为了那个约定那份守望闹了多少笑话。他去追过女人，多少次都是又尴尬又失落；他随时瞟女人，以至于大家都认为他是花痴，是好色之徒。他还为一个女人和人打过架，那一年在一条大街上，他看见一个男人正在抓一个女人，多少人围着看，谁也没吭气。他看见那女人太像他的妻子了，身体单薄，五官端庄而秀气，尤其那小巧而微翘的鼻子，似有若无的酒窝，细长而洁白的脖子。男人紧紧抓住她的辫子，让她回家去。女的坐在地上死也不肯。男的开始踢她、踹她，女的尖声哭着仍不起来。戚爷热血喷涌，怒火攻心，把那人一把推开了，那人正愤怒着，马上和戚爷厮打起来。那人年轻力壮，威猛粗壮，和戚爷正有一拼。打到警察来了他们才分开手，那人血流满面，戚爷也伤痕累累。

戚爷还有个怪癖，隔三岔五，他要到那面围墙下睡一夜。热天尚好，在长凳上加几块木板，放一床篾席，点一盘蚊香，摇一把葵扇就睡了。冬天呢？白雪飘飘，寒风侵骨，虽有一个小泥炉，虽盖了两床被子，依然如坠冰窖，他用破披毡盖住了头，耳朵却支棱着，一有脚步声，立即掀开张望。小偷是有的，夜游者是有的，谁也不会停下脚步，以他们的职业敏感，只要瞥上一眼，就知道这里除了一个叫花子似的人，啥也没有。戚爷之所以如此，是他和妻子分手时，天才蒙蒙亮，黑暗在小街里幽灵样徘徊，东方的一抹曙光，才轻轻地吻住关帝庙的大槐树的末梢。

戚爷爱做梦，尤其爱做和妻子有关的梦。在过去漫长的岁月里，他也经常梦到妻子，在梦中，他们手牵着手，老是在一片漫无边际的花海里徜徉。然后，他和妻子拥抱着亲吻，呢呢喃喃地说话，但他把手伸进她的衣服里，刚刚触摸到那对温软暄腾、结实丰满的乳房时，妻子推开他的手。他感到愠怒，说，连摸都不准摸，你到底咋啦？你滚、你滚、滚得越远越好！妻子流着泪，爬起来疯狂地朝前跑，他在后面使劲追，怎么也追不到。距离在缩短，眼看就要追上了，前面出现一面断崖，妻子义无反顾，连头都没有抬就跳下去了。他跑拢一看，断崖深不可测，黑云弥漫，阴气逼人，接着，黑云渐渐散去，阴森的崖底见得到森森的白骨。这个梦，似乎是一个故事中的片断，总是不停地出现，每次都惊得他冷汗涔涔，惶恐惊悚，每次都让他心生悲冷，久久地沉浸在梦的氛围中。

把这样一个不断重复的梦和关帝庙下算命解梦的刘半仙说了，刘半仙说，这是一个人在等你，在找你，你是不是做了什么亏心事，人家要苦苦地找你呢？戚爷不敢多讲，刘半仙的话让他更加坚信，妻子还活着，妻子一定会来找他的，在这座小城，在小街的这座宅院的墙下。

不知不觉的，小城发生了天翻地覆的变化，先是零零星星地盖了不少高楼，接着是大面积的开发，小小的城就像摊大饼一样摊大。一环的树还没长好，二环就要开工了。戚爷摆摊的地方，是老城城区里的古城区，这里陈旧、古老、历史悠久，关帝庙、文庙、江西庙、黑神庙、文昌宫、西猷宫、广州会馆等，不下十几座，这么个地方是不能开发的，就像一个年龄很大的老人，有了病也不能动大手术，一动就没命了，只能调养，吃点莲子羹、人参啥的。可是有一天突然说是要拆迁了，拆迁就拆迁吧，这里的人家，住怕了低矮潮湿、破烂颓败的烂房子，能住上新房子当然好了。也有反对的，多是老年人，他们对这里的一砖一瓦、一草一木都有感情，他们对老邻居的感情也浓得化解不开，一砖一石、一草一木镌刻着他们深入骨髓的记忆，记忆都没有了，还有啥意思呢？年轻人呢，他们巴不得离开这个拥挤肮脏的环境，关上门在新居里过自己的日子。他们感谢小城的领导，在本地新闻里见到书记县长讲拆迁的事，他们会不顾父母的感受大声说好。其实他们不知道，县长和书记并没有要拆迁这片城区街道的意思，一个连工资都发不了的县没有实力来做这事，开发商看不上这里，密密麻麻的烂房子，光赔偿就要命。是省上的一个厅级领导，在一次宴会中对小城的领导说，你们是父母官，关心一下我的老家吧。他说了他的意思，县长说主要是钱的问题。厅长说，这个嘛你缩小点范围，就搞关帝庙下面那片，逐步逐步来，钱的事，我帮你们协调。厅长正是戚爷的儿子，厅长为戚爷死守在小街那面老墙下摆摊的事烦恼不已。

似乎是一夜之间的事，这里就成废墟了，在这片废墟中，徘徊着一位白发苍苍、步履蹒跚的老人，他孤独无助的眼里，流淌着无奈、凄苦、绝望的眼光。他顽强地寻找着，寻找那个他坐了几十年、守了一辈子的酒摊的位置，终于寻找到了，他搬了个小凳子来坐在那堆残砖破瓦的土堆上，但轰隆隆的推土机响起来时，他还能坐下去么？

他要坐下去，他要坚守那个等待，那个排遣不掉的梦。

作者简介

夏天敏，男，中国作协会员，云南昭通市作协主席。上世纪80年代中期开始创作，发表中短篇小说200余万字。获第四届云南省政府文学一等奖，第三届鲁迅文学奖等奖项。根据同名小说改编的电影《好大一对羊》在法国、美国、加拿大分别获奖。同名电视剧获"飞天奖""金鹰奖"。已出版长篇小说《极地边城》《两个女人的古镇》及散文集、中短篇小说集等13本文学专辑。部分作品被译成英文、韩文版在国外发行。

隔门有耳

张愚

> 费苏勒在厕所解手，无意间听见同事兼下属康吕赐说自己的坏话。费下决心不动声色地进行"打击报复"。费、康二人之间上演了一场暗流涌动，云谲波诡的博弈。谁笑到了最后？

俗话说，隔墙有耳。在厕所马桶蹲下，正准备用力的空儿，费苏勒隔着木门，阴差阳错，竟听到便池里的一段对话。这一听，就生了气，有了恨。

那晚，费苏勒坐酒桌的副宾，当他在电视里，看到斯诺登的新闻时，刚咽下一个小老鼠般的海参。

人们开始谈论斯诺登。费苏勒盯着墙上的液晶电视，那些新闻事件，万花筒似的，稍纵即逝，没留什么印象。桌上热闹时，他跟着嚷几句，为了能融入气氛，别被人视作装清高。他喝了半斤白酒，上头了，脸火辣辣的，将那块没吃完的鸡腿，放在碟子里。他起来又坐下，灌了口水，肚子咕噜噜直响，感到胃部不适，就去了厕所。

这个三宝殿，是人就得来。灯光亮得耀眼，厕所里静悄悄的，镜前的洗手池里，没关紧的水龙头，偶尔漏几滴水。费苏勒打破了这里的寂静，他明显内急，没有停顿，走到里间，吱扭，拉开了靠北的一扇门，性急地褪下裤带。

巧得很，就听到便池里，有两个人进来了，伴着杂沓的脚步，好像在吹嘘谁喝得多，谁实诚，又共同嘲笑那个耍奸摸滑的人。费苏勒听出来了，有一个人，是他的同事康吕赐。康吕赐滋了一气，酒劲上来了，可着嗓门，突然将矛头引到费苏勒身上了：费苏勒……知道吗？他懂什么？什么也不懂，光知道往上爬。凭什么？他妈的！

可不是，我也听说过，要什么没什么。这小子，肯定上面有人，关系硬，再不，就是拿公家的钱，跟甩手榴弹似的，朝上轰。他娘的，这年头……另一个人的声音不熟，跟女声差不多，一时猜不出来。

恰巧，费苏勒在马桶上，用了一半力气的坎儿，下边那块粗粗的东西，刚露头儿，情急之中，没法逼回去。听了这狂人乱言，恶意诽谤，不由得怒火万丈，就想踹开门，冲出去，扇他们每人一个耳光。他差点站起来，终觉不成体统，才将脑门上的那股子火，摁下了。便池里的站客，窸窸窣窣一阵，骂骂咧咧，长吁短叹地走了。他呼出一口短气，极不情愿地吸了口自制的气体，却闻不出任何气味。

这样的场合，一个人，一辈子，不会碰上几次。有失也有得，总算知道康吕赐了。想不到的是，这次偶遇，使他像被人扒了内裤，光溜溜，有何自尊？谈何审美？难道，他就那么无能，丑陋不堪？他有点无地自容了。

在这世上四十多年，头一次，吃了这种暗亏。窝囊，晦气。但他想，这事，才开始，没个完。费苏勒决绝地出了门，朝夜空狠狠地啐了一口，不辞而别。

进了家门，妻子国华像往常那样，看每周六的《星光大道》，脸都没扭过来。费苏勒窝心窝火，无处发泄，更找不到倾诉的人。儿子住校，他没养猫，没养狗，没养鸟，这就遭罪了。

国华冷着脸，嫌一块儿看电视，不满地蹬上红拖鞋，走过费苏勒面前时，不小心放了一个响屁。她的手捂嘴偷乐，下面的防线，却失守了，憋不住的扑哧声，在客厅回响，留下了迅速扩散的气味。她嘿嘿着，去了西屋，哐当带上门。

挨了没头没脑的羞辱，费苏勒只能自认倒霉，赶紧蹿进厨房。他的心态平衡了，总得发泄出来。费苏勒明白做什么了，弯下腰，择芹菜，切牛肉，清除黄花鱼的内脏。

棕色的长桌上，摆了筷子、汤匙和几个菜。费苏勒犹豫着，走到西屋，敲一下门，又将手放下了。

从何时起，他们分床睡，分做着吃？费苏勒最清楚不过了。因为，他的手，不在她身上游走了，在床上，不再搂着她了。国华意识到了，想了三个月，不发火，不生气，找个心照不宣的理由，就分开了。他有先，她在后。国华一夜情后，对他说了句摊牌的话，只一次，也是最后一次。这不亚于一颗重磅炸弹，客厅里一片尘埃。

闷酒醉人，他没吃一口菜，半个时辰，就站立不稳，意识模糊，顺着椅子滑下去了。

国华闻声而入，将他拽到东屋。他一副要吐的样子，吐完了，他躺着，闭上眼，循着声音，指着拖地的国华说，躲避点，明天，我就监听你。他又骂了康吕赐。说完，呼呼大睡了。

星期天早晨，费苏勒用毛巾擦了红红的眼睛，晃悠悠出了门。

空气清新，宜于散步，他想清理一下乱糟糟的思绪。人心难测，有人在他头上撒尿、拉屎，他就那么无能吗？不想报复回来？

昨晚的酒后话，在心里生根了。也许，没底，没准儿，就想试一试，如同长久闷在洞底下，得上来透口气儿。反正，不想被动了，如帐子里的蚊子，只能等着被人拍死。

快到营业厅了，他从一片灰色的建筑中，分辨着邮政绿的颜色。

临到费苏勒的号了。听营业员问办什么业务时，他低头，转头，摸裤袋，抚脑壳，又怔怔地看着营业员，闹了个红脸。幸亏提醒，他才回过神来，支吾说，交话费。他的本意，就是看国华的通话记录，两人的话费是捆绑的，有便利条件。出示了身份证件，他将那份长长的清单，拿到手上，离开座位，从上到下，看了一遍，没发现巴豆大的疑点。他走出营业厅，心有不甘。要不，花高价，弄个监听手机？顺便，监听一下他人？

可是，又有谁，值得排这个龙虎阵？心里，总有个影影绰绰的影子，似有件事，惦记着，放不下。但他又很烦躁，孤立无援，空虚得很。

来日方长，十年不晚。

像什么事也没发生，有两个月，费苏勒没开过一次内部会议。他很少走出办公室，来得比平常早，回得比别人晚。厕所，倒是常去，不在池子里，而是关起门来，在马桶上蹲半天。有时，就那样不出声，干坐着，想着，等着。可是，并没有人愿意在那儿多待。偶尔相遇，人们寒暄几句，一个在里，一个在外，一问一答，外边的走了，里边的，抓紧动作，哗啦放水，一冲走人。他还是耐下性子，屏住呼吸，支起耳朵，不肯漏掉蛛丝马迹。有一次，那样的情景几乎再现。康吕赐喷着酒气，敞开了南边的门，有人踢开了北边的门，隔着中间两扇门，对起话来。听着听着，康吕赐眼看开骂时，那人却机警地将话题引开了，因为从门底的缝隙，看到了一只黑色的皮鞋。那人咳嗽几声，不接话茬，匆匆冲完，就起身离开了。留下慢腾腾的康吕赐，喷云吐雾，响屁连连，又是吐唾沫，又是接电话，磨蹭了八九分钟，差点将费苏勒憋坏了。这是个什么鬼地方，不是人待的。此后，认准这儿非久留之地，他来的次数就少了。

无人背后不挨说。但费苏勒想来想去，平时很少得罪人，同人撕破脸，若有人看他不顺眼，也是没缘分。既然摊上了，无论如何，他不想和稀泥，不是和事佬。他就像冬眠醒来的动物，鼻子嗅来嗅去。

几天后，费苏勒从部长那儿，领了主办一台红杉树晚会的任务。没什么官话套话，部长开门见山，强调政治意味不要太浓，多点艺术性，当然，必须是大众的。他交代，必要时，请几个明星嘛。

思前想后，这事儿，无过即是功，办好了应该；办不好，上下不满意。费苏勒，就将这块烫手山芋，交给康吕赐。有句话，什么沧海横流，什么英雄本色。是骡子是马，遛一圈。

会上，费苏勒侃大山，忆起从前牵头晚会的情景，感慨人生苦短，时光如过隙之驹。他忆起去世的外号叫"淘气"的人，是难得的一个灯光师。他掏出小木梳，在头上梳了几下，让人看见了他发白的鬓角，几道深深的皱纹。他淡淡地笑了，这不是时间的杰作吗？年轻人，不应该担当？

晚会由康吕赐牵头，大家并不奇怪，有的期待，有的鼓掌，还有的，伸出几个手指头，暗示留几张票。他一下子被推到前台，脸通红，触到了费苏勒的目光，心里打鼓，想推托，却是有苦难言，有口难开。

费苏勒没有商量的语气，没打招呼，就拍板决定了。

这是个坑，还是个阶梯？身不由己，康吕赐成了被赶上架的鸭子。

过了中秋节，时间一天天临近了，到了拉开晚会工作序幕的时候了。费苏勒有事没事，就到文艺部走一趟，发现一潭死水，没有动静，就有些着急。难道，上轿了再扎耳朵眼？这可是个细活，来不得半点马虎。倒排一下工期，现在下手，也不早了。不如来个一针见血，号一下康吕赐的脉，打一支疫苗。正巧，有个去贵州考察的通知，投石问路，就知道他的心思了。

在费苏勒的写字台前，康吕赐拿过那份传真，掂了一下，低头眯眼，从上到下，看了两遍。他的手指头微抖，眼皮慢慢睁开，看着费苏勒说，除了台湾，大多数省市，都去过了，唯独贵州没去。

是吗？费苏勒不动声色，身子微倾，胳膊肘支着，用一支碳素笔，在一份文件头的右上角，签上了名字。他揉了一下眉心，戴上那副深度近视眼镜，透过镜片，往上盯着康吕赐圆圆的脸，就是说，你想圆一个梦了？

康吕赐笑着点头，眼巴巴地说，得感谢领导，提供这次机会。

心烦，也使人失望。桌上的电话响，费苏勒接了，回过头来，目光越过康吕赐的头顶，凝视着墙上的一幅山水，生了疑问，也做出一个判断。康吕赐是怎么爬上来的？如信马由缰，不管不问，晚会的事，抓了瞎，咋办？他权衡着，想起一件事，便绕弯子探个究竟。听说，你母亲，在住院？

心脏不好，反反复复的，有半年了。这阵子还可以，也有人照顾，不碍事。康吕赐的语气急促，显然，不愿因为母亲的事，放弃这次机会。

实话实说，这只是一次旅游。这阵子，你这个顶梁柱，离得开吗？

康吕赐想了想，去意已决，痛快地说，我觉得，母亲会支持的。

费苏勒的眼神里，有了怀疑之色，他沉默了片刻，口气稍缓地说，你可是精神支柱，你外出，老人不闪一下子？

她老人家心宽，没事，放心吧。

那你的工作，该交代一下？

我那点破事，是个人就干了。哦，那我找人，代审稿子，出不了事。

原来，费苏勒关注的，压根儿没挂上号。失望之余，他有些愠怒地说，我看，贵州你就不用去了。

破绽露出来了，这是一个无可厚非的理由。费苏勒当即召集干部会，脸色铁青，连珠炮般发问，时至今日，我的官僚们，晚会方案呢？谁能说说，晚会的主题、内容、思路是什么？

一瞬间，康吕赐没回过神，如一棵刚栽的树，被突如其来的风雨，击得枝叶起伏，好半天，泥塑般坐着，一声不吭。

费苏勒穷追不舍。你们，正事不干，光知道玩，下棋，喝酒，上瘾了。他将一副围棋，咣地摔在地上，黑白两种棋子，骨碌碌滚了一地。他一脚踩在棋盘上，只听咔啦一声，断成两截。费苏勒的脚，就有一种被撕裂的痛感，他双手捂住脚脖子，咬紧牙关，倒吸一口凉气。那是一个拐角，大家在本子上紧张地记录着，听见一些响动，并没闲心理会。一会儿，费苏勒镇静下来，嘴角有了一丝笑容。

其实，大家明白，费苏勒发火，不是现生心，而是有背景的。啥事？说不清，有来头。事不关己，不吭声，不表态，就是态度。可康吕赐心虚，沉不住气了，辩解说，我觉得，时间、时间还来得及。

这简直是火上浇油。费苏勒揉着肿起来的脚腕，冷笑一声，来得及？笑话！知道吗，领导问过多少次了？都火烧眉毛了。请问，创作，不需要采风？本子，不用改？设计多少个节目？什么体裁？谁演谁导？服装道具？舞台？灯光？效果？录音？排练？彩排？主持人？主持词？等等等等，考虑了吗？你们，酒，喝得滋润吗？棋，弈得自在吗？觉，困得着吗？

已经有些小想法了，正准备汇报。康吕赐看着桌面，穷于应付。看得出，他没博得多少同情的目光，有人干脆暗示，此刻住嘴，是最聪明的。可是，他仍是嘟嘟哝哝。

你的话，怎使人相信？好吧，那就明天，一早看方案。今晚，加班加点，也要弄出来。

大家面面相觑，大气也不敢出，走出了会议室。费苏勒落在后边，试着站起来，脚疼得汗都出来了。

第二天早晨，康吕赐拿着材料，眼圈发青，敲着费苏勒的办公室，对面瘦秘书走过来，提醒说，问我就行了，没来。

什么时候来？

我怎么知道？

散会后，瘦秘书去医院取药。费苏勒的脚脖子，肿得馒头似的，瘦秘书将他背回家，用药用纱布，蘸着滚烫的药水，一下下，撩到他的脚面上。药凉了，重新热。国华躲在里间，连问都不问。费苏勒仰在沙发上，鼻孔朝天，闭眼发呆。心想，这怎么搞的？不划算，又吃了个哑巴亏。

三天后，费苏勒利索了，就和导演飞北京，请腕儿。一台晚会，有三四个高潮，就成功了，那些腕儿，大名鼎鼎，来个小高潮，小菜一碟。抓住了这个牛鼻子，其他的，就不在话下了。这张一戳就破的窗户纸，外人悟不透，费苏勒还想申请专利呢。

在燕都宾馆住下，费苏勒望着窗外柿树叶子，琢磨着明天的事，就接到了康吕赐的电话。他问在哪里，回说在外边，让他捉摸不透。费苏勒在沙发上，蹭了皮鞋，又脱下来，穿上薄而轻的拖鞋，在房间的地毯上转着圈，耐下心来，一字一句，听着晚会方案，不时停下来，插几句，提出疑问。康吕赐在那头边念边记，生怕遗漏一个字。最后，从头到尾，又念了一遍。果然，费苏勒发现问题，指了出来。天南地北，隔空打牛，就不要太正经了，受不了，他用力放了一个屁。康吕赐会听到吗？翻脸了，还怕他？他总算又出了口鸟气，脸庞上陡添一抹得意的神气。

第二天上午，在约定地点，与老歌星见面，寒暄后，草签了协议。老歌星说，女弟子那边，就不用签了，她刚动了手术，正恢复，演出没问题。费苏勒说，请老师转告，最好让她唱《天路》，放磁带也行。老歌星挥挥手，意思是，到时候，你们看着办。在门口话别时，老歌星忽发了句牢骚，老了老了，该淘汰了。徒弟出场费，都超过师傅三倍了。

老歌星的沉郁之音，仿佛玩了一把穿越，有些心酸的味道。可在费苏勒听来，话外之音在费用上。已谈妥的事了，全当没听见。而人家，明显没兴趣参加酒宴，也不挽留，就和导演匆匆告辞了。

按说，照行情，没赚老歌星多少便宜，他没彻底过时，头顶上的光辉，显然没有新人耀眼了。他应自知。听说，他的书法不错，到时，无非比女弟子多些润笔费，也无不可。

在京出差，因交通的缘故，一天办成一件事，就算顺利。费苏勒和导演赴郊区，赶了个同学酒局，回到宾馆，已是夜色渐浓，华灯初上。洗漱后，正准备下楼吃自助，电话响了。

是康吕赐变乖，不发邪了，还是他知道了行踪？费苏勒摁了接听键。康吕赐像是午后没醒酒，一开头，似在山头上架了挺机枪，不管山下有人没人，一阵横扫。电话的时间长，几乎是他一个人说，把费苏勒当成了听筒。费苏勒的眼珠子冒火，威严地吭哧了几回，没吓住，就莞尔一笑，走向洗手间，看了眼镜子里端正的形象，一只手拉开裤链，等了半天，下来了几滴。瞅着下面那个畏缩的东西，费苏勒忍不住笑了起来，听他吹吧，策划吧，到时候，还不是一嘴巴子撅了？眼下，他的蹄子，跑得怪欢，想弥补过往，捣蛋可不成。

笃笃笃，导演在外边敲门，费苏勒大嗓门回了一声，康吕赐听到了，小心翼翼地提出了专车和工作餐的事。费苏勒心领神会，这才是通话的目的。办什么事，总得给人家一些权限，他好借客搭局，在人前有个面子，卖个人情，就毫不犹豫地答应了。卡这个，卡那个，晚会的经费不能卡。

接下来，费苏勒拜访的，是相声界著名的笑星。笑星一点架子没有，小眼睛笑眯眯的，开口说话，脸上含着笑，给人一种佛泰泰的印象。他在北五环有处别墅，天井里有个泳池，东边是两个车库。一进门，一条火红色的大狗，走在主人前面，不发声，围着他们转来转去，用黑色的鼻子嗅着，不时龇一下牙。费苏勒小时被狗咬过，吓得躲在笑星身后，笑星笑着说，不用怕，它是亲你，对谁都这样。费苏勒将信将疑，身上的汗都出来了。直到在客厅坐下，喝茶时，那狗仍然不肯离开，照软的欺，就躺在他的脚下，使他如坐针毡，放不开手脚。导演却是司空见惯，谈笑风生。奇怪的是，女主人没有出现，笑星亲自泡茶，续水，递烟，费苏勒不好意思抽，盯了一会儿狗身上硕大的性器，就将目光往墙壁上的字画张望。

很快就谈妥了具体事宜。当导演问主持人报幕，该怎样称呼职务时，笑星大笑起来，脖子上的肌肉颤动着，一眼看不见喉结，说，我真的没官职，就是一个演员。我为什么没熬上个一官半职？简单得很，我清楚，自己吃几碗干饭，吃多了，就撑着了。这事儿好办，就说相声演员某某，我也不著名，到哪儿不添麻烦，不为难人家。

话说完，笑星起身解释说，不留你们吃饭了，但必须写两幅字，不能空手回去。是吧？他走向北面那个又陡又窄的楼梯，走得很快，棕色的阶梯十分光洁。二楼是书房，费苏勒心里惊喜，搭着扶手，正想跟上去，不想，那条狗的身子，横在中间，堵了个严严实实。笑星回头，笑了一下，招了招手，那条狗才让出一条缝，但它的喉咙里，已发出一些低沉的声音了。

请明星的事，有了眉目，心情一下子放松了。为了祝贺一番，费苏勒约着导演，去王府井吃烤鸭。他们来到全聚德四楼，在外边的沙发上，等了半个小时，就进了人声鼎沸的大厅，找到了靠墙的二号桌。女服务员收拾完台布，就过来送茶，又上了盏蜡烛灯，一盘细细的葱白，一盘紫色的甜酱。费苏勒点了整只烤鸭，啤酒，香烟，就和导演神聊，侃起了笑星家里的看门狗，两人啧啧赞叹，笑得前仰后合。40分钟后，男侍就在他们对面，一片片旋起了烤鸭。女服务员示范性地给每人卷了一张夹肉饼，一口嚼下去，满嘴流油，唇齿生香。

馋虫被勾上来了，他们边喝边吃，谈兴颇浓。一个不合时宜的电话打过来了，铃声格外刺耳，费苏勒看了桌上的手机，有些扫兴地对导演说，又是他，烦人。他走到楼道里，忍受着康吕赐的男低音。可是，传来的却是哭腔，原来，康吕赐的母亲去世了。费苏勒怔了一阵，连忙安慰致哀，嘱咐先把手头的工作放一放，全力办好老人的后事，并强调说，一定前去吊唁。听得出，康吕赐涕泪涟涟，满怀感激。挂了电话，费苏勒安排瘦秘书，带上三千元，到康吕赐家去一次。这个时候，康吕赐应该明白，当初没让他去外地，是对的，这才不会留下终身遗憾。

晚会进入了紧锣密鼓阶段。费苏勒连续召开会议，审看了两个小品，其中一个是经常露面的老演员，有拿手绝技，打一副好竹板，浑身是戏，是个活宝，曾在央视的《实话实说》栏目播出，他们的《老两口编节目》，土话连篇，情节也不惊奇，但有包袱，有笑料，令人捧腹。费苏勒心中有数了，可他不敢大意，对每一个剧本，每一份台词，都字斟句酌，仔细修改。儿童剧《谁的本领大》，有个小动作，他认为游离于剧情，经反复磋商，分导演作了大的变动。主持词，他改了一遍又一遍，并和主持人一起，分析探讨。就连外地演员的食宿，他也过问，由专人负责，唯恐有任何疏忽。

费苏勒过分专注于晚会的艺术性了，几乎剥夺了康吕赐的所有权力，只让他分工舞台和安全，认为那是次要的。结果，问题就出在了这里。

那晚的票，免费赠送，各大班子领导及亲属，乡镇、县直部门和大中型企业负责人，一人两张。可是，由于把关不严，在入场时，没票的也混进了场，过道里人满为患，连二楼也挤满了人。书记和县长，本来已坐下了，见情势不对，书记又站起来，望着二楼，发现很多无座的人，围在栏杆旁边，后边的人，试着往前挤。也许一时眼花，他嘟哝了句，怎么摇晃啦？就当机立断，要求立即关门，没入场的，一律禁入。他和县长冲出门外，一边一个，成了把门将军。费苏勒尴尬无奈，情况急，撇不清，推不了，心里有一万个糟糕，只得小心翼翼地陪着。

南边的两个出入口，都上了锁，东西两侧的大门，派上了武警战士，六亲不认，有票也作废，局面很快得到了控制。

随着一阵清脆的铃声，主持人登台，演出正式开始了。大约半个小时，大厅里就传出一阵阵热烈的掌声。很明显，晚会的第一个高潮出现了，观众的热情很高，口号和哨子声此起彼伏。费苏勒瞅准时机，恳请书记和县长，进去观看。书记看着没散去的群众说，不行，里面太挤了，安全第一。我们正好有事商量，先走一步。你要瞪起眼睛，盯住，千万别出事。

费苏勒被关在大门外，不由得长叹一声。天上下起了沙沙秋雨，稍顷，阵阵秋风掠过杨树梢，吹落一地叶子。他躲在檐下，坚守了一个多小时，觉得额上一会儿凉一会儿热，情绪却是慢慢平静下来。他看着渐渐走开的人群，想起后台还有条演职员通过的小道，就折了进去，来到舞台后场。那时，老歌星在一片掌声里退场，打了个照面，他赶紧迎上去祝贺，相约夜宵时再见。隔着幕布和一块塑料背景，他朝台下看了一眼，发现他的那个座位还空着，紧挨的康吕赐，一副清闲的样子，伸长脖子，打着嗝，一会儿前仰后合，一会儿望着灯光聚焦的舞台。惹了事，尚不自知，一脸无辜，费苏勒气不打一处来，真想一个箭步蹿过去，拽着他的耳朵，拉他出去。

整个演出是顺利的，尤其是女歌星和老笑星的精彩节目，更是激起了台下观众的欢呼。台上台下，沟通互动，水乳交融，出现了一个又一个高潮。要不是晚会结束前，突然停电，观众发牢骚骂娘后，等不及了，借手机屏幕的微光，不情愿地离去，那就算是基本圆满了。三分钟后，修好线路故障，调音台上的灯亮了，麦克风响了，台下只剩下十几个观众，可全体演员，还是坚持着，演完了最后一个节目——全家福。

晚会的事，当晚，成了插着翅膀的新闻；第二天，又传遍了县城的大街小巷。

可消夜还得吃，主要是答谢演职人员。费苏勒强作欢颜，宴请北京来的明星们，人家不管这些，互相问候，谈笑风生，不时起立，为走穴成功而干杯。饭后，他们有的住下，有的去机场赶飞机，有的很快就在另一个地方见面，他们忙得眼睛都发绿了。

县领导没有一个留下来，费苏勒只得挨桌敬酒。当来到康吕赐那桌，费苏勒什么话也没说，径直走到他面前，端起满满的一杯酒，哗地一下，泼在了他的脸上。康吕赐没有准备，躲避不及，眨巴了几下眼睛，任白酒淌进了衣领里，茫然不知所措。费苏勒哈哈笑了一声，向在座的各位举了举杯，点头致意后，撇下众人，转身离开，迅速走出了宴会厅。

逞一时之快，解了心头之恨，费苏勒也知道，他将康吕赐，推向了千里之外。

大半年时间，康吕赐对他都是敬而远之。有时，在楼道里或洗手间不期而遇，康吕赐也是有意回避，连忙走开。开会时，康吕赐坐在一个不起眼的地方，不再依从前的顺序坐。费苏勒苦笑，由他。所有的人，都认为他们之间的纠纷，源自那次事故。费苏勒不解释，也无法解释。可他清楚，大多数人是理解他的。也有人为康吕赐辩解，喊冤，还有人暗地挑拨，说费苏勒动机不纯，将易出事的工作推给别人。费苏勒听了，微微一笑，不置可否。

以前的事，扯平了吗？起码，在心理上，感到不吃亏了。

明的不来，暗的亦可。

人算不如天算。那天纪检委开会，费苏勒坐第一排，会上，通报了某单位庆典赠送礼品问题，涉及的出席单位，被逐一点名，并要求三天内上交礼品，否则，以组织纪律论处。费苏勒一抬头，发觉正被主席台上的人，严厉地盯着，左右两边的人，交头接耳，齐刷刷的目光，扫了过来。他坐立不安，背上如有一条蚯蚓在爬，一层晶莹的东西，在额头上蒸发着。他忙低下头，掏出餐巾纸，擦了汗，一边努力回想着。想起来了，费苏勒那次去市里开会，派康吕赐参加的庆典，瘦秘书曾说，中午，康吕赐在宾馆喝醉了，出了洋相。事实上，他得了口福，又收了好处，私自截留了。想到这里，费苏勒无事一身轻，暗暗地松了口气。此等丑事，不仅与己无关，极有可能牵连到康吕赐。这股子祸水，可是他自己蹚的，赖不得别人了。

无论领导怎么强调，费苏勒的身子，都坐得笔直，他看着天花板，扭头瞄着墙上的标语，却希望会议快些结束。

这事儿不怕闹大，知道的人越多，范围越广，越提示人们伸手必被捉的道理。毫无疑问，这是一次生动的廉政课，它告诉大家，腐败无处不在，就在身边，就在眼前。反腐败，要从小事入手，从自己做起。

散会后，费苏勒召开党组扩大会议，中层以上干部参加。他心情沉重，脸色灰暗，宣读纪检委的通报后，特意加了一句，千不该万不该，我们上榜了。人们叽叽喳喳，纷纷议论，有的说，谁吃了，让他吐出来。有的说，早该抓一抓了。

　　会议气氛活跃，大多数人的面孔，都有一种幸灾乐祸的表情。费苏勒咳嗽了两声，在地面上跺了一下脚，会场恢复了平静。费苏勒看着瘦秘书明知故问，那天，谁去的？

　　瘦秘书没直接回答，而是将胳膊抬了抬，嘴巴努了一下，朝向角落里的康吕赐。大家情不自禁啊了一声，眼里露出吃惊的神情。死一般的沉寂，一种紧张的情绪在蔓延，只能听见沉默的呼吸，只有一双双眼睛，在转动碰撞回避着。不小心，有人的椅子吱地响了，有人忍不住打了个喷嚏，有个电话铃声，被果断地掐灭在开头的乐曲里。

　　这种出其不意的效果，连主持会议的费苏勒都没有想到。他闭着眼，在心里默数着阿拉伯数字，又睁开眼睛，将视线缓慢地移向对面墙上的钟表，秒针在狂奔，电池的能量无法想象。他发福的腮帮子，肌肉在一动一动抽着，表情变得深沉。他朝四周看了看，不得不表态了。因为，实在是出人意料，被县里通报，史无前例，这是单位的耻辱。为了一份水晶石礼品，不值呀，也可能，会毁了一个干部。至于暴露出的问题，是不是冰山一角，又有谁知？他摇了摇头，叹口气，将通报文件卷巴卷巴，塞进抽屉，掉过头，不动声色，看着一言不发的康吕赐。

　　石破天惊，康吕赐没事似的说，确实去了，但什么也没收。

　　眼前，一道金星乱冒，费苏勒不相信似的追问，是吗？红头文件，还有假？

　　康吕赐说，天地良心，打死也没收。

　　费苏勒迟疑着，拿不准，会场冷了片刻，大家都不说话。也好，不承认也行，但谁的责任谁负。

　　我以党性和人格担保。

　　这不是舞台。费苏勒挥了挥手，康吕赐砰地一下起身，摔门而出。

　　原来，那天庆典，主办方只认一把手，礼物压根儿没送，康吕赐毫不知情。不承想，歪打正着，康吕赐竟替费苏勒挡了箭。后来，在另一份通报上，单位的名字被删去了，避免了一次政治上的错误。弄清原委，费苏勒想跟康吕赐套近乎，想请酒压惊，可康吕赐冷若冰霜，不给机会，事情就拖下来了。

谁也无法预测，两个月后的一天，主管部门的领导，向费苏勒透露了县里拟提拔康吕赐的事，让他到一个部门担任正职。

说不定，是那次庆典成全了康吕赐，还是他上边有人？这已无从可考，但康吕赐几天后，就到新的单位上任了。费苏勒原想搞个欢送宴会，被康吕赐拒绝了，这成了他一个未了的心愿。

康吕赐离开时，单位的员工在大门口站成两排，列队欢送。就在康吕赐跨进轿车，转身告别时，费苏勒笑容满面，双手合十，看着车屁股后面的一缕烟尘，心头上，就像术后病人放了屁，上下通畅了。

作者简介

张愚，男，原名张建平，山东潍坊市作协副主席，诸城市作协主席，中国作协会员。出版过小说集《红鲤鱼》、报告文学集《眷恋》，作品多次获国家级和省市级文学奖。

图书在版编目（ＣＩＰ）数据

北京文学年度短篇小说集．2016年 / 北京文学月刊社主编．
-- 北京 ：光明日报出版社，2017.7
ISBN 978-7-5194-3100-6

Ⅰ．①北… Ⅱ．①北… Ⅲ．①短篇小说－小说集－中国－当代Ⅳ．①I247.7

中国版本图书馆CIP数据核字(2017)第163444号

北京文学年度短篇小说集．2016年

主　　编：北京文学月刊社	
责任编辑：谢　香　李　倩	责任校对：傅泉泽
封面设计：谭　锴	责任印制：曹　诤

出版发行：光明日报出版社

地　　址：北京市东城区珠市口东大街5号，100062

电　　话：010-67078248（咨询），67078870（发行），67019571（邮购）

传　　真：010-67078227，67078255

网　　址：http://book.gmw.cn

E-mail：gmcbs@gmw.cn

法律顾问：北京德恒律师事务所龚柳方律师

印　　刷：北京世汉凌云印刷有限公司

装　　订：北京世汉凌云印刷有限公司

本书如有破损、缺页、装订错误，请与本社联系调换

开　　本：889×1194　1/16	
字　　数：280 千字	印　张：21
版　　次：2017年7月第1版	印　次：2017年7月第1次印刷
书　　号：ISBN 978-7-5194-3100-6	
定　　价：65.00元	